KB020034

리스크

리스크 1

2021년 12월 6일 초판 1쇄 인쇄
2021년 12월 9일 초판 1쇄 발행

지은이 이아현
발행인 김정수 강준규

기획 편집 정시연 이은정 황지인
마케팅 지원 배진경 임혜솔 송지유 이영선

발행처 (주)로크미디어
출판등록 2003년 3월 24일
주소 서울시 마포구 성암로 330 DMC첨단산업센터 318호
편집 문의 (02)6365-5156 **구입 문의** (02)3273-5135
홈페이지 rokmedia.blog.me
E-mail romance@rokmedia.com

값 10,000원

ISBN 979-11-354-7055-4 04810 (1권)
ISBN 979-11-354-7054-7 04810 (세트)

리스크

이아현 장편 소설

vol. 1

c o n t e n t s

** 한국어는 “ ” 영어는 「 」 밀라현지어는 〈 〉로 표시합니다.

** 이 작품에 등장하는 인물 · 단체 · 사건은 작가의 순수 창작입니다.

#0. 3834

"의업에 종사하는 일원으로서 인정받는 이 순간에, 나의 일생을 인류 봉사에 바칠 것을 엄숙히 서약한다."

_히포크라테스 선서 제네바 선언 중

RISK

1. 일상 속에서 만난 악마

미세먼지가 걷힌 5월의 하늘은 참 맑고 청량했다.

그런 날이었다.

날이 좋아서 다행인 날.

지난주만 하더라도 콧물을 달고 살던 아들의 감기가 거짓말처럼 나아서 다행인 날.

어린이날을 기대하던 가족에게도 더할 나위 없이 완벽한, 그런 날.

유아용 시트에 앉아 느리게 바뀌는 창밖 풍경을 본 다섯 살 아들이 소리를 지르는 것을 보며 아이 엄만 참 많은 것이 다행이라며 웃었다.

"와!"

"그렇게 좋아?"

"응, 엄청 좋아! 맨날 어린이날이었으면 좋겠어!"

아침마다 유치원에 가기 싫다며 전쟁을 치러야 했던 것과는 달리 오늘 아들은 스스로 일어나 준비를 마치고 어른들을 보채기까지 했다.

조잘조잘 떠드는 말에 장단을 맞춰 주던 아내가 연거푸 하품을 하는 남편을 보며 걱정스럽게 물었다.

"피곤하면 운전 내가 할게."

"아니야. 괜찮아."

남편이 백미러로 양팔을 허우적거리며 춤을 추고 있는 아들을 보았다.

그 눈길만으로 충분했다. 운전하는 것보다 아들을 챙기는 게 더 피곤할 거라는.

남편의 속이 빤히 보이자 아내가 웃음을 삼켰다.

그러는 사이, 눈치 없는 다섯 살 원우는 부모에겐 끔찍한 말을 참 해맑게도 했다.

"가서 오래오래 있자?"

"얌전히 앉아 있으면 원우가 집에 가자고 할 때까지 놀이공원에 있을게."

"진짜? 내가 집에 가자고 할 때까지?"

"응. 진짜."

엄마가 확답하듯 힘주어 말하자 아이의 움직임이 얼음이 되었다. 그러면서 전쟁터에 나가는 장군처럼 심각한 얼굴로 읊조렸다.

"놀이공원에서 잘 거야."

"뭐어? 놀이공원에는 침대도 없고, 텐트도 없는데? 괜찮아?"

"응."

아들의 답에 엄마가 웃음을 삼켰다.

"노숙도 나쁘지 않은 경험이겠네."

"……여보."

제발 봐 달라는 말투에 엄마가 흐트러진 아이의 옷을 바로 해 주며 답했다.

"왜? 집이 얼마나 좋은지 알 수 있는 기회잖아."

"집보다 놀이공원이 더 좋아."

아들의 고집스러운 대답에 엄마가 웃음기 섞인 목소리로 받아쳤다.

"그래. 그러시겠지."

"진짠데?"

"아들, 그러려면 엄마가 어떻게 해야 한다고 했지?"

"얌전하게 있으라고 했어요."

재빠르게 자세를 잡은 아이가 창밖을 바라보자 두 사람은 백미러로 시선을 주고받은 후 웃음을 삼켰다.

차가 예상보다 더 막히자 남편이 내비게이션을 보았다. 앞으로 가야 할 길이 온통 빨간색인 걸 보면 이 많은 차들의 목적지가 같은 것처럼 보이기도 했다.

툭! 툭!

핸들을 두드리는 손가락에 조급함이 보인다. 다행히도 차는 조금씩 앞으로 나아가더니 어느 순간 뻥 뚫리는 구간이 나왔고, 그때부터 속도를 내기 시작했다. 한강을 가로지르는 다리 위로 접어든 차들은 목적지에 조금이라도 빨리 도착하기 위해 경쟁하듯 빠르게 달렸다.

"언제 도착해?"

아들의 물음에 엄마가 내비게이션을 확인하려고 몸을 옆으로 조금 틀 때였다.

"여보!"

"어!"

2차선에 있던 차량이 갑자기 끼어들자 아이의 엄마가 비명을 질렀다. 남편은 깜짝 놀라 급히 핸들을 꺾었고, 아들의 몸이 앞으로 크게 휘청이자 엄마는 본능적으로 작은 몸을 힘껏 끌어안았다.

끼이이익-!

아스팔트에 자동차 바퀴가 찢기는 것만 같았다. 브레이크를 잡는 소리라는 걸 깨닫기도 전에 먹먹한 고통이 들이닥쳤다.

쾅! 콰과광!

연쇄적으로 물체가 부딪히는 소리는 전쟁을 연상케 했다. 아들을 껴안고 있는 팔이 찌그러진 차체에 끼었고, 뒤에 놓아둔 물건들이 날아와 몸을 때렸다. 정신이 아득해짐과 동시에 침묵이 찾아들었다.

"……."

모든 건 찰나의 일이었다. 그래서 이 모든 상황이 다 꿈처럼 느껴졌다. 그것도 아주 지독한 악몽 말이다.

……분명히 참 좋은 날이었는데.

아이의 바람대로 날씨가 참 좋아서 다행인 날.

한 달 내내 달고 살던 감기가 거짓말처럼 뚝 떨어져서 한시름 놨던 날이었는데.

시야를 덮치는 액체가 피라는 걸 알아차린 순간 아이의 엄마가 늘어진 몸을 조심스럽게 손으로 더듬었다.

"……원우야."

아이는 답이 없었다. 옆문을 움푹 찌그러뜨린 차가 아이의 몸을 짓누르고 있었다.

당연히 들려야 하는 울음소리도 들리지 않았다. 아이는 마치 깊은 잠이 든 것처럼 미동이 없었다. 분명 조금 전만 해도 환하게 웃고 있었는데.

"아…… 아아……."

벌어진 입술로 정확히 무어라 말할 수 없는 소리가 흘러나왔다. 아들이 옅은 숨조차 뱉지 않는다는 걸 깨닫는 순간 소리는 비명으로 바뀌었다. 아이의 이마에서 시작된 피가 떨리는 손을 적셨다.

"워, 원우야…… 원우야……!"

어쩌다가, 최악인 하루가 되었을까.

숨이 턱턱 막히고, 갑작스러운 통증에 귀가 먹먹해지고 몸에 감각이 사라졌다.

차 창문이 깨져 모자이크화된 화면처럼 세상이 흐려졌다. 하지만 명확한 건 보닛 쪽에서 올라오는 연기와 찌그러지고 엉망이 된 차체 안으로 새어 들어오는 매캐한 연기였다.

여자가 울먹이는 목소리로 말했다.

"여, 여보…… 여보. 워, 원우가…… 여보?"

답이 되돌아오지 않았다. 남편의 축 늘어진 뒷모습을 담은 눈동자에 눈물이 빠르게 치솟았다.

"……안 돼."

절망이 그녀를 덮쳤다.

울음이 터져 나오려는 입술을 꽉 악문 그녀가 주위를 둘러보았다. 자신이라도 정신을 바짝 차려야 했다.

옆좌석 문을 열어 보려고 했지만 열리지 않았다. 자신이 타고 있는 문 쪽은 중앙 분리대에 막혀 있었고, 아이가 타고 있는 쪽은 다른 차가 막고 있었다.

여자가 벌벌 떨리는 손으로 안전벨트를 풀자 그제야 끔찍한 고통이 느껴졌다.

"……흐으."

막을 길 없는 신음에 여자의 얼굴이 일그러졌다. 하체 쪽은 감각이 없었고, 오른팔은 힘이 들어가지 않고 덜렁거리는 느낌이었다.

혼자서는 아무것도 할 수 없다는 무력감도 잠시, 여자가 사력을 다해 외쳤다.

"……살려, 주세요. 살려 주세요! 도와주세요!"

누가 내 목소리를 들어 줬으면.

"도와주세요! 제발!"

여잔 갈라진 목소리로 연신 외쳤다. 손바닥으로는 깨진 창문을 두드리며 밖에 있는 사람들이 자신의 목소리를 들을 수 있길 바라며.

그렇게 얼마나 소리쳤을까.

탕탕!

문을 두드리는 둔탁한 소리와 함께 어떤 여자 얼굴이 바깥 창에 바싹 붙었다.

"움직일 수 있으세요!"

"……아이가 있어요! 남편은 정신을 잃은 것 같아요!"

힘겹게 한 마디 한 마디 내뱉던 여자의 눈가에 급격히 눈물이 차올랐다.

나만 살아남은 것 같아요.

차마 그 말을 할 수가 없어 힘껏 외쳤다.

"도와주세요!"

여자는 절망하고 힘들어하면서도 아이를 살려 달라고 낯선 사람에게 부탁했다. 그러자 밖에서 그토록 듣고 싶었던 한마디가 들려왔다.

"걱정하지 마세요! 제가 도와드릴게요!"

그 말을 듣는 순간 여잔 비로소 안도할 수 있었다. 자신에게 구세주가 왔다고. 신이, 자신을 보살펴 주는 것이라고.

하지만 기대감도 잠시.

덜컹!

그나마 접근할 수 있는 조수석 문을 잡아당기는 소리가 들렸다. 하지만 야속하게도 문은 열리지 않았다. 밖에서 쾅쾅 내려치는 소리가 들렸지만 깨진 창문이었음에도 꿈쩍도 하지 않았다.

"조수석에 사람이 있나요!"

"아니요! 없어요!"

"혹시 뒤 트렁크 문을 열 수 있을까요!"

"잠시만요!"

여자가 운전석 쪽으로 몸을 기울여 트렁크 문을 열 수 있는 버튼 쪽으로 손을 뻗어 보았지만 닿지 않았다.

"모, 못 열겠어요!"

소리를 외치는 동안에도 복부에서 통증이 느껴졌다. 하지만 간절한 음성이 혹 구조자에게 닿지 않을까, 여자는 사력을 다해 외쳤다.

"제발 도와주세요!"

여자의 뺨이 절망 섞인 눈물로 빠르게 젖었다. 문 근처에서 아른거리던 그림자가 점차 멀어졌다. 이를 보던 여자가 바싹 마른 입술을 달싹였다.

"가, 가지 마⋯⋯ 도, 도와⋯⋯!"

비명을 내지르던 여자가 창문을 두드릴 때였다.

"떨어지세요!"

다시 다가온 구조자가 외친 후 얼마 지나지 않아 커다란 소음이 차 안을 가득 채웠다.

⋯⋯쾅!

쾅!

쾅!

콰직!

창문이 뜯겨 나간 자리로 손이 불쑥 들어왔다. 문을 연 천사의 손에는 빨간색 소화기가 들려 있었다.

활짝 열린 차 문 너머로 깜짝 놀란 두 남자가 서 있었다. 여자가 갑작스레 창문을 깨부수는 현장을 봤으니 놀랄 법도 했다.

그 뒤로는 아비규환이 된 다리 위로 차들이 얽혀 있는 게 보였다. 추돌사고로 다친 이들과 그들을 어떻게든 도우려는 사람들로 한강의 다리 위는 전쟁터를 방불케 했다.

위이이잉-

저 멀리서 사이렌 소리가 들려오긴 했지만 사고가 난 차량과 이를 피하기 위해 멈춰 선 차들로 인해 가까이 접근하는 게 쉽지 않은 모양이었다.

탕!

묵직한 소화기를 내려놓은 구조자가 열린 문 안으로 몸을 밀어 넣더니 상황을 살폈고, 곧 손을 뻗어 운전석에 힘없이 늘어져 있는 남자의 맥부터 짚었다.

구조자의 표정이 흐려진 것도 잠시, 사색이 된 아이의 엄마와 시선을 맞추며 안심하라는 듯 웃었다.

"움직이실 수 있겠어요?"

"다리, 다리가 너무 아파요."

"다른 곳은요?"

"파, 팔도요."

보닛에서 연기가 피어오르고 있었다. 매캐한 연기가 차 안으로 순식간에 밀려들자 구조자가 고개를 돌려 깨진 창문 너머를 보았다. 사고의 시발점이기도 한 버스는 이미 불이 붙기 시작했다. 시간을 지체할 수가 없다.

"아이는요?"

"수, 숨을 안 쉬는 것 같…… 흑!"

울음소리에 구조자가 아이의 엄마 옆에 축 늘어져 있는 아이를 보았다. 다행히 유아용 카 시트에 앉아 있어 겉으로는 상처 하나 없이 말끔했다. 힘겹게 손을 뻗은 구조자가 아이의 맥을 확인하더니 몸을 빼 차 주위에서 기웃거리던 남자들에게 다가가 도움을 청했다.

"함부로 꺼내면 안 될 것 같은데요?"

불안한 음성이 아이의 엄마 귀에도 똑똑이 닿았다.

안 돼. 제발. 제발, 제발!

응급 현장에서, 게다가 골절 환자를 함부로 옮기면 안 된다는 것쯤은 상식인 세상이었다.

그 점을 지적하자 구조자가 남자를 보며 말갛게 웃는다.

"저 의사예요."

그 한마디로 다른 설명은 필요치 않게 되었다.

모든 것이 완벽했던 날.

악마와 천사가 동시에 한 가족 앞에 나타났다.

절망으로 가득했던 아이 엄마의 얼굴이 급격히 밝아졌을 때였다.

펑!

굉음과 함께 버스에서 시작된 불길이 옆 차로 옮겨붙기 시작했다. 200m도 떨어져 있지 않은 위치였다.

구조하던 시민들도 겁에 질려 몸을 주춤주춤 뒤로 물렸다. 구조자가 있는 곳까지 열기가 느껴질 정도였다.

“제가 아이 먼저 꺼낼 테니까, 남편분이랑 아내분 좀 꺼내 주시겠어요?”

“네, 네?”

“숨 쉬어요. 살아 있어요. 도와주시겠어요?”

남자가 자신을 의사라 밝힌 여자를 불안한 눈으로 보았다.

타오르는 버스도 문제였지만 당장 차 보닛에서 피어오르는 연기도 심상치 않았다. 금방이라도 폭발할 것 같은 상황에 남자가 걸음을 뒤로 주춤주춤 물린다. 생존 본능이 어서 도망치라고 말하는 것 같았다.

“네, 할 수 있습니다.”

그때 한 남자가 답했고, 두려움에 떨던 남자 역시 얼떨결에 고개를 끄덕였다.

“감사합니다. 그럼 아이부터 구조할게요.”

위험천만한 상황이었지만 여자는 망설임 없이 조수석 의자를 앞으로 바짝 당긴 후 차 안으로 몸을 밀어 넣었다. 여자의 시선은 카 시트에 앉아 있는 아이에게 정확히 향해 있었다. 자신을 위협하는 상황조차 상관없다는 듯이.

“아이부터 구조할게요. 잠시 기다릴 수 있죠?”

“네, 네…… 흑! 감사합니다.”

만감이 교차하는 눈을 보며 구조자는 다정한 미소를 보냈다.

“마음 편히 먹으시고요. 심호흡하시고요. 몸에 이상 있으시면 바로 말씀해 주세요.”

끄덕끄덕!

아이의 엄마가 힘차게 고개를 끄덕이자 구조자는 아이의 몸을 살피더니 이내 허리를 뒤틀어 작은 몸을 조심스럽게 안았다.

축 늘어진 몸을 안는 순간, 구조자의 얼굴이 일그러졌다. 하지만 동작은 신속했다. 구조자가 몸을 힘겹게 돌려 아이를 밖으로 내밀자, 대기하고 있던 남자가 축 늘어진 몸을 받아 들었다. 여린 아이의 몸은 겉으로 보기엔 괜찮아 보였지만 보이는 게 다는 아니었다.

차량과 멀찍이 떨어진 구조자가 아이의 옷을 들어 올리더니 멍으로 엉망인 것을 보며 급히 처치에 들어갔다.

아이를 바닥에 눕히며 호흡을 확인하는 여자의 행동은 재빨랐다. 그러는 사이, 남자들은 뒷좌석에 있는 아이의 엄마를 끌어냈고, 차례대로 운전석에 있는 남자까지 꺼내려 사력을 다하고 있었다.

아이의 호흡이 느껴지지 않았다. 입술 색도 점점 퍼레지고 있어 한시가 급한 상황이었다.

아이의 경우엔 성인과 체구부터가 달랐다. 한 손으로 가슴 압박을 이어 나가던 여자의 시선이 남자에게 닿았다.

"수, 숨을 안 쉬는 것 같은데……."

남자를 살피던 시민이 불안한 표정으로 말했다. 그러는 사이에도 여잔 CPR[1]을 멈추지 않았다. 작은 몸이 힘없이 흔들리자 아이의 엄만 울음을 터뜨리지 않기 위해 안간힘을 쓰고 있었다.

---

1) CPR : cardiopulmonary resuscitation(심폐소생술)

잠시 아이의 호흡을 확인한 여자가 다시 멈춘 심장을 두드리며 말했다.

"제가 지시하는 대로 하실 수 있겠어요?"

"네? 제, 제가요?"

"네. 할 수 있어요."

평범한 사람은 타인의 생사에 개입할 일이 그리 많지 않았다.

하지만 여자가 워낙 확신에 차 말해서인지 남자가 얼떨결에 고개를 끄덕였다. 구조대를 기다리자는 속 편한 소리를 할 때가 아니라는 건 평범한 사람들조차도 알 수 있는 상황이었다.

"할 수 있어요."

재차 읊조리는 목소리는 차분하고 명료했다. 정신을 차린 남자가 고개를 끄덕였다.

"네, 네. 해 볼게요."

"좋아요. 차근차근 하나씩 하죠. 우선 호흡부터 확인해 주세요."

남자가 흔들리는 눈으로 여자를 보더니 이내 허리를 숙여 호흡을 확인했다.

"숨을 안 쉬는 것 같아요."

목뼈가 부러졌을 수도 있었다.

"머리를 뒤로 젖히면 안 돼요. 턱만 살짝 들어 기도 확보해 주세요."

차분한 음성에 남자가 바닥에 누워 있는 한 집안의 가장과 소중한 아이, 그리고 새하얗게 질린 얼굴로 벌벌 떨고 있는 여자를 번갈아 보았다. 그러더니 불안한 손길로 구조자의 지시에 따라 가슴 압박을 시작했다.

"하나, 둘, 셋, 넷……!"

남자의 우렁찬 목소리에 울음이 섞여 있는 것 같았다.

3분도 채 안 되는 시간에 남자가 기진맥진하자 주위에 몰려 있던 사람들 중 간호사라고 밝힌 여자가 나서서 손을 바꿔 주었다. 어느 순간 두려움을 잊은 사람들은 다시 부상자를 챙기기 시작했고, 길이 막혀 뛰어오고 있는 구급대원과 구조대원들을 돕는 이들도 있었다.

그 순간이었다.

펑! 퍼펑!

연쇄적으로 폭발음이 일어나며 파편이 사방으로 날아오기 시작했다. 구조하던 사람들이 깜짝 놀라 비명을 질렀고, 날아온 파편에 맞아 2차 사고를 당한 사람들이 여기저기서 앓는 소리를 내며 쓰러졌다.

아이와 구조자 코앞에도 파편이 떨어졌다. 하지만 그녀는 CPR을 멈추지 않았다. 땀이 비 오듯 쏟아졌고, 구조자의 호흡도 흐트러졌다.

하지만 손을 멈추진 않았다. 속으로 숫자를 세며 아이의 가슴을 누르던 여자가 절박한 얼굴로 호흡을 확인했다. 간절한 바람에도 아이의 호흡이 돌아오지 않자 여자는 지속적으로 이를 반복했다.

툭! 투둑!

이마에 맺혀 있던 땀이 흘러내렸다.

빠르게 처치하지 않으면 아이는 살아난다 하더라도 평생 장애를 가지고 살아가야 할 수도 있었다.

"제발! 제발제발!"

곁에서 이를 보던 누군가가 자신도 모르게 외치는 순간이었다. 가슴 압박을 끝낸 여자가 다시 아이의 호흡을 확인했다.

새액-

바람 같은 소리였다.

아주 옅지만 호흡이 돌아왔다.

"……하아."

털썩 주저앉은 여자의 눈동자가 안도감으로 일렁였다. 멈춰 있던 심장이 다시 뛰기 시작하자 구조자가 주위를 둘러보았다. 다리가 아프다던 엄마는 초인적인 힘을 발휘해 어느새 구급대원과 함께 달려오고 있었다.

"감사해요. 손 바꿀게요."

"하아! 하아! 아, 아이는요?"

심폐소생술을 이어 나가던 여자가 바닥에 누워 있는 아이를 보며 물었다. 그러자 구조자의 입가에 미소가 머무른다.

"호흡 돌아왔어요."

구급대원들이 아이를 처치하는 사이, 여잔 손을 바꿔 남자의 맥박과 호흡을 확인한 후 심폐소생술을 이어 나갔다. 그러면서도 구급대원에겐 아이의 호흡이 15분 전에 멈춰 CPR을 실시했다고 설명했다.

"도담병원으로 후송해 주세요."

"거기 의사신가요?"

그 물음에 구조자가 미소로 답했다.

가족과 연인, 친구와 함께 휴일을 맞아 근교로 여행을 떠나려던 사람들은 어느 순간 지옥 한가운데에 떨어져 있었다.

하지만 신은 어디에나 있다.

교통사고 현장에 함께 있던 의사와 같은 존재로, 신은 자신이 존재함을 세상에 알렸다.

이동용 침대에 아이가 눕혀졌고, 구조자가 아이와 함께 구급 차량에 올랐다. 이제 곧장 병원으로 달려가기만 한다면 어린 생명은 기적처럼 살아날 수도 있었다.

구급대가 도담병원으로 전화를 거는 사이에도 구조자의 시선은 아이에게로 향해 있었다.

조금만 힘내.

파리한 안색을 말없이 바라보던 구조자가 손을 뻗는 순간이었다.

쾅!

커다란 굉음과 함께 불길이 구급차를 덮쳤다.

끼이익!

날카로운 소리와 함께 구급차가 힘없이 흔들렸다.

2. ing……

벌컥!

문이 거칠게 열리고 한 남자가 밖으로 뛰어나온다. 남자가 입고 있는 가운 가슴 주머니엔 굵고 선명한 글씨가 촘촘히 박혀 있다.

『외상외과 교수 유수한』

남자는 도담병원 권역외상센터 교수였다. 어쩌면 죽음과 가장 가까이에 있을 남자였다.

휴대전화를 쥔 그의 손은 새하얗게 질려 있었다. 하지만 흘러나온 목소리는 평소처럼 차갑고 냉정하기만 했다.

단.

"그 예도아야?"

물음이 너무 멍청했지만.

그의 물음에 전화 너머에서는 잠시 답변이 없었다.

예씨가 흔한 것도 아니고, 도아라는 이름이 평범한 것도 아니었다. 게다가 도담병원 응급의학과 펠로우 단민성 선생의 동기 중에는 딱 한 사람밖에 없었다. 자신도 너무나 잘 알고 있는, 그 여자.

– 네, 그 예도아 맞습니다. TA(교통사고) 환자 네 명과 구급대 차량으로 함께 왔습니다. 5세 남아, 34세 남자 환자는 직접 CPR 실시했고, 34세 남자 환자는 emergency OP(emergency operation: 응급수술) 들어가려고 준비 중입니다. 도아는 현재 ER에서 간단한 처치를 받으려고 대기…….

ER(emergency room).

자신과 약속이 잡혀 있던 여자가 왜 응급실에 실려 오게 되었는지는 직접 물어보면 될 터였다.

"지금 내려가. 기다려."

지질한 설명은 중요치 않았다.

전화를 끊은 그가 엘리베이터 앞에 멈춰 섰다. 조금씩 올라오는 숫자를 바라보는 그의 얼굴이 초조함에 점차 창백하게 질렸다. 이를 지나가던 사람들이 의아한 표정으로 바라보았다.

그럴 수밖에.

유수한 교수는 사지가 잘려 나가고 장기가 찢긴 환자 앞에서도 평온을 유지하는 천상 surgeon(외과전문의)이었다. 어떤 누군가는 그의 멘탈이 쇳덩어리로 만들어졌을 거라며 우스갯소리를 할 정도였다.

하지만 지금 그의 심리 상태는 매우 불안정해 보였다. 이를 본인은 전혀 의식하지 못하고 있었지만.

위에서 멈춘 엘리베이터가 한 칸씩, 한 칸씩 내려왔다. 물론 엘리베이터란 원래가 한 층씩 내려오는 법이다. 하지만 그 당연한 사실이 오늘은 당연하지 않았으면 했다.

엘리베이터를 기다리다 못한 그가 결국 몸을 돌려 비상구 문을 활짝 열었다.

탁탁탁!

두세 칸씩 계단을 뛰어 내려가던 그의 심장이 미친 듯이 널을 뛰기 시작했다. 단연코, 이런 경험은 처음이었다. 작은 전쟁이 일상이었던 나라에 있을 때도, 바로 옆 건물이 폭파되어 죽을 위기를 넘겼을 때도, 단연코 이러지는 않았다.

7층부터 응급실이 있는 1층까지 단숨에 뛰어내려온 수한은 숨도 고르지 않은 채 전쟁터를 방불케 하는 응급실 한가운데 서서 천천히 주위를 둘러보았다.

'……찾았다.'

베드에 앉아 있는 여자를 발견한 순간, 그의 얼굴이 창백하게 질렸다.

험하게 일그러진 그의 얼굴에도 도아는 여유로운 표정으로 왼손을 들어 그에게 흔들어 보였다.

"선배, 오랜……."

"너, 이런, 씹……. 미쳤어?!"

거칠게 욕설을 내뱉는 그의 모습에 오히려 놀란 건 주위에 있던 의료진들이었다. 사람들은 마치 천지가 개벽했다는 얼굴로 그를 보고 있었고, 도아는 그들이 왜 그런 표정을 짓는지 누구보다 잘 알고 있다는 듯 웃었다.

유수한은 이성적인 남자였다. 폭력이 있던 그 시절에도 험한 욕설 한 마디 뱉지 않았고, 큰 사고를 친 후배들에게도 눈으로만 욕할 뿐, 감정 섞인 말을 내뱉지 않는 사람이었다. 사고의 수위가 높을수록 눈빛만 섬뜩해질 뿐이었다.

말로 표현하는 법이 없는 남잔 굳이 수고스럽게 상대에게 자신의 감정을 전달하는 타입이 아니었다. 질책도, 칭찬도 모두 눈빛으로 전했다. 그리고 주위의 사람들은 직속 선배의 욕설을 듣는 것보다 그의 눈빛을 더 견디기 어려워했다.

그런 그가 큰 소리로 욕을 내뱉었으니 사람들의 반응이 이런 것도 어찌 보면 당연했다.

하지만 정작 수한만은 모르고 있었다.

"웃어?"

그가 얼굴을 일그러뜨리며 낮게 으르렁거리자 도아가 맑게 웃으며 답했다.

"선배 욕하는 거 처음 봐서."

아, 짜릿해.

그렇게 읊조린 것 같다.

이 정신 나간 후배가.

예도아.

……예도아, 망할.

도아를 노려보던 수한이 급기야 앓는 신음을 뱉으며 마른세수를 했다. 잇새로 한숨과 짜증이 섞인 말이 흘러나왔다.

"너 제정신 아니야."

의사도 사람이었다. 생명이 하나밖에 없는.

집보단 병원에서 더 많은 시간을 보내며, 아니, TS(외상외과)에서 근무하며 유수한은 사람이 생각보다 훨씬 허무하게 죽는다는 것을 두 눈으로 똑똑히 목도했다.

생살이 찢겨 나가고, 형태는 우그러지고, 필요 생존 장기가 찢어진 환자들이 실려 오는 현장은 그들에겐 일상이었지만 트라우마로 남기도 했다.

그게 전부다.

다시 말하면 트라우마가 일상이 되어 버렸다는 뜻이기도 했다.

그건 그들이 짊어져야 하는 무게였다. 싫다고 해서 내려놓을 수 없는 짐.

그런데 예도아는 아니었다.

그녀는 간혹 생명이 몇 십 개나 주어진 사람처럼 행동했다. 그녀 역시 죽음을 가까이에서 보는 써전이었음에도 불구하고 용감한 건지, 멍청한 건지 알 수 없는 행동을 했고, 이는 유수한의 멘탈을 깨부수다 못해 가루로 만들어 버렸다.

"그걸 이제 알았어요?"

지금처럼.

'젠장!'

해맑게 웃는 여자를 보는 순간 수한은 단전에서부터 끓어오르는 분노를 주체하지 못했다.

언젠가 바랐던 적이 있었다.

이 여자가 내 인생에서 사라져 주길.

평온했던 그의 일상을 어지럽히는 이 여자에게서 도망치고 싶었던 적도 있었다.

그런데 지금은.

하지만 지금은.

"난 선배 앞에선 늘 제정신이 아니었는데."

악동처럼 웃는 여자가 반갑다. 하지만 이를 표현할 만큼 그는 솔직하지 못했다.

그의 모습이 심상치 않자 도아의 곁에 있던 민성이 그에게 다가가 나지막하게 말했다.

"교, 교수님……?"

주위에 지켜보는 눈이 너무 많았다. 게다가 민성은 도아가 응급실로 실려 왔다는 소식을 전하기 전, 병원에 이송된 환자가 응급수술이 필요하다는 사실을 먼저 알렸다.

현재 수술실이 준비 중이었다. 집도의인 유수한은 한가롭게 대화를 나누고 있을 때가 아니었다.

심호흡한 수한이 축 늘어져 있는 도아의 팔을 붙들었다.

움찔!

어깨가 튀어 오름과 동시에 조금 전까지 여유로운 모습을 유지하던 작은 얼굴이 고통으로 일그러졌다.

"아, 아파."

"당연히 아프겠지."

나락으로 떨어졌던 심장이 원래의 위치로 올라와 제 속도를 찾기 시작했다.

"치료받고 내 방에서 기다려."

도망가면 그땐 정말 죽여 버리겠다는 표정으로 살벌하게 경고를 한 수한이 몸을 돌렸다.

움찔.

그가 깜짝 놀라 처치를 멈춘 의사들을 보았다. 그의 눈길이 닿자 멈췄던 손들이 다시 움직이기 시작했다.

신경질적으로 머리를 쓸어 올리는 그의 뒷모습에 민성의 입술이 파르르 떨렸다.

"너 진짜 어쩌냐?"

걱정이 그득한 목소리에 도아는 조금 전 지었던 여유로운 표정은 전부 거짓말이었다는 듯 시무룩한 표정으로 읊조렸다.

"몰라."

"……그걸 네가 모르면 어떻게 해? 사고는 네가 쳐 놓고?"

얼굴을 팍 찡그리는 도아를 보며 민성이 혀를 끌끌 찼다.

"그러게 내가 평소에 생각 좀 하고 움직이라고 했지?"

"너지?"

"뭐가?"

"선배한테 연락한 거."

"……."

민성의 입술이 굳게 다물리자 도아의 눈초리가 빠르게 위로 치솟았다.

"진짜 너야? 야 이 배신자야! 어디까지 말했어!"

"너도 도담으로 올 땐 각오하고 있었던 거 아니냐? 여기 유선배 구역이야. 넌 객이고."

"……."

스스로 유수한의 구역으로 기어 들어온 예도아의 잘못이었다.

민성의 말에 토를 달 수가 없어지자 도아의 표정이 급격히 시무룩해졌다.

"거기까진 생각 못 했지?"

"……엉. 내가 오면 좀 도움이 될까 생각만 했지."

"……."

머리가 나쁜 애는 아닌데.

아니, 오히려 좋은 축에 속했다. 그러니 의사가 되었겠지.

그럼 어딘가 다른 쪽에 문제가 있다는 건데, 거기까진 결론 짓고 싶지 않았다. 우선 지금은 중요한 게 따로 있었으니까.

"지금 그게 중요해? 선배가 널 찜 쪄 먹기 일보 직전인데. 살려 달라고만 해. 살려는 주겠지. 수한 선배, 이성적인 사람……아."

민성은 유수한이 썩 이성적이지 못한 인간이라는 걸 막 목격한 이후여서인지 미처 말을 끝맺지 못했다. 열 길 물속은 알아도 한 길 사람 속은 모른다더니 딱 유수한을 두고 하는 말이었다.

'그' 유수한이 다른 사람들 앞에서 욕지거리를 뱉는 모습이라니.

민성은 갑자기 오금이 저린 표정으로 몸을 부르르 떨었다.

"죽이진 않겠지. 그래. 수한 선배가 어떤 사람인데."

오히려 유수한이 걱정될 정도였다. 예도아 때문에 혈압이 터져 죽는 모습을 지켜보게 될까 봐서.

하지만 그 사실을 민성은 굳이 언급하지 않았다. 이 사실을 말하면 예도아는 분명 기고만장해질 것이다. 모자란 자신의 친구는 좀 더 반성할 필요가 있었다.

"씨……."

아, 생각해 보니 예도아는 반성이란 걸 하지 않는 인간이다.

민성이 헛웃음을 뱉었다. 사고 현장에서 두려움을 모르고 망아지처럼 날뛰었다는 이야기를 구급대원에게 고스란히 들었던 터라 기가 막히다 못해 박장대소가 나올 지경이었다.

"천하의 예도아한테도 무서운 게 있네."

"아까도 무서워 죽는 줄 알았다, 뭐."

선배가? 아니면 현장이?

순간 민성의 머릿속에 두 가지 답안지가 떠올랐지만 정답은 현장이었을 거라며 지레짐작했다.

"구조는 구조대가 해야지."

"의사는 사람을 살려야지."

역시나.

도아는 무슨 일이 일어날지 예측 불가한 사고 현장보다 수한의 살벌한 눈동자가 더 무서웠나 보다.

"그래, 내가 너한테 뭔 말을 하겠냐. 화상아."

고개를 절레절레 저은 민성이 축 늘어진 도아의 오른팔을 보았다.

'선배도 참.'

오른손잡이인 도아가 왼팔로 인사를 했을 때부터 알았으리

라. 이 몸 상태를 하고서도 사람들을 구조하기 위해 애썼다는 걸.

"그래도 아이도 살았고, 한 집안의 가장도 살았잖아. 내 오른손을 걸어도 될 만큼……."

"닥쳐."

"……뭐? 지금 너 나보고 닥치라고 했어?!"

"그 이야기 하면 선배가 그럴 것 같다고."

"……."

반박할 수 없는 말에 도아의 표정이 다시 시무룩해졌다.

민성이 걱정스럽게 팔을 살폈다.

써전에게 손은 아주 중요했다. 게다가 이 모양으로 생겨 먹긴 했지만 도아는 어찌 됐든 미세수술을 주로 하는 NS(neuro surgery: 신경외과)였다.

밥벌이 수단이 다쳤는데도 오직 수한에게 혼날 것만 걱정하는 친구가 답답하면서도 참 한결같다는 생각이 들었다.

"아!"

부어오르기 시작한 팔을 살피던 민성이 자신을 노려보는 도아를 보며 물었다.

"죽도록 아픈 건 아니지?"

6중 추돌사고로 인해 병원은 이미 정신없이 바쁜 상태였다. 권역외상센터가 감당하지 못해 ER까지 풀로 돌아가는 중이었다. 긴급한 환자는 검사와 동시에 수술실로 올라가고 있었고, OS(정형외과) 역시 단순한 골절상 환자를 보러 와 주기엔 손이 없었다.

"곧 죽도록 아플지도. 아까 봤지? 나한테 소리 지르던 거. 욕도 했어, 욕도."

"그래. 거기에 대고 넌 좋아했고. 확실히 정상은 아니야, 너. 내가 선배였으면 미친년이라고 도망부터…… 야, 너 지금 내 말 듣고 있냐?"

"Cast(석고 붕대) 해야 되면 어쩌지?"

"해야 되면 하는 거지, 어쩌긴 뭘 어째."

"……."

도아의 표정이 다시 어두워지자 민성이 고개를 절레절레 저었다.

"확실히 넌 지금 OS가 아니라 NP(정신과)가 더 필요해 보인다."

진짜로 정신과에 콜을 넣을 기세이자 도아가 민성을 노려보았다.

"너 진짜 내가 언젠가 죽일 거야."

"아이고, 무서워라."

고개를 절레절레 저은 민성은 저 멀리서 들려오는 바퀴 소리에 본능적으로 고개를 돌렸다.

"낙상 사고 환자입니다!"

구급대원의 외침에 민성이 목도리처럼 두르고 있던 청진기를 빼 들었다.

"얌전히 기다려."

빛처럼 뛰어가는 친구의 뒷모습에 도아가 조심스럽게 베드에 누웠다.

"……아이고, 나 죽네."

뒤늦게 고통을 읊조리며.

❖ ❖ ❖

낡은 나무문 앞에 선 도아가 앞에 적힌 글자를 말간 눈으로 올려다보았다.

"……유수한 교수."

새삼 이름도 참 멋있다. 어디 한 구석 안 멋진 곳이 없었지만.

문을 열고 안으로 들어선 도아는 어수선한 공간을 눈으로 훑었다.

뭐든 완벽할 것 같은 남자였지만 예전부터 정리 정돈은 참 못했다. 아니, 사실 잠도 부족한 외상외과 교수가 정리 정돈까지 잘한다면 더 소름 돋을 것 같기도 하지만.

가운데 공간에 간이침대가 펴 있었고, 책상 위에는 전공서적과 새로 나온 논문이 어지럽게 펼쳐져 있었다. 아주 사소한 부분까지 유수한은 그대로였다.

그는 도아에겐 까마득한 선배였다. 한국에서는 첫 번째로 손꼽히는 한국대학 의과대 출신으로, 도아가 병아리 인턴 생활을 할 때 수한은 이미 하늘 같으신 레지던트 4년 차였다.

게다가 도아에겐 절대 잊을 수 없는 첫사랑이자 오랜 짝사랑 상대이다. 그녀가 인생에서 유일하게 열정적으로 했던 일이 유수한을 사랑하는 것이었다.

계속 밖으로만 떠돌던 그가 오랜 타지 생활을 접고 돌아왔다. 그것도 도담병원으로.

도담병원은 도아에게는 많은 의미가 있는 곳이었다. 아니, 정확히 말하면 도아의 가족 모두와 큰 관련이 있는 곳으로, 도아의 아버지가 병원장으로 있다가 올해 초 퇴직한 곳이었다.

그가 걸어온 길은 도아에게도 큰 영향을 주었다. NS(신경외과)를 선택한 것도, 레지던트 생활을 끝내고서 외상 환자가 가장 많이 들어온다는 지방의 병원을 선택한 것도 모두 유수한 때문이었다.

그처럼 되고 싶었다.

좋아했기에 닮고 싶었다.

모니터 한쪽에 세워져 있는 사진 속에는 그가 걸어온 길이 언뜻 보였다.

빳빳한 흰 가운을 입고 있는 사진 속 세 명의 남자 중에선 도아의 친오빠도 있었다. 풋풋했던 시절만큼이나 사진 속 그들도 젊었다.

사지가 잘려 나갔지만 해맑게 웃고 있는 사람들과 흰 가운을 입은 채 정면을 보며 웃고 있는 그의 모습도 유수한이 걸어온 무수한 인생 중 한 장면이다.

액자를 내려놓은 도아가 이번엔 바닥에 놓여 있는 라탄 바구니를 보았다. 안에는 자수 재료들이 한가득 담겨 있었다.

"진짜 재미있는 사람이라니까."

A4용지보다 조금 큰 천에는 아름다운 들판이 수놓아져 있었다.

그는 정적이고 단정했으나 하는 행동은 칼 같았다. 하지만 어쩜 그의 마음속에는 이런 꽃밭이 펼쳐져 있을지도.

웃음을 삼킨 그녀가 그의 손길이 무수히 닿았을 천에 코를 묻었다.

"……좋아."

유수한은 한결같았다.

그랬기에 예도아 역시 한결같을 수 있었다.

그와 몸은 떨어져 있었지만 도아의 마음은 예전 그대로 그의 곁에 머물러 있었다. 아니, 오히려 짙은 그리움까지 더해져 머나먼 곳에 있는 연예인처럼 우상이 되어 버렸을지도 모를 일이다.

그가 한국으로 돌아왔다.

코끝 가득 묻어나는 그의 체취에 비로소 그 사실이 믿겼다.

❖ ❖ ❖

쏴아아—

샤워기 물줄기가 온몸을 쓸고 지나가자 붉은 핏물이 하수구로 빙글빙글 빨려 들어가기 시작했다. 비릿한 냄새에 골이 얼얼할 지경이었지만 돌이켜 생각해 보면 그만큼 환자가 많은 피를 쏟아 냈다는 증거이기도 했다.

의료진은 제때 환자의 몸에 피를 공급하기 위해 사력을 다해야 했다. 장기 중 폐와 심장에 큰 손상을 입은 환자는 현장에서 한 번, 병원까지 달려오는 도중 구급차에서 한 번 더 심장이 멎어 언제 죽어도 이상하지 않을 상태였다.

table death(수술 도중 사망)를 각오하고 환자의 배를 갈랐다. 수술 시간이 길어지면 예후가 나쁠 가능성이 높았기에 유수한의 신경은 수술 내내 날카로웠다.

수술실은 늘 그랬듯 전쟁통이었다. 바이탈이 흔들릴 때면 천하의 유수한도 소리를 질렀다. 의료진 중 둘은 혈액 팩을 양손으로 쉼 없이 쥐어짜야 했다. 찢어진 장기를 찾아내 봉합하면서 환자의 혈액과 땀으로 온몸이 젖어 들었다.

환자는 살았다. 다행히.

천운이라 할 수 있는 상황이었다.

사건 현장에 훌륭한 의료진이 있었던 것부터가 엄청난 행운이었다. 그것도 자신의 목숨은 안중에도 없는 정신 나간 의사였기에 가능한 일이었다.

어쩜 하늘에서 한 가정의 가장을 굽어살피어 많은 우연을 만들어 냈는지도.

순간 이성으로 차가워졌던 머리가 뜨겁게 달궈지기 시작했다.

신이 한 가족을 불쌍히 여기어 보내 주신 그 의사를 떠올리자 그의 얼굴이 숱한 감정으로 일그러졌다.

"……하."

예도아를 떠올리는 순간 강렬한 두통이 찾아왔다.

비단 아픈 것은 머리뿐만이 아니었다. 발바닥도 뻐근하게 아팠다. 그건 두 눈도 마찬가지다. 연이은 수술에 체력은 이미 바닥이었다.

쉬고 싶었지만 그의 일은 지금부터 시작이었다. 일단 숨을 붙여 놓는 것은 성공했지만 몇 번의 수술이 더 필요했다.

쏴아아—

머리 위에서 쏟아지는 물줄기가 온몸을 적셨다. 양손으로 머리를 쓸어 올리던 그가 감고 있던 눈을 떴다. 샤워기를 끄고 젖은 몸을 닦으며 밖으로 나온 그가 캐비닛을 열었다. 깨끗한 수술복 위를 흰색 의사 가운이 덮었다.

"수고하셨습니다."

샤워를 마치고 밖으로 나온 그는 함께 수술실에 들어갔던 의료진의 인사를 받으며 걸음을 옮겼다.

그가 가장 먼저 향한 곳은 온몸의 피 중 70%를 잃은 환자가 누워 있는 TICU[2)]였다. 상태를 체크한 이후에는 양산에서 급히 달려온 보호자에게 수술 경과를 설명했다.

아들과 며느리, 손자까지.

유일하게 의식이 있었던 며느리도 closed fracture(폐쇄 골절)로 수술을 받아야 했고, 손자 역시 아들의 옆 베드에 누워 있었다.

갑작스러운 소식을 받고 달려온 노모는 혼이 나가 있었다.

"그, 그럼……."

"사고 당시에 응급처치도 훌륭했고, 병원에 빠른 시간 내에 도착해서 다행이었습니다. 수술 경과는 조금 더 두고 봐야 알겠지만……."

수한은 최대한 쉽게 설명하기 위해 머릿속으로 몇 번이고 번

2) TICU : Trauma intensive care unit(외상중환자실)

역 과정을 거쳐야 했다.

"체력을 회복한다면 2차 수술에 들어갈 예정입니다."

"수술 자, 잘 끝났다는 말입니꺼?"

"자세한 설명은 주치의 선생님께서 해 주실 겁니다."

수한의 시선이 뒤에 서 있는 김진명 선생에게 향했다. 그럼에도 보호자의 시선은 여전히 수한에게 향해 있었다.

불안감이 가득한 눈동자를 마주한 순간, 수한이 희미한 미소를 머금으며 답했다.

"잘 끝났습니다. 할머니."

"……진짜지요? 우리 아들, 산 거지요?"

"네."

짧은 한 마디를 오랫동안 기다린 것인지 주름 사이사이로 눈물이 스며들었다.

"아이고, 감사합니다. 하느님. 진짜 감사합니다."

신을 찾으며 우는 할머니의 손을 꼭 잡아 준 수한이 몸을 돌리자 대기하고 있던 김진명 선생이 다가왔다. 아직 넘어야 할 산이 많았고, 보호자에게 앞으로 환자에게 닥칠 수 있는 상황과 수술 경과를 설명하는 목소리가 점차 멀어졌다.

뚜벅뚜벅.

천천히 걸음을 옮기는 수한의 얼굴에서 보호자를 안심시키기 위해 지었던 의식적인 미소가 사라졌다. 그리고 평소처럼 냉소적으로 변했다.

하지만 그 속은 그렇지 못했다. 미쳐 날뛰는 망아지에게 기다리라고 한 것은 자신이었다. 분명 그때까지만 해도 예도아에게 유치원생들이 배울 법한 안전 규칙에 대해서 말해 줄 생각이었다.

하지만 분노가 사라진 자리에 심란한 마음이 들어찼다.

'어째서. 왜.'

예도아는 은사님의 딸이었다. 게다가 친구의 여동생이기도 했다.

처음 예도아를 후배로 만났을 때 수한에겐 뚜렷한 목표가 있었다. 중간중간, 마음이 흐트러질 때도 있었으나 그는 자신이 정한 길을 묵묵히 걷기로 했다. 당시엔 연애나 사랑이라는 감정보다 그것들이 더 중요했다.

그것을 처음 흩뜨린 건 예도아였다.

그리고 그녀는 8년의 세월이 지난 현재까지도 자신의 인생에 지대한 영향을 끼치고 있었다.

자신의 연구실 앞에 멈춰 선 수한은 문손잡이를 붙잡은 후 숨을 몰아쉬었다. 그가 제일 잘하는 건 인내다. 감정의 컨트롤 역시, 이젠 도가 텄다 할 정도였다.

감정을 가다듬고 안으로 들어간 순간 그의 얼굴이 종잇장처럼 일그러졌다.

"……뭐 하는 거야?"

수한의 목소리에 간이침대에서 조금 전까지만 해도 뒹굴거리던 도아의 움직임이 거짓말처럼 멈췄다. 석고로 고정해 놓은 오른팔 역시 어정쩡하게 들린 상태였다.

눈을 꾹 감은 모습은 유치원생 정도의 정신 상태를 보였다.

"예도아."

“…….”

“다 봤거든?”

“…….”

“안 일어나?”

그의 말에도 도아는 움직임이 없었다. 아무래도 기왕 시작한 잠든 척을 계속 이어 나갈 모양이었다.

저 모습을 보고 있자니 문득 자신의 계획을 바꿔야 하나, 고민까지 될 정도였다.

하는 행동만 보면 철딱서니가 없었지만 그녀는 훌륭한 써전이었다. 부산에서 근무하고 있는 도아의 실력이라면 그 역시 익히 들어 알고 있었다. 손끝이 야무졌고, 겁이 없었으며, 그녀의 할아버지와 아버지가 그랬듯 환자들을 위해 투신하는 삶을 살고 있었다.

‘……소문이 잘못된 건가.’

긴가민가하는 사이, 도아는 그의 의심을 확신으로 바꾸길 작정한 모양이다.

“으음.”

연기를 하는 티가 역력한 신음 소리였다. 몸을 돌려 등을 보이고 눕는 도아의 모습에 그의 인내가 산산조각이 났다.

성큼 걸음을 옮긴 그가 그녀의 왼쪽 팔을 잡아당겨 일으켜 세우려고 했다. 그러자 도아는 체중을 뒤로 실으며 일어나지 않으려고 버틴다. 딱 유치원생들이 할 법한 싸움이 시작되었다.

유치한 씨름에 동조하고 있다는 사실을 깨닫기도 전, 도아가 붙잡힌 팔을 뒤로 확 잡아당기자 수한의 몸이 아래로 와락 쏟아졌다.

"……."

움찔.

도아도 깜짝 놀란 건지 가슴이 들썩인다.

이를 말 없이 내려다보던 그가 한참의 시간이 지나서야 탁한 음성으로 물었다.

"……뭐 하는 거야?"

균형을 잡지 않았으면 거하게 박치기를 할 뻔했다. 무릎을 세웠음에도 두 사람의 얼굴은 호흡이 느껴질 만큼 가까웠다.

이런 상황에서도 예도아는 눈을 뜨지 않았다. 연기라면 이미 조금 전의 행동으로 끝냈어야 했는데, 정신 나간 후배는 여전히 자신의 속을 뒤집고 있었다.

그가 침묵을 지키자 도아가 한쪽 눈을 슬그머니 뜨더니 이내 입술을 앞으로 쭉 내밀었다.

"뽀뽀."

"……."

진짜, 한 대만 때릴 수 있다면 좋을 텐데.

그의 남은 이성마저 산산조각이 날 것 같았다. 그 어떠한 일 앞에서도 폭력을 앞세워야겠다고 생각해 본 적이 없는데, 지금은 이 여자를 뒤집어 놓고 엉덩이를 가차 없이 내려치고 싶어졌다.

"너……."

그가 탁한 숨을 터뜨리며 말을 잇지 못하자 도아가 히죽 웃으며 대화를 이었다.

"뽀뽀해 주면 선배가 말하는 거 뭐든 들어줄 텐데."

"내가 뭘 말할 줄 알고?"

유수한은 권태로운 느낌의 남자였다.

하지만 지금은 그렇지 않다.

짙은 눈망울에 휘몰아치는 감정에도 도아는 웃음을 잃지 않았다.

"권역외상센터 전담으로 와 달라고 말하려던 것 아니었어요? 선배가 나한테 말할 거라곤……."

그것뿐인데?

라고 물으려던 말은 이내 끝을 맺지 못하고 멈췄다.

자신의 입술을 무겁게 짓누르는 무게감에 도아의 눈이 커다랗게 떠졌다. 말캉한 혀가 입술을 갈랐다.

"……으?"

자신에게 일어난 일이 믿기지 않는 듯 도아가 정신을 못 차리는 사이, 그의 행동은 더욱 대담해졌다. 도아의 턱을 눌러 자연스럽게 벌어진 입술 사이로 침범한 그가 마음대로 호흡을 앗아 갔다.

그토록 바라 왔던 순간이었는데.

도아는 바보처럼 아무것도 하지 못했다. 그러는 사이 물컹한 혀가 그녀의 입안을 멋대로 휘저었다. 치열을 훑었고, 천장을 간질였다.

움찔!

뜨거운 호흡이 들이닥쳐 와 체온을 높이자 도아의 숨이 왈칵 막혔다.

도아의 떨림이 입술로 고스란히 전해졌다. 항상 말문을 막는 건 예도아였는데 이번에는 달랐다.

비스듬히 고개를 기울인 수한은 좀 더 깊이 안으로 들어가 예도아의 마지막 이성까지 앗아 갔다. 생각하기를 잊은 그녀가 몸을 뻣뻣하게 굳히는 사이, 수한은 아랫입술을 입에 머금은 후 아작 씹는다. 마치 자신의 정신을 혼탁하게 만들어 버린 그녀를 벌주듯이.

입술을 뗀 그가 멍하니 자신을 올려다보는 도아를 내려다보았다. 두 사람의 몸은 하나인 것처럼 겹쳐져 있는 상태였다.

흥분이 가운데로 몰려들었지만 그는 이곳이 병원, 그것도 자신의 연구실이라는 사실을 애써 상기시켰다. 멋대로 문을 열고 들어오는 간 큰 인간은 없겠지만, 그래도 언제든 누군가 방문할 수 있는 곳이라는 사실은 변하지 않았다.

흑.

흥분에 일그러진 얼굴로 숨을 고른 그가 넋이 나간 도아를 내려다보며 물었다.

"왜. 싫어?"

무뚝뚝한 표정으로 묻는 말에 도아가 퍼뜩 정신을 차렸다.

"아니! 좋아!"

재빨리 고개를 저은 도아가 그의 목을 끌어안았다. 이 품에 안기기까지 너무나 오랜 시간이 걸렸다.

유수한은 매사 신중한 인간이었다. 불장난이나 하자고 굴었다면 두 사람은 이미 아주 예전에 장작불을 제대로 지폈을 것이다. 그의 입맞춤이 어떤 의미인지 너무나 잘 알고 있는 도아가 '좋아, 너무 좋아'라고 연신 읊조렸다. 그러자 수한은 허탈한 웃음이 섞인 목소리로 말했다.

"네가 이겼어."

포기였다. 아니, 승복이라 할 수도.

서른의 그날, 품었던 감정은 여전히 그 자리에 남아 꿈틀거렸다.

"해. 연애든 뭐든."

고개를 뒤로 뺀 도아가 놀란 눈으로 수한을 보았다. 자신이 들은 이야기가 확실한지 재차 확인하고 싶은 모양이었다.

그 모습에 그가 고개를 가볍게 끄덕였다. 네가 들은 이야기가 모두 맞다고. 잘못 들은 것이 아니라고.

그 순간 도아의 눈시울이 붉어졌다.

"꿈 아니지?"

"나도 꿈인 줄 알았다. 네가 응급실로 실려 왔다고 했을 때."

아찔한 경험이었다는 듯 그가 미간을 좁히며 꾸짖듯 말했다. 짜증이 가득한 눈망울에도 도아는 단 하나만의 사실에 집중했다.

"……성공이다."

드디어 그가 자신을 받아 주었다는 그 사실 하나.

굴복한 남자의 모습에 도아는 전율을 느꼈다.

도아가 나무에 매달린 매미처럼 착 달라붙자 수한의 표정이 점차 일그러졌다. 사타구니 사이가 팽팽해졌고, 곧 열기로 이성이 마비되기 시작했다.

무욕의 삶을 실천해 온 그였지만 그렇다고 성욕이 없는 건 아니었다. 그는 건강한 성인 남자였지만 야속하게도 예도아는 이를 모르는 것 같았다.

예도아는 도대체 자신을 뭐라고 생각하는 것일까.

어쩜 남들이 떠들어 대는 것처럼 성인군자라고 생각할지도 모르겠다는 말도 안 되는 생각과 함께 그가 억눌린 목소리로 말했다.

"떨어져."

"싫은데? 절대 안 떨어져."

"장난하지 말고……."

"이제 내 거야."

반쯤 협박처럼 한 말에 도아가 고집스럽게 답했다. 그러면서 그의 목에 두른 팔에 힘을 주어 어깨에 얼굴을 문질렀다.

그 행동은 마치 유수한은 이제 예도아의 것이다, 그러니 이 품조차 자신의 것이라 주장하는 것 같았다.

이로 인해 수한은 곤혹스러워졌다. 안타깝게도 그가 자랑하던 인내심은 이미 바닥을 보인 상태였다.

그가 다시 한 번 이곳이 병원이라는 사실을 상기시키며 입술을 뗐다.

"예도아 나……."

좀 봐주지?

그가 뒷말을 잇기도 전에 도아가 고집스럽게 말했다.

"그러게 진작 만지게 해 줬으면 얼마나 좋아? 좀 비싸게 굴었어야지."

오랜 시간 예도아는 유수한을 짝사랑했고, 수없이 많은 고백을 했다.

원망이 가득한 말에 그의 표정이 어수룩해졌다.

“병원이야.”

“병원만 아니면 되는 거예요?”

쪽.

목에 짧게 닿았다 떨어지는 입술에 숨이 턱 막혔다.

이게 지금…….

그의 몸이 바짝 얼어붙었다. 몇 번이고 입술을 빼끔거리던 그가 결국 한 마디도 내뱉지 못하고 굳게 다물었다.

앙큼하게 웃는 도아의 모습에 그의 표정이 굳어졌다. 이젠 한계였다. 부드럽게 휘어진 입술로 도발하는 그녀의 모습에 머릿속에서 위험 경보가 울렸다.

예도아는 악마였다. 그가 이제껏 당연하다 생각해 왔던 것들을 하나씩 무너뜨리는.

생각해 보면 아주 예전부터 그랬던 것 같다. 예도아는 간혹 자신의 존재를 아주 하찮게 느끼게도 만들었고, 끝없이 시험에 들게도 만들었다.

갑자기 겹쳐 있는 몸이 너무나 선명하게 인식되기 시작했다. 마주한 심장도, 닿아 있는 가슴도.

서로의 호흡이 느껴질 정도의 거리였다. 그러니까, 손만 뻗으면 브레인을 나가게 만드는 이 욕구를 채울 수도 있었다.

마지막 남은 이성마저 날아갈 것 같은 순간, 그의 눈이 가늘게 떠졌다.

……지금, 날 놀려?

자신을 담고 있는 눈동자에 깃든 감정을 읽어 내고선 그가 이를 까드득 깨물었다. 그러자 도아의 미소가 진해졌다.

"……."

그의 예상이 맞은 것이다. 예도아는 지금 자신이 어떤 상태인지 알면서도 감당하지 못할 장난을 걸어오고 있었다.

유수한은 성격이 나쁜 남자였다. 싸움을 걸어온다면 이를 진지하게 받아 줄 만큼의 자존심도 있었다.

장난스럽게 웃는 도아를 한참이고 내려다보던 그가 천천히 고개를 숙였다. 그리고 솜털이 바짝 선 귓가에 낮은 음성으로 속살거린다.

"집에서 기다릴래?"

"……헉."

"왜. 싫어?"

펑!

얼굴이 폭죽처럼 터지는 느낌이었다.

새빨갛게 달아오른 목덜미에 그의 입가에 승리의 미소가 걸렸다.

그의 공격은 정확했고, 도아를 회생 불가로 만들었다. 좀처럼 기가 꺾이지 않는 도아가 한 방에 나가떨어졌다.

털썩!

그에게서 떨어진 도아가 왼손으로 얼굴을 가리며 거친 숨을 몰아쉬었다. 간이침대에 누워 있는 도아의 가슴이 크게 들썩였다.

삐그덕!

그의 움직임에 간이침대가 비명을 질렀다. 자유로운 몸이 된 그가 빈틈을 놓치지 않고서 몸을 일으켜 세웠다.

"백 년은 일러."

"이런 쪽으론 면역이 없단 말이에요."

"다행이네."

"음? 뭐, 질투할까 봐?"

"아니. 이런 쪽으로도 막강하면 널 이길 방법이 없을 테니까."

"난 질투하고 집착해 주는 게 좋은데."

"원하면 노력해 보고."

순순한 답에 도아의 손가락이 벌어졌다. 손가락 사이로 내리깐 시선과 마주하자 도아의 눈빛이 묘해졌다.

"이 각도로 보니까 뭔가 느낌이 이상해요."

"……뭐?"

황당하다는 표정에 필터링을 거치지 않은 말이 이어졌다.

"아, 나 방금 무시무시한 상상을 했어."

"어떤 상상인지는 안 물을게."

"좋은 생각이에요, 선배. 나 지금 스스로가 쓰레기처럼 느껴졌거든."

한숨처럼 말한 도아가 몸을 일으키다 말고 미간을 좁혔다. 하지만 신음을 안으로 꿀꺽 삼키더니 급기야 수한의 눈치를 보았다.

"뭐래."

"elbow Fx(elbow fracture:팔꿈치 골절)요. 아, 그래도 완전히 똑 부러진 건 아니에요."

"……."

"이, 이건 과잉진료랄까."

깁스를 한 오른쪽 팔을 보여 주더니 도아가 헤실헤실 웃었다. 예도아는 저 팔로 CPR을 하고, 병원에 도착한 이후에도 교통사고를 당한 사실을 말하지 않았다.

처음 사고 소식을 들었을 땐 분노로 이성이 날아가 버렸지만 지금은 아니었다. 현장에서 도아가 응급처치를 하지 않았다면 두 사람은 병원에 도착하기도 전에 죽었을 것이다. 한 사람은 한 가정의 아버지였고, 또 한 사람은 이제 겨우 다섯 살인 어린 생명이었다.

그가 책상에 걸터앉으며 팔짱을 꼈다. 시선은 그녀의 오른손으로 향해 있다.

저 손을 다친 게 이번이 두 번째다.

"후."

그의 한숨에 도아의 어깨가 잔뜩 움츠러들었다. 고개를 들어 그를 보다 눈이 마주치자 그녀답지 않게 고개를 퍼뜩 숙이기까지 했다.

가지런한 정수리를 보던 그가 웃음을 삼켰다.

나 참.

"환자 상태는. 안 물어봐?"

"선배잖아요. 숨만 붙여 오면 어떻게든 살려 줄 거라 믿었어."

"……."

기쁜 말이었다.

하지만 그는 온전히 기뻐할 수가 없었다.

"또 그런 일이 생기면, 네 몸부터 살펴."

"……."

"의사가 아니라 여자 친구니까 하는 말이야."

도아가 고개를 퍼뜩 들더니 이내 입술을 길게 늘어뜨리며 웃었다.

"잘못했습니다. 다음부턴 안 그러겠습니다."

"그래. 아주 적절한 답이었어."

고개를 끄덕인 수한이 한숨처럼 말을 이었다.

"언제부터 출근할래?"

"선배 집으로?"

"예도아."

"상상을 실현시키고 싶어요. 나 그냥 쓰레기 할래."

"……."

"안 돼? 나 서른넷인데? 처녀 귀신으로 죽긴 싫은데?"

"……."

"응? 으으응?"

아이처럼 조르는 모습에 말문이 턱 막힌 그가 이마를 짚으며 앓는 소리를 냈다.

백 년은 이르다고?

헛소리를 참 잘도 했다 싶었다.

❖ ❖ ❖

검은색 플랫 슈즈를 신고서 사뿐사뿐 걷던 도아가 자동으로 열린 문 안으로 들어섰다. 바닥에는 환자들을 위한 안내선이 그어져 있었다. 미로처럼 복잡한 병원에서 길을 잃지 않기 위해 사람들의 고개가 아래로 내려져 있는 것과는 달리 도아는 첫 출근임에도 불구하고 거침없이 걸음을 옮겼다.

도담병원은 한국 의료계를 설명할 때 절대 빠질 수 없는 상징적인 병원이었다.

한국 전쟁 휴전 직후, 가난한 아이들이 가벼운 상처도 치료받지 못해 길거리에서 죽는 것을 본 예재필 선생이 세운 곳으로, 생전에 서울시에 기증하여 현재는 한국대학병원에서 수탁 운영하는 곳이었다.

예재필 선생은 도아의 할아버지였고, 아버지 역시 이곳에서 원장까지 지낸 이후에 은퇴하셨다. 하지만 예재필 선생과 관련된 것은 병원에 그 무엇도 남지 않았다. 그의 바람대로.

그 정신만이 이곳에 남아 후배들에게 의사로서의 삶을 가르쳐 주고 있었다.

도아는 아주 어렸을 때 어머니의 손을 잡고서 할아버지를 만나러 도담병원을 자주 찾곤 했었다. 그때보다 많은 건물이 들어섰고, 리모델링도 되었지만 변하지 않은 것도 많았다.

엘리베이터 앞에 좀비처럼 서 있던 민성이 곁에 선 도아를 놀란 눈으로 보며 물었다.

"……엉? 뭐야, 너. 벌써 출근해?"

"그럼. 여기에 내 낭군이 있는데 집에 있어서야 되겠어?"

"……아무리 사랑에 미쳤어도, 나 같으면 3박 4일은 잠만 자다가 출근했을 거다."

민성의 시선이 도아의 오른팔로 향했다. 지난주에 사고를 당한 도아는 여전히 깁스를 풀지 않은 상태였다. 회복을 위해선 조금 더 쉬는 것도 좋을 텐데, 도아는 싱글벙글 웃고만 있었다.

"그래서. 내 낭군님은?"

"나의 피와 살이 되는 조언 따윈 안 들었나 보네."

"그래서. 내 낭군님은 어디에 계시냐고."

"어디 있겠냐?"

물음이었지만 답은 충분히 되어 주었다.

유수한은 외상외과 교수였다. 연구실 한쪽에 간이침대를 두어야 할 정도로 그의 삶은 전부 이곳에 있었다.

새벽 3시에 실려 온 환자가 있었다는 설명과 함께 엘리베이터 문이 열렸다. 도아가 먼저 엘리베이터에 오르자 민성이 그 뒤를 따랐다.

힐끗.

웃음이 떠나지 않는 친구의 얼굴을 본 민성이 설마 하는 표정으로 물었다.

"그래서. 선배랑은 잘된 거야?"

"응."

짧은 답에 민성의 눈이 화등잔만 해졌다.

"뭐? 진짜?"

"진짜. 사실로. 레알."

"이야, 역시 집념의 예도아. 언젠가 일낼 줄 알았……."

땡!

맑은 소리와 함께 엘리베이터 문이 열리자마자 도아는 인사도 없이 쑥 내렸다.

"야!"

버럭 내지르는 말에도 도아는 걸음을 멈추지 않고서 손을 휘젓는다. 그 모습에 민성이 인상을 팍 썼다.

"하여튼 저, 저. 동기 귀한 줄도 모르고."

날카롭게 혀를 찬 그가 도아의 뒷모습을 흘겨보더니 이내 신경질적으로 닫힘 버튼을 눌렀다. 앞으로 그놈의 연애, 잘되나 두고 보자는 심정으로.

흰 가운을 어깨에 걸친 도아는 택배 박스가 아무렇게나 쌓여 있는 작은 공간을 벗어나 복도를 걷기 시작했다. 수한은 아직 수술실에 있을 텐데도 빠른 걸음이었다.

달칵!

문을 열고 안으로 들어간 도아는 오늘도 정신 사나운 그의 사무실을 둘러보았다. 저번과 달라진 점이 있다면 간이침대는 접혀서 한쪽에 놓여 있다는 것과 자수 재료가 담긴 라탄 바구니가 소파 옆에 놓여 있다는 것 정도였다.

도아의 걸음이 책과 서류가 뒤섞여 있는 책상으로 향했다. 그리고 그가 걸어온 길이 쭉 나열되어 있는 사진을 보더니 가운 주머니에서 작은 액자를 꺼내 모니터 앞에 내려놓았다.

사진 속엔 아직 의사라 하기엔 미숙했던 시절의 도아와 수한이 있다. 뼈해장국집을 배경 삼아 활짝 웃고 있는 도아와 어색함을 감추지 못한 그의 모습에 슬쩍 웃음도 나왔다.

"참 어렸네."

자신도, 유수한도.

풋풋했던 그 시절의 모습에 도아의 눈빛이 그리움으로 젖어 들었다.

문득 스물여섯, 아직은 모든 것이 어려웠던 그날이 떠올랐다.

누군가를 처음으로 마음에 들여놨던 그 시간이.

#1. 3026

"위대한 성취를 하려면 행동하는 것뿐만 아니라, 꿈꾸는 것도 반드시 필요하다."

_아나톨 프랑스

RISK

1. 관계의 시작

2010년 1월 21일.

의사 국가고시 시험 합격자 명단에 당당히 이름을 올렸을 때만 하더라도 예도아의 의욕은 하늘을 찔렀다. 분명 그랬다. 일생의 목표였던 의사 가운을 입게 되었으니 의지도, 목표도 남들 못지않았다.

하지만 인류에 봉사하며 내 일생을 바치기로 선서했을 때에 느꼈던 가슴 벅찬 감정은 얼마 지나지 않아 초미세먼지처럼 사라졌다.

"……느낌이 쎄한데."

인턴 일정표를 쥔 손에 힘이 들어갔다. 무슨 운명의 장난인지, 절대 가고 싶지 않았던 과가 두 개나 들어 있었다.

5월에 근무를 서야 하는 일반외과의 경우엔 인턴들에겐 일종의 통과의례 같은 곳이어서 그러려니 했다. 아버지가 교수로 있는 과였지만 병원에 자신이 누구인지 알려지고 싶지 않다는 의견을 이해하고 지지해 주셨다.

하지만 9월에 일정으로 들어가 있는 성형외과의 경우엔 이야기가 달랐다.

원수는 외나무다리에서 만난다더니, 모양새가 딱 그랬다. 남들에겐 꿈의 과일지도 모르나 도아에겐 전혀 아니었다. 그저 일생에 도움이 안 되는 예규환이 치프(Chief: 의국장)로 있는 과일 뿐.

보기만 해도 으르렁거리는 핏줄께서 자신을 살려 둘지 미지수였고, 그 인간만 얽히면 이름처럼 주변은 늘 아비규환이 되곤 했다.

하지만 이런 걱정과는 달리 어김없이 3월은 찾아왔다.

처음으로 배치받은 과는 호흡기내과였다.

내과는 공부해야 할 양도, 환자의 수도 압도적인 과였다. 어느 병원이나 마찬가지겠지만 한국대학병원에서는 '일단 내과로'라는 말이 있을 정도였는데, 덕분에 병실은 물론 중환자실까지 꽉꽉 차 있을 정도였다.

그중에서도 호흡기내과(Pulmonology)는 기관지와 폐장, 폐를 둘러싸고 있는 흉막에 발생한 질환을 다루는 과였다. 인공호흡기 치료를 받고 있는 중환자 또한 호흡기내과에서 담당하고 있었다.

말 그대로 첫 배정부터 일복이 터졌다는 뜻이다.

덕분에 빳빳한 하얀 가운을 입은 도아의 하루는 2주째 끝날

듯 끝나지 않고 있었다. 이 시간 동안 도아가 깨달은 사실이 있다면 수면욕이 다른 모든 욕구를 앞지른다는 것이었다.

정신은 반쯤 나간 채 쪽잠으로 겨우겨우 연명하는 그녀의 본격적인 업무는 아침 6시에 병동에 들어서면서부터 시작되었다. 그럴 때면 환자들은 도아에게 반갑게 인사를 하기는커녕 적대시했다.

“아침 댓바람부터 피 뽑아야 해?”

엄살이 심한 김 할머니가 새치름하게 쏘아보며 말했다. 이젠 제법 이런 상황에 익숙해진 도아가 일부러 곰살맞게 웃었다.

“빨리 퇴원하시려면 꼬박꼬박하셔야 해요.”

희망 고문이었다.

하지만 한 번에 잘 끝내겠다는 회유에 김 할머니는 내키지 않으면서도 초짜 인턴에게 팔을 내밀었다.

호흡기내과 인턴의 가장 중요한 임무는 동맥혈 채혈(ABGA)이었다. 동맥 내 산소포화도나 산, 염기 상태를 보기 위한 검사로 반드시 필요한 검사였다.

다른 인턴들이 으레 그렇듯 도아 역시 배정받은 지 일주일 만에 ‘모기’라는 별명이 생겼고, 또 일주일이 지나니 공공의 적이 되었다.

프리셋[3]으로 피부보다 깊은 곳에 있는 동맥혈을 채취하는 일은 생각보다 훨씬 어려운 일이었다.

하지만 도아는 보란 듯이 단번에 끝냈다. 민성의 팔뚝을 아

3) 프리셋(Preset) : 동맥혈 채혈에 쓰이는 1ml 용기의 주사기

작 낸 보람이 있었다. 김 할머니의 얼굴이 조금 밝아지자 도아도 덩달아 미소 지었다.

"내일부터는 제일 마지막으로 와. 알았지?"

불가능한 부탁이었지만 굳이 한마디 보태 환자의 기분을 나쁘게 할 필요는 없었다.

"네, 할머니. 노력해 볼게요. 그럼 조금 이따가 회진 때 봬요."

병실을 돌며 서른한 명의 새벽 채혈을 끝낸 후에 검사실로 뛰어 내려갔다. 회진 전, 담당하고 있는 환자들을 미리 돌며 상태를 살펴야 했기에 시간이 없었다.

1시간 남짓 걸려 모든 준비를 끝낸 도아는 7시가 되어 교수님과 함께 회진을 돌았다.

회진 이후에는 스테이션에 모여 하루 동안 있었던 환자의 이벤트와 검사 결과를 확인했다.

8시가 되어서는 의국 컨퍼런스에 참석했고, 끝나자마자 기관지 내시경(bronchoscopy) 검사를 받아야 하는 환자를 위해 차트를 정리해야 했다.

보통은 기관지 내부를 확인하는 목적으로 사용되는 검사이지만 이 환자의 경우엔 조금 달랐다. 좁아진 기관지를 넓히는 치료 목적으로 시술을 받게 되었다.

그런 후에 도아는 쌓여 있는 일거리를 해결하기 위해 병실로 향했다.

새벽이 채혈과의 전쟁이라면 오전은 드레싱과의 전쟁이라고 해도 과언이 아니었다.

도아가 밝은 얼굴로 병실 문을 열었다.

"김도훈 환자님, 불편한 건 없으셨어요?"

1주일 전, 호흡이 불편해 응급실을 찾은 환자였다. 폐농양(lung abscess)이었다. 조금만 더 늦었으면 고름 주머니가 터졌을 것이다.

"가슴이 조금 아프긴 한데, 괜찮아요."

"얼마나 아프신데요?"

"기침 후에 조금 뻐근한 정도?"

도아가 그 정도는 괜찮다며 고개를 끄덕였다.

고름 주머니를 확인한 도아가 거즈를 열어 드레싱을 하는 도중에 외래 채혈실에서 콜이 들어왔다. 금방 내려가겠다고 잠시만 일을 미뤄 두는 사이, 이번에는 수술장에서 전화가 걸려왔다. 검체를 받아 가라는 전화였다.

"네, 지금 올라가겠습니다."

해야 할 일들이 머릿속에 뒤죽박죽으로 엉켰지만 도아는 수면 부족으로 굳은 머리를 애써 돌렸다. 눈 깜짝할 사이에 해야 할 일이 쌓였다.

"저…… 선생님, 괜찮으세요?"

도아의 눈동자에서 생기라곤 찾아볼 수가 없자 도리어 환자가 걱정스러운 표정으로 물었다.

'안 괜찮아요'라는 말이 목구멍까지 올라왔지만 도아는 애써 미소 지으며 고개를 끄덕였다.

"계속 불편하시면 간호사 선생님께 말씀해 주세요. 제가 바로 올게요."

애써 여유로운 척 인사와 함께 병실 밖으로 나온 도아가 빠른 걸음으로 비상구로 향했다.

검체를 받아 검사실에 넘기고 나니 어느새 2시가 지나 있었다. 어제 저녁부터 아무것도 먹지 못한 배에서 음식물을 때려 넣어 달라고 아우성이었다.

식판에 밥을 받아 우아하게 한 끼를 해결할 수 있을까, 고민하는 사이 도아의 걸음이 우뚝 멈췄다.

– 코드블루 코드블루 MICU. 코드블루 코드블루 MICU.

"……."

차분한 음성이었다. 하지만 그 음성이 전하는 내용은 도아의 심장을 쥐고 흔들었다.

심폐소생술 방송(CPCR)이었다. MICU는 내과계 중환자실이었다.

살려 달라는 말이 목구멍까지 올라오는 사이, 도아의 몸이 먼저 움직였다. 복도를 빠른 걸음으로 걷던 도아는 멀지 않은 곳에 있던 비상구 문을 확 열어젖혔다.

쾅!

두꺼운 철문이 닫히는 소리가 이명처럼 멀어졌다.

지독한 악몽을 꾸는 것 같다.

정신은 현실도피를 위해 이 상황을 꿈으로 치부해 버렸지만 다리는 계단을 세 칸씩 뛰어오르고 있었다.

❖ ❖ ❖

좁은 골목 안에 위치한 가게는 밤늦은 시간임에도 불구하고 간판에 불이 들어와 있었다.

『자수 샵』

참 정직한 상호 명이었다.

유리문 앞에는 자수 클래스를 운영하고 있다는 짧은 안내문도 붙어 있었다.

직장인들을 위한 7시 수업이 끝나고, 젊은 사장이 마감 준비를 서두르고 있을 때였다.

딸랑—

맑은 종소리와 함께 젊은 남자가 안으로 들어왔다. 단정하지만 세련된 분위기의 남자였다.

"안녕하세요."

사장은 늘 늦은 시간에 방문하는 단골을 보며 환히 웃었다. 클래스에 참여한 적은 없었지만 2주에 한 번 실과 부자재를 구매하러 오는 고객이었다.

사장은 그가 비단 가게 매출에 도움을 주는 고객이어서 미소로 반긴 게 아니었다. 이름조차 모르는 고객은 무척 잘생긴 남자였다. 낮고 울림 있는 목소리와 몸에 꼭 맞는 슈트를 착용하고 있는 몸매 역시 끝내주게 좋았다. 게다가 구두엔 먼지 하나 내려앉지 않았고, 믿음직해 보이는 어두운 톤의 넥타이 역시 빼먹는 법이 없었다.

손가락에 반지가 없는 걸 보면 아직 미혼이라는 뜻이다.

'……진짜 번호 한번 물어봐?'

사장은 자신에게 다가오는 남자를 보며 속으로 군침을 삼켰다.

"애플톤 울사 471번 있습니까?"

"찾아봐야 알 것 같아요. 몇 개 필요하세요?"

"두 개요."

짧은 답에 사장이 바구니로 향했다. 남자가 찾는 실이 다행히 남아 있었다.

"더 필요한 건 없으세요?"

"네."

옅은 노란색 실을 찾은 사장이 계산대로 향하자 남자가 속주머니에 있던 지갑에서 현금을 꺼냈다.

현금을 내미는 손톱은 말끔하게 정돈되어 있었다.

'진짜 완벽한데.'

현금을 받아 든 사장이 남자의 눈을 보았다. 짙은 다갈색 눈동자가 가게 안의 작품을 차례차례 훑고 있었다.

요즘 세상에 수를 놓는 남자가 몇이나 될까.

왠지 이번 기회를 놓치면 후회할 것 같다는 생각이 들었다. 물론 남자는 2주 뒤에 다시 실을 사러 오겠지만 여하튼.

"저 실례가 안 된다면 어떤 일을 하시는지 여쭤봐도 될까요?"

있는 용기, 없는 용기까지 죄다 끌어낸 물음에 남자의 시선이 사장에게로 향했다. 무표정한 얼굴로 사장을 보던 그가 이

내 굳게 다물려 있던 입술을 달싹였다.

"의사입니다."

"아. 의사 선생님."

사장의 눈이 커졌다. 전혀 예상하지 못했던 답이었기 때문이다.

늘 격식에 맞는 슈트를 입기에 샐러리맨 쪽으로 짐작했던 터라 병원에서 일하리라고는 정말 생각조차 하지 못했다.

'뭐야, 진짜 완벽하잖아!'

이 남자에게 애인이 없을 확률은 제로에 가까웠다.

직업 다음에는 이름과 연락처를 물어볼 생각이었지만 사장은 한 줌 남았던 용기를 잃고선 미소 지었다.

"다음에 또 방문해 주세요."

"수고하세요."

깍듯하게 인사를 건넨 남자가 작은 봉투를 받아 들고선 밖으로 나왔다.

조금은 쌀쌀한 날씨에 남자의 어깨가 조금 위로 솟을 때다.

띠리리-

정적을 깨뜨리는 벨 소리에 남자가 본능적으로 재빠르게 전화를 받았다. 이 시간에 자신에게 걸려올 만한 전화는 응급 콜밖에 없었다.

"네, 유수한입니다."

- 늦은 시간에 정말 죄송합니다, 유 선생님. EM(응급의학과) 레지던트 2년 차 송가온입니다.

예상대로 응급 콜이었다.

자신의 소개를 아주 예의 바르게 마친 레지던트 2년 차 송가온 선생은 곧 그가 당장 병원에 와야 할 이유에 대해 장엄하게 설명하기 시작했다.

– 72세 남성 환자 급체로 7시 12분경 119로 이송되어 오셨습니다.

복통은 보름 정도 전부터 있으며 체한 건 줄 알고 약으로 근근이 버티다가 끙끙 앓는 남편의 모습을 심상치 않게 느낀 아내의 구조 요청으로 병원에 오게 되었다고 했다. 통증을 날개뼈까지 느끼며, 구토, 열이 높다는 설명이 이어졌다. 담낭염으로 의심되어 검사를 진행한 결과, 백혈구 수치가 17,021/mL로 높았다. 그 외에 진행된 영상 검사 역시 한 가지 결론을 말해 주었다.

– 염증으로 인한 출혈까지 보입니다.

쭉 들어 보니 송 선생은 괴저성 담낭염(gangrenous cholecystitis)을 말하고 싶은 모양이었다. 아직 환자를 보기 전이었지만 수한 역시 그 의견에 동의했다.

만약 그 검사 결과가 맞다면 사망률이 22%까지 보고되고 있어 당장 응급수술에 들어가야 했다.

항생제 투여 중이라는 말에 수한이 손목시계를 확인했다.

택시를 잡으려고 큰길로 나온 수한은 꽉 막힌 도로를 망연자실한 눈으로 보았다.

하지만 입술은 제멋대로 떠들어 댔다.

"20분 내로 들어가겠습니다."

전화를 끊은 그가 병원 방향으로 무작정 달리기 시작했다.

적당한 날씨에 늦은 시간임에도 시민들이 산책 겸 길을 걷고 있었다. 어제만 해도 쌀쌀하더니 오늘은 거짓말처럼 날이 풀렸다.

어느새 훌쩍 다가온 봄의 기운을 즐기는 이들과는 달리, 수한은 경찰에게 쫓기는 범인인 양 발바닥에 불이라도 붙은 사람처럼 힘껏 달리고 있었다.

숨이 꼴깍 넘어갈 것 같았다. 다리도 천근만근 무거웠다.

하지만 수한은 코앞에 있는 고지를 노려보며 멈추지 않고 달렸다.

"하아! 하아!"

이러다가 진짜 폐가 터져 버리는 건 아닐까 싶을 때였다.

신호가 눈앞에서 바뀌고 차가 쌩쌩 달리기 시작하자 그가 급격히 걸음을 멈춘 후 시간을 확인했다.

탁탁탁!

불안한 마음처럼 연신 발을 구르던 그가 진득하게 흘러내린 땀을 손등으로 대충 닦아 낼 때였다.

꾸벅- 꾸벅-

신호등 앞에 서 있던 한 여자가 서서 자고 있었다. 그것도 눈까지 뜬 채로.

다른 이들이 본다면 진귀한 장면에 놀라거나 혹은 걱정하겠지만, 수한에겐 익숙한 모습이었다. 그 역시 여자처럼 정신력만으로는 견디기 힘든 시절을 보내기도 했다.

긴 머리카락을 귀신처럼 늘어뜨린 채 졸고 있는 여자의 모습을 말없이 바라보던 그가 시선을 조금 아래로 내렸다. 팔목에 검은 봉투가 걸려 있었다. 식사 때를 놓친 의사들이 자주 찾는 분식집 로고가 인쇄된 봉투였다.

수한은 여자가 사복을 입고 있었지만, 의료진인 것을 한눈에 눈치챘다. 의사만 1,500명이었기에 모든 사람을 알 순 없었지만, 이 시간에 병원 앞 신호등에서 넋을 놓은 걸 보니 이번에 새로 온 인턴 같았다.

피곤에 찌든 얼굴이 머리카락 사이로 드러났다가 사라졌다. 눈 밑의 시커먼 그림자를 보며 혀를 차던 수한이 갑자기 손을 뻗어 흔들거리던 여자의 팔을 붙잡아 확 잡아당겼다.

와아앙-

엔진 소리가 엄청났다.

어떤 미친놈인가 싶었지만 수한의 입에선 짧은 욕설도 흘러나오지 않았다.

덕분에 두 사람의 거리가 순식간에 좁아졌다. 하지만 여자는 타인의 손길에도 멍한 눈만 깜빡이고 있었다.

"……어?"

갑자기 몸이 당겨지자 도아는 생기라곤 찾아볼 수 없는 눈을 한 채 고개를 들었다. 보이는 거라곤 날렵한 턱선과 하늘 높은 줄 모르고 솟은 콧대뿐이었다.

'와, 턱이 인상을 쓰고 있어.'

그럴 리는 없겠지만 도아의 눈에는 그렇게 보였다. 턱이 욕을 하고 있다고.

그다음에 도아의 시선이 향한 곳은 도화지처럼 새하얀 얼굴이었다. 창백한 피부는 작은 흠도 없이 깨끗했다. 혈관이 비칠 만큼 투명한 피부와 섬세한 이목구비에 도아의 시선이 홀린 듯 오랫동안 머물렀다.

남자의 시선은 어둠을 뚫고 정신없이 달리고 있는 오토바이에 꽂혀 있었다.

끔뻑– 끔뻑–

느리게 눈을 감았다 뜨던 도아가 남자를 따라 시선을 옮겼다. 이젠 꽁지만 보이는 오토바이에 그제야 상황을 인식한 그녀가 고개를 꾸벅 숙인다.

"감사합니……."

고개를 들자 감사 인사를 받아야 할 남자는 이미 사라지고 없었다. 벌써 신호등을 반이나 건넌 그는 ER 쪽으로 힘껏 달리고 있었다.

넓은 등판을 생기 잃은 눈으로 보던 그녀가 어정쩡하게 굽히고 있던 허리를 반듯하게 폈다.

유수한이었다.

한 번도 마주친 적이 없는 남자였지만 도아는 수한에 대해 많은 것을 알고 있었다. 아니, 그녀뿐만이 아니라 한국대학교 학생이라면 타 과에서도 그를 알 정도였다. 한 번 보면 절대 잊을 수 없는 마스크를 하고 있으니까.

하지만 외적인 면을 제외하더라도 유수한은 특별한 사람이었다.

의대 시절부터 수석을 놓치지 않던 괴물.

차석을 놓치지 않던 또 다른 괴물인 예규환과는 둘도 없는 친구 사이였다.

그가 처음 일반외과를 선택했을 때 주위에서 놀란 건 두말하면 잔소리다. 당시 일반외과에서는 유수한이 들어온다는 사실만으로 일주일 내내 회식을 할 정도였다.

"……응급인가."

도아가 자신도 모르게 중얼거리는데 휴대전화가 울렸다. 퍼뜩 정신을 차린 도아가 전화를 받으며 수한과 마찬가지로 달리기 시작했다.

"네, 선배님! 지금 E구역 비상구입니다!"

입에 침도 바르지 않고 거짓말을 한 도아는 신호가 빨간색으로 바뀌었는데도 빠르게 길을 건넜다.

❖ ❖ ❖

병원에서 걸어서 5분 거리에 있는 기숙사는 한국대학병원이 집으로 돌아갈 여력이 없는 인턴과 레지던트 1년 차들을 위해 마련해 둔 곳이었다.

규칙상 레지던트 4년 차까지 머물 수 있었지만, 교수들 숙소가 바로 코앞에 있어 레지던트 2년 차가 되면 자연스럽게 방을 구해 나가는 추세였다.

비틀거리며 기숙사로 돌아온 도아는 현관에 놓여 있는 신발 두 개를 의아한 눈으로 바라보며 방 안으로 들어섰다. 여자 네 명이 지내는 작은 원룸에는 미처 빨지 못한 옷가지들이 산처럼 쌓여 있었다.

욕실로 향하니 먼저 와 있던 두 사람이 머리를 벅벅 감고 있었다.

"예규환, 진짜 이 씹어먹을 새끼."

"……."

먼저 와 있던 두 사람은 윤미진과 이소리였다. 친하진 않았지만 두 사람 모두 의대부터 동기로 현재 같은 기숙사 방을 사용하고 있었다.

그리고 방금 걸걸하게 욕을 한 미진은 그 힘든 의대 시절에도 방긋방긋 웃고 다니던 참 참한 친구였다. 6년 내내 욕 한 번 안 하던 동기였는데 예규환은 단 3주 만에 그 대단한 일을 해냈다.

'부처님도 욕하고 침 뱉을 인간이지, 그 인간이.'

의대 시절, 예규환이 친오빠라는 사실을 밝히지 않은 이유도 거기에 있었다.

미진의 욕을 말없이 듣던 도아가 뒤늦게 인기척을 내며 물었다.

"너희들도?"

"응."

"어. 왔냐? 살아 있네."

"다행히도."

동지들에게 앓는 소리를 한 도아가 온도를 맞춘 후 머리를 감기 시작했다.

얼마나 떡이 졌는지 물이 스며들지 못하고 굴러 바닥에 떨어졌다. 뜨거운 물을 끼얹으니 쿰쿰한 냄새가 더 역하게 느껴졌다.

'내가 어쩌다가.'

한숨을 쉰 도아가 머리카락을 한참 물에 적셨다. 일생일대의 시험인 수능을 앞뒀을 때도, 매주 유급의 두려움을 느꼈던 의대 시절에도 이러진 않았다.

새삼 대학 OT 때 본과 4학년 선배들이 왜 인턴 때 가장 중요한 게 '체력'이라고 했는지 알 것 같았다. 겁을 주기 위해 한 말인 줄 알았는데, 지금에 와 생각해 보니 병원에서 보고 들은 경험담이었다.

머리카락에 충분히 물을 적신 도아가 손바닥 가득 샴푸를 짜 머리를 감기 시작했다. 거품이 잔뜩 올라오자 가려운 부분을 중심으로 열심히 긁었다.

"대학 때는 그렇게도 멋있어 보였는데, 역시. 사람은 겪고 봐야 해."

도아는 자신도 모르게 고개를 끄덕일 뻔한 것을 애써 참아냈다.

그래, 예규환은 실제로 경험해 봐야 그 진가를 알게 되는 인물이다. 학창 시절부터 규환을 본 친구들이 소개해 달라고 했을 때 도아가 수도 없이 한 말이기도 했다.

'진짜 미친놈이야.'

그 말에 친구들은 소개해 주기 싫어서 하는 말이라고 생각했지만 도아는 교우 관계를 위해 말도 안 되는 오해를 받는 쪽을 선택했었다.

"사탄이랑 베프였어."

'암 그렇고말고.'

도아가 소리 없이 긍정하는 사이, 소리가 눈을 동그랗게 뜨며 물었다.

"뭐? 그 정도야?"

"머리는 균형감각 잡으려고 달고 있냐고 하더라."

어디 그뿐이랴.

그 뒤엔 혹시 예의상 달고 있는 거냐며 빈정거리기까지 했다.

"잠을 안 재우는데 머리가 돌아가? 나 어제 30분 잤다, 30분!"

보통 종합병원에서 성형외과 수술은 거의 밤늦게나 새벽에 잡혔다. 쌍꺼풀 수술이나 하자고 대학병원을 찾는 환자들은 거의 없었기에 대부분 2차 수술이었다.

수술이 끝나면 곧장 아침 회진이 시작된다. 그나마 좀 덜 억울한 건 인턴만 잠이 부족한 게 아니라 레지던트와 교수 모두 끔찍한 일정을 소화하고 있다는 것 정도였다.

"예규환 그 인간한테 진짜, 꼭, 복수할 거야."

"어떻게 복수할 건데?"

잠자코 있던 도아가 호기심 가득한 목소리로 물었다. 태어나면서부터 걸림돌이었던 오빠를 골탕 먹일 수 있는 좋은 아이디어가 있다면 먼저 실천하고 싶어서였다.

하지만 조금 전의 기세는 어디로 갔는지 미진이 푸스슥 식은 얼굴로 말했다.

"몰라."

짧은 답과 함께 미진이 다시 거품을 헹궈 내기 시작했다.

"일부러 빡치게 해서 잠 깨우려는 건가?"

제법 그럴듯한 가정까지 해 가며.

하지만 당사자에겐 절대 물을 수 없는 말이었다.

그때 가장 먼저 머리를 감은 소리가 앓는 소리를 내며 자리에서 일어났다. 수건으로 머리를 툭툭 터는 소리를 비스듬히 올려다보며 미진이 물었다.

"넌 어때? 거기에도 있잖아. 눈 돌아가게 하는 선배."

"유수한 선배?"

"어. 우리 수한 선배."

"……."

"뭐야. 왜 말이 없어? 설마, 아니지? 그렇지? 우리 수한 선배는 사람이지?"

머리를 다 감은 미진이 자리에서 벌떡 일어나 외쳤다. 도아 역시 고개를 돌려 호기심 어린 표정으로 소리를 올려다보았다.

문득 일주일 전 밤이 떠올랐다. 옅은 샴푸 냄새를 풍기던 남자. 팔목을 꽉 움켜쥔 커다란 손과 잔뜩 화가 나 있던 턱.

아련한 추억을 회상하듯 젖어 있던 눈동자가 곧 소리의 답에 커다랗게 떠졌다.

"무서워."

"응?"

"눈으로 육두문자를 뱉을 줄 아는 분이셔."

"……."

"……."

무거운 침묵이 흐른 후, 가장 먼저 입술을 뗀 건 미진이었다.

"병원에만 오면 성격이 다들 이상해지나 봐."

그게 5년 뒤 자신들의 미래인지는 모른 채 욕실에 옹기종기 모여 있던 세 여자가 그저 말없이 동의했다.

❖ ❖ ❖

야간에 응급 콜을 가장 많이 받는 과는 압도적으로 GS(일반외과)였다. 덕분에 일반외과 야간 당직은 그냥 응급실에 눌어붙어 있는 쪽이 몸도 마음도 편할 정도였다.

올해 레지던트 4년 차인 유수한도 당직은 피할 수 없었다. 하지만 그는 응급실이 아닌 의국에 있기를 선택했다.

올해 전문의 시험이 있었다.

인간으로서 모든 욕구를 잃었던 인턴 1년과 레지던트 4년의 생활을 평가받는 자리라고 해도 과언이 아닌 시험이었다.

합격률이 높은 시험이었지만 인생이 걸린 시험 앞에서 한가로운 소리를 할 간 큰 인간은 그리 많지 않았다.

물론, 예외도 존재하지만.

야식을 품에 안고 의국 안으로 들어오던 태진이 미간을 좁혔다.

"……와우. 봐도 봐도 적응이 안 되네."

전생에 바늘과 원수라도 진 건지 써전인 친구의 취미는 자수였다.

먹은 건 죄다 키로 간 건지 덩치는 산만 한 남자가 손수건에 우아하게 자수를 놓고 있었다. 그것도 수면 부족으로 인해 저

승사자가 친구하자고 할 정도로 퀭한 얼굴로.

생각해 보면 인턴 때부터 저 꼴을 봐 온 것 같다. 처음에는 친구가 드디어 정신을 놓았구나, 걱정하기도 했었다.

바늘이 천을 뚫고 지나갔다가 빠져나오길 몇 분.

손수건에 귀엽고 앙증맞은 꽃이 피기 시작했다. 섬세한 손길로 한 땀 한 땀 꽃을 완성해 나가는 친구의 모습에 태진이 고개를 절레절레 저었다.

병원에 있는 의료진이든, 아니면 환자든, 보호자든 왜 유수한만 보면 얼굴을 붉히는지 알다가도 모를 일이었다.

'이런 놈들이 더 변탠데.'

"오늘 하루 종일 OR(operating room: 수술실)에 있었다고 하지 않았냐?"

"……."

물음에도 답이 없다. 유수한은 어떠한 일에 집중하기 시작하면 옆에서 핵전쟁이 일어나도 모를 인간이었다.

"대단히 미친놈."

"뭐라고?"

자기 욕하는 건 또 귀신같이 알아듣는다.

하지만 태진은 짐짓 아무것도 모른 척 테이블에 야식을 펼치기 시작했다.

"계속 OR에 있지 않았냐고 물었다."

"아, 어. APPE 네 건."

"그럼 좀 쉬지, 왜 소박맞은 처자처럼 야밤에 수를 놔."

"남의 취미를 비하하지 마."

안 그래도 날카로운 인상이 더 더러워졌다.

태진이 슬쩍 한 발자국 뒤로 물러서듯 웅얼거렸다.

"비하한 적 없다? 진짜 궁금해서 묻는 거지."

그러면서 태진은 직접 젓가락을 뜯어 수한에게 내밀었다.

"규환인 이제 수술 끝났대. 기다리지 말고 먼저 먹으라고 했어."

허기를 채우는 것보단 일주일째 미뤄 왔던 수를 마저 놓는 게 먼저라는 듯 수한이 고개를 저었다.

"마저 완성하고."

짧은 답에 태진이 터져 나오려는 한숨을 애써 안으로 삼킨다.

'진짜 괴짜라니까.'

윤기가 자르르 도는 떡볶이를 하나 집어 입안에 밀어 넣은 태진이 우적우적 씹기 시작했다. 음식물을 집어넣고 있는데도 배 속에서는 꼬르륵거리는, 아주 이상한 상태로.

의국 안이 금세 기름 냄새로 가득했지만, 수한은 개나리를 완성하는 것에만 열을 올리고 있었다.

어쩜 이렇게 현실감각이 없을까.

생각해 보면 유수한은 그런 인물이었다. 성적으로라면 당연히 인기과를 가야 할 인간이 뜬금없이 일반외과를 선택한 것부터가 일단은 정상이 아니었다.

그때 뭐라고 했더라. 아, 생각났다!

'예 교수님이 GS 오래.'

수한은 평소 존경하던 교수님의 한마디에 홀라당 일반외과를 선택했다. 그것만 봐도 유수한은 확실히 미쳤다.

당시엔 그의 선택을 모두 의아하게 생각했다. 하다못해 의대 시절부터 붙어 다닌 규환과 태진조차 열이 있는 건 아니냐고 물을 정도였다.

물론 예익환 교수님의 인품은 두말할 것 없었다. 자식 교육까진 완벽하진 못했지만 모두가 존경할 만큼 훌륭한 분이었다.

그렇다고 해서 미래가 캄캄한 외과를 선택한 건 유수한이 오버를 해도 지나치게 오버했다. 신념은 자부심은 줄지언정 배는 채워 주지 못한다. 실제로 예 교수님의 핏줄인 예규환은 부자가 되고 싶다는 일념 하나로 성형외과를 선택했다.

"예전부터 물어보고 싶었는데."

"응, 뭐."

손수건 귀퉁이에 꽃이 피었다. 천을 빳빳하게 펴 완성된 자수를 찬찬히 살피는 눈동자가 사뭇 진지하다.

날렵한 옆모습에 태진이 혀를 찼다. 사람들은 저 겉모습에 속겠지. 알맹이는 진짜 이상한 인간인지도 모르고.

그가 이번엔 바삭한 튀김을 철근처럼 씹으며 물었다.

"너 시험공부는 도대체 언제 하냐?"

"시험은 평소에 준비하는 거야."

"너 지금 예규환 같았어."

"뭐?"

"존나 재수 없었다고. 순간."

태진이 진심을 담아 말을 씹어뱉었다. 그러자 수한은 대답해 줄 가치도 없다는 듯 무심한 표정으로 손수건을 두 번 접어 책상 위에 올려 두었다.

물론 친구의 눈에는 그가 심히 뿌듯해하고 있다는 게 보였지만.

절레절레.

태진이 다시 한 번 고개를 저을 때였다.

호랑이도 제 말 하면 온다더니 문이 열리고 반쯤 넋이 나간 규환이 안으로 들어왔다. 잔뜩 구겨진 가운이 그의 심경을 대변하는 듯했다.

"이제 끝났냐?"

"어…… 죽겠다."

털썩 의자에 앉은 규환이 튀김을 집어 먹었다. 장장 6시간 동안 수술실에서 물 한 모금 마시지 못했던 그는 여러모로 사람 몰골과는 거리가 멀었다.

"교수님은 왜 매번 바쁠 때마다 이러시냐."

"매년 있는 일인데 왜 새삼 우는소리야? 그냥 훌륭한 일 하시는구나, 하면 되지."

"생판 얼굴도 모르는 애들 돕겠다고, 밑에 애들이 죽어 나가니까 하는 말이지."

"넌 진짜! 제발 그 입, 입! 어디 가서 그런 소리 하지 마라."

태진이 기함한 표정으로 말했다. 그러자 규환은 뚱한 표정으로 콧방귀를 뀌었다.

한국대학병원 성형외과에서는 매년 3월 중순, 개발도상국으로 의료 봉사를 떠났다.

여타 다른 과와는 달리 성형외과의 경우 삶이 각박한 나라일수록 발전이 더뎠다. 가장 역사가 짧은 과이기도 했지만, 당장 죽을 병이 아닌 삶의 질을 높이는 과였기에 한국에서는 손쉬운 수술로 여겨지는 *구순구개열[4]이나 가난한 얼굴로 불리는 noma[5] 봉사를 떠나곤 했다.

하지만 규환은 이 봉사에 참여한 적이 단 한 번도 없었다. 우러러볼 수 없는 태양 같은 존재의 교수님이 참여하라고 직접 말해도 단칼에 거절한 게 바로 저 예규환이라는 인간이었다.

"의사도 사람이야. 당장 내 몸이 피곤해 죽겠는데 봉사는 얼어 죽을."

"그래, 그러니까 사람부터 되라고. 사람부터."

태진의 외침에도 규환은 시니컬하게 웃기만 했다.

이런 인간이 이타적으로 일평생을 산 조부와 그 등을 바라보며 의술을 펼치고 계신 예익환 교수님의 아들이라니.

"돌연변이야, 돌연변이. 너 진짜 친자 검사 꼭 해 봐야 돼."

"안 해도 돼."

"왜? 벌써 했냐?"

"나 할머니랑 똑같이 생겼어. 왜, 사진 보여 줘?"

"……."

말로는 이길 수가 없자 태진이 수한에게 한마디 보태어 달라고 고개를 돌릴 때였다.

4) 구순구개열 : 태어나면서부터 입술과 입천장이 갈라져 있는 기형

5) noma : 면역력이 약해진 환자에게서 빠르게 진행되는 다균성 기회감염

웅- 우웅-

진동 소리에 세 사람이 동시에 휴대전화를 확인했다.

"나 아니야."

"나도."

태진과 규환이 묘한 한숨을 내뱉는 사이, 수한이 전화를 받았다.

"네, 유수한입니다."

- 안녕하세요, 유수한 선생님. 응급의학과 레지던트 2년 차 송가온입니다. 81세 환자가 dizziness(현기증)를 느끼고 내원하셨으며, 다른 증상은 없으셨습니다.

어지럼증을 느낀다면 보통 NR(신경과)나 ENT(이비인후과)콜이 먼저였다. 수한 역시 그 점을 언급하고 싶은 듯 물었다.

"뇌 CT는요?"

- 이상 없었습니다.

하지만 혈액 검사상 염증 수치가 높게 나와 흉부와 복부 CT를 진행했다는 설명이 이어졌다. 복부 CT에서 appendicitis(충수염)이 보인다는 말에 수한이 주름진 미간을 손가락으로 꾹꾹 눌렀다.

맹장염이었다.

하지만 앞서 증세라고는 어지럼증이 전부였기에 수한이 재차 확인하기 위해 물었다.

"abdominal pain(복통)은요?"

- 없습니다.

보통 충수염의 주된 증상은 복통이었다. 하지만 고령에서는 염증이 있어도 전형적인 증상이나 소견이 안 보이기도 했다.

"내려가겠습니다."

전화를 끊은 수한이 자리에서 일어나자 태진이 걱정스럽게 말했다.

"야, 한 입이라도 먹고 가."

"OP 들어가야 할지도 몰라."

짧은 답과 함께 수한이 의국을 빠져나가자 태진이 미간을 좁혔다.

"허기를 못 느끼나? 쟤 사람 맞지?"

"유수한이 사람이라는 건 나중에 확인해 보기로 하고, 일단 상부터 접자."

어쩌다 보니 일반외과 의국을 타 과 두 사람이 점령하게 됐다. 규환이 뚜껑을 닫기 시작하자 태진 역시 친구를 돕기 시작했다.

새벽 만찬은 2차로 이어졌다.

수한의 곁에 선 EM 2년 차 송가온 선생의 표정이 긴장감에 굳었다. 정작 콜을 한 건 그녀였지만 즉결심판 직전의 죄인처럼 숨을 죽였다.

잘 모르는 사람에게 첫눈에 반하는 일은 생각보다 쉬웠다. 그 대상이 눈앞에 있는 유수한이라면.

차게 마음이 식은 지금까지도 이 남자를 처음 만났던 그날이 선연히 기억 속에 남아 있는 걸 보면 어쩜 수한을 만난 것 자체가 그녀의 인생에선 큰 이벤트였는지도 모르겠다.

타 의과대학을 졸업해 서열의 가장 위에 있는 한국대학교 인턴 면접을 보고 부푼 마음으로 첫 출근을 했던 그날.

가온은 수한을 보며 시간이 멈추는 느낌을 받았다. 질풍노도의 시기에 연예인을 보고도 떨리지 않던 심장이 유수한을 보고서 뛰었다. 그는 피곤에 찌들어 있는 의사들 안에서 군계일학처럼 고고한 분위기마저 풍겼었다.

하지만 이도 잠시.

인턴 교육이 끝나고 일선에서 환자를 만나고 싶다는 애초의 목표대로 EM을 선택했을 때부터 심장은 다른 방향으로 뛰기 시작했다. 그건 비단 가온뿐만이 아니었다. EM 3년 차 남자 선배조차 수한을 보면 심장이 비이상적으로 뛰어 맥박을 재며 말하기도 했었다.

'여자 친구랑 첫 키스 할 때보다 더 뛰어.'

우스갯소리가 아니었다.

수한의 앞에 서면 남자든 여자든 심장이 비이상적으로 뛰고, 애정인지 두려움인지 모를 감정을 느꼈다. 아니, 어쩜 두 가지 감정 모두일지도.

복부 CT를 한참이고 살펴본 수한이 구부정하게 숙이고 있던 허리를 펴며 물었다.

"vital(활력징후)은 괜찮으니까 일단 항생제 치료 후에 상황 보고 수술하죠."

제대로 된 진찰을 내렸다는 뜻이다.

그는 연이어 농양 사이즈가 크니까 일단 drain(배농) 후에 수술 일자를 잡는 게 좋을 것 같다고 말했다.

가온은 자신도 모르게 안도의 한숨을 내쉰 후 짧게 '네'라고 답했다.

"보호자 어디에 계시죠?"

"지금 올라오는 중이십니다. 자녀분들이 전부 지방에 계셔서."

수한이 손목시계를 확인했다.

"보호자 오는 대로 연락 주세요. 제가 설명하겠습니다."

"네, 알겠습니다."

수고하라는 말과 함께 수한이 몸을 돌렸다. 피곤이 진득하게 내려앉은 얼굴을 손바닥으로 문지르던 그가 엘리베이터 앞에 섰다.

여섯 대 모두 가장 위층에 멈춰 있었다. 탁탁, 발을 구르던 그가 한숨을 쉬더니 비상구로 향했다.

벌써 새벽 4시였다.

30분 뒤면 병실을 돌며 환자 상태를 체크해야 했다. 수한의 담당 환자 중에 대부분은 ICU(중환자실)에 입원해 있었다. 1분 1초 상태가 달라지는 환자였기에 꼼꼼하게 체크하지 않으면 회진 때 큰 소리가 나올 수도 있었다.

해야 할 일을 머릿속으로 정리하며 계단을 오르던 그의 고개가 위로 들렸다. 터벅터벅 계단을 오르던 발도 어느 순간 멈췄다.

"……."

검은색에 가까운 짙은 다갈색의 눈동자가 패잔병처럼 널브러져 있는 사람에게로 향했다. 정신을 잃은 여자는 흰 가운을 입고 있었다. 의사라는 뜻이다. 이 계단 역시 위치 때문에 환자나 보호자는 거의 드나들지 않는 곳이었다.

의식이 없는 여잔 작게 코를 골고 있었다. 쓰러진 게 아니라 누가 봐도 잠든 모양새다.

“오늘은 눈 감고 자네.”

담담한 목소리였지만 텅 빈 비상구는 울림통이 되어 제법 큰 소리로 울려 퍼졌다. 하지만 안타깝게도 졸도해 버린 불쌍한 중생은 이를 듣지 못했다.

꾸벅- 꾸벅-

아래로 고꾸라지듯 떨어진 고개가 한 바퀴 돌듯 옆으로 들렸다. 그러다 다시 아래로 뚝 떨어진다.

그 모습에 일자로 굳게 닫혀 있던 입술에서 헛웃음이 흘러나왔다. 비상구 계단에서 정신을 놓은 의사 선생은 수한 역시 알고 있는 인물이었다.

핏기 하나 없이 창백한 얼굴을 보던 그가 시선을 내려 가운에 적힌 이름을 읽었다.

『의사 예도아』

예도아.

이름 석 자에 그의 시선이 오랫동안 머물렀다. 앞에 과가 적혀 있지 않은 걸 보면 그의 예상대로 인턴인 모양이었다.

속으로 인턴 선생의 이름을 불러 보던 그가 다시 걸음을 옮겼다. 3월 마지막째 주 새벽은 아직 봄이 찾아오기 전이었다. 게다가 그들의 직장인 병원은 다른 곳보다 훨씬 늦게 봄이 찾아오는 장소이기도 했다.

저러다 입이 돌아갈지도 모르지만 조용히 옆을 스쳐 지나 계단을 올랐다. 의국에서 졸기엔 눈치가 보여 굳이 차가운 계단을 선택한 사람을 깨우고 싶진 않았다.

두 개의 층을 올라갔을 때 진동 소리가 울렸다. 습관적으로 휴대전화를 확인한 그가 아래를 내려다보았다.

"네! 지금 가겠습니다!"

우렁찬 목소리는 패잔병이 아니라 전쟁을 앞둔 군기가 바짝 든 병사 같았다. 하지만 곧 빠르게 뛰어 올라오는 소리에 수한의 걸음이 멈췄다.

"어?"

왜인지는 몰라도 도망갈 타이밍을 놓친 것 같았다.

수한은 자신을 멍한 눈으로 올려다보는 여자를 빤히 내려다보며 죄를 지은 것이 아님에도 괜스레 마음이 뒤숭숭해졌다.

한참 그와 시선을 맞추고 있던 도아가 허리를 꾸벅 숙여 인사했다.

"안녕하십니까. 인턴 예도아입니다."

고개를 든 도아가 다시 그를 올려다보았다. 맑은 눈이 자신을 가득 담자 수한이 뒷목을 긁적이더니 손가락으로 허공을 찍었다.

"네?"

멍하니 되묻는 말에 수한이 낮은 음성으로 답했다.

"깃."

도아가 퍼뜩 깃을 똑바로 하며 답했다.

"감사합니다."

꾸벅 고개를 숙이는 모습에 그의 표정이 묘해졌다.

예도아 선생은 체구가 작고, 동글동글한 인상이었다. 화장기 없는 맑은 얼굴은 20대 중반이라기보단 이제 막 성인이 된 사람처럼 보이기도 했다.

하지만 목소리는 달랐다. 낮고 탁한 음성이 귓가에서 쟁쟁 울리는 것 같았다. 얼굴과 어울리지 않는 목소리였지만 실례되는 생각이기도 했다.

감사 인사 이후에도 도아가 멀뚱히 자신을 올려다보자 그의 미간에 작은 주름이 생겼다.

'비켜 달라는 건가?'

그가 한 걸음 옆으로 움직였지만 도아의 시선만이 따라올 뿐 여전히 계단을 오를 마음이 없어 보였다.

조금 전에 콜을 받지 않았냐고 말하려던 찰나, 수한의 입술이 굳게 다물렸다. 그의 얼굴에 처음으로 감정이 스며들었다.

그가 가운을 뒤져 손수건을 꺼내 앞으로 내밀었다. 하지만 정작 당사자는 수한이 앞으로 내민 손수건을 멍한 눈으로 쳐다보고만 있었다.

그러자 수한은 조금 전에 깃을 가리켰던 것처럼 이번엔 코를 손가락 끝으로 가리켰다.

툭. 투둑!

그 순간 타이밍 좋게 핏방울이 아래로 떨어졌다. 그중 하나는 안타깝게도 도아의 하얀 가운을 적시기도 했다.

"아."

도아가 손으로 코를 막자 손가락 새로 피가 흘렀다. 지문을 따라 붉은 피가 선명히 흐르자 그가 손수건을 흔들었다. 빨리 받아 들라는 무언의 압박이었다.

"가, 감사합니다."

넙죽 받아 든 손수건으로 곧장 코를 막은 도아가 머쓱한 표정을 지었다.

'많이 둔한가?'

그가 말없이 바라볼 때였다.

수한의 시선을 다른 뜻으로 받아들인 건지 도아가 퍼뜩 놀란 표정으로 대화를 이었다.

"선배님 때문에 코피 터진 거 아닙니다."

"……뭐?"

"아니라고요. 선배님 때문에 그런 거."

힘줘서 하는 말에는 믿어 달라는 간절함마저 읽혔다.

아니, 왜?

수한의 미간에 깊은 주름이 잡혔다. 어떻게 말해야 할지 몰라 난감해하는 사이, 도아가 말간 눈으로 그를 올려다보며 말했다.

"손수건은 빨아서 돌려 드리겠습니다."

코에서 다시 피가 흐르는 느낌이 들었는지 도아가 손수건으로 콧구멍을 막으며 인상을 썼다.

그 표정을 말없이 바라보던 그가 뒤늦게 고개를 끄덕였다.

"……그러든가."

조금 전에 완성한 손수건은 누군가에게 줄 선물이었다. 하지만 이미 사용한 물건을 다른 사람에게 줄 수는 없었기에 볼 때마다 넋을 놓고 있는 인턴 선생이 돌려주든 돌려주지 않든 상관없었다.

가볍게 답한 그가 시간을 확인한 후 몸을 돌려 가장 가까운 문을 열고 밖으로 나갔다.

쾅!

묵직한 철문이 닫히자 적막이 내려앉는다. 비상구에 홀로 남은 도아의 시선이 그가 사라진 문에서 손수건으로 옮겨졌다. 빨간 핏물이 든 손수건을 바라보는 표정이 묘해졌다.

"눈으로 걱정도 할 수 있는 사람이네."

하지만 이 사실을 같은 방 룸메이트에게 알려 주고 싶진 않았다. 그저, 나만의 비밀로 알고 싶을 뿐.

한참 생각에 잠겨 있던 도아는 다시 한번 휴대전화가 울리자 재빨리 걸음을 옮겼다.

"아, 콜!"

악!

속으로 비명을 내지르며.

❖ ❖ ❖

새하얀 손수건 위에 수놓인 꽃을 보던 도아가 미간을 팍 찌푸렀다. '희망'이란 꽃말을 가진 개나리가 '불타는 생각'이란 꽃말을 가진 샐비어가 되었다.

과산화수소로 빨았지만, 핏자국을 완벽하게 지우진 못했다. 보기만 해도 행복해지는 노란색 개나리꽃이 피로 물들어 얼룩덜룩하자 도아가 한숨을 푹 내쉬었다.

"빨리 빨걸."

후회해 봤자 이미 늦었다. 게다가 당시 계속되는 콜로 손수건을 빨 정신이 없기도 했으니, 사실 후회할 일도 아니었다.

"돌려주기로 약속했는데."

이대로는 무리였다. 남의 피가 묻어 있는 손수건을 쓰는 사람은 없을 테니까.

쿵.

책상에 이마를 박은 도아가 미간을 좁혔다. 혹시 몰라 인터넷을 뒤져 봤지만 이와 같은 제품은 찾지 못했다.

"……하필 왜 그때 코피가 터져선."

게다가 쓸데없는 말까지 덧붙였다.

선배님 때문에 코피 터진 게 아니라니.

"꼭 제 발 저려서 변명부터 하는 것 같잖아!"

뒤늦게 부끄러움이 몰려오자 발가락이 오그라들었다. 그래, 생각해 보니 선뜻 손수건 문제를 해결하지 못한 것도 다 이 때문이었다. 부끄러워서 차마 유수한을 마주할 용기가 나지 않았다.

하지만 5월엔 유수한이 있는 일반외과에서 근무하게 된다. 언제까지고 회피할 수만은 없다는 뜻이기도 하다.

쿵.

……쿵.

쿵!

"아!"

이마를 어루만진 도아의 눈가에 눈물이 찔끔 맺혔다. 얼얼한 이마를 어루만지는 사이, 타이밍 좋게 휴대전화가 울렸다. 전화를 받자마자 자리에서 벌떡 일어난 도아가 재빨리 텅 빈 휴게실을 나섰다.

– 응급의학과 레지던트 강치열입니다. 42세 여성 강나라 님이 vomiting(구토) 후 syncope(실신)으로 응급 후송되어 오셨는데, 주치의가 예도아 선생으로 되어 있어서요.

"내려가겠습니다."

빠르게 답변하는 순간부터 도아의 걸음은 거의 달리다시피 빠르게 움직였다.

하루에도 수십 명의 환자를 만나고, 2주 차부터는 명색이 의사로서 전담 환자가 수십 명이 생겼음에도 유독 기억에 남는 환자였다.

그녀는 폐암 말기 환자였다.

열두 살과 여덟 살 자식이 있는 환자는 폐암 말기를 선고받았고, 수술적 치료가 불가능하다는, 어쩌면 사망 선고일지도 모르는 말을 듣고서 지난주에 퇴원했다. 병원에서 해 줄 수 있는 일이 없었던 환자였다.

철컥!

두꺼운 철문을 열자마자 병원과는 거리가 먼 왁자지껄한 소리가 들렸다.

"선생님, 여기서 이러시면 안 됩니다."

"뭐! 왜! 내 마음이야!"

한쪽에서는 응급의학과 레지던트가 취객과 실랑이를 벌이고 있었다. 그 자리엔 도아의 동기인 민성도 있었다.

진땀을 뻘뻘 흘리는 친구의 모습에서 시선을 뗀 도아가 재빨리 주위를 훑었다. 취객의 뒤, 커튼이 쳐져 있는 베드가 보였다.

"아아……!"

"어떻게 좀 해 줘요, 선생님!"

처절한 울음이 뒤섞인 목소리였다.

취객을 빠르게 스쳐 지나간 도아가 커튼을 열었다.

"……아흐윽!"

고통에 몸부림치며 몸을 뒤트는 나라를 보는 순간 도아의 얼굴이 창백하게 굳어졌다. 곁에 선 그녀의 보호자인 남편도 함께 울고 있었다.

"나라야, 나라야……."

남편의 처절한 음성은 마치 곡소리 같았다.

도아가 그 모습을 멍하니 바라보는 사이, 콜을 한 응급의학과 3년 차 레지던트 강치열이 다가왔다.

"뉴신타서방정(마약성 진통제의 일종) 처방 나갔던데."

보호자의 말로는 초반 며칠간을 제외하고선 계속 고통에 시달려 왔다고 했다. 호스피스 병동에 입원하지 않은 건 아내가 마지막까지 자식들과 함께 있고 싶어 해서였다.

양해를 구한 도아가 휴대전화를 들고 몸을 돌렸다.

"차 선생님, 늦은 시간에 죄송합니다. 인턴 예도아입니다."

환자에게 직접 암 선고를 한 교수님에게 상황을 직접 설명하기엔 너무 늦은 시간이었다. 도아는 잠에 취한 3년 차 선배를 깨워 상황을 설명했다.

– 일단 몰핀[6]으로 통증부터 잡아야겠네. 지금 내려갈게.

"감사합니다."

통화를 끝낸 도아가 자리로 돌아온 건 얼마 지나지 않아서였다. 어디서 난 것인지 몰라도 취객이 커터칼을 꺼내 양옆으로 크게 흔들며 난동을 부리고 있었고, 보안요원들도 난감한 표정만 지을 뿐, 어찌할 바를 몰라 하고 있었다.

"뭐? 너 지금 뭐라고 했어!"

"조용히 하라고! 여기 당신만 있어?! 술 처먹고 어디서 행패야!"

조금 전까지만 해도 나라의 옆에서 울고 있던 남편이 어느새 취객과 다투고 있었다. 일촉즉발의 상황에 도아의 눈이 커다랗게 떠졌다.

"아……."

아, 안 돼.

그 말이 입 밖으로 나오지 못하고 안으로 집어삼켜졌다. 도아의 눈이 불안함에 커다랗게 떠졌다.

아슬아슬한 대치였다. 칼날의 끝이 보호자를 향했다. 그 모습에 이성의 지배에서 벗어난 발이 제멋대로 그들에게 향했다.

---

6) 몰핀(morphine) : 마약성 진통제의 일종

"뭐야? 너 언제 봤다고 반말……!"

후두둑!

핏방울이 바닥으로 떨어졌다. 그 순간 응급실 안에 정적이 내려앉았다. 놀란 시선이 한곳으로 모였다.

보호자에게 휘둘러진 칼날은 어느새 도아의 손에 붙잡혀 있었다. 날카로운 칼날이 손바닥을 파고드는 화끈한 고통에 도아의 얼굴이 일그러졌다.

"……으."

속으로 고통을 삼킨 도아가 걸음을 뒤로 주춤주춤 물렸다. 그녀의 걸음이 지나간 자리에 붉은 흔적이 남았다.

"아……!"

누가 냈는지 모르는 신음 소리가 들렸다.

취객이 칼끝에 묻어 있는 붉은 피에 보더니 더듬더듬 도아에게 다가왔다.

점차 다가오는 남자의 모습에 도아의 눈이 겁에 질려 커다랗게 떠졌을 때다.

커다란 등이 시야를 막았다. 남자와 자신의 사이를 가로막는 넓은 등에 숨을 들이켰다.

"인턴 선생은 볼 때마다 피를 흘리네."

유수한이었다.

취객의 팔을 붙잡고 있는 그의 모습에 도아의 숨이 멈췄다.

"괜찮아? 어디 봐!"

뒤늦게 정신을 차린 민성이 도아에게 달려와 상처 부위를 살펴보았다. 그러자 뒤늦은 고통에 도아가 손목을 붙잡으며 가슴

위까지 들어올렸다.

칼날이 지나간 자리로 붉은 선이 그려졌고, 피가 흘러나와 그녀의 손목은 물론이고 가운 소매까지 적셨다.

그 모습에서 시선을 떼지 않던 수한이 취객의 팔을 붙든 손에 힘을 주자 그가 아픔을 호소하며 칼을 떨어뜨렸다.

"악!"

발로 커터칼을 저 멀리 차 버린 그가 집어 던지듯 취객의 팔을 놓았다. 그러더니 비치되어 있던 소독제로 손을 닦으며 몸을 돌린다.

수한의 시선은 취객에게로 향해 있었다. 아니, 정확히 말하면 뒤에서 앵무새처럼 '병원에서 이러시면 안 됩니다'만 반복하던 보안요원에게 향해 있다고 보는 게 더 정확할 듯도 했다.

"뭐 합니까? 경찰 안 부르고."

"아, 아, 예!"

유수한의 등장으로 안 그래도 얼어붙었던 분위기가 더 살얼음판이 되었다.

보안요원들이 빠르게 취객을 제압해 ER 밖으로 끌고 나가는 사이, 수한의 시선은 도아의 손바닥으로 향했다.

"괜찮아?"

무심하지만 감정이 그득한 것 같은 목소리다.

도아가 멍한 눈으로 고개를 끄덕이자 수한의 시선이 이번엔 옆에 선 민성에게로 향했다.

아니. 정확하게는 가운에 적힌 그의 이름에.

"단……민성 선생?"

"예? 예!"

그가 바짝 긴장한 얼굴로 답하자 수한은 데리고 가서 치료해 주라는 말과 함께 걸음을 옮겼다.

도아는 멀어져 가는 그의 뒷모습에서 시선을 뗄 수가 없었다.

두근.

심장이 뛰었다.

깜짝 놀란 도아가 고개를 내려 자신의 가슴께를 쳐다본다. 마치 그 자리에 심장이 있었다는 걸 이제야 알았다는 듯이.

"이게 다 무슨 일이야?"

뒤늦게 응급실로 내려온 호흡기내과 레지던트 3년 차 차응진 선생이 눈을 커다랗게 떴다. 취객이 보안요원들에게 끌려 나가며 얼추 마무리된 뒤여서 더더욱 상황 파악이 어려운 모양이었다.

청소 아주머니가 밀대로 바닥에 묻은 피를 닦고 있었다. 응급실에서 혈흔을 보는 일이야 흔했지만, 분위기가 평소와 달랐다.

의료진의 시선이 한곳에 모여 있자 차 선생의 고개가 자연스럽게 돌아갔다. 그 시선 끝엔 두 사람이 있었다.

다친 손바닥을 suture(봉합)하고 있는 도아를 보며 깜짝 놀란 차 선생이 한달음에 달려가 물었다.

"뭐야, 너! 다쳤어?"

"어? 아, 네…… 조금."

"아니, 어쩌다가?"

아주머니가 닦던 피는 환자의 것이 아닌 예도아의 것이었다.

차 선생의 물음에 도아가 어수룩한 표정을 지었다. 그러다 곧 그가 응급실까지 내려온 이유가 떠올랐는지 자리에서 벌떡 일어났다.

"강나라 환자는 이쪽에……."

도아가 나서기도 전에 강치열 선생이 나타나 차 선생의 어깨를 툭툭 두드렸다.

"인턴 선생은 마저 치료받아. 넌 왜 이렇게 늦게 내려왔어? 환자 죽고 나서 올래?"

"어? 아니, 그게……."

차 선생이 강 선생에게 끌려 환자에게로 향하자 어정쩡하게 서 있던 도아가 다시 자리에 앉았다. 그러자 맞은편에 앉아 있던 민성이 무심한 표정으로 손바닥을 위로 펼쳐 내밀었다.

"손."

"내가 개냐?"

"개도 자기한테 위험이 닥치면 도망부터 가."

"뭐? 너 지금 내가 개보다도 못하다는……."

미간을 좁힌 도아가 빠르게 말을 내뱉자 그가 도중에 말을 잘라 냈다.

"거기서 나서길 왜 나서냐."

"그럼? 보호자 다치는데 보고만 있어?"

"아니, 그래도 몸으로 막는 건 아니지, 화상아. 유 선배님 아니었으면 어쩔 뻔했어."

민성의 시선이 도아의 얼굴로 향했다. 알코올에 정신을 지배당한 인간이 어떠한 짓거리까지 하는지 응급실에서 3주 넘는 시간을 보내며 누구보다 잘 알게 된 민성이었다. 손바닥 다음엔 얼굴이거나 목일 수도 있었다.

눈앞이 아찔해진 민성의 얼굴이 일그러진 것과는 달리 도아는 어딘가 혼이 나간 표정으로 읊조렸다.

"너무 멋있지 않니?"

"뭐가?"

"유수한 선배님. 너무 멋있지 않냐고."

"너…… 손이 아니라 머릴 다친 거냐?"

민성이 황당한 표정으로 묻자 돌아오는 답은 더 가관이었다.

"사랑에 빠진 것 같아."

"……예도아."

"여자 친구 있겠지?"

"……마취는 손바닥에 했는데."

"있으면 어쩌지?"

기가 막힌 얼굴로 읊조리던 민성이 Needle holder(봉합 시 사용하는 바늘 집게 가위)를 집어 들었다.

"입부터 봉합하기 전에 조용히 하자, 동기야. 정신 사나워."

입술을 안으로 말아 넣은 도아를 보며 민성이 한숨을 푹 내쉬었다. 다시 생각해 보니 다행이다 싶었다. 보통이라면 이런 상황에서 두려움을 느낄 테지만 도아는 조금 전 칼을 맞았다는 사실도 잊은 듯했다.

한숨을 쉰 민성이 봉합을 이어 나갔다. 얇은 바늘이 생살을 뚫었다.

드르륵- 드르르륵-

가운 안에 넣어 둔 휴대전화가 울리자 도아가 손을 안으로 밀어 넣다 말고 몸을 떨었다.

"아."

마취가 깨자 고통이 밀려왔다. 전후 사정을 들은 차 선생이 오늘은 이만 쉬라고 보내 주었지만 도아는 기숙사가 아닌 홀로 있을 수 있는 비상구를 선택했다.

엉덩이를 통해 차가운 기운이 스멀스멀 올라왔지만 도아는 일어서는 대신 휴대전화 액정을 확인했다. 저장되어 있지 않은 번호에 도아가 통화 버튼을 눌렀다.

"네, 호흡기……."

- 너 어디야!

벼락같은 음성에 도아의 얼굴이 종잇장처럼 일그러졌다. 누군가 했더니 일생에 도움이 안 되는 예규환이었다.

"어디긴 어디야. 병원이지."

- 그러니까 병원 어디냐고!

"아, 왜 소리를 질러! 안 그래도 심란해 죽겠는데!"

도아가 지지 않고 외치자 전화 너머로 침묵이 흘렀다.

뭐지?

혹 전화가 끊겼나 액정을 보았지만 통화 시간은 흐르고 있었다.

"할 말 끝났으면 이만……."

– 당장 어머니한테 상황 보고하기 전에 위치 보고해라. 이 시간에 엄마 깨우게 하지 말고.

절대 거역할 수 없는 말이었다.

"……비상구."

– 비상구 어디.

"E구역 3층."

– 거기서 딱 기다려.

끊긴 전화를 내려다보던 도아가 인상을 썼다.

"왜 이래? 낯설게."

콧방귀를 뀐 그녀가 가운 주머니에 휴대전화를 넣은 후 몇 분이 지나자 아래층 문이 벌컥 열렸다. 안으로 들어온 건 예상대로 자신의 핏줄이었다.

"뭐야? 진짜 다쳤네?"

"그럼, 진짜로 다치지 가짜로 다쳐?"

붕대를 감고 있는 오른손을 규환이 심란한 눈으로 보았다. 미우나 고우나 어찌 되었든 두 사람은 남매였다. 취객에게 칼 맞았다는 소식에 마음 정도는 쓰이는.

걱정스러운 표정에 샐쭉한 표정을 짓고 있던 도아의 눈빛이 달라진 건 한순간이었다. 도아가 양손을 모으더니 자신의 앞에서 있는 규환을 올려다보며 눈을 빛냈다.

"오빠."

"너 칼 맞은 게 아니라 머리가 어떻게 됐냐? 왜 그렇게 살벌하게 보고 그래?"

오늘따라 도아의 머리를 걱정하는 이들이 많다.

긴 속눈썹을 일부러 팔랑이는 도아를 보며 규환이 못 볼 꼴이라도 봤다는 듯 인상을 썼다. 그럼에도 도아는 지지 않고 자신의 할 말만 이어 나갔다.

"유수한 선배님은 어떤 분이셔?"

"……뭐? 유수한?"

"응, 유수한."

"내가 아는 그 유수한?"

끄덕.

짧은 고갯짓에 불안함을 느낀 규환이 멍한 얼굴로 말을 이었다.

"……안 된다. 절대 안 돼."

"뭐가 안 돼?"

"내 친구랑은 절대 안 된다고!"

격렬한 외침에 도아의 얼굴이 짜증으로 일그러졌다. 원래라면 여자 친구가 있냐고 물어볼 생각이었지만 저 표정을 보아하니 없어도 있다고 거짓말이라도 할 것 같았다.

"오빠 친구인 게 뭔 상관이야. 짜증나게."

"너 존경할 수 있는 사람이 이상형이라고 안 했냐? 미쳤냐? 유수한을 존경하게? 대가리에 총 맞았냐?"

"웃기시네. 오빠랑 비교할 수 없게 존경할 수 있는 사람이거든?"

"언제 봤다고!"

"사람을 오래 봐야 알아? 난 26년간 오빠를 봐 왔어도 아직 오빠가 얼마나 바닥인지 모르는데."

"너, 이……!"

얼굴을 새빨갛게 붉히며 흥분하던 규환이 이내 마음이 바뀌었는지 숨을 훅 몰아쉬었다. 그러더니 눈을 가늘게 뜨며 빈정거리기까지 한다.

"그래, 어디 한번 잘 해 봐라."

"뭐야, 그 빈정거리는 말투는?"

"당장 네가 내 동생이라는 거 말할 거야. 그럼……."

"야!!!"

비상구를 쩌렁쩌렁 울리는 목소리에 규환의 눈이 튀어나올 것처럼 커다랗게 떠졌다. 어릴 때부터 죽일 듯이 싸우긴 해도 동생이 이렇게까지 격렬하게 소리를 지른 건 처음이었다.

서른이 되어 동생한테 이런 취급을 받을 줄 몰랐던 규환이 입술을 더듬거리며 말했다.

"너 지금 하늘 같은 오빠한테……."

"말하기만 해 봐! 나도 죽고 오빠도 죽는 거야! 알았어?!"

"알았어! 알았으니까 그 눈깔 좀 어떻게 하지?"

씩씩거리던 도아가 한참 규환을 노려보더니 자리에서 벌떡 일어났다.

옆을 스쳐 지나가는 것도 짜증난다는 듯 성큼성큼 계단을 올라간 도아가 위층 문을 열고 밖으로 나가 버렸다.

쾅!

커다란 소리와 함께 홀로 남은 규환이 인상을 쓴다.

"……예도아랑 유수한이랑?"

멍하니 생각하던 규환이 갑자기 손으로 입을 틀어막았다.

"욱!"

상상만 해도 토가 쏠렸다.

◈ ◈ ◈

경찰 조사와는 별개로 한국대학병원에서도 진상위원회가 열렸다.

병원장과 감사실, 기획조정실에서도 사람이 나왔고, 과장들도 한자리에 모였다. 그들의 맞은편엔 당시 현장에 있었던 의료진은 물론이고, 보안요원까지 빠짐없이 참석했다.

초반 상황에 대해 보고한 건 응급의학과 4년 차 박솔지였다. 그녀는 취객이 난동을 부리는 상황부터 경찰이 와 종결이 될 때까지 과정을 설명했고, 그 뒤에 발언을 이어 나간 건 응급의학과 3년 차 강치열이었다.

"의료진의 안전이 확보되지 않은 상태에선 환자의 안전 역시 보장할 수 없습니다."

그는 답답한 현실과는 달리 감정을 최대한 절제한 목소리로 말했다. 사실 응급실에서 취객이 난동을 부리는 거야, 특별하지 않은 일이었다. 이번 사건이 특별하게 취급받은 건 그 취객이 환자 보호자에게 칼을 휘둘렀다는 것이고, 이를 막기 위해 인턴이 나서면서 손을 다쳤기 때문이었다.

"이번 달만 하더라도 취객에게 맞은 선생님만 네 명이 넘습니다. 가끔은 제가 응급실에서 일하는 건지, 취객들 상대하는 일을 하는 건지 모를 정도입니다."

그의 말에 회의실 안이 조용해졌다. 한숨이 흘렀고, 한참이 지나서야 병원장이 운을 뗐다.

"대책 마련하겠습니다."

그 대책이라는 것이 얼마나 실효성이 있을지 알 수 없는 일이었다. 과거 응급실에서 환자에게 구타당한 의료진이 전치 4주의 부상을 입었을 때도 이번과 똑같이 진상위원회가 열렸고, 그때도 병원 측은 의료진을 보호할 대책을 마련하겠다고 말했었다.

하지만 이 약속은 지켜지지 않았다. 뾰족한 수가 없었기 때문이다. 물리력을 쓸 법적 권한도 없었으며, 괜히 건드렸다가 소송에 휘말릴 수 있어 대응하지 못하고 있는 게 현실이었다.

그 사실을 이 자리에 앉아 있는 모두가 알고 있었지만 이의를 제기하는 이는 없었다.

"바쁜데 시간 내 줘서 고맙습니다."

병원장의 말에 사람들이 하나둘 자리에서 일어나 허리를 숙였다.

달달달!

불안함에 다리를 달달 떨던 도아가 고개를 떨궜다. 자신이 잘못을 저지른 것도 아닌데, 교무실에 불려온 학생처럼 안절부절못했다.

그때 회의실 문이 열렸고, 가장 먼저 밖으로 나온 건 유수한이었다. 그의 모습에 도아가 얼떨결에 자리에서 일어나자 사람들이 하나둘 밖으로 나왔다.

그의 시선이 붕대가 감겨 있는 오른손으로 향해 있었다. 뜻을 알 수 없는 눈빛에 도아가 왼손으로 붕대를 감추자 그가 몸을 돌려 사람들과 함께 섞여 걸음을 옮겼다.

"……."

그 뒷모습을 멍하니 바라보던 도아의 앞에 말끔한 투피스를 입고 있는 여성이 섰다.

"안으로 들어가시면 됩니다."

열린 문 안으로 조심스럽게 들어선 도아가 안에 모여 있는 나이 지긋한 사람들을 훑어보았다. 그중에선 도아의 아버지 예익환 교수도 있었다.

예 교수와 시선이 마주친 도아가 황급히 시선을 피하며 손을 서둘러 뒤로 감췄지만 소용없었다. 이 자리는 도아의 사고로 인해 만들어진 것이었으니까.

"편하신 자리에 앉으면 돼요."

예 교수의 말에 도아가 자리에 앉은 후 고개를 떨궜다. 그 뒤에 운을 뗀 건 응급의학과 김 교수였다.

"괜찮아요? 상황은 당시 응급실에 있었던 의료진에게 들었어요."

걱정스러운 음색에 도아의 표정이 어수룩해졌다.

김 교수는 예 교수와 오랫동안 친분이 있었던 사람으로 도아가 그의 딸이라는 사실을 알고 있는 사람 중 하나였다.

비단 그녀뿐만이 아니었다. 이 자리에 있는 사람 중 몇몇은 둘의 관계를 알고 있었고, 그들의 시선은 도아가 아닌 예 교수를 향해 있었다.

“네, 괜찮습니다.”

“치료 잘 받아요. 덧나지 않게.”

“네.”

짧은 답과 함께 곧 본론이 이어졌다. 경찰 조사와 추후 치료에 관한 것들이었다. 하지만 도아의 귀엔 아무것도 들리지 않았다.

도아는 아버지의 눈을 보자 비로소 자신의 잘못이 무엇인지 깨달았다.

아작.

이에 짓눌린 입술이 새하얗게 질렸다.

세상이 조금 뿌옇게 보이자 예 교수가 쓰고 있던 안경을 벗으며 책상 한쪽에 놓여 있던 천을 가져와 닦는다. 그러면서도 그의 시선은 책상 위 논문을 향해 있다. 늦은 시각이었지만 예 교수의 연구실은 다른 여느 곳과 마찬가지로 불이 들어와 있었다.

예 교수 역시 매년 논문의 양으로 실적평가를 받는 입장이었다. 하지만 제자들의 논문을 봐주는 것에도 소홀하지 않다 보니 그의 퇴근 시간은 항상 자정을 넘기곤 했다.

똑똑!

정신이 다른 곳에 팔려 한참 안경을 닦던 예 교수의 손이 멈췄다. 노크 소리에 예 교수가 고개를 들었다.

“들어와요.”

달칵.

문을 열고 안으로 들어온 건 인턴 선생이었다. 잔뜩 기가 죽은 얼굴로 자신에게 꾸벅 고개를 숙이는 도아의 모습에 예 교수가 웃음기 섞인 목소리로 물었다.

"어쩐 일이야? 병원에선 내 딸 안 한다면서."

"아부지는 무슨 말씀을 그렇게 무섭게 하세요? 내 마음이 어떤지 잘 아시면서."

"어떤 마음인데?"

"죄스러운 마음이지."

그러면서 히죽 웃는 딸을 따라 예 교수도 웃었다.

현대 사회에도 눈에 보이지 않는 계급이 존재했다. 물론 이에 동의하지 않는 사람들도 있겠지만 이 세계에서는 부모 중 한쪽이 의사면 진골, 모두가 의사면 성골이라고 했다. 부모님이 대학에 남아 있는 경우라면 한 쪽만 의사여도 성골이라 불러 주기도 했다. 친해지면 펠로우 자리를 좀 더 쉽게 얻을지도 모른다고 생각하는 이들도 많았다.

보통도 이런데 도아는 오죽할까.

규환은 이를 즐기는 타입이었지만 도아는 어릴 적부터 이를 부담스러워했다. 아주 친한 친구들을 제외하고선 도아의 아버지가 의사라는 걸 아는 이들이 극히 드물 정도였다. 예 교수 역시 아버지의 그늘에 갇혀 숨이 막힐 때도 있었다.

예 교수가 자신의 앞에 선 도아의 손을 내려다보았다. 표정이 어두워지자 애교 많은 막내가 히죽 웃었다.

"죄송해요, 아부지."

웃는 얼굴에 침 못 뱉을 줄 알고.

예 교수가 짐짓 엄한 표정으로 말했다.

"그러게 죄송할 짓을 왜 해."

"내가 바보니까."

"그러면 아빠가 입 다물 줄 알고?"

"아부지는 딸바보고."

"……허."

헛웃음을 뱉은 예 교수가 고개를 절레절레 저었다. 이래서 딸에겐 매번 졌다. 어릴 때부터 아들은 예민하고 까탈스러운 면이 있었지만 딸은 아니었다. 무던했고, 다툼을 싫어했으며, 힘든 일이 있어도 항상 밝게 웃는 아이였다.

병원의 생활이 워낙 바빠 자식들이 성장하는 동안 곁에 없었다는 것도 미안한 점 중 하나였다.

심란한 눈으로 붕대가 감긴 손을 보던 예 교수가 뒤늦게 짧은 한 마디를 뱉었다.

"잘했어."

의사로선 잘한 일이었다.

시한부 선고를 받은 보호자를 지키는 건 의사가 할 일이 아니라고 할지도 몰랐지만 예 교수의 생각은 달랐다. 보호자의 마음을 보듬어 주는 것 역시 의료인으로서 당연한 일이었다.

하지만 도아는 믿을 수 없다는 듯 답한다.

"속으론 엄청 잔소리하고 계시면서."

"진짜야."

진심이 느껴졌지만 흐려진 표정에서 도아는 아버지의 마음을 읽고서 답했다.

"앞으로는 엄청 조심할게요."

"나서지 않겠다고는 안 하는구나."

"먼저 발이 움직였는걸요. 앞으로도 그럴걸?"

"어련하실까."

예 교수가 뒤에 있는 소파를 권했지만 도아는 고개를 저었다. 오랫동안 이곳에 있을 마음이 없다는 듯이. 딸은 어쩜 주위 사람들을 속인 일이라고 비난받을 수 있는 연극을 계속 이어 나갈 모양이었다.

도아는 지금부터가 본론이라는 듯 조심스러운 표정으로 물었다.

"엄마한테는 말 안 했죠?"

"그래."

아직은.

예 교수가 속엣말을 삼켰다는 것을 알기에 도아는 힘주어 뒷말을 해야 했다.

"앞으로도 비밀이에요."

확답을 달라는 듯 다부진 표정에 예 교수의 눈이 가늘게 떠졌다.

"입단속하려고 여기까지 왔구만."

"에이, 아부지한테 사과한 것도 진심이었는데. 그래 주실 거죠?"

"나중에 알면 더 화낼 텐데? 지연 씨, 화나면 무섭다?"

"때 되면 자진 납세하겠습니다."

도아가 허리까지 꾸벅 숙이며 제발 한 번만 봐 달라는 듯 굴었다. 이를 보던 예 교수가 한숨을 삼킨다. 후폭풍이 무서웠지만 그는 딸의 부탁이라면 뭐든지 들어주었다.

"그래, 알았다."

"진짜죠? 진짜 비밀로 해 주시는 거죠?"

"그래."

짧은 답에 도아의 표정이 한껏 밝아졌다. 부부 사이에서 비밀은 없어야 한다는 평소 아버지의 생각을 비추어 볼 때 아주 큰 결심을 한 게 분명했다.

다시 한 번 감사의 인사를 한 도아가 산뜻하게 몸을 돌리자 예 교수가 이를 섭섭하다는 듯 바라보았다.

"벌써 가게?"

"손이 이러니까 야식이라도 날라야죠. 따까리도 열심히 하고. 월급도 받는데."

붕대가 감긴 손을 휘저은 딸이 곧 말을 이었다.

"아부진 일찍 퇴근하셔요. 엄마 외로워요."

남편에 자식까지.

모두 병원에 빼앗긴 엄마를 마지막까지 걱정한 딸이 연구실을 나서자 예 교수가 책상 위에 놓여 있는 논문을 보았다. 그러더니 이내 마음을 고쳐먹은 듯 책상을 정리한 후 퇴근길에 올랐다.

❖ ❖ ❖

"예도아 선생."

"네, 선배님."

나지막한 부름에 도아는 양손을 앞으로 모은 후 예의를 다해 고개를 숙였다. 그녀의 모습에 차응진 선생은 헛웃음이 터져 나오려는 것을 애써 막아야 했다. 마치 네 죄를 네가 알렸다, 같은 표정으로.

"내일 실밥 풀지?"

"네."

손을 다친 인턴 선생이 할 수 있는 일은 그리 많지 않았고, 사고가 있고 8일 동안 선배들과 동기들의 엄청난 배려가 있었다. 그녀가 실밥을 풀게 된 건 그에게도 큰 기쁨이었겠지만 안타깝게도 표정은 그리 밝지 않았다.

내일은 3월의 마지막째 주 금요일이었다. 그 말인즉 도아가 호흡기내과에서 근무를 서는 것도 고작 이틀밖에 남지 않았다는 뜻이었다.

"오늘 들어가서 바로 자라. 딴짓하지 말고."

"네!"

"대답은 잘하지."

그가 헛헛하게 웃은 후 도아를 보았다. 3월의 인턴은 특히나 지뢰가 많았지만 사고가 있기 전까지 아주 잘해 주었다.

"수고했어. 한 달 동안."

"은혜와 같은 가르침 감사했습니다, 선배님."

"얼씨구."

평소와는 달리 예의 바르게 다시 한 번 꾸벅 허리를 숙이는 도아를 보며 그가 손을 휘저었다. 얼른 퇴근하라는 손짓이었다.

터덜터덜 걸음을 옮겨 병원을 나선 도아가 기숙사를 향해 걷기 시작했다. 의료인 중에서 정해진 퇴근 시간에 병원을 나서는 이들은 극히 드물었고, 그래서인지 좁은 골목에선 인기척이 거의 느껴지지 않았다.

바닥을 보며 천천히 걸음을 옮기던 도아가 고개를 든 순간 눈이 커다랗게 떠졌다.

'어!'

비명이 터져 나올 뻔한 것을 겨우 억누른 도아가 지척에서 걷고 있는 등을 보았다. 유수한이었다. 등짝만 봐도 알 수 있었다.

졸졸졸.

적당한 거리를 유지한 채 수한의 등만 보며 걷던 도아는 그가 걸음을 멈추자 따라 멈췄다. 그러다 곧 그가 다시 걸음을 옮기자 뒤를 따른다.

우뚝.

그의 걸음이 다시 멈추자 도아는 심상치 않은 기운을 느끼고서 재빨리 몸을 숨겼다. 생각보다 행동이 먼저 앞선 것이다.

안타까운 점이 있다면 아무리 도아가 작다 한들 좁은 전봇대에 몸을 감추는 건 무리라는 사실이었다. 그녀는 포식자 앞에서 얼굴만 가리면 다 되는 줄 아는 새끼 동물처럼 굴고 있었다.

수한의 눈이 가늘게 떠졌다.

"뭐 하는 거야?"

낮은 음성에 도아의 눈이 커다랗게 떠졌다.

'들켰다!'

안 들킬 줄 알았던 것부터가 문제였지만 이 사실을 알 리 없는 도아의 심장이 미친 듯이 널을 뛰기 시작했다.

쿵! 쿵! 쿵!

"……."

눈동자를 도르륵 굴리던 도아가 인상을 팍 쓰더니 상황 파악을 하고선 입가에 기계적인 미소를 머금었다. 그러더니 곧 한 걸음 옆으로 나와 그에게 힘껏 허리를 숙였다.

"감사합니다!"

"……."

수한의 표정이 일그러지자 도아는 문득 가장 중요한 말을 하지 않았다는 사실을 떠올렸다.

"아! ER에서 도와주신 거요."

"……."

"정말 감사했습니다."

8일이 지나 그에게 겨우 감사의 인사를 할 수 있었다.

한 달 동안 도아는 그에게 세 번의 도움을 받았다. 처음은 아직 새벽 바람이 너무 차가웠던 날 신호등 앞에서였다. 유수한과 처음으로 대화를 나눴던 날, 도아는 제대로 된 감사의 말조차 하지 못했다.

비상구에서는 손수건을 빌렸고, 응급실에서는 취객의 칼을 빼앗으며 상황을 정리하기도 했다.

이게 운명이 아니고 뭐란 말인가.

스물여섯이 되어서 처음으로 이성에게 첫눈에 반한 도아는 어린 소녀처럼 그와의 관계를 규정지었다.

도아의 얼굴이 부푼 기대감으로 달아올랐지만 이를 볼 수 있을 정도로 거리가 가깝지는 않았다.

조금 시간이 흐른 후에야 수한이 무겁게 닫고 있던 입술을 뗐다.

"손수건."

"……에?"

"돌려준다면서."

낮고 건조한 목소리에 도아의 얼굴이 새빨갛게 달아올랐다가 이내 창백해졌다.

"돌려 드리겠습니다!"

"그래."

고개를 끄덕인 수한이 다시 몸을 돌려 길을 걷기 시작했다.

그 모습을 멍하니 보던 도아가 뒤늦게 퍼뜩 정신을 차리고선 얼굴을 일그러뜨렸다.

찰싹!

홧김에 입술을 때리던 도아는 생각했던 것보다 아픈 고통에 손바닥으로 문질렀다. 그러다 문득 시선이 느껴져 고개를 돌린다.

"……."

"……."

수한과 시선이 마주쳤다. 언제부터 지켜보고 있었는지 알 길은 없으나 그의 시선만 보면 조금 전 도아의 낯부끄러운 행동을 모두 지켜본 것은 확실해 보였다.

움찔.

상황 파악이 끝난 도아가 몸을 떨더니 재빨리 몸을 뒤로 돌렸다.

'악! 부끄러워!'

새빨개진 얼굴로 걸어온 길을 빠르게 걷던 도아가 우뚝 걸음을 멈췄다. 그러더니 몸을 돌려 재빨리 수한을 향해 달린다.

다다다다!

고개를 푹 숙인 채 힘차게 뛰던 그녀가 수한을 지나쳐 기숙사로 향했다. 그 뒷모습을 말간 눈으로 보던 수한의 고개가 도아처럼 아래로 떨어졌다.

"……큽."

소리 죽여 웃는 소리를 듣지 못한 도아는 여전히 전력질주를 하고 있는 상태였다. 이곳에서 한시라도 빨리 벗어나고 싶은 마음 뿐이었다.

쾅!

띠리릭-!

기숙사 방으로 들어간 도아는 잠금장치가 걸리는 소리에 문에 등을 기대고 쉼없이 숨을 몰아쉬었다. 그러다 갑자기 자리에 털썩 주저앉더니 양손으로 얼굴을 가렸다.

"아! 여자 친구 있냐고 물어볼걸!"

알 수 없는 감정들이 뒤엉켜 심장이 미친 듯이 뛰었다.

이젠 그에게 여자 친구가 있다 한들, 이 마음을 접진 못할 것 같았다. 고백 한 마디 못 하는 짝사랑으로 남겨 둘지라도.

❈ ❖ ❖

응급실이 유일하게 소강 상태에 이르는 오전 11시.

도아는 실밥을 풀기 위해 민성을 찾았다. 그는 지난밤도 만만치 않은 시간을 보냈는지 반쯤 넋이 나간 얼굴로 EMR[7]을 보고 있었다. 영혼이 가출한 민성은 도아가 온 것도 모른 채 키보드를 두드리고 있었다.

똑똑.

시선이 닿는 자리를 가볍게 두드리는 손길에 고개를 든 그가 도아를 발견하고선 감정 없이 말했다.

“여어, 왔어?”

“어. 그런데 얼굴이 왜 그래?”

보자마자 시비다.

눈가가 푸르죽죽한 민성과는 달리 도아는 충분한 수면과 휴식으로 반짝반짝 빛나기까지 했다. 마우스를 쥔 손에 힘이 바싹 들어가자 도아의 눈이 동그랗게 떠졌다.

“왜? 그걸로 나 치게?”

“원한다면 기꺼이 내 손을 더럽혀 줄 수 있어. 넌 소중한 동기니까.”

“하지만 지금 넌 내 주치의고. 의사 양반, 어찌 말을 그리 거칠게 하실까?”

도아가 몇 번이고 자신의 속을 뒤집었던 환자 성대모사를 하

7) EMR(electronic medical record) : 전자 차트

자 민성이 숨을 몰아쉬며 감정을 갈무리했다. 그래, 지금은 저 화상의 주치의였다. 안타깝게도.

"따라와."

짧은 말과 함께 그가 걸음을 옮기자 도아가 그 뒤를 따랐다. 웃음을 삼키며.

거즈를 열어 상처 부위를 본 민성이 가장 먼저 한 말은 '잘 아물었네'였다. 그 뒤에 곧바로 이어진 말은 신세 한탄이다.

"하, 새벽에 내가 진짜. ER에 있으면서 사람들이 뭐까지 먹을 수 있는지 알게 됐다니까?"

응급의학과에서 인턴 첫 달을 보낸 민성은 그간 쌓인 게 많았던 모양이다.

병원을 찾는 이들은 대부분 환자다. 그것도 내일을 조금 더 건강하게 살고 싶은 환자.

하지만 응급실을 찾는 환자 중에선 내일을 살고 싶지 않은 이들도 존재했다. 사람이 절대 먹어선 안 되는 것들을 먹고 급히 실려 오는 환자도 있었고, 근처 한강에서 투신했다가 실려 오는 환자도 있었다.

"락스에 손세정제는 기본이고, 오늘은 세탁세제 먹고 들어온 환자……."

도아에게 하소연을 하듯 대화를 시작한 그가 인상을 팍 썼다.

"너 지금 내 말 듣고 있냐?"

"응. 듣고 있어."

"표정이 안 듣고 있는데?"

"아니야. 너의 착각이야."

"……말을 말자. 내가 너한테 지나친 걸 바랐다."

고개를 절레절레 저은 민성이 실밥을 풀기 시작했다.

총 여섯 바늘을 꿰맨 손바닥은 여기서 더 아물긴 하겠지만 흉터도 남을 것 같았다.

도아가 여전히 퉁퉁 부어 있는 손바닥을 말없이 바라보자 민성이 조심스레 그녀의 표정을 살폈다. 속을 알 수 없는 표정이긴 하였으나 지금쯤 어떤 마음일지는 충분히 예상하고도 남았다.

"손바닥은 잘 안 보이잖아. 너무 걱정……."

"생명선 짧았는데, 엄청 길어졌다?"

"……."

"원래는 보통 사람들의 반도 안 돼서 손금 보러 가면 항상 명이 짧다고 했거든. 나 앞으로 되게 오래 살 건가 봐. 역시 사람은 좋은 일을 하며……."

"정의로운 도둑은 그만하고 일해."

월급 루팡은 하지 말고 이제 그만 제자리로 돌아가라는 뜻이다. 민성에게 손바닥을 보여 주고 있던 도아가 손가락을 오므리더니 한숨을 푹 내쉬었다.

"아, 양심 아파. 나 간다."

"그래. 수고해라."

민성을 뒤로한 도아가 빠르게 걸음을 옮겼다.

의국으로 돌아온 도아가 차 선생에게 손바닥을 보여 주며 말했다.

"실밥 풀었습니다, 선배님."

"오."

감정이 전혀 실려 있지 않은 목소리에 도아가 고개를 옆으로 기울였다.

"뭐 해?"

"네?"

"김 할머니 오늘 transfer(전원)잖아. 다녀와."

"……어디였죠?"

"대구."

"……."

도아의 말문이 막힌 사이, 차 선생의 말이 이어졌다.

"다른 인턴들은 내일 인계해야 해서 바쁘고, 레지던트들은 너희들 일을 해야 하고. 그럼 누가 가야겠어?"

"쓸모없는 제가 가야 합니다."

기가 잔뜩 죽어 하는 말에 차 선생이 가볍게 웃었다. 이런 면 때문에 참 미워할 수가 없는 후배였다.

"그래. 아주 제대로 정신머리가 박혀 있군. 돌아올 때 Ambu Bag(휴대용 호흡기) 잘 챙겨 오고. 안 가져오면 다시 가야 돼."

900km를 차에서 보내고 싶지 않으면 조심하라는 뜻이었다.

"네, 준비하겠습니다."

허리를 꾸벅 숙인 도아가 재빨리 걸음을 옮겼다.

2시간 뒤, 도아가 꽉 막힌 도로 위에서 차창 밖을 보았다.

3월이 끝나 가고 있었다.

어느새 세상엔 봄이 찾아와 있었다.

RISK

2. 내 마음에도 봄이

토요일 자정.

도아가 반쯤 혼이 나간 표정으로 기숙사 안에 들어섰다. 서희와 미진은 각각 서울에 있는 도담병원과 경산에 있는 분원으로 가는 바람에 두 자리나 비어 허전하게 느껴질 정도였다.

도아가 앓는 소리를 내며 의자에 앉은 후 책상에 뺨을 기대더니 주머니에서 손수건을 꺼냈다.

"……어쩌지."

인상을 팍 찌푸린 도아가 앓는 소리를 냈다. 속이 매스껍기 시작했다.

돌려주기로 했으니 무슨 수를 써서든 돌려줘야 했다. 하지만 너무 비벼서 빨아 대는 바람에 너덜너덜해진 이 손수건을 돌려줄 수는 없었다.

곰곰이 생각에 잠겨 있던 도아가 한숨을 와락 내뱉을 때였다. 문이 열리고, 도아와 비슷한 표정의 소리가 안으로 들어왔다.

"칭구야, 왔어?"

"……왜, 이래 무섭게?"

도아가 지나치게 반기자 소리가 의아한 표정으로 물었다. 하지만 도아는 답을 해 주는 대신 옆에 있던 의자를 끌어와 자신의 앞에 놓으며 말한다.

"안 잡아먹을 테니까 이리 와서 앉아 봐."

도아가 의자를 탁탁 두드리자 소리의 고개가 옆으로 기울어졌다. 소리는 당장 침대에 누워 졸도하고 싶은 표정이었지만 순순히 의자에 앉아 도아를 보았다.

"앉았어. 무슨 일 때문에 그러는데?"

"다 털어놔 봐."

"응? 뭘?"

"유수한 선배님에 대해서 A부터 Z까지 말해 보라고."

"……."

"에피소드, 취향, 일정, 개인정보, 사생활까지 싹 다."

소리는 뒤로 갈수록 가관이라는 표정이었다.

하지만 도아는 어떻게든 답을 듣겠다는 표정이다. 현재 수한에 대해 물어볼 만한 주윗사람이라곤 3월 GS(일반외과)에서 근무한 소리밖에 없었다.

"제일 중요한 건 여자 친구의 유무."

마지막 질문에 소리가 알 만하다는 듯 기계적인 음성으로 답했다.

"아침에 출근해서 7시까지 ward(병동) 돌고, 컨퍼런스 참석. 그 이후에 rounding(회진) 돌고, OP(수술). 다시 rounding. 뭐, 다 똑같지."

수한은 기본적인 업무 사이에 콜을 받고 내려가 응급수술에 들어가기도 했다. 모든 외과의가 그렇듯, 그 역시 대부분의 날을 병원에서 보내고 있었다.

일반외과 정원이 매해 미달인 다른 병원에 비해 한국대학병원의 경우엔 정원을 채울 수 있어 살인적인 스케줄을 소화하진 않았다. 다만 한국대학병원의 명성 때문에 수술 일정은 3개월 뒤까지 빼곡했고, 그사이 응급수술을 소화하느라 정신없이 바쁜 건 매한가지였다.

"취향은? 뭐 취미, 특기 그런 거 있잖아."

"그걸 내가 알겠어?"

"……."

"일 외엔 거의 이야기 못 해 봤어. 말이 많은 사람도 아니고."

도아의 표정이 시무룩해질 때였다.

"아, 그리고 아직 기숙사에서 사는 것 같더라?"

"진짜?"

어쩐지.

도아는 며칠 전 기숙사로 향할 때 그와 마주쳤던 것을 떠올렸다. 보통 3년 차부터는 방을 구해 나가는 추세였지만 그는 여전히 기숙사에서 살고 있었다.

"몇 호실?"

"그걸 내가 어떻게 알아. 그리고 또 알면 어떻게 할 건데? 쳐

들어가게?"

"아니, 그냥 궁금해서 그렇지."

"내가 진지하게 조언하는데, 방 앞에 찾아가는 짓은 하지 마."

"알았다, 뭐. 나도 룸메이트 있다는 것 정도는 생각하는 사람……."

"도아야."

"농담농담. 장난이야."

진심으로 보였지만 소리는 이 점에 대해서도 굳이 언급하지 않았다.

"그리고 제일 중요한 건……."

말을 멈춘 소리가 도아의 얼굴을 빤히 보았다.

도아는 참 예쁜 친구였다. 작고 동글동글한 얼굴 안에 크고 선명한 이목구비가 참 오밀조밀 잘도 모여 있는.

성격도 모난 곳 없이 좋았고, 귀여운 구석도 있어 의대 시절엔 몇몇 친구들에게 고백도 받고, 많은 소개팅을 제안받기도 했다.

'유수한 선배님이랑 도아가?'

둘이 함께 있는 모습을 떠올려 보던 소리가 참 안 어울리는 조합이라는 생각을 할 때였다.

"뭔데뭔데. 왜 말을 하다 말아?"

소리가 묘한 표정으로 도아를 보더니 이내 멈추었던 답을 이었다.

"제일 중요한 건 이 질문을 나한테 한 게 너를 제외하고 여덟 번째라는 거?"

"……경쟁률이 그렇게 높아?"

"나한테만 그 정도 한 거니까, 더 높겠지?"

"……."

말을 잃은 듯 멍한 표정을 짓던 도아가 곧 자신의 가슴을 쿵쿵 내려치며 의기양양하게 말했다.

"괜찮아. 난 의대 진학률도 뚫은 애니까."

"응. 나머지 애들도 그 진학률 함께 뚫었고."

"……."

"내가 아는 건 여기까지. 난 일단 좀 잔다."

대화를 마친 소리가 비척거리며 2층 침대 위로 올라갔다.

부스럭부스럭.

몸을 움직인 소리가 금세 잠에 빠져들 때까지도 도아는 여전히 자리에 앉아 멍하니 생각에 잠겨 있었다.

수한에게 여자 친구가 있는지 알아내기도 전에 엄청난 라이벌들이 있다는 사실부터 알게 됐다.

쿵!

"아흑."

이마를 책상에 찧은 도아가 작게 신음을 뱉었다.

온 세상이 적이 된 듯한 기분이 들었다.

그리고 첫사랑은 이루어지지 않는다는 음울한 사실도.

❖ ❖ ❖

오전 7시 45분, 수술실에 불이 켜졌다.

곧 수술을 받게 될 42세 환자는 BTS[8]에서 유방절제술 이후 곧장 PS[9]에서 보형물 삽입을 이용한 유방 재건에 들어갈 예정이었다.

assist(보조)를 서는 김영광 선생이 들어오자 수술실 간호사가 의아한 표정으로 보았다.

"오늘 김 쌤도 수술실 들어와요?"

"갑자기 결정됐어요."

미리 예정되어 있었던 수술의 경우, 특별한 일이 아니라면 의료진이 바뀌는 경우는 없었다.

김 선생 역시 당황하는 얼굴로 자신도 어찌 된 일인지 모르겠다고 말하는 사이, 쾅 소리와 함께 문이 열렸다.

수한이었다.

그는 간호사에게 도움을 받아 가운과 장갑을 착용하면서도 김 선생의 얼굴을 보며 물었다.

"긴장하지 마. 네가 집도의도 아니고."

"아! 아, 네!"

군기가 바짝 든 답에 무심했던 수한의 입가에 미소가 스며들 때였다. BTS 나 교수가 들어서자 의료진이 일제히 고개를 숙였다.

"잘 부탁드립니다."

간호사의 도움을 받아 준비를 마친 나 교수가 베드 옆에 섰다.

---

8) BTS(breast thyroid surgery) : 유방갑상선외과

9) PS(plastic surgery) : 성형외과

"시작합시다."

그 한 마디에 모두 제자리를 찾아갔다.

42세 환자는 유방암 3기에서 4기로 넘어가고 있었다. 종양의 크기도 컸지만 암세포가 여러 곳에 퍼져 있어 쇄골, 가슴분계선, 늑골, 겨드랑이 사각형 안에 있는 조직을 모두 절제해야 했다.

"신경 써야 할 점은?"

나 교수의 시선이 김 선생에게로 향했다. 짧은 물음에 김 선생은 어젯밤 달달 외운 것들 중 나 교수가 원하는 답을 정확히 말했다.

"마진입니다."

암 조직 주위로 정상 조직을 잘 붙여 제거해야 했다.

"맞아."

짧은 답에 영광은 자신도 모르게 안도의 한숨을 뱉었다.

띠- 띠-

기계음이 기분 좋게 울렸다.

수술실은 늘 긴장의 연속이다. 덜 위험한 수술이란 있을 수 없고, 작은 실수는 엄청난 결과를 초래할 수도 있었다.

시간이 흐를수록 뒷목이 뻣뻣해졌고, 다리는 감각을 잃었다. 수술이 시작된 지 2시간이 지났을 무렵, 나 교수가 베드에서 한 걸음 물러섰다.

"마무리하고 잘 넘겨주고 와."

"네."

나 교수가 밖으로 나간 후 시간을 확인했다. 예정했던 시간에 얼추 가깝자 그가 고개를 돌려 창문 너머를 보았다. 밖엔 예정됐던 대로 PS(성형외과)가 대기하고 있었다.

규환과 눈이 마주치자 고개를 끄덕인 수한이 맞은편에 있는 김 선생을 보며 물었다.

"유방외과 쪽으로 생각하고 있다고 했지?"

김 선생은 그 사실을 수한이 알고 있어 놀랍다는 듯 눈을 크게 떴다.

"네."

"참관해."

"……네?"

"도움이 될 거야."

유방외과는 자연스럽게 성형외과와 협업이 많을 수밖에 없었다. 예전에는 유방절제술 이후 어느 정도 시간이 지난 뒤에 재건하는 경우가 많았지만 최근엔 유방절제와 동시에 복원수술을 하는 추세였다.

수한이 베드에서 멀어졌다. 환자의 몸을 좀먹던 종양은 완벽하게 제거된 이후였다. 이 뒤는 이제 성형외과의 몫이었다.

"저……."

문으로 향하던 수한이 고개를 돌려 김 선생을 보았다. 할 말이 있으면 하라는 표정에 김 선생이 허리를 꾸벅 숙인다.

"감사합니다, 선배님."

"나 교수님이 허락하신 일이야."

이번 수술에 김 선생이 어시를 선 것도, 그리고 성형외과 참관을 제안한 것도 모두 수한의 뜻이었지만 어찌 되었든 나 교수의 허락이 있어 가능한 일이었다. 그러니 자신에게 감사할 필요 없다는 말과 함께 수한이 수술실을 나서 대기 중이던 규환에게 다가갔다.

"김 선생 참관해도 되지?"

"하여튼, 후배 사랑 한번 대단하셔."

빈정거리는 어투에 수한이 무뚝뚝하게 답했다.

"이게 일반적이지."

"지금 내 욕 하는 것 같다?"

"그렇게 들렸다면 정확했고."

"이게 진짜. 어머니가 저녁 가져다주신다고 했거든? 넌 빠질래?"

"미안해."

지나치게 빠른 사과였다. 지방 출신인 수한은 대학 진학 이후 집밥이란 걸 먹어 본 기억이 거의 없었다.

이에 미간을 찌푸리던 규환이 헛웃음을 뱉었다.

"8시에 9층 휴게실에서 보자."

"알았어. 수고해."

쾅!

발로 버튼을 찬 규환이 수술실 안으로 들어서자 수한도 몸을 돌렸다.

지난 며칠간 쌓인 피로가 그를 잠식했다. 아침 첫 수술부터 몸이 천근만근 무거웠다.

샤워실로 향한 그가 곧장 몸을 씻고 캐비닛을 열었다. 머리는 여전히 축축하게 젖어 있었고, 왈칵 내뱉는 숨소리는 지쳐 있었다.

수술복 위로 흰 가운을 걸친 그가 마지막으로 휴대전화를 집어 들 때였다.

웅- 웅웅-

타이밍 좋게 휴대전화가 울렸다. 액정을 확인한 수한이 한숨을 삼키며 전화를 받았다.

– 선생님, EM(응급의학과) 레지던트 2년 차 조아람입니다.

안 좋은 예감은 빗나가지 않는 법이다.

"네, 말씀하세요."

머리도 제대로 말리지 못한 그가 곧장 탈의실을 나섰다.

저녁 8시 12분.

약속된 시간이 지났음에도 수한이 나타나지 않자 태진이 미간을 좁혔다.

"얘 왜 안 와. 배가 등가죽에 붙겠는데!"

"점심 못 먹었냐?"

"어. THRA[10) 끝나고 나오는 순간 콜이 울리더라고. 이 정도면 과학 아니냐? 내내 ER에 붙어 있었다."

그 덕분에 5시에 아침을 먹은 이후로 아무것도 먹지 못했다며 태진이 우는소리를 냈다.

"으어어……! 배고파. 배가 너어어무 고파!"

태진이 발을 동동 굴렀다. 이러다 또 응급 콜이 울릴까 불안

10) THRA(total hip replacement) : 둔부 인공관절 치환술

해하며.

그러자 규환이 한심하다는 듯 답했다.

“애냐? 배고픈 걸로 징징거리게.”

“오늘 당직이란 말이야. 지금 못 먹으면 내일 아침에 내시경 받아도 될 거다.”

“잘됐네. 이참에…….”

규환의 말이 채 끝나기 전, 호랑이도 제 말 하면 온다더니 문이 열리고 수한이 안으로 들어왔다.

“뭐야, 너희 왜 기다려.”

“내가 또 한 의리 하잖아. 와! 어머니 진짜 손 크시다.”

5단 도시락을 차례대로 펼친 태진이 옆에 있는 도시락에도 손을 뻗으려 하자 규환이 고개를 저으며 제지했다.

“이건 동생 거.”

“동생 거? 뭐야. 너 동생 있어?”

“…….”

태진의 물음에 그제야 아차 한 듯 규환의 입술이 벌어진 채 얼어붙었다. 어쩐 일인지 귓가에서 사랑스러운 동생이 욕지거리를 내뱉는 환청이 들리는 것도 같았다.

“깊이 알려고 하지 마라. 다친다.”

“뭐야, 뭔대. 의사야? 아니면 간호사?”

“알면 다친다니까. 근데 넌 왜 머리가 아직도 젖어 있냐?”

규환의 물음에 수한이 미간을 꾹꾹 누르며 한숨을 쉰다.

“너도 알면 다쳐.”

한숨 섞인 말에 규환이 알 만하다는 듯 젓가락을 집어 드는 순간 휴대전화가 울렸다.

"나 아니야."

태진이 커다란 떡갈비를 우적우적 씹으며 말했다. 그러자 규환이 '나도 아니야'라고 답한다.

끝까지 휴대전화를 확인하지 않고 있던 수한이 액정을 확인하며 자리에서 일어났다.

"남겨 둘게."

"고맙다."

수한이 빠른 걸음으로 사라지자 음식을 씹던 태진이 혀를 끌끌 찼다.

OS(정형외과) 역시 만만찮게 응급이 많은 과였지만 태진은 그래도 저것보다는 낫다는 자위를 하고 싶은 모양이었다.

"그러게. 왜 GS 가서 저 고생이야. 쯧쯧!"

"야! 다 튀잖아!"

규환이 밥맛 떨어진다는 듯 젓가락을 집어 던지자 태진은 이런 일이 익숙하다는 듯 히죽 웃었다.

"뭐 어때."

"더러운 새끼. 너 다 먹어, 새끼야."

"고맙다."

태진이 맛있는 반찬이 가득 담긴 도시락 통을 자신에게 바짝 당기며 웃었다.

똑똑.

노크를 한 지 얼마 지나지 않아 안에서 들어오라는 음성이 들렸다. 문을 열고 안으로 들어간 수한은 반갑게 자신을 맞이하는 예 교수를 보며 희게 웃었다.

"부르셨습니까."

"그래. 이리 앉아."

소파를 권한 예 교수가 이번에 좋은 차를 선물 받았다며 뜨거운 물을 끓이기 시작했다. 소파에 앉아 구부정한 예 교수의 어깨를 보고 있던 수한은 곧 자신에게 내밀어진 머그컵을 받아 든 후 차를 한 모금 마셨다. 차는 달콤한 꽃 냄새와 흙냄새가 동시에 느껴지며 마음을 느슨하게 만들어 주었다.

"외상 쪽으로 생각하고 있다고 했지?"

"네."

"고될 텐데."

"각오하고 있습니다."

"잘 알고 있겠지만 각오만으로는 힘들어. 다시 인턴으로 돌아가는 거니까."

외과 기피현상이 시작된 지도 이젠 해를 세는 게 무의미할 정도가 됐다. 그중에서도 외상외과는 의사는 물론, 간호 인력까지 부족해 사실상 엄청난 업무 강도를 자랑했다.

주 130시간씩 일하는 인턴의 삶을 평생 살아야 한다고 봐도 무방했다. 몸이 고된 것은 둘째치고, 흉부외과, 신경외과와 더불어 가장 어려운 분야로 손꼽혔다. 거기에 돈까지 안 되니 여러 병원에서 눈총을 받는, 말 그대로 죽 쒀서 개 주는 과였다.

"간담췌도 보람 있어."

예 교수의 제안에 수한의 시선이 그의 얼굴에 머물렀다. 그 말인즉 군 복무 이후 펠로우를 자신의 밑에서 시작하라는 달콤한 제안이었다.

하지만 수한은 더 생각할 것도 없다는 듯 고개를 저었다.

“죄송합니다, 교수님.”

“이런. 민 교수 좋은 일만 시켰구만.”

외과로 오라고 제안한 건 예 교수였다. 하지만 수한의 선택은 남들이 꺼리는 외상외과였다.

“민 교수가 물어보더라고. 유 선생한테 침 발라 놓은 거 확실하냐고. 뭐, 민 교수만 물어본 건 아니지만.”

외과에는 많은 분과가 있었다. 각 과 교수들은 근성도, 손재주도, 눈치도 빠른 수한을 하나같이 탐냈다. 덕분에 수한의 수술 스케줄은 항상 꽉꽉 차 있었다.

어쩌면 교수보다 더 바쁠지도.

예 교수 역시 수한을 탐내고 있었기에 아쉬운 마음이 들었다.

“확실히 결정한 거야?”

“네.”

“그 결정이 바뀔 가능성은 전혀 없고?”

“네.”

“유 선생이 그렇다면 그런 거겠지.”

수한은 말을 허투루 뱉지 않는 사람이었다. 인턴이 막 시작된 3월, 외과로 오겠다고 말했던 수한은 좋은 성적에도 불구하고 처음 그 말을 지켰다.

“다음 달부터 유 선생 수술 스케줄 조정해 줄게. 다른 교수들한테도 말해 뒀어.”

수한의 표정이 의아하게 변하자 예 교수가 이마를 긁적였다.

"결국 민 교수가 이겼거든. 외상외과 앞으로 수술실이랑 베드 확보했어. 외상팀 구성할 거야."

"……그게 정말입니까?"

"민 교수 성격이 오죽해야지."

서울에서 외상외과가 갖춰진 병원은 총 세 곳이었다. 그중 한 곳인 한국대학병원은 그 명성과는 달리 외상 환자 반 이상을 다른 병원으로 보내야 했다. 확보된 중환자실이 없음은 물론이고, 수술을 할 의료진도 없었다.

교수 한 사람과 펠로우 두 사람으로 커버할 수 있는 수술엔 한계가 있었다.

예 교수가 고개를 절레절레 젓다 말고 수한을 보았다.

"그렇게 기뻐할 일이야?"

"아."

수한이 머쓱한 표정으로 턱을 쓰다듬었다.

앞으로 고생길이 열렸다는데 수한은 기뻐했다.

'나 참.'

예 교수가 기가 막히다는 듯 헛웃음을 뱉더니 찻잔을 들었다.

"여자 친구는, 아직이야?"

"……네?"

"결혼이 늦어져서 하는 말이지. 노 선생은 벌써 학부모잖아."

동기 중 대부분은 일찍이 결혼해 사랑스러운 아이를 품에 안은 이들도 많았다.

하지만 수한은 여전히 싱글이었다. 옆에서 지켜본 바, 연애엔 썩 소질이 없는지 시커먼 사내녀석들끼리만 어울려 지내는 것 같았다.

"셋이 뭉쳐 다니는 것도 좋은데, 안정된 공간이 생기면 많은 것들이 수월해질 거야. 마음을 나누는 사람이 있다는 건 그런 거니까."

개인적인 질문은 도통 하지 않던 예 교수의 입에서 사적 질문이 나왔으니 그가 놀라는 것도 무리는 아니었다.

그가 표정 관리를 못 하자 예 교수가 웃음기 섞인 목소리로 물었다.

"뭐야. 그렇게 놀랄 일인가? 왜, 나한테는 말해 주기 싫어?"

"없습니다."

"만나 볼 생각은?"

"왜 그런 말씀을 하시는지……."

"좋은 사람이 없다면 짝이나 지어 줄까 그러지."

수한이 어색한 표정으로 찻잔을 내려놓았다.

"여자 친구는 없는데, 마음이 가는 사람은 있습니다."

진심인지 아니면 거절을 하기 위함인지 알 수 없었다.

하지만 예 교수는 후자라 생각한 모양인지 고개를 끄덕이며 말을 아꼈다.

"이런. 내가 늦었구만."

예 교수가 찻잔을 들었다.

여러모로 아쉬운 게 참 많은 밤이었다.

❖ ❖ ❖

어둠이 내려앉은 시각.

터벅터벅 걷던 이소리는 부디 자신의 휴대전화가 울리지 않길 진심으로 바랐다. 장장 닷새 만에 병원을 나서는 길이었다.

빠른 걸음으로 기숙사를 향해 가던 소리의 걸음이 멈춘 건 한 커플 때문이었다.

"……어?"

기숙사 가로등 앞에 서 있는 건 유수한이었다. 그리고 그의 앞에는 앳된 얼굴의 여자가 서 있었다.

"너 진짜……!"

그의 목소리에 감정이 그득 실려 있다. 유수한은 무척 화가 난 상태였다. 아랫 연차 둘이 동시에 도망가 살인적인 업무를 소화해야 했을 때도 그는 저런 표정을 짓지 않았다. 잠이 홀딱 깨는 마법 같은 경험이었다.

여자의 팔목을 붙잡고 있는 그의 얼굴을 멍하니 바라보던 소리의 입이 쩍 벌어졌다.

'분명 여자 친구 없다고 했는데?'

그렇게 알고 있었기에 도아가 여자 친구 유무를 물었을 때 당당하게 '없어'라고 답했었다.

의아한 얼굴로 수한을 보던 소리는 곧 그가 여자의 팔을 붙든 채 큰길가로 향하는 것을 보았다.

생각해 보니 수한의 입으로 여자 친구가 없다는 말을 들은 적이 없었다. 모두 주변의 이야기였고, 유수한은 자신의 사생활을 떠벌릴 사람으로는 보이지 않았다.

멍하니 생각에 잠겨 기숙사로 돌아온 소리는 침대 1층에서 자고 있는 도아를 발견하고선 걸음을 멈췄다.

"……크어!"

도아는 양팔을 위로 올리고, 입까지 벌리고 자고 있었다. 짝사랑하는 남자가 밤늦게 여자와 함께 사라진 것도 모른 채.

심란한 눈으로 도아를 보던 소리가 발에 치이는 천을 발견하고선 집어 들었다.

"걸레?"

너덜너덜한 손수건을 반듯하게 개켜 책상 위에 올려 둔 소리가 2층 침대 계단을 오르기 시작했다. 아무래도 도아에겐 비밀로 하는 게 좋을 것 같다고 생각하며.

❖ ❖ ❖

노란 개나리가 피면서 봄을 알려 왔지만 도아는 꽃 냄새보다 베타딘(소독약) 냄새에 익숙해지는 시간을 보내야 했다. 세상에 봄이 찾아온 건 출근길과 퇴근길에 아주 짧게 느낄 수 있었다.

생기를 잃은 탁한 눈동자는 흡사 좀비 같았다. 살아 있는 시체나 다름없으니 사실 좀비라고 봐도 무방했다.

끔뻑끔뻑-

느리게 눈을 감았다 뜨며 걸음을 옮기던 도아가 자리에 멈춰서 바닥에 쓰레기처럼 널브러진 벚꽃 잎을 보았다. 자신도 모르는 사이, 봄이 끝나 가고 있었다.

불이 들어와 있는 미용실 간판을 멍하니 보던 도아가 생각을 입 밖으로 뱉었다.

"머리 잘라야 하는데."

혼이 나가 있던 그녀가 치렁치렁한 자신의 머리카락을 보았다.

거추장스러웠고, 말리기에도 시간이 너무 오래 걸려 잘라 버려야겠다고 생각했던 게 오래전이었다.

하지만 안타깝게도 걸음은 집으로 향하고 있었다. 그녀에게 당장 필요한 건 자신의 방 매트리스였다.

2층 단독주택은 병원에서 고작 걸어서 15분 거리에 있었다. 하지만 이 가까운 거리를 올 시간이 없을 만큼 도아의 삶은 처참했다.

도아가 4월에 배정받은 과는 ANES(마취통증의학과)였다. 마취과 인턴의 경우 당직을 선 다음 날은 오전 시간에 아주 짧은 자유시간이 주어졌다. 오늘도 만약 옷과 속옷이 모자라지 않았다면 기숙사에 처박혀 단 몇 분이라도 더 잤을 것이 분명했다.

힘겹게 집으로 향한 도아가 문을 열어 준 정 여사와 마주하는 순간이었다. 그간의 고생이 파노라마처럼 눈앞을 지나가며 눈시울이 붉어졌다.

"엄마아."

"딸, 얼굴이 왜 이래?"

정 여사가 자신의 품을 파고든 딸을 꼭 끌어안으며 말했다. 시아버지도 의사, 남편도 의사, 아들도 의사였지만 이런 꼴로 집에 들어온 적은 단 한 번도 없었다.

"너무 졸려. 2시간 있다가 들어가 봐야 해."

"그럼 엄마보고 가지고 오라고 하지."

"어떻게 마마님한테 심부름을 시키냐? 아빠한테 한 소리 듣게."

도아가 입술을 삐죽 내밀자 정 여사가 달래듯 답했다.

"우리만의 비밀로 하면 되잖아."

"그렇게 말해 놓고 아빠한테 다 말하면서."

도아가 품에서 빠져나오며 정 여사를 흘겨보았다. 지난 과오가 떠올랐는지 정 여사가 입술을 안으로 말아 넣으며 말을 아꼈다.

"그럼 엄마, 나 1시간 반 뒤에 깨워 줘요."

"저녁 먹고 가."

"더 자고 싶은데."

"그래도 안 돼. 오랜만에 집에 왔는데 밥도 안 먹고 가려고?"

서운함이 가득한 얼굴에 도아의 마음이 약해졌다. 모든 욕구를 이기는 게 바로 엄마의 이런 표정이다. 재수없는 예규환도 정 여사 앞에서는 꼼짝도 못 했다.

"알았어. 그럼 1시간 20분 뒤에 깨워 줘요. 10분 만에 마시고 갈 테니까."

말도 안 되는 소릴 하며 도아가 2층 방으로 올라갔다. 그 뒷모습을 걱정스레 바라보던 정 여사가 한숨을 삼켰다.

"힘들어서 어째."

자식 걱정으로 한숨을 왈칵 내뱉던 정 여사가 부엌으로 바삐 걸음을 옮겼다.

익숙한 체취로 가득한 방에 들어온 도아가 곧장 침대로 몸을 던졌다.

"너무 좋……아."

천국이 있다면 바로 이곳일 게 분명했다.

오랜만에 돌아온 집에 대한 감상을 채 끝내기도 전에 도아의 의식이 멀어졌다. 순식간에 기절한 도아의 잠을 방해한 건 철천지원수의 목소리였다.

"팔자 좋다?"

비꼬는 목소리에 도아가 이불을 머리끝까지 뒤집어쓰며 받아쳤다.

"왜 시비야. 나가."

"시비긴. 인턴 주제에 일요일에 집에서 퍼질러 자고 있으니 하는 말이지."

"어제 당직이었거든?"

"그게 뭔 상관이야. 능력이 없으면 몸으로라도 때워야 하는 거야. 양심이 있으면."

그 말에 도아가 이불을 확 걷더니 규환을 힘껏 노려보았다.

"죽어도 입술만 동동 뜰 인간."

"너…… 지금 뭐라고 했냐?"

"나가. 안 나가? 나가!"

"이게 진짜!"

성큼!

도아에게 다가간 규환이 순간 걸음을 멈추더니 한숨을 푹 내쉬었다.

"와. 얼굴이 그게 뭐냐? 너 어디 가서 내 동생이라고 말하지 마라, 절대."

"누가 할 소리! 오빠도 사람들한테 말하기만 해 봐!"

"말하면 어떻게 할 건데?"

규환의 표정이 제법 신중했다. 마치 앞선 대화는 모두 이 질문을 하기 위한 포석처럼 느껴질 정도였다.

하지만 안타깝게도 도아는 현재 이를 눈치챌 만큼 정신이 온전치 못했다.

"오빠 옷 다 불태워 버릴 거야. 옷뿐이야? 락스에 오빠 시계 다 담가 버릴 거야."

"죽인다."

"어디 죽여 보시든가."

흥!

콧방귀를 뀐 도아가 규환을 힘껏 노려보았다. 그에게 제법 데미지를 입혔음에도 아직 분이 풀리지 않은 표정이었다.

"병원에서 사람들이 오빠보고 뭐라고 하는지 알아?"

"뭐라고 하는데?"

"모르니 다행이네."

제대로 한 방 먹인 도아가 다시 이불을 뒤집어썼다. 다시 잘 자세를 취하자 규환은 주먹으로 이불 위를 내려치며 소리쳤다.

"뭐라고 하는데? 일어나! 주둥이 털었으면 끝을 내라고!"

퍽! 퍽!

감정을 담아 내려쳤음에도 도아는 꿈쩍도 안 했다. 눈에 쌍심지를 켜고 이불을 내려다보던 그가 우악스레 이불을 걷었다.

"놔! 꺼져!"

"너 진짜 저번부터 오빠한테 말버릇이 그게……!"

"너희! 나이가 몇인데 아직도 싸워!"

갑작스레 등장한 정 여사 덕분에 남매의 싸움이 순식간에 종결되었다. 평소엔 뻔뻔한 표정으로 '서른, 스물여섯'이라고 답할 규환도 정 여사 앞에선 꼼짝도 못 했다.

"동생 그만 괴롭히고 내려와서 밥 먹어. 병원 들어가 봐야 한다면서."

"예, 어머니."

이불을 살짝 들어 비웃던 도아는 규환과 눈이 마주치자 다시 이불을 뒤집어썼다.

'아, 꼬숩다.'

포근한 이불 속에서 소리 죽여 웃던 도아의 움직임이 어느새 느려지더니 곧 깊은 잠에 빠져들었다.

아주 짧은 휴식이었지만 마음이 편한 곳에서 잔 덕인지 몸이 한결 개운해졌다. 도아가 1층으로 내려왔을 땐 꼴도 보기 싫은 자신의 핏줄은 벌써 병원으로 들어간 건지 정 여사 혼자였다.

식탁에 가득 차려진 음식에 도아의 눈이 커다랗게 떠졌다.

"아니아니, 이게 다 뭐야?"

"손은, 씻었어?"

"세수도 했어. 티 안 나?"

도아가 의자에 앉으며 새초롬하게 묻자 정 여사가 괜스레 웃으며 반찬을 앞으로 내밀었다.

"어서 먹어."

"흥."

콧방귀를 뀐 도아가 곧 잘 먹겠다는 말과 함께 숟가락으로 밥을 동그랗게 만들어 입 안으로 밀어 넣었다.

고소한 쌀밥에 정 여사의 반찬을 곁들여 먹으니 왜 먹고 죽은 귀신이 때깔도 곱다 하는지 새삼 알 것 같은 기분이 들었다. 어느 정도 배가 차자 도아가 국물을 호로록 마시며 넌지시 말했다.

"엄마, 나 좋아하는 사람 생겼어."

"의사는 아니지?"

"응? 어떻게 알았대?"

정 여사가 걱정스러운 표정으로 도아를 보았다. 정 여사는 남편을 병원과 환자에게 빼앗겼다. 신혼에도 남편과 한 침대에서 잠든 기억이 거의 없을 정도로, 참 외로운 시간을 보냈었다.

하지만 정 여사는 사랑에 빠진 딸을 우려하는 대신 응원해 주는 쪽을 선택했다.

"고백은. 했어?"

"아니. 아직. 거절당하면 어쩌지? 라이벌이 너무 많아."

"거절당하면 또 고백하면 되지."

"부끄럽잖아."

"용기 있는 여자가 좋은 남자를 쟁취하는 법이야. 엄마 봐. 좋은 남자랑 결혼해서 예쁜 딸 아들 낳고 행복하게 살잖아?"

"쟁취하라는 거지? 좋았어! 당장 고백할게."

"뭐어?"

너스레를 떠는 딸의 모습에 헛웃음을 뱉은 정 여사가 호기심 가득한 표정으로 물었다.

"어떻게 고백할 건데?"

"선배가 날 세 번이나 살려 줬었거든. 책임지라고 하려고."

"으응? 살려 줘?"

정 여사가 놀란 표정으로 굳자 도아는 과거의 일을 차근차근 설명하기 시작했다.

오토바이에 치일 뻔했을 때 살려 줬다는 것도, 비상구에서 코피를 철철 흘렸을 때 손수건을 빌려준 것도. 그리고 마지막으로 ER에서 큰일 날 뻔했을 때 구해 줬다는 사실도.

이야기가 계속될수록 정 여사의 눈동자가 불안감으로 떨리자 도아가 잘 아문 손바닥을 보여 주며 히죽 웃었다.

"내 생명선 늘려 준 사람을 찾았으니까 너무 걱정하지 않아도 돼."

"도아야, 엄마는……."

"게다가 키도 크고 엄청 잘생겼어. 능력도 있고, 배울 점도 많은 사람이야."

도아는 정 여사가 걱정하기도 전에 빠르게 말을 덧붙였다. 다친 딸의 손바닥을 바라보던 정 여사가 속상한 마음에 한숨을 쉬었다. 작은 손을 꼭 붙든 손은 투박했다. 시부모님을 모시고, 남편을 내조하고, 자식들을 길러 낸 손이 새삼 눈에 들어오자 도아는 웃음을 잃지 않기 위해 노력해야 했다.

"얼마나 아팠을까."

과거의 일이었지만 정 여사는 딸을 걱정했다. 모정이었다.

"별로 안 아팠어. 그러니까 걱정 마세요."

씩씩하게 말한 도아가 어색하게 손을 뺀 후 숟가락을 집어 들었다.

그 모습에서 정 여사는 한동안 시선을 뗄 수가 없었다.

❖ ❖ ❖

한국대학병원 분관 옥상에는 의료진을 위한 작은 쉼터가 마련되어 있었다. 물론 작은 벤치 몇 개가 전부인 삭막한 공간이었지만 보호자들의 눈을 피해 담배를 태우러 올라오는 의료진들에겐 이마저도 감지덕지한 공간이었다.

입에 담배를 문 태진이 연기와 함께 한숨을 뱉었다. 옆에는 태진보다 먼저 올라온 수한 역시 입에 담배를 물고 있었다.

새벽하늘은 눈이 부실 정도로 아름다웠으나 태진의 눈에는 그저 '졸음운전으로 사고나 안 났으면' 정도밖에 떠오르지 않는 풍광이다. 몇 번이고 길게 담배를 빨아들인 태진이 곁에 있는 수한에게 고개를 돌리더니 순간 몸을 떨었다.

"너 얼굴이 왜 그러냐?"

넋이 나가 있는 게 심상치가 않았다. 이에 수한이 억눌린 목소리로 답했다.

"가슴이 답답해서."

"뭐 때문에? 환자 때문에, 아니면 보호자 때문에?"

"……클럽 중독자도 환자라고 볼 수 있나."

"응? 클럽 중독?"

담배를 재떨이에 비벼 끄는 손길이 어쩐지 짜증스러웠다. 태진의 의문이 한없이 커져 갈 무렵, 수한은 욕만 안 했다뿐이지 그와 비슷한 표정으로 말했다.

"스물다섯인데 아직도 철이 안 들었어."

"아아. 여자 유수한?"

"안 닮았어."

"그거야 네 생각이고."

웃음기 섞인 목소리로 답한 태진이 곧 말을 이었다.

"냅 둬. 애도 아닌데 뭔 상관이야."

"사고 치고 전화가 오니까 그렇……."

우웅-

미처 말을 끝맺기도 전에 울리는 진동 소리에 수한이 한숨을 푹 내뱉으며 자리에서 일어났다.

"나 먼저 간다."

통화 버튼을 누른 그가 다급히 문으로 향하다 말고 걸음을 멈췄다.

당연히 응급 콜일 거라는 예상과는 달리,

– 안녕하세요, 선배님. 예도아입니다.

전화를 건 상대는 마취과 인턴 예도아였다.

E구역 3층과 4층 사이 비상구.

이곳은 예도아의 아지트이자 두 사람이 마주친 적이 있던 곳이었다.

이곳에서 유수한은 환자에게 건넬 예정이었던 손수건을 예도아에게 건넸다. 그리고 지금은 예도아가 유수한에게 손수건을 건네고 있었다.

수한은 앞으로 내밀어진 손수건을 어떤 뜻으로 받아들여야 할지 알 수 없어 난감했다. 그래서 물을 수밖에 없었다.

"이게, 뭐지?"

더듬 멈췄다가 이어지는 말에 도아가 다소 뻔뻔한 표정으로 말을 이었다.

"빌려주신 손수건이 망가져서요. 아무리 찾아봐도 똑같은 게 없어서."

"……."

그래서 비슷하게 만들었다는 말이었다. 그제야 수한은 손수건 귀퉁이에 얼기설기 얽혀 있는 게 개나리라는 것을 알게 되었다. 참 소질이 없다, 싶었다.

수한이 받아 든 손수건을 어떻게 해야 할지 모르겠다는 듯 멍하니 바라보고 있을 때였다.

"선배님."

낮은 부름에 수한이 고개를 들어 도아와 시선을 마주했다.

"그래. 예도아 선생."

"……."

도아가 긴장감에 똥 마려운 강아지 같은 표정을 짓자 수한의 고개가 옆으로 기울어졌다.

"무슨……?"

"여자 친구 있으세요?"

"……."

"여자 친구 있으세요?"
도아가 재차 물었다. 꼭 답변을 해 줬으면 좋겠다는 간절한 표정으로.
이에 수한은 고민에 빠졌다. 지금부터 예도아가 무슨 말을 할지 충분이 예측 가능했으니까.
거짓말로 거절을 한다면 가장 편하겠지만 그럴 수는 없었다. 상대방을 기만하는 행위처럼 느껴졌고, 유수한은 말이 가지는 무게가 얼마나 무거운지 잘 아는 사람이기도 했다.
"없는데?"
한참 만에야 나온 답에 도아의 눈이 커다랗게 떠지더니 뺨이 발그레해졌다.
기쁨과 놀라움. 기대와 설렘이 가득한 표정에 수한은 자신의 심장마저 뛰는 것을 느꼈다. 감정이 전이된 것처럼.
무거운 침묵이 감돌고, 얼마 지나지 않아 도아가 한 톤 높은 목소리로 물었다.
"그럼 좋아해도 돼요?"
허락받을 일인가?
수한의 입이 벌어진 것도 잠시 도아가 재빨리 고개를 저었다.
"아, 아니다."
"……."
"좋아해요."
고백이 아닌 선전포고 같았다.
표정 역시 그랬다.

도아의 모습을 한참 내려다보던 수한이 고개를 들어 턱을 긁적였다. 지금까지 도아가 한 말들을 정리해 보던 그는 곧 도아가 왜 그런 질문을 했는지 깨달은 듯했다.

자신 역시 마음이 있냐고 물은 것이다. 내 마음을 보장받을 수 있다면 짝사랑의 포지션을 계속 유지하고 싶다는 뜻으로도 들렸다.

거기까지 생각이 닿자 수한이 서둘러 고개를 저었다.

"미안하지만 곤란해. 손수건도 그런 뜻이라면……."

받을 수 없다, 그렇게 말하려고 했다.

하지만 도아는 그가 거절하길 내버려 두지 않았다.

"내 마음이니까 내 마음대로 할래요."

"……."

수한의 눈이 커다랗게 떠진 사이, 도아는 히죽 웃은 후 고개를 숙였다.

"시간 내 주셔서 감사합니다, 선배님."

거절당하는 순간에도 예의 바르게 인사하는 것을 잊지 않은 그녀가 팩 몸을 돌렸다. 더 이상의 말은 사양이라는 듯이.

성큼성큼 계단을 오른 도아가 4층 비상구 문을 힘껏 붙잡은 후 확 잡아당겼다.

쾅!

등 뒤에서 커다란 소리와 함께 문이 닫히자 전투적으로 옮겨지던 걸음이 점차 느려졌고, 자신도 모르게 뺨을 어루만지던 손길이 아래로 내려가 가슴을 꾹 눌렀다.

"……그만 뛰어라."

이러다가 심장이 터져 버리는 것은 아닐까, 걱정이 될 정도였다.

도아는 조금 전 있었던 일을 차근차근 더듬었다. 틈틈이 수를 놓아 완성한 손수건을 건넸을 때 유수한이 지었던 표정도, 좋아한다는 고백에 곤란하다는 듯 굳어진 미간도.

당연히 거절당할 거라 생각하고 있었지만 마음이 아픈 건 어쩔 수 없었다. 처음 누군가를 좋아하게 됐고, 잠까지 아껴 가며 구실을 만들어 그를 불러내 거절을 당했다.

첫사랑인데.

진짜 진짜 좋아하는데.

하지만 이는 상대에게 중요한 문제가 아니었다. 사랑은 일방통행만으로 유지될 수 없고, 이기적인 것이 때론 상대에겐 배려가 되기도 하는 요상한 감정이라고 책에서 배웠다.

도아가 다부지게 주먹을 쥐었다.

"시간은 내 편이라고."

5월은 예도아가 일반외과 인턴을 배정받은 달이었다.

외과는 수많은 분과로 나누어져 있었다. 인턴의 수만 해도 20명이 넘었다. 그와 함께 있을 수 있는 일은 기적에 가까웠지만 도아는 희망의 끈을 놓지 않았다.

양손을 꼭 쥔 도아가 고개를 들어 새벽임에도 훤히 세상을 밝혀 주는 형광등을 보며 빌었다.

"제발, 제발 수한 선배랑 꼭 붙어 있게 해 주세요. 껌딱지처럼요! 그럼 시키는 대로 다 할게요."

그와 함께 있는 것으로 운명을 값싸게 넘겨 버린 도아는 한참의 시간이 지나서야 현장을 벗어났다.

달그락.

규환이 놀란 눈으로 테이크아웃 커피를 보았다. 맹세컨대 유수한과 함께 10년의 세월을 보내며 이런 깜짝 선물을 받은 적은 단 한 번도 없다 말할 수 있었다.

"독 탔냐?"

짧은 물음에 수한은 답 없이 테이크아웃 커피 옆에 천을 내려놓았다.

커피는 뭐, 평소 동기에 대한 애정이 없던 유수한 선생께서 갑자기 철이 들어 사 줬다고 생각할 수 있었다. 하지만 두 번째로 건넨 천 조각 같은 경우에는 도저히 이유를 찾을 수가 없었다.

"뭐냐? 걸레냐?"

헛웃음을 지으며 묻는 말에 수한은 폭탄을 투척했다.

그것도.

"네 동생이 만들어 준 거."

"……엉?"

"예도아."

핵폭탄을.

규환의 눈이 충격으로 멍해졌다. 처음엔 자신이 잘못 들었나, 했는데 아니었다.

"어떻게……. 언제, 언제부터 알았어?"

"가족사진 보여 줬잖아."

정확히 말하면 올해 인턴을 시작했는 줄은 몰랐지만.
수한 역시 한동안은 잊고 있던 얼굴이었다.
"컥."
숨을 들이켠 규환이 놀란 표정으로 읊조렸다.
"언제 보여 줬더라……?"
"본과 3학년 때."
그런 적이 있었나.
생각해 봤지만 도통 떠오르지 않았다. 하지만 거짓말은 아닐 것이다. 평소 예 교수와 자신을 비교하며 칭찬인지 욕인지 모를 말을 하는 사람들이 많았고, 그럴 때면 사진을 보여 줬던 적이 몇 번 있었기 때문이다.
'아오, 망할 과거의 나!'
지끈 아파 오는 머리에 규환이 손가락으로 관자놀이를 꾹꾹 눌렀다.
"……아, 이놈의 주둥아리 진짜."
과거의 자신을 욕하던 규환이 인상을 썼다.
"네가 알고 있다는 거 비밀이다. 절대 비밀로 해야 해."
"그게 중요해?"
"그럼! 뭐가 중요한데!"
지금 내 베이비들이 갈가리 찢기고 락스에 잠기게 생겼는데!
"걔가 생긴 건 안 그런데, 얼마나 성격이 개차반인 줄 알아?"
"고백했어."
"……."
"네 동생이 나한테 고백했다고."

담담한 목소리에선 그 어떠한 감정도 느낄 수가 없었다.

그제야 규환의 표정이 심각해졌다. 높았던 음성 역시 땅굴을 파고들듯 평소보다 낮아졌다.

"안 돼."

"알아."

"뭘 아는데?"

"나도 싫을 것 같거든."

클럽 중독자였지만 유수한에게도 여동생이 있었다. 남들은 사이가 좋지 않은 남매 사이로 볼 수도 있었지만 어찌 됐든 핏줄은 핏줄이었다.

유수한과 예규환은 힘든 의대 과정을 함께한 동기였다. 때론 라이벌이 되기도, 때론 힘든 과정을 함께 견디는 동지가 되기도 했다.

"흐음."

규환이 소리를 내며 느리게 숨을 뱉더니 이내 물었다.

"그럼 나한테 굳이 그 사실을 고백하는 이유는?"

날카로운 물음에 수한의 얼굴이 굳어졌다.

10년의 세월을 가족보다 더 오래 보며 서로에 대해 속속들이 전부 다 알고 있었다. 유수한은 매사 신중한 사람이었다. 별 뜻 없이 이 사실을 말했을 리 없다.

그냥 거절하고 모르는 척 굴어도 됐을 것이다. 하지만 수한은 굳이 이 사실을 알렸다. 규환은 수한의 본심을 의심했고, 수한은 침묵으로 규환을 보더니 이내 몸을 돌렸다.

"수고해라."

당직실 문이 닫히고 홀로 남은 규환이 한숨을 푹 내쉬었다.

“커피는 뭐 사과 같은 건가.”

동생을 거절한 데에 대한 사과일까. 아니면 앞으로 있을 만약의 사태에 대한 사과일까.

어느 쪽인지 알 수는 없었지만 뭐든 자신은 예도아에게 죽게 생겼다.

“조심하라고 말해 줄 걸 그랬나?”

자신의 동생이 무슨 짓을 할지도 모른다고.

동생은 집요한 구석이 있었다. 부모님의 사랑 아래, 세상이 온통 꽃밭이라고 생각하는 철부지이기도 했다.

게다가 넉살은 또 얼마나 좋은지.

거절당한다고 해서 순순히 받아들일 위인이 아니라는 걸 누구보다 잘 알고 있었기에 내심 친구가 걱정되기 시작했다.

“아, 머리야.”

앓는 소리를 낸 규환이 자리에서 벌떡 일어나더니 좁은 당직실 안을 서성이기 시작했다.

“어떻게 지키지.”

규환은 자신의 옷장을 어떻게 지킬지 진심으로 걱정하기 시작했다.

❖ ❖ ❖

신께선 도아를 가엽게 여기지 않으셨다. 어쩜 도아의 인생이 쓰임새가 없어 그런 걸지도 몰랐지만 하여튼 기적은 일어나지 않았다.

도아가 배정받은 곳은 외과 수술실이었다. 환자를 수술실까지 이송 후 내용을 확인하는 것도, 수술이 끝난 환자를 회복실까지 데려다주는 것도 외과 수술실 인턴의 몫이었다.

도아는 5월에도 여전히 수술실을 벗어나지 못하고 있었다.

신이 원망스러운 것도 잠시.

도아는 쉼 없이 이어지는 수술에 정신없이 돌아다녀야 했다. 오늘도 오전 수술만 열두 건이어서 정신이 하나도 없었다.

G로젯 7번 방 수술이 시작되자 도아는 후들거리는 다리를 겨우 움직여 의자에 앉았다. 새벽 6시부터 시작된 업무는 낮 2시를 넘기자 영혼을 가출시켰다.

이를 옆에서 지켜보던 레지던트 1년 차 나 선생이 혀를 끌끌 차며 말했다.

"예 선생, 밥 먹고 와."

"하지만……."

"5분 줄게. 5분 만에 먹고 복귀해."

곧 4번 방과 5번 방의 수술이 끝날 예정이었다. 그 전까지만 돌아오라는 말에 도아가 자리에서 벌떡 일어났다.

"마시고 오겠습니다."

"그래야지. 암."

얼른 가 보라는 손짓에 도아가 재빨리 걸음을 옮겼다. 아침 대신 잠을 선택했던 터라 허기가 급격히 몰려왔다.

아직 많은 곳에서 일해 보진 못했지만 외과만의 분위기가 있었다. 업무가 고되어서 그런지 의리가 넘쳤다. 아니, 어쩌면 밑에 연차들이 하도 도망을 가서 다른 과보다 잘해 주는 걸지도.

천근만근 무거운 발을 질질 끌며 걸음을 옮기던 도아가 걸음을 멈췄다.

드르르륵!

거친 바퀴 소리는 현재 환자가 분초를 다투는 상태라는 것을 뜻하기도 했다.

수술실 안으로 들어오는 이동식 침대 위 환자는 지금 사선에서 있었다. 큰 사고를 당한 건지 오른쪽 다리가 잘려 나간 상태로 압박 붕대가 감겨 있었고, 자가 호흡이 힘든 환자에게 인공호흡기를 통해 산소를 공급하고 있었다. 환자의 몸에서 쏟아지는 혈액을 채워 주기 위해 여러 개의 혈액 팩과 수액이 거치대에 걸려 달랑거렸다.

살 수 있을까.

하루에도 몇 번씩 목격하는 장면이었지만 마음이 쓰이는 건 어쩔 수 없었다.

긴급하게 옮겨지는 환자를 멍하니 보던 도아가 걸음을 옮겼다.

꼬르륵–

배를 부여잡으며 식당으로 향하던 도아는 콜이 울리자 세상이 무너지는 표정을 지었다.

"아, 안 돼……."

일반외과 바이스 치프(Vice chief) 강 선생이었다. 콜을 무시할 순 없었다.

– 예도아 선생, 지금 의국으로 잠시 내려와요.

"네, 알겠습니다."

인간의 생사에 개입하는 모든 직업들은 하나같이 본인의 인간다움은 포기해야 한다더니 딱 그 짝이었다.

전화를 끊은 도아가 세상이 무너진 표정으로 걸음을 옮겨 의국으로 갔다.

의국에 있던 강 선생은 도아가 안으로 들어오자 이 말을 어떻게 해야 할지 난감하다는 표정을 지었다.

'무슨 일이지?'

도아의 고개가 옆으로 기울어지자 강 선생이 어수룩한 미소로 운을 뗐다.

"예도아 선생님, 외과 일정이 바뀌었어요."

"네? 갑자기요?"

"인턴이 둘이나 도망갔거든. 그것도 짠 것처럼, 한날한시에."

"……아."

알 만하다는 듯 도아가 고개를 끄덕였다. 그녀 역시 외과 근무를 서면서부터 체력적인 한계를 느끼고 있었다. 당직을 선 다음 날에도 새벽 6시에 정식 출근해야 하는 일정은 인간으로선 도저히 견디기 힘든 일이었다.

바이탈을 다루는 메이저 과[11]는 병원에 꼭 있어야 하는 학과였지만 안타깝게도 비인기과였다. 일은 힘들었지만 지원하는 사람이 적어 의료진 개개인은 자신을 갈아 가며 힘겹게 근무를 이어 나가고 있는 실정이었다.

---

11) 메이저 과 : 내과, 외과, 산부인과, 소아청소년과

게다가.

“다른 과는 그럭저럭 돌아가겠지만 외상외과는 아니거든요. 병원 자체에서도 TO를 잘 안 내줘서 전임의 선생님 자체가 부족한 곳이기도 하고.”

“……외상외과요? 저 외상외과로 가는 거예요?”

“네.”

외상외과는 현재 4년 차 유수한이 민 교수의 지도 아래에 근무하고 있는 곳이었다.

도아의 눈이 기쁨으로 동그래졌지만 인턴을 관리하고 있는 바이스 치프로서 강 선생은 이를 절망으로 받아들인 건지 어수룩하게 웃으며 어깨를 두드렸다.

“3주 금방 가요.”

“…….”

‘신께서 응답하셨다!’

하지만 도아의 표정을 다른 쪽으로 오해한 강 선생은 계속 그녀를 위로했다.

“식사 전이면 밥 두둑하게 먹고 ER로 내려가 봐요. Trauma Bay(외상소생실)에 유 선생님 계실 거예요. 자세한 건 유 선생님한테 들으시면 돼요.”

“네!”

꾸벅, 허리를 90도로 꺾어 인사를 한 도아가 문을 열고 밖으로 나왔다. 자신에게 일어난 일을 믿을 수 없다는 듯 멍하니 걸음을 옮기던 도아가 고개를 들어 형광등을 본다.

“감사합니다. 제가 잠시 의심했어요. 이렇게 자비가 넘치시는 분인데.”

배고픈 것도 잊은 도아가 가벼운 발걸음으로 ER로 향했다. 머릿속은 온통 꽃밭이었다.

하지만 이도 잠시.

“아, 그냥 밀고 들어오시면 어떻게 해요! 환자 못 받는다니까요!”

ER로 내려오자마자 가장 먼저 들리는 소리에 도아의 시선이 입구로 향했다.

“그럼 그냥 길에서 죽여요?”

뒤로 밀리지 않기 위해 베드를 힘껏 붙든 구급대원이 심각한 얼굴로 말했다. 근처에도 응급실이 있는 대형 병원이 한 곳 있었지만 그 병원엔 외상팀이 갖춰져 있지 않았다.

외상팀이 있고 없고는 많은 차이가 있었다. 트라우마 환자가 오면 일반 병원은 응급의학과에서 각 과마다 콜을 돌려야 했지만 외상팀이 콜하면 전원 다 내려오는 게 원칙이었다.

게다가 외상팀의 경우 외과와 정형외과, 흉부외과, 신경외과 전문의 자격을 가진 사람만이 외상외과 세부 전문의 수련에 지원할 수 있다 보니 일단 기본적인 트라우마 환자를 치료하는 것에 큰 무리는 없었고, 검사 시간부터가 일단 1시간 이상 단축되었다.

그러다 보니 이처럼 심한 트라우마 환자의 경우 외상팀이 없는 곳으로 보내라는 건 길에서 죽으라는 것과 마찬가지였다.

“벌써 다섯 번째입니다. 사고 난 지 2시간이나 지났고요. 아시잖아요. 이러다간…….”

구급대원이 차마 뒷말을 잇지 못했다. 하지만 강 선생은 그 말이 무엇인지 잘 알고 있다는 듯이 거친 숨을 몰아쉬었다.

"하, 미치겠네!"

강 선생이 거칠게 외쳤다. 외상팀이 없는 곳보다야 낫겠지만 한국대학병원 역시 외상외과 펠로우가 고작 두 명밖에 되지 않다 보니 환자 두 명만 받아도 bypass(우회)가 걸리곤 했다. 게다가 오늘은 민 교수가 학회로 자리를 비운 날이었다. 그 말인즉 환자를 받더라도 수술할 의사가 없다는 뜻이었다.

이미 펠로우 두 명이 5시간 전에 오토바이 사고로 장기 다섯 개가 파열된 환자 수술에 들어갔기에 강 선생이 심란한 눈으로 환자를 보았다.

울컥.

강 선생의 얼굴이 일그러졌다.

구급대원의 말이 맞다.

여기서 환자를 돌려보내는 건 길에서 죽으라는 뜻이었다.

"송 선생, 환자 일단 T-bay(외상소생실)로 옮기고 Fluid(수액), packed cell(수혈용 혈액) 준비해."

강 선생의 말에 구급대원의 표정이 밝아졌다.

드르르륵!

빠르게 환자를 소생실로 옮기는 사이, 강 선생이 휴대전화를 꺼낼 때였다.

띠-

"arrest(심정지)요! 강 선생님! 강 선생님!"

간호사의 외침에 강 선생이 재빨리 베드 위로 올라가 심폐소생술을 실시했다. 숨을 헐떡거리며 연신 심장을 두드리던 강 선생이 다급한 얼굴로 외쳤다.

"유 선생님 콜 해! 빨리!"

강 선생이 가슴을 압박할 때마다 환자의 팔이 힘없이 덜렁거렸다.

뚝! 뚝!

손가락을 타고 흐르는 피를 도아가 멍하니 바라보고 있을 때였다.

"왔습니다."

유수한이었다.

도아는 자신을 스쳐 환자에게 달려간 수한을 멍하니 바라보았다.

이 모든 게 꿈처럼 느껴졌다. 조금 전까지만 해도 설렘으로 뛰던 심장은 어느 순간 불안으로 가득 차 터질 것처럼 들썩였다.

고개를 아래로 내린 도아가 붉은색 길을 보았다. 그 길을 따라 시선을 옮기자 붉은색 웅덩이가 고여 있었다.

쿵! 쿵! 쿵!

심장 박동이 몸을 울렸다. 이런 순간을 위해 20대 초반을 모두 소비했지만 정작 '그 처음'이 오자 도아는 아무것도 할 수가 없었다.

그녀가 바싹 얼어붙은 사이, 강 선생과 손을 바꿔 CPR을 하던 수한의 시선이 도아에게로 향했다.

멍청하게 서서 뭐 해?

차가운 눈이 그렇게 말하는 것 같다. 어서 너의 자리로 돌아오라고 윽박지르는 것 같기도 했다.

그제야 정신을 차린 도아가 서둘러 그에게 달려갔다.

찌이익!

간호사들이 가위로 환자의 옷을 가르자 환자의 몸에 기계가 다닥다닥 붙었다.

가까이에서 본 환자의 상태는 더 심각했다. 옷은 피로 흥건하게 적셔져 있었고, 벌어진 옷 사이로 날카로운 뼈가 튀어나와 있었다.

이러는 와중에도 출혈은 계속되고 있었다.

"8분 지났습니다!"

외상외과 간호사의 외침에 의료진의 얼굴이 절박해졌다.

삶이 고단했던 남자는 이제 그만 쉬고 싶은 듯했다.

하지만 의료진은 포기하지 않았다. 앞선 외상외과 수술로 빈 의료진의 자리를 응급의학과 의료진이 채웠다.

2분이 지나자 수한이 내려와 바이탈 리듬을 확인했고, 멈춘 심장이 돌아오지 않자 이번엔 강 선생이 다시 베드 위로 올라갔다.

"근처 공사장 구조물이 무너져 아래에 있다가 깔렸습니다. 오는 길에는 대화가 가능할 만큼 의식이 있었는데……."

"보호자는요?"

"전화는 켜져 있는데 계속 전화를 안 받으세요."

수한의 시선이 도아에게로 향했다.

"prehospital history(병원 전 응급처치 기록) 확인하고, 보호자 전화 받을 때까지 계속 걸어. 받을 때까지. 알겠어?"

"네, 알겠습니다."

바싹 굳은 얼굴로 고개를 끄덕인 도아가 구급대원에게 보호자 연락처를 받아 전화를 걸었다. 그러는 사이, 기진맥진한 강 선생이 베드에서 내려와 바이탈을 확인했다.

띠-

리듬이 돌아오지 않자 수한이 다시 CPR을 실시했다.

"12분 지났어요!"

간호사의 말에 의료진의 표정에 긴장이 흘렀다.

퍽! 퍽! 퍽!

적당한 깊이로 누르는 손길에 환자의 몸이 들썩였다. 흉부를 강한 힘으로 압박하자 목에 걸어 둔 청진기가 움직임에 따라 흔들렸다.

"확인할게요!"

간호사의 말에 수한이 지친 기색으로 바이탈을 확인할 때였다.

"맥박 돌아왔습니다!"

시간을 알린 간호사의 음성이 높아졌다. 하지만 이제 한 고비 넘겼을 뿐이었다. 환자의 심장이 다시 뛰기 시작하자 도아가 안으로 들어왔다.

"보호자분과 연락됐습니다."

깜짝 놀란 보호자는 당장 병원으로 달려오겠다고 말했다.

도아가 환자의 몸에 있는 손상을 확인하는 사이, 수한의 시선이 시계로 향했다. 환자가 소생실에 도착한 지 30분이 흘러

가고 있었다. 더 이상 시간을 지체할 수가 없었다.

blood loss(출혈로 빠져나간 혈액의 양)가 심상치 않았다. 수혈을 하고 있었지만 혈액이 빠져나가는 속도가 훨씬 빨라 피가 물처럼 변하기 시작했다.

"어떻게 하실 생각이십니까?"

강 선생이 불안한 표정으로 물었다. 외상외과 교수는 현재 학회에 참석 중이었고, 펠로우 선생님들은 수술실에 있었다.

이대로 숨만 붙여 놓은 상태로 다른 병원으로 돌리는 게 가장 현실적이었다.

고민하던 수한은 12번 수술실에 전화를 걸었다. 수한이 빠르게 환자의 상태에 대해 설명하자 전화 너머로 기쁜 소식이 들려왔다.

– bleeding(출혈) 다 잡았어. 뒤는 이 선생한테 맡기고 먼저 내려갈게.

바로 수술에 들어갈 수 있도록 스탠바이 해 두라는 말이 이어졌다. 다행이었다. 전화를 끊은 수한의 걸음이 바쁘게 움직였다.

검사 결과가 나온 사이, 콜을 받은 OS(정형외과) 4년 차 태진이 내려와 환자를 살폈다.

환자는 한시가 급한 상황이었다. rib fracutre(늑골 골절)과 Hemothorax(혈흉), aortic dissection(대동맥 박리)까지. 무엇 하나 쉽지 않은 상태였다.

혈흉이 발견된 이상 chest tube insertion(흉관 삽입술)이 우선시 되어야 했다.

하필 이럴 때.

민 교수의 부재가 유독 크게 느껴졌다. 하지만 안타까워만 하고 있을 때가 아니었다. 수한이 휴대전화를 꺼냈다.

"외상외과 유수한입니다."

CS(흉부외과)에 콜을 한 수한이 빠르게 환자의 상태에 대해 설명했다.

환자의 심장이 12분 동안 멈췄다는 것도.

CT 판독 결과까지도.

"민 교수님께서 자리를 비우셔서요. 내려와 주셔야 합니다."

– 알겠습니다. 지금 내려가겠습니다.

전화를 끊은 수한이 뒤에서 대기 중이던 도아에게 말했다.

"수술실, 중환자실 섭외하고 마취과 쌤한테 연락하고."

"네."

도아가 바삐 소생실을 벗어나자 잠자코 CT를 보던 태진이 한숨을 쉬었다.

"와, 이건 뭐. 완전 아작이 났구만."

고층에서 떨어진 구조물에 맞은 환자의 몸은 성한 곳이 하나도 없었다.

가장 눈에 띄는 건 복부를 뚫고 나온 갈비뼈였다. 그렇다고 다른 곳이 멀쩡한 것도 아니었다. ilium(장골)과 knee(무릎), ankle(발목), heel(발 뒤꿈치)의 골절도 만만치 않게 심각했다.

"체력이 버텨 줄까?"

출혈을 잡는다 하더라도 환자가 버텨 줄지 미지수였다. 게다가 기적적으로 살아난다 하더라도 평생 장애를 안고 살아가야 할지도 몰랐다.

태진이 걱정스럽게 읊조리자 수한이 다시 휴대전화를 집어 들 때였다.

“왔어.”

수술복을 입은 외상외과 펠로우 김 선생이 구세주처럼 나타났다.

“간단하게 설명해.”

환자의 곁으로 다가간 김 선생이 밖으로 튀어나온 갈비뼈를 보며 옅은 신음을 뱉었다. 환자는 척 보아도 상태가 나빠 보였다.

“나 혼자선 무린데.”

흉부외상이 전문이긴 했지만 홀로 감당할 수 있는 수준이 아니었다.

그러자 수한은 검사 결과와 함께 현재 CS(흉부외과)에 콜을 넣어 둔 상태라고 말했다.

“잘했어. 수술실은?”

“예도아 선생이 섭외 중입니다.”

X-ray와 CT를 확인한 김 선생이 빠르게 판단을 내렸다.

“일단 골절 부위 부목 고정하고 수술실로 올리죠. CS에 다시 한번 콜 넣고. 환자 깔아 놓다가 죽게 생겼다고.”

“네, 알겠습니다.”

order(지시)에 각자의 자리로 흩어졌다. 곧 CS 정 교수님이 직접 T-bay까지 내려왔다. 뒤에 있던 레지던트 4년 차가 긴장한 얼굴로 수한을 보았다. 잘못된 콜이면 널 살려 두지 않겠다는 표정이었다.

"OR(수술실)은?"
정 교수의 물음에 수한의 입술이 달싹일 때다.
"11번 방 준비 끝……."
띠–
도아가 재빨리 답하며 소생술 안으로 들어오는 순간 날카로운 소리가 심장을 후벼팠다.
"arrest(심정지)요!"
수한이 다시 베드 위로 올라갔다. 본능적인 움직임이었다.
의료진들이 달라붙어 생의 경계를 넘으려는 환자를 붙들어 보았지만, 무리였다.
"15분이요!"
10분만 심장이 멈춰도 보통은 사망 선고를 했다. 소생 가능성이 없다고 판단하기 때문이다.
게다가 이 환자의 경우 이미 한 번 심장이 멈췄던 환자다. 소생의 가능성이 거의 없었지만 수한은 포기하지 않았다.
CPR을 멈춘 수한이 리듬을 확인하더니 다시 심장을 두드리기 시작했다. 의미 없는 행동에 간호사들이 수한을 올려다보았다.
무거운 침묵 속, 수한의 거친 숨소리만이 들렸다.
보다 못한 김 선생이 수한에게 다가가 그의 손을 붙들며 고개를 저었다.
그만.
짧은 몸짓에 수한의 시선이 김 선생의 얼굴에 머물렀다.
"환자, 괴롭히지 마."

의미 없는 CPR이었다.

멍하니 김 선생을 보던 수한이 그제야 베드 위에서 내려왔다. 그의 손은 이미 피로 젖어 있었다.

유리문 너머 지켜보고 있던 보호자가 자리에 주저앉았다.

"흐으……."

울음소리에 이를 지켜보던 사람들의 심장도 내려앉는 듯했다.

"아버지…… 아버지이……! 안 돼요, 안 돼!"

그 순간 도아가 혼이 나간 표정을 지었다.

조금만, 조금만 더 버텨 주지.

그 말을 차마 입 밖으로 내뱉지 못한 건 절망에 휩싸인 보호자가 메고 있는 앞치마 때문이었다.

소주 회사 이름이 적힌 앞치마에는 음식물이 튀어 있었다. 삶의 얼룩인 듯했다.

"사망 선고 하겠습니다."

손목시계를 확인한 수한이 주저 없이 말을 이었다.

"2010년 5월 8일 14시 45분 김종환 님. 사망하셨습니다."

의사에게도 죽음은 익숙해질 수 없는 일이다. 무섭다. 죽음은 너무 무서운 일이었다.

환자가 장례식장과 연결된 지하로 내려가고, 의료진들은 각자의 자리로 흩어졌다. 김 선생은 조금 전 자신이 수술을 한 환자를 보기 위해 SICU[12]로 올라갔다.

---

12) SICU(surgical intensive care unit) : 외과 집중 치료실

하지만 도아는 그때까지도 청소 아주머니의 밀대 질에 지워지는 붉은 핏자국을 한참이고 바라보고만 있었다.

자정 무렵, 학회에 참석했던 민 교수가 돌아왔다. 답답한 넥타이를 풀어 대충 의자에 던져 놓은 그가 가운을 입으며 앞에서 있는 수한에게 물었다.

"오늘 전쟁이었다면서?"

어디 전쟁이 아닌 날이 있겠냐마는 오늘은 더 일진이 사나운 날이긴 했다.

처치를 받던 52세 남자 환자가 버티지 못해 죽었고, 그 뒤에 아파트에서 추락한 5세 여아는 무사히 수술을 받았지만 NS(신경외과)에선 brain death(뇌사)까지 각오해야 할 거란 말을 들었다.

폭행으로 머리를 크게 다친 환자는 25시간 동안 병원을 전전하다 겨우 한국대학병원까지 왔지만 DOA[13]였다.

여러모로 인턴이 견딜 수 있는 상황이 아니었다. 아니, 이런 생활에 이골이 난 외상외과 전문의들도 견디기 힘든 고단한 하루였다.

수한의 표정이 굳어지자 민 교수가 손목시계를 확인하며 말했다.

23시 42분.

어느 누군가는 잠자리에 들었을 시간이었지만 외상외과 인

13) DOA(dead on arrival) : 도착 시 사망

턴은 저녁도 먹지 못했을 시간이었다.

"나가서 밥이라도 먹여."

수한의 시선이 자신을 향하자 민 교수가 희게 웃었다.

"또 도망가면 어떡해. 애들 다 죽는다. 너도 잘 알겠지만."

외상외과는 펠로우 2명, 일반외과 레지던트 4년 차 1명, 간호사 4명의 다소 단출한 식구였다.

다들 뼈를 갈아 일하고 있는 실정이었고, 몇 명 안 되는 인원으로 당직을 돌리다 보니 연속 당직은 예사고, 보통 사흘에 한 번 꼴로 당직을 서고 있었다. 일반외과 레지던트 4년 차 유수한을 내어 달라 민 교수가 부탁한 것도 이 때문이었다.

보통은 두 명씩 당직을 서야 하고, 백업도 한 명 있어야 하지만 꿈도 꿀 수 없는 현실이었고, 수한 역시 어제, 오늘 당직이었다.

민 교수가 카드를 내밀자 이를 말간 눈으로 바라보던 수한이 받아 들며 고개를 숙였다.

"네, 알겠습니다."

"그래. 잘 다독여 주고."

민 교수가 짧은 가운 재킷을 입자 수한은 다시 한 번 고개를 숙인 후 연구실을 나섰다. 하지만 그의 걸음은 얼마 가지 못해 멈췄다.

"……후."

충격으로 넋이 나가 있던 도아의 얼굴을 떠올리던 그가 휴대전화를 꺼냈다.

"어디야."

아무리 멘탈이 강한 그도 견디기 힘든 하루였다.

뚜벅뚜벅.

도아는 앞서 걷는 수한의 뒷모습을 멀뚱히 지켜보았다. 다짜고짜 따라오라는 말에 일단 함께 길을 나서긴 했으나 그는 목적지도 말해 주지 않은 채 병원을 나서고 있었다.

제 몫을 다하지 못했다. 존재 자체가 죄송한 인턴이었지만 오늘 그녀가 한 행동은 의사로서 실격이었다.

우왕좌왕하지 않았으면 환자들의 경과가 더 좋았을까.

살릴 수 있지, 않았을까.

도아의 눈빛이 멍해졌다.

평소 그녀라면 어디에 가냐고 물었겠지만 지금은 그럴 수 없었다. 오늘 하루, 무기력한 시간을 보내야 했던 도아는 넋이 나간 사람처럼 무표정한 얼굴이었다. 다르게 보면 잔뜩 기가 죽은 것 같기도 했다.

도아가 수한을 따라 걸음을 멈췄다. 신호등 앞이었다. 골이 띵할 정도로 바빴던 인턴 첫 달, 그를 만났던 그곳이었다.

그곳에 서자 지난 시간이 눈앞을 스치고 지나갔다. 호흡기내과에서도 크리티컬 한 상태의 환자를 많이 보았다. 하지만 도아는 운 좋게도 누군가의 죽음을 눈앞에서 목도한 적은 없었다. 환자들은 차츰 경과를 보였고, 보호자들의 표정 역시 긍정적이었다.

마취과 인턴 때도 마찬가지였다.

수술을 지켜보았던 환자 대부분은 가족의 품으로 돌아갔다.

그래서였을까.

의기양양했다. 매달 마지막 주에 A턴이라며 수고 많았다는 말을 들었을 땐 가슴이 부풀기도 했었다. 철부지였다. 매사 낯선 상황이었기에 자신이 멍청한 인간처럼 느껴지기도 했고, 그래서 혼날 때도 있었지만 손끝이 야무지단 소리를 들으며 앞으로 잘해 나갈 수 있을 거라고 믿었다.

난 왜 의사가 된 걸까.

아빠가 의사여서?

수능 성적을 잘 받아서?

'바보 같아. 진짜 무책임해.'

눈가에 불이 붙은 듯 화끈해졌다.

신호등 불빛이 바뀌자 수한이 먼저 걸음을 옮겼다.

한마디 말이 없는 그가 향한 곳은 병원 근처에 있는 식당이었다.

자정이 넘어선 시간에 영업 중인 식당은 그리 많지 않았다. 술을 곁들이는 메뉴가 대부분이었고, 고된 하루를 보낸 이에겐 적당하지 않은 메뉴였다.

그와 함께 뼈해장국집으로 온 도아는 앉자마자 덜컥 자신의 앞에 놓인 뚝배기를 보았다. 우거지가 잔뜩 들어 있는 뼈해장국에선 김이 모락모락 올라왔다.

"반찬은 옆에 있어요. 더 필요하시면 덜어 드세요."

속사포 랩을 하는 것처럼 빠르게 설명을 마친 종업원이 다시 텔레비전 앞으로 향했다. 지나간 개그 프로그램을 보며 웃는 모습에서 도아가 시선을 떼지 못할 때였다.

"먹어."

짧은 말이 대단한 위로처럼 들려왔다.

속이 울렁거렸다.

뚝배기에 가득 쌓인 음식을 옆으로 조금 덜어낸 그가 밥뚜껑을 열어 밥을 말기 시작했다. 커다랗게 한술 떠 입 안에 야무지게 밀어 넣은 그가 우적우적 음식을 씹자 도아가 말간 눈으로 수한을 보았다.

그는 한참이고 말없이 식사만 이어 나갔다. 분명 할 말이 있어 함께 이곳까지 온 것일 텐데도.

꿔다 놓은 보릿자루처럼 아무런 도움도 되지 않았던 하루가 떠올랐다. 보호자가 울 땐 자신도 모르게 울기까지 했다.

도대체 난 여기서 뭐 하고 있는 걸까.

자괴감이 몰려오자 도아는 수한이 그러했던 것처럼 고기와 우거지를 한쪽에 치워 놓은 후 밥을 말았다. 턱이 빠질 정도로 입을 크게 벌린 그녀가 음식을 우적우적 씹기 시작하자 조용한 시선이 그녀에게 잠시 머물렀다가 이내 멀어진다.

음식물이 배 안으로 들어가자 그제야 허기가 졌다. 생각해 보니 오늘 아무것도 먹지 못했다.

두 사람은 빠르게 식사를 이어 나갔다. 의대에 입학하면서 생긴 버릇 중 하나였다.

먼저 식사를 마친 수한이 숟가락을 내려놓은 후 물을 마시자 도아가 고개를 들어 그를 보았다. 시선이 마주치자 도아의 눈시울이 붉어졌다.

금세라도 울 것 같은 도아를 보며 수한이 운을 뗐다.

"3주간 잘 부탁해."

수한의 말에 도아의 눈동자가 힘없이 흔들렸다. 다정한 위로를 건네지도, 그녀를 탓하지도 않았다.

차마 그의 눈을 마주 보고 있을 수 없다는 듯 고개를 숙인 도아가 감정이 그득한 목소리로 읊조렸다.

"도망가고 싶어요."

"그럴 것 같아서 하는 말이야."

"……."

오늘 눈앞에서 두 명이 죽었다. 한 명은 한 집안의 가장이었다. 앞치마를 벗을 생각도 하지 못한 채 병원까지 헐레벌떡 달려온 딸은 한참이고 울었다.

또 한 사람은 이제 겨우 스무 살이 된 남자였다. 학비를 벌기 위해 아르바이트를 하던 중 취객이 휘두른 의자에 맞은 남자는 별다른 조치를 해 볼 것도 없이 사망했다.

허망한 죽음 앞에서 엄마는 울었다. 아니. 울지 못했다. 자신에게 일어난 현실을 믿을 수 없다는 듯 뺨을 연신 내려치는 모습에 도아도 결국 울음을 터뜨렸다.

고작 하루였는데.

외상외과에 온 지 12시간도 채 안 됐는데.

이 모든 일이 하루 만에 일어났다. 하지만 도아는 확신할 수 있었다. 이런 일상이 내일도 이어지리라는 걸.

"왜 외상외과예요?"

정수리에서 그의 시선이 느껴지자 도아가 멈췄던 말을 이었다.

"다른 과에 비해 당직도 엄청 많고. 그리고…… 이렇게 힘든데."

의사 역시 직업의 하나였다. 숭고한 마음을 품고 의대에 입학한다고 하더라도 현실을 생각할 수밖에 없다.

수술과의 경우 향후 정해진 길이 좁았고, 의료 소송을 달고 살았으며, 자신을 갈아 수련을 마친 이후에 전공을 포기하는 이들도 많았다.

게다가 환자가 죽는다.

너무 많이 죽는다.

물론 내과 계열 역시 환자의 죽음을 마주하긴 하지만 외상외과만큼은 아니었다. 단 0.01%의 가능성만 있어도 수술실로 향하는 게 일상인 곳이다.

버틸 수 있을까.

도아는 차마 고작 3주라고 말할 수가 없었다.

"왜 내 생각이 궁금한데?"

"……알고 싶어서요."

시무룩하게 말한 도아가 이내 '그럼 좀 도움이 될까 해서'라고 말을 이었다. 어떤 쪽으로 도움이 된다는 건지 확실하지 않았지만 수한은 이 상황을 견디는 데에 좀 나을까 싶어 묻는 말이라 생각했다.

하지만 곰곰이 생각해 봐도 이제 겨우 인턴이 된 지 3개월 차가 된 도아에게 해 줄 수 있는 말은 떠오르지 않았다. 고민 끝에 그가 한 답은 짧았지만 명확했다.

"미친놈이어서."

"……."

고개를 든 도아가 멍하니 수한을 보았다.

"다 그러더라고. 내가 미쳤다고."

흔들림 없는 답 뒤에 이어진 건 헛웃음이었다.

"넌 미치지 마. 고달파."

멍한 얼굴로 수한을 보던 도아가 고개를 내려 국물이 말라붙어 퍼석해 보이는 고깃덩어리를 보았다. 그러더니 한참이 지나서야 말했다.

"사진 찍어 주시면 절대 도망 안 갈게요."

"……."

"사진 찍어 주면 도망 안 간다고요. 당직도 열심히 설게요. 당당당도 견딜 수 있어."

어쩐지 연속 사흘 당직까지 견딜 수 있다는 말이 안 찍어 주면 당장 도망가겠다는 것처럼 들린다.

"사진인데. 사귀어 달라는 것도 아닌데. 뽀뽀해 달라는 것도……."

뒤로 갈수록 가관이자 그가 서둘러 답했다.

"알았어."

"진짜죠?"

눈에 띄게 밝아진 도아를 보며 그가 헛웃음을 뱉었다.

"괜찮은 거야?"

"괜찮아져 보려고요."

도아가 기운 빠진 웃음을 뱉었다. 애써 괜찮아져 보려고 노력하는 중이었다.

하지만 수한의 시선은 그녀의 웃음이 아닌 아래로 내려간다.

"아니, 손."

도아가 손바닥을 내려다보았다. 도아에게 빈틈을 보이지 않으려 노력하던 그가 왜 저런 표정으로 묻는 건지 이제야 알았다.

사고가 난 곳은 ER이었다. 그리고 외상외과는 ER 한쪽에 있는 T–bay에서 오랫동안 시간을 보내야 했다.

의사 역시 사람이었고, 트라우마가 얼마나 무서운지 잘 알고 있었다.

아랫년차가 이런 일을 당했을 때 윗년차가 할 일은 정신력으로 버티라는 말보단 위로였다. 그들 역시 겪어 본 일이었기 때문이다.

물론 피까지 보는 경우는 그리 많지 않다만.

손바닥을 내려다보며 씩 웃던 도아가 그에게 상처를 보여 주며 말했다.

"선배한테 반했다는 증거예요. 당연히 괜찮죠."

"……예 선생."

"내 멋대로 좋아하는 거니까. 거절은 거절합니다. 그 거절도 거절할래요."

씩씩하게 말한 도아가 다시 숟가락을 집어 들었다. 그러더니 고깃덩어리를 국물에 푹 담군 후 먹기 시작한다.

배가 고팠다.

그래.

배가 너무너무 고픈 밤이다.

❖ ❖ ❖

종이 신문을 활짝 펼친 도아는 이미 지나간 기사를 심각한 얼굴로 읽었다.

"아이고, 힘들어서 어째."

경제가 힘들다는 말에 도아가 혀를 끌끌 차더니 이내 퍼뜩 정신을 차린다. 이러고 있을 때가 아니었다.

활짝 펼친 신문지 위에 엉덩이를 깔고 앉은 도아가 거울 위치를 잘 맞춘 후 머리를 묶기 시작했다. 그러더니 서슴없이 가위를 가져다 댄다. 어차피 묶을 건데 머리에 3, 40분을 투자할 순 없었다.

서걱서걱!

머리카락이 뭉텅이로 잘렸다. 손가락으로 슥슥 빗어 보자 비스듬히 잘려 나간 게 영 볼품없었지만 그래도 상관없었다. 머리를 잘 정리해 깔끔하게 묶어 올린 도아가 한결 가벼워져 만족하고 있을 때였다.

벌컥!

문이 열리더니 룸메이트인 서희가 안으로 뛰어 들어왔다. 시꺼먼 눈 밑은 흡사 좀비 같았다.

"응? 어디 가?"

커다란 캐리어를 꺼내 자신의 짐을 마구잡이로 때려 넣는 서희를 보며 도아가 의아하게 물었다. 근무지 때문에 짐을 싸는 건 아닐 것이다. 서희는 저번 달 마지막째 주 토요일에 지방 근무를 마치고 올라왔고, 이번 달에는 바쁜 걸로는 손꼽히는

OBGY(산부인과)에서 근무하고 있었다.

"그만둘 거야."

"……응? 뭐?"

"혹시 놔두고 간 거 있으면 잘 챙겨놔 줘. 나중에 가지러 올게."

"야, 김서희!"

대충 짐을 챙긴 서희가 자리에서 벌떡 일어났다.

도아의 부름에도 서희는 더 이상 말하고 싶지 않다는 듯 캐리어를 끌고 밖으로 나갔다. 도아가 그 뒤를 따라가 팔을 붙들었지만 서희는 고개만 저을 뿐이었다.

"그만할래. 진짜 못해 먹겠어."

울먹이는 목소리로 말한 서희가 길을 나서자 더 이상 붙잡을 수 없었던 도아가 그 뒤를 멍하니 보았다.

"무슨 일이지?"

혼잣말을 내뱉는 순간 알람이 울렸다.

[10분 전, Pre-rounding]

병원에 돌아갈 시간이었다.

레지던트 4년 차지만 현재 인턴이 해야 할 일까지 모두 맡고 있는 수한에게 업무를 인계받기로 했다.

도아가 잘 걸어 둔 가운으로 손을 뻗을 때였다.

띠리리릭-

조금 전엔 알람이었다면 이번엔 벨 소리였다. 도아가 서둘러 가운을 걸친 후 전화를 받았다.

– 선생님, 어디 계세요? 응급이에요.

다급한 말에 도아가 문을 벌컥 열었다.

"기숙사요. 5분, 아니, 3분 안으로 갈게요!"

전화를 끊은 도아가 미친 듯이 달리기 시작했다.

고작 5분 거리였지만 50분을 달리는 것처럼 멀게만 느껴졌다.

RISK

3. 이른 장마

시트는 물론이고, 바닥에도 혈액이 흥건하게 고여 있었다. 이미 한차례 폭풍이 휩쓸고 지나간 T-bay는 긴박했던 조금 전과는 달리 적막했다.

아침부터 도아를 미친 듯이 달리게 만든 환자는 31세 여성이었다.

집 앞에서 남자 친구에게 잔인하게 난도질당한 여성은 생사를 넘나들고 있었다. 헤어지자는 한 마디 때문이었다.

사고 현장은 경기도 일산이었다. 하지만 다섯 곳의 병원에서 거절당한 환자는 사고가 일어난 지 5시간 만에 멀리 떨어진 한국대학병원까지 오게 되었다.

그나마 다행이라면 처음 이송된 병원에서 심정지가 왔고, 심폐소생술 이후 호흡을 회복했다는 것 정도였다.

환자가 도착하고 5분 뒤, 형사 둘과 보호자가 함께 병원을 찾았다. 피해자의 상태를 물었고, 의료진은 가슴과 복부, 얼굴에 큰 상처를 입고 현재 검사 중이라는 말만 반복했다.

갑작스럽게 사고 소식을 들은 환자의 부모님은 혼이 나간 표정이었다. 보호자에게 수술 동의서를 받는 도중, 콜을 받은 마취과 의사가 달려왔다. 덕분에 처치를 끝낸 환자는 곧장 수술실로 올라갈 수 있었다. 도착한 지 40분 만에 일어난 일이었다.

청소 카트를 끌고 안으로 들어온 아주머니가 바닥에 고여 있는 혈액을 보고 흠칫 몸을 떨었다. 도저히 한 사람이 흘린 피의 양이라곤 믿을 수 없을 정도였다.

안 좋은 예감에 아주머니의 표정이 급격히 흐려졌다.

"어떻게 됐어요?"

마른 밀대로 바닥을 닦던 아주머니가 조심스럽게 물었다. 그러자 응급 초진기록을 작성하고 있던 도아가 슬쩍 미소 지었다.

"수술 들어갔어요."

"아이고, 다행이네. 다행이야."

아직 안도하기엔 이른 시점이었다. 환자는 이제 막 수술실에 들어섰으며 네 명의 외과의와 응급수술에 평소보다 훨씬 이른 출근을 해야 했던 마취과 교수님은 어떻게든 그녀를 붙들기 위해 애쓰고 있을 것이다.

하지만 아주머니는 큰 역경 하나를 넘었다 믿고 있었다. 수술을 받지 못하고 도착 이후 죽는 환자 소식을 하루에도 몇 번이나 들었기에 내심 안도하는 표정이었다.

급격히 밝아진 표정으로 열심히 바닥을 닦는 아주머니를 묘한 눈으로 보던 도아가 다시 차트를 작성하고 있을 때였다.

"선생님들이 진짜 큰일 해요."

"……."

도아의 손이 멈추었다. 잠시 생각에 잠긴 도아가 이내 말을 잇는다.

"전 별로 도움도 안 되는걸요."

"에이."

"진짜예요."

도아의 음성이 한층 더 낮아졌음에도 아주머니는 괜히 겸손을 떠는 거라고 생각했는지 뒷말을 붙였다.

"그럼 나중엔 큰 도움이 되겠죠."

차트를 향해 있던 시선이 다시 아주머니를 향했다. 마치 자신의 일처럼 좋아하는 아주머니를 한참 바라보던 그녀가 혼잣말처럼 읊조렸다.

"저도 그랬음 좋겠어요."

미치면 고달프다는 수한의 경고가 머릿속에 윙윙거렸다. 하지만 5시간 이후 회복실로 무사히 들어온 환자가 숨을 쉬는 것을 보는 순간 확실한 목표가 떠올랐다.

'나도 미쳐 보고 싶어.'

유수한, 그 사람처럼.

그가 있는 세계로 가고 싶어졌다.

❈ ❖ ❖

아침나절, 하루를 전쟁으로 시작한 도아가 비틀거리며 의국으로 향했다. 외상외과 의국에는 당직실처럼 접이식 침대와 이불이 놓여 있었다. 당직이 아니더라도 이곳에서 시간을 보내는 의사가 많다는 뜻이다.

하지만 정작 도아를 놀라게 만든 건 그런 사소한 것들이 아니었다.

"몸살 기운이 있어서."

도아가 멍하니 바라보자 커다란 덩치의 이 선생이 어색하게 웃었다. 그의 팔에는 링거가 연결되어 있었다. 조금 전까지 수술실에서 장시간 수술을 마친 사람이라곤 믿을 수 없는 모습이었다.

그러자 옆에 앉아 있던 김 선생이 혀를 찼다.

"그러게 좀 쉬라니까."

고양이처럼 위로 쭉 뻗은 눈이 더 날카로워졌다. 왜 이렇게 미련을 떠냐는 표정이다.

이 선생과 김 선생은 한국대학병원 출신이 아닌 외부 출신이었다. 한국대학병원은 안타깝게도 본인들이 최고라고 자부하고 있었고, 외부인력을 뽑는 데 인색했다.

그 때문인지 두 사람은 나이도, 대학 출신도, 성별도 다름에도 불구하고 끈끈한 전우애를 가지고 있었다. 물론, 외상외과라는 특성으로 인해 더 끈끈한 의리가 생겼는지도 모르지만.

언제 미용실을 갔는지 알 수 없는 더벅머리를 벅벅 긁던 이 선생이 김 선생을 흘겨보며 말했다.

"왜. 너도 골골거리게?"

"내가 너 같은 종이 인형인 줄 아냐?"

"종이…… 그래, 그 종이 수액에 젖고 있다. 이제 속 시원해?"

"뭐야, 삐졌어? 아니, 등치는 곰만 한 게……."

"미안하다, 종이 곰이라서."

유치한 싸움이었다. 서로 말할 기운도 없다는 표정으로 하는 대화치곤 제법 날이 서 있기도 했다.

두 사람을 중재한 것은 문이 열리는 소리였다. 안으로 들어온 건 민 교수와 수한이었다.

민 교수는 도아를 발견하자마자 사람 좋은 미소를 지었다.

"이제야 우리 인턴 선생님 얼굴을 보네. 예도아 선생님? 반가워요."

정확히 말하면 몇 안 되는 식구이면서 한자리에 모이기 힘들다는 뜻이기도 했다. 아침 회진 때도 콜을 받고 뛰어 내려가는 일이 많다 보니 서로서로 얼굴 보고 지내기도 힘들었다.

민 교수가 도아에게 다정한 미소를 보냈다. 병원에서 아웃사이더로 분류되는 민동규 교수였지만 평소 예익환 교수와 친분이 두텁다 보니 도아가 예 교수의 딸이라는 것 정도는 알고 있었다.

꾸벅.

허리를 숙인 도아가 어수룩한 미소를 짓자 민 교수가 한자리에 모인 김에 설명하겠다는 듯 외상외과 식구들을 하나하나 설명하기 시작했다. 흉부외상을 전문으로 하는 김미영 선생과 이학찬 선생을 설명할 땐 '우리 과의 기둥'이라고 말하기도 했다.

"교수님 왜 그러세요. 부담스럽게."

이 교수가 링거가 연결되어 있는 팔을 손으로 슬쩍 감추며 말하자 웃음이 번졌다. 한 번씩 연례행사처럼 있는 일인지 다들 웃어넘기는 분위기였다.

"이쪽은 유수한."

민 교수가 곁에 서 있는 수한을 가리키며 말하자 도아의 입술과 턱 부분이 움찔거렸다.

"일반외과 레지던트 4년 차. 알고 있지?"

"네. 도움 많이 받고 있습니다."

"그래. 그래야지. 배울 점이 많은 선배니까. 궁금한 점 있으면 언제든지 유 선생한테 물어보고. 유 선생은 앞으로도 잘 챙겨 주고."

마지막에 민 교수가 수한을 보며 말했다. 그러자 수한이 무심한 얼굴로 고개를 끄덕인다.

"네. 알겠습니다."

"좋아. 그럼 소개 끝났으니까 미팅 시작할까?"

민 교수가 멀찍이 떨어져 있는 의자에 앉으며 말하자 테이블 미팅이 시작되었다.

"31세 마정미. 5월 9일 6시 32분에 구급대를 통해 이송되었습니다."

환자는 가슴과 복부, 얼굴에 큰 상처를 입었다. 가슴과 복부는 외상외과에서 담당해 현재 1차로 출혈부터 잡은 상태였다.

다행히도 수술 경과가 좋았지만 문제는 얼굴이었다. 생명에는 지장이 없지만 얼굴에 난 큰 흉터는 앞으로의 삶에 큰 지장을 줄 중요한 문제였고, 1차 봉합으로 닫을 수 없어 성형외과에 consult(협의진료)를 요청한 상태였다.

환자들의 이름이 언급될 때마다 주치의가 나서 설명하기 시작했다. 외상환자의 경우 대부분 입원 기간이 길었고, 상태 역시 아주 더디게 좋아졌다.

환자의 상태가 나빠졌을 땐 주치의 외의 다른 의료진 역시 표정이 어두워졌다. 몇 안 되는 인원이라 다들 환자를 살리기 위해 수술실에서 오랜 시간을 보냈기에 하나같이 다 자신의 환자처럼 느껴졌기 때문이다.

하지만 이를 겉으로 표현하진 않는다. 환자 개개인에게 감정이입을 하다 보면 이 생활을 견딜 수 없으니까.

하지만 이번에 언급된 환자의 경우는 달랐다.

"이민아 5세 여아입니다. 5월 8일 19시 02분에 1차 수술 진행하였고, 수술 도중 뇌파 수치가 0이었습니다."

모니터에 MRI가 떴다. 그 순간 여기저기서 슬픈 탄식이 터져 나왔다. 작은 뇌는 완전히 죽어 있었다. 예견된 상황이었지만, 그렇다고 마음이 아프지 않은 건 아니었다. 도아의 표정 역시 좋지 못했다.

수술 도중 신경외과 교수가 와 판단하기론 '자세한 검사가 더 필요하겠지만'이라는 단서를 단 이후에 '뇌사'라 판정했다. 하지만 앞서 붙은 단서는 희망사항일 뿐이었다. 민아는 힘든 수술을 견디지 못했다.

"컨설트 결과 대뇌와 뇌간 모두 손상됐으며……."

두 눈 모두 동공이 확대되어 고정되어 있었고, 뇌간반사가 완전히 소실되었다. 스스로는 숨을 쉬지 못해 기계에 의지해 겨우 숨만 쉬고 있는 상태였다. 수술을 받은 장기 역시 차도를 보이긴커녕 나빠지고 있었다.

도아는 매일 중환자실 앞을 지키고 있는 아이의 어머니를 떠올렸다. 어머니는 직장까지 그만두고 어린 딸의 곁을 지키고 있었다. 사고 당시 아이를 봐주던 노모 역시 마찬가지였다.

이 자리에 있는 모두가 도아와 같은 생각을 하고 있었다.

"보호자한테 설명해. 아주 자세하게. 이해 못 하시는 부분이 없도록."

민 교수의 말에 주치의인 수한이 조심스럽게 고개를 끄덕였다. 무거운 적막이 내려앉았다.

병원에서 해 줄 수 있는 일이 아무것도 없다. 아이는 기계로 인해 숨을 쉬고 있는 것일 뿐.

그 뒤로 차도를 보이는 환자도, 곧 퇴원을 앞둔 환자도 있었지만 회의실 분위기는 그 어느 때보다 어두웠다.

"자, 그럼 이만 환자들 만나러 가 볼까?"

앓는 소리를 내며 민 교수가 먼저 회의실을 나섰다. 그리고 그 뒤를 차례차례 사람들이 뒤따랐다.

유일하게 남은 건 수한과 도아다.

깊이 숨을 몰아쉬는 그의 모습을 본 순간 도아는 깨달았다.

그가 왜 외상외과가 고달프다 말했는지.

이곳에선 자신의 무능함을 하루에도 몇 번이나 깨닫게 된다.

의사는 신이 아니었다.
그들 역시 인간이었다.

❖ ❖ ❖

코끝을 스치는 후덥지근한 바람에 수한은 그제서야 여름이 다가오고 있다는 것을 깨달았다.

봄은 짧았다.

그래서 마음이 아팠다.

왜 민아의 봄도 그리 짧아야 했을까.

수술실에서 어떻게든 견디려 애를 쓰던 아이의 모습이 눈앞을 스쳤다.

옥상에서 멍하니 하늘을 올려다보던 수한이 주머니를 뒤져 담배를 꺼내 물었다. 희뿌연 연기가 허공으로 흩어졌다. 보호자의 울음소리가 이명처럼 귓가에서 울리는 듯했다.

환자에게 감정을 이입하여 일희일비하는 건 정신 건강에 좋지 않았다. 하지만 마음을 다잡는 건 말처럼 쉽지만은 않았다. 깨끗한 손바닥을 펼쳐 내려다보던 수한이 깊은 숨을 뱉었다.

5년간 병원에서 생활하며 무뎌질 법도 했건만, 기억은 그를 항상 한 시점으로 이끌고 있었다.

구급차 안에서의 다급했던 그 상황.

아무것도 할 수 없어 무기력했던 순간.

숨이 넘어가는 순간까지도 자신을 걱정하던 아버지.

항상 권태롭게만 보이던 그의 얼굴에 감정이 스멀스멀 퍼져 나갈 때였다.

"어? 의사 쌤이 담배 핀다."

마치 누군가에게 고자질을 하는 것 같은 말에 수한이 어느새 자신의 곁에 선 도아를 올려다보았다.

그의 시선에 도아가 일부러 콧잔등을 찡긋거리며 말을 이었다.

"난 담배 피우는 사람 별론데."

도아가 그의 앞에 바짝 서자 수한이 담배 필터를 잘근잘근 씹었다.

우습게도 그녀의 존재가 반가웠다. 한없이 가라앉던 기분이 조금은 위로 끌어 올려지는 듯도 했다.

하지만 담뱃재를 털어 내는 그는 이를 표현하지 않았다. 그저 '어쩐 일이야?'라고 물었고, 도아는 그의 옆자리에 앉으며 산뜻한 표정으로 답했다.

"꼬시지 마요."

"……뭐?"

그의 눈빛이 탁해졌다.

"지금 나 꼬시는 중 아니었어요? 선배님의 눈빛이 워낙 우수에 젖어……."

도아가 중얼중얼 읊조리자 수한이 헛웃음을 뱉었다. 찡긋거리는 콧잔등을 보던 도아의 눈이 커다랗게 떠졌다.

"어? 맞는데?"

"뭐가."

그의 얼굴에선 이미 웃음이 사라진 뒤였지만 도아는 잔상이라도 보는 듯 말했다.

"나 좀 오해할 것 같은데요?"

그러면서 도아가 혼잣말처럼 읊조렸다.

"눈빛 장인이셔."

말려 올라간 입술 끝이 장난스러웠다.

……눈빛 장인?

멍하니 생각하던 수한의 미간에 짙은 주름이 잡혔다. 아니, 일단 그 이전의 말부터가 문제였다.

꼬시지 마.

오해할 것 같아.

누가 들으면 유수한이 무슨 큰일이라도 한 것 같은 말들이었다.

그게 억울한 건지 눈살을 찌푸린 그가 한참 도아를 보더니 이내 고개를 돌려 하늘을 보았다.

"……후."

살짝 벌어진 입에서 한숨과 함께 흰 연기가 흘러나왔다.

"응? 왜 아니라고 말을 안……."

"고맙다."

"왜요. 내가 또 새삼 반해 줘서?"

도아가 입술을 길게 늘어뜨리며 웃었다.

다 알면서 모르는 척, 그걸 숨길 마음이 없어 보이는 예도아는 참 능글맞다. 수한은 자신이 졌다는 듯 헛웃음을 뱉었다.

"정신이 들었어."

의료 현장은 위계질서가 견고하고, 하극상은 결코 용서가 안 되는 보수적인 곳이었다. 사람의 생명을 다루고, 엄청난 업무량을 소화해야 하다 보니 이를 당연하게 여기는 분위기였다.

하지만 도아는 그 아슬아슬한 선을 매번 넘고 있었고, 수한은 이를 수용했다.

먼 듯했지만 가까웠고, 가까운 듯했지만 멀었다. 하지만 그 거리감이 두 사람 모두에겐 나쁘지 않은 듯했다.

도아가 조잘거리던 입술을 닫고 그를 본다. 지친 듯 피곤이 묻어나 있는 눈가와는 달리 날카로운 턱 선이 묘한 대조를 이뤘다. 권태로운 느낌이다. 하지만 그 속은 누구보다 뜨겁다는 걸 도아는 안다.

"선배."

그에게선 답이 없었다. 하지만 도아는 주저하지 않았다.

"힘내요."

"……."

짧은 말은 담담했다. 표정 역시 그랬다.

수한의 시선이 도아의 가슴으로 향했다.

『의사 예도아』

이제 겨우 '의사'가 된 인턴에게 듣는 위로였다.

하지만 나쁘지 않았다. 괜찮은 척할 수 있을 것 같았다.

다 타 버린 담배를 재떨이에 비벼 끈 그가 자리에서 일어났다.

"가자."

자신을 기다리고 있는 환자들에게 돌아갈 시간이었다. 그의 말에 도아가 발딱 일어서더니 그를 보며 히죽 웃었다.

"왜 웃어? 불안하게."

"좋아서요."

'뭐가?'

시선으로 묻는 말에 도아가 천진난만하게 웃었다.

"가자, 라는 말이요."

"……."

"함께하자는 것 같잖아요. 앞으로 내가 가장 좋아하는 말이 될 것 같아요."

도아가 앵무새처럼 같은 말을 반복했다.

가자.

가자.

가자.

"참 좋은 말이에요."

그러면서 또 히죽 웃는 도아의 모습에 수한의 얼굴이 일그러졌다.

"어떻게…… 그런 말을 눈 하나 깜짝하지 않고 할 수 있는 거지?"

"진심이니까요. 안 하면 심장이 터질 것 같아서 그냥 막 뱉는 거예요."

"……."

"가자라고 했다. 선배가 가자라고 했다."

"그만……해."

"맨날 그만하래. 그래도 난 포기하지 않지."

뒷짐을 진 도아가 다부진 표정을 지었다.

멍하니 도아를 보던 그가 한숨을 왈칵 내쉬더니 고개를 양옆으로 흔들었다. 정신 바싹 안 차리면 휘말릴 것만 같은 상황에.

예도아는 고맙다고 말한 지 채 1분도 지나지 않아 유수한의 정신을 아득하게 만들었다.

그가 먼저 성큼 걸음을 옮기자 도아가 그 뒤를 따랐다.

병원 특유의 음울한 분위기와 굳은 표정의 사람들이 하나둘 보이기 시작하자 수한의 표정이 딱딱하게 굳어졌다. 도아는 옆에서 이를 물끄러미 올려다보더니 이내 얼굴에서 웃음을 지웠다.

두 사람이 향한 곳은 중환자실이었다. 넋을 놓은 피폐한 여자가 유리창 너머를 멍하니 바라보고 있었다. 아니, 정확하게는 기계에 호흡을 의지한 채 죽어 가고 있는 자신의 어린 딸을.

도아는 차마 다가가기 힘들다는 듯 걸음이 점차 느려졌지만 수한은 달랐다. 그는 곧장 보호자에게 다가가 허리를 숙였다.

"……선생님."

중환자실 앞을 지키고 있던 아이의 어머니는 수한을 보자 불안함에 몸을 떨었다. 그건 옆에 있는 몇 안 되는 의자에 앉아 있던 노모 역시 마찬가지였다.

"민아의 상태가 많이 안 좋습니다."

그가 담담한 목소리로 아이의 상황을 설명했다. 병원에 도착했을 때의 상태와 수술실에서 있었던 일. 그리고 1차 조사 결과 신경외과에서 뇌사 판정을 내렸다는 것까지도.

"민아의 경우 6세 미만의 소아이므로 24시간 뒤에 2차 조사가 있을 예정입니다."

보호자는 이미 예상했던 일이라는 듯 연신 고개를 주억거렸다. 하지만 회생의 가능성이 0%에 가깝다는 설명을 듣는 순간 눈가에 눈물이 급격하게 차올랐다. 그러나 울음을 터뜨리지 않았다. 멍한 눈동자에서 눈물이 쉴 새 없이 쏟아지자 그가 고개를 숙였다.

"죄송합니다."

"아이고…… 아이고……!"

비명을 지른 건 옆에서 함께 설명을 듣던 노모였다. 다리에 힘이 풀린 듯 주저앉은 노모가 손바닥으로 바닥을 내리치며 곡소리에 가까운 울음을 터뜨렸다.

"다 내 탓이야, 내 탓! 저 어린 게……!"

노모의 외침에 깜짝 놀란 도아가 무릎을 꿇고 노모를 부축했다. 하지만 그 어떠한 말도 하지 않는다. 이런 순간에 '괜찮냐'와 같은 무신경한 말은 하지 말아야 한다는 것 정도는 도아도 알고 있었다.

하지만 이 순간.

주름진 주먹으로 가슴을 내리치는 노모보다 소리 없이 눈물만 떨구는 엄마의 모습이 더 슬퍼 보였다. 감정을 밖으로 표출하지도 못한 채 굳어 버린 여자의 모습에 수한이 가운 주머니에서 손수건을 꺼내 아이의 엄마에게 내밀었다.

귀퉁이에 아주 예쁜 꽃이 수놓아져 있는 손수건이었다.

❖ ❖ ❖

무거운 걸음을 옮긴 수한이 당직실 안에 들어섰다. 벽 쪽으로 2층 침대 하나가 놓여 있는 좁은 방이었지만 이마저도 감지덕지할 정도였다.

가운을 벗은 수한이 지친 몸을 1층에 뉘인 후 숨을 몰아쉬었다. 여러모로 참 피곤한 하루였다.

민아의 뇌사 판정 위원회가 열렸다.

위원회에 참석한 여섯 명 모두 이민아를 전뇌사(뇌 전체가 죽은 상태)로 판정했고, 아이의 부모는 장기 기증을 선택했다. 아이가 잠시 이 세상에 머물렀다는 걸 누군가가 기억해 주길 바라는 어른의 선택이었다.

작은 몸으로 잠시 세상에 온 천사는 다섯 명의 아이를 살리고 떠났다. 숭고한 결정이었다.

이날 한 부모는 아이의 죽음을 슬퍼했고, 다섯 아이의 부모는 기뻐했을 것이다.

그가 깊이 눈을 감은 지 얼마 지나지 않아 문이 열리는 소리가 들렸다.

달칵.

조심스럽게 문이 닫히는 소리에도 수한은 눈을 뜨지 않았다. 아니, 어쩌면 타이밍을 놓쳐 버렸는지도.

그가 숨을 죽이는 사이, 발걸음 소리가 가까워졌다.

부스럭.

아주 가까운 곳에서 인기척이 느껴졌다. 상대가 누구인지 확인하지 못했지만 수한은 자신의 옆에 쪼그리고 앉은 사람이 예도아일 것이라 예상했다.

어색한 침묵이 흘렀다. 아니, 어쩌면 이를 지켜본 이들은 평화로운 분위기라 생각할지도 모르겠다. 당사자들의 마음을 알리 없으니.

도아는 어쩜 수한을 걱정해 그를 찾아다녔을지도 모르겠다.

한참 뺨에서 뜨거운 시선이 느껴지자 이상하게도 심장이 뛰었다.

쿵.

쿵.

"……딸꾹! 딸…… 꾹!"

딸꾹질 소리가 얼굴과 아주 가까운 곳에서 들려왔다. 호흡이 느껴질 정도의 거리감이었다.

그러길 또 몇 초.

후다닥 뛰어가는 소리와 함께 문이 닫혔다. 그와 동시에 깊게 내려앉아 있던 속눈썹이 파르르 떨렸다.

수한은 눈을 뜨기보단 팔을 들어 올려 시야를 가리는 쪽을 선택했다.

"……후."

깊은 숨이 그의 감정을 대변하는 듯했다.

그는 정해진 길을 항상 묵묵히 걸어왔다. 그 길을 벗어나 일탈을 꿈꿨던 적도 없었다. 매순간 수능을 치르는 마음으로 예과와 본과를 보냈고, 사람의 기본적인 생리 욕구를 억눌러야 하는 인턴과 레지던트 생활을 하면서도 자신의 본분을 잊지 않았다.

내가 왜 의사가 되기로 마음먹었는지.

어떤 마음으로 아직 눈물이 마르기도 전의 어머니에게 학비를 부탁했는지도.

한번 결정한 일을 번복한 적도 없다.

자신은 분명 그런 사람이었다. 예도아를 만나기 전까지만 하더라도.

"……미친놈."

읊조리는 목소리가 탁했다. 거친 욕설을 뱉은 그가 이를 악물 때였다. 가운에 넣어 둔 휴대전화가 울렸다. 기계적으로 몸을 벌떡 일으킨 그가 닳고 닳은 크록스를 신으며 전화를 받았다.

"네. 지금 내려가겠습니다."

마음이 심란할 때에도 콜은 울렸다.

탕!

탕!

탕!

비상구에는 오롯이 도아의 발소리만 들린다. 두세 칸씩 날듯이 뛰어 내려온 도아가 벌컥 문을 열자 갑자기 분위기가 바뀌었다.

"왜 우리가 먼저 왔는데 저 사람이 먼저 들어가는 거예요?"

"환자분, 응급실은 도착 순서가 아니라 정도에 따라 진찰이 진행됩니다."

"아니, 우리 아들도 죽게 생겼다고요!"

수많은 소음이 한순간에 덮쳐 압도되는 기분이었다. 조용한 곳에 있다 내려와서인지 도아는 도떼기시장을 방불케하는 복도에 잠시 넋을 놓았다.

웅- 우웅-

다시 응급 콜이 울리자 도아가 서둘러 걸음을 옮겼다.

"으어어! 어어!"

T-bay 가까운 곳에서 고통에 찬 신음성이 들려왔다. 이 야밤에 자신을 뛰어나오게 만든 환자가 저 사람일 거라고 확신한 도아가 곧장 베드로 다가갔다.

그녀는 환자에게 가까이 다가서서야 외상 환자가 아니라는 사실을 깨달았다. 환자의 곁에는 간호사와 응급의학과 강 선생이 진찰 중이었다.

환자는 온통 피투성이였다. 얼굴은 물론이고, 짙은 색 옷이었지만 앞섶과 바지춤이 검붉게 보일 정도였다.

"쿨럭!"

거친 기침과 함께 환자가 왈칵 피를 토하자 강 선생이 외쳤다.

"OMS(구강안면외과) 콜해. 얼른!"

"네!"

2년 차 송 선생이 빠르게 몸을 돌리는 사이, 간호사가 환자에게 작은 통을 주었다. 그러자 환자가 통을 붙잡고 입에 고여 있던 피를 뱉어 냈다.

"곧 내려오신대요."

"곧 언제?"

날카로운 물음엔 믿음이 없었다. 괜히 날벼락을 맞은 송 선생이 다시 데스크로 달려갔다.

이를 넋놓고 보고 있던 도아가 뒤에서 자신을 부르는 목소리에 고개를 돌렸다.

"쌤, 거기 아니에요."

T–bay 전담 간호사가 다가와 방황하던 도아를 이끌었다. 그러자 도아가 심각해 보이는 환자의 상태를 보며 묻는다.

"무슨 일이에요?"

"여자 친구가 혀를…… 콱!"

깜짝 놀란 도아가 양손으로 입을 가렸다. 마치 자신이 물리기라도 한 것처럼.

"혀, 혀를요?"

"취해서 그랬다고는 하는데, 잘은 모르죠. 어느 쪽이 가해자인지는."

"……."

사색이 된 도아가 시선을 느끼고선 천천히 고개를 돌렸다. 그리고 언제부터 자신을 지켜보고 있었는지 알 수 없는 시선을 마주했다.

유수한이었다.

'……헉.'

평소와 같은 무심한 눈빛이었음에도 도아는 뭔가 다르다는 것을 깨달았다.

도아가 죄를 지은 사람처럼 시선을 피했다.

에이. 설마. 그럴 리가.

도아가 불안한 시선을 들어 수한을 보았다. 그는 그때까지도 알 수 없는 눈으로 도아를 보고 있었다.

피할 길 없이 딱 마주쳐 버린 시선에 도아가 얼어붙었다. 둘 사이에서 가해자는 확실히 예도아였다. 미수이긴 했지만.

짙고 흔들림 없는 검은 눈동자에 온 마음을 사로잡히자 도아의 손이 위로 올라가더니 입술을 가렸다.

알고 있는 것 같아.

도아는 그의 시선에 본능적으로 깨달았다. 아까 자신이 잠든 그의 입술에 입을 맞추려 했다는 사실을.

하지만. 어떻게?

선배…… 분명히 자고 있었던 것 같은…….

"곧 도착한답니다."

생각이 끝나기도 전, 현실로 이끄는 다급한 음성에 도아가 퍼뜩 정신을 차렸다.

그래. 아닐 거야. 선배가 알고 있을 리 없어.

응급실은 또 다른 긴박감으로 소란스러워졌다.

도아가 수한을 따라 입구 쪽으로 시선을 옮겼다.

쏴아아—

자동문 밖으로 여름을 알리는 굵은 빗줄기가 쏟아지고 있었다.

드르륵!

바퀴가 끌리는 소리와 함께 비로 흠뻑 젖은 구급대원이 간이 침대를 이끌고 나타났다. 대기하고 있던 의료진이 합세해 환자를 이끌고 T-bay로 옮기는 사이, 타이밍 좋게 김 선생이 나타났다.

"남자 29세 오토바이 사고 환자입니다. 19시 32분 사고 현장에 도착했을 때 1톤 트럭에 깔려 있는 상태였고요."

환자는 구조되자마자 가장 가까이에 있는 2차 병원으로 향했다. 근처에 대형 병원이 없다는 이유가 첫 번째였고, 두 번째는 혈압과 맥박이 불안정했고, 마지막으로 환자가 너무 큰 고통을 호소했기 때문이다.

하지만 그곳에서 환자는 처치를 받지 못했다. 수술할 의사가 없어서였다.

환자의 불행은 그곳에서부터 시작되었다. 세 곳의 응급실에서 거부를 당해 사고가 일어난 지 6시간 만에 한국대학병원으로 이송될 수 있었다.

"송진병원에서 arrest가 와서 16분 동안 CPR 했습니다."

운이 좋은 건지, 나쁜 건지 병원에 도착하자마자 심장이 멈춘 환자는 현재 ROSC(자발순환회복)한 상태였다.

원칙대로라면 검사 이후 수술실로 옮겨야 했지만 이 환자에겐 그럴 시간적 여유가 없었다. 삶에서 아주 중요한 6시간을 길에서 허비하게 된 환자는 당장 죽어도 이상하지 않은 상황이었다.

환자를 베드에 옮긴 후 의료진이 달라붙었다. 자발 호흡이 있었지만 SBP(수축기혈압)가 85mmHg까지 떨어졌다.

환자의 옷이 가위질 몇 번에 잘려 나가고 기계들이 다닥다닥 몸에 붙었다.

순식간에 혈액과 수액이 연결되었고, Inotropics(승압제)가 중심정맥관으로 주입되었다.

"보호자는요?"

"지방에 있어 당장 올라오기 힘든 상황이랍니다."

"유 선생, 당장 수술실 열어. 마취과 쌤한테 연락하고."

"네, 알겠습니다."

"예 선생은 보호자한테 연락해서 상황 설명하고 당장 응급수술 들어가야 한다고 잘 설명해. 최대한 빨리 오라고 하고."

"네."

평소 냉정한 김 선생도 평정심을 찾기 힘든지 다급한 소리로 외쳤다.

"이 선생은 왜 안 내려오는 거야?"

"저 오늘 오프……."

김 선생이 행동을 멈췄다.

하지만 망설임은 길지 않았다.

"당장 콜 해. 날아오라고."

"네."

아주 기본적인 처치가 끝나자 수술실 준비를 마친 수한이 돌아왔다.

"준비 끝났습니다."

"올리자."

김 선생과 수한이 양쪽에서 침대를 끌고 곧장 엘리베이터로 밀고 가기 시작했다.

드르륵!

바퀴 소리가 마치 환자의 비명처럼 들려왔다.

◈ ❖ ❖

여느 인턴이 다 그렇겠지만 외상외과 인턴의 경우엔 살인적인 업무 강도를 자랑했다. 인턴이 두 명은 있어야 겨우 소화되는 일정이었음에도 불구하고 이를 혼자 하다 보니 도아는 지난 일주일 동안 채 10시간도 자지 못해 좀비 상태가 되었다. 쉽게 말해 158시간을 깨어 있었다는 뜻이었다.

비단 도아의 일상이 이번 주만 이토록 극한인 것은 아니었다. 외상외과에서 보냈던 2주의 시간 대부분이 그랬다.

ICU(집중치료실)에서 환자들을 살펴보고 있던 도아가 손목시계를 확인했다. 하루를 시작한 지 42시간이 흘러 있었다.

"……실제 상황인가."

혹 지독한 악몽을 꾸고 있는 건 아닐까.

넋을 놓은 도아가 생존 본능에 따라 당직실로 향했다.

딱 10분만.

딱 10분만 자겠다고 다짐한 도아가 주섬주섬 가운을 벗어 옆에 걸쳐 둔 이후에 알람을 수십 개 맞췄다.

"……됐어. 이래도 안 일어나면 사람이 아니지."

웅얼거린 도아가 이불 속으로 기어 들어간 후 휴대전화를 뺨과 베개 사이에 끼워 넣었다. 하루하루가 너무 길었다.

딱딱한 물건이 뺨을 짓눌러 불편할 법도 한데, 도아는 매트리스에 누운 지 3초 만에 잠들었다.

쿠어- 쿠어-

코 고는 소리가 좁은 당직실 안을 가득 채웠다. 잠들었다기보다 졸도에 가까웠다.

10분 뒤 맞춰 놓은 알람이 울렸지만 이를 듣지 못할 만큼 도아는 깊이 잠들어 있었다. 그녀의 뒤척임에 베개와 도아의 뺨 사이에 끼워져 있던 휴대전화가 아래로 떨어졌다.

웅- 웅웅웅- 웅웅-

휴대전화가 일어나라며 연신 악을 썼지만 도아는 이를 듣지 못했다.

길고 긴 알람을 끈 것은 불쑥 나타난 커다란 손이었다.

"사람은 미워해도 돈은 미워하지 말랬다고……."

알람을 끄던 손이 멈칫거렸다.

제법 또렷한 음성에 수한이 당황한 얼굴로 도아를 보았다.

"내 돈이라도 가져가라고."

웅얼웅얼.

오물거리는 입술을 멍하니 바라보던 수한이 헛웃음을 뱉었다. 꿈에서 재벌2세 놀이라도 하는 모양이었다.

그의 시선은 아주 오랫동안 도아에게 머물렀다. 그 표정이다. 도아를 볼 때면 짓곤 하던.

풋내 나는 시절에 할 법한 고민을 그는 서른이 되어서야 하고 있었다. 현실도, 앞으로의 계획도 모두 무시하고 싶은 존재를 이 나이가 되어서야 만날 줄은 몰랐다.

심란한 마음을 감출 길이 없던 그가 휴대전화를 내려놓을 때였다.

웅- 웅웅-

이번엔 다른 전화가 울렸다. 진동은 도아의 가운에서 들려왔다. 당직 폰이었다.

이제 그만 예도아가 일어날 시간이었지만 그는 곤히 잠든 도아를 깨우는 대신 화면을 옆으로 밀었다.

– 선생님, 정유미 환자 혈압이 불안정해서요.

ICU에서 온 콜이었다.

"내려가겠습니다."

– 어? 유수한 선생님?

"네. 당직을 바꿔서요. 제가 내려가겠습니다."

전화를 끊은 수한이 한숨을 쉬었다.

"돈 많아…… 월급 받았……."

도대체 무슨 꿈을 꾸는 건지 이어지는 말도 가관이다.

입술을 잘근 깨물어 웃음을 참아 낸 그가 한참 도아를 보더니 이내 당직실을 나섰다.

달칵.

조용히 문이 닫히는 소리는 마지막까지도 도아의 잠을 방해하지 못했다.

AM 04:01.

멍하니 휴대전화 액정을 보던 도아가 미간을 좁혔다.

"……이거 꿈 아니지?"

다시 봐도 새벽 4시가 넘은 시간이었다. 이 시간까지 병동 콜이 한 번도 울리지 않았다는 건 기적에 가까운 일이다.

아니, 이건 아무리 생각해 봐도 자신이 못 들었다고 생각하는 게 더 옳다. 지금쯤 병실에서 어떤 일이 일어났을지 상상하고 싶지 않아도 자연스럽게 머릿속에 떠올랐다.

"미친……! 예도아, 넌 미친년이야!"

화들짝 놀란 도아가 용수철처럼 튀어 오르더니 대충 던져 놓은 가운을 입었다.

가운 주머니를 뒤져 보았지만 당직 폰이 잡히지 않았다. 혼비백산한 도아가 침대를 다 뒤집어엎었지만 목숨보다 더 소중하게 여겨야 할 휴대전화는 보이지 않았다.

"미쳤…… 아! 죽었다!"

자신의 미래를 예상한 도아가 미친 듯이 달리기 시작했다. 그녀가 향한 곳은 의국이었다.

벌컥 문을 열고 안으로 들어간 도아는 모니터를 보고 있는 수한의 모습에 벙찐 표정을 지었다.

"서, 선배가 왜……."

"그러게. 내가 왜 병원에 있을까?"

"……."

무심한 표정이었지만 수한은 마치 '네 죄를 네가 알렸다' 같은 표정을 짓고 있었다.

수한은 오늘 오프였다. 그런 그가 의국에 있는 것도 놀라웠는데, 그의 옆에 놓여 있는 당직 폰을 발견하는 순간 턱이 밑으로 툭 떨어졌다.

"저…… 이게……?"

어떻게 된 일이죠?

차마 그렇게 묻기엔 양심이 너무 아팠던지 도아의 입술이 연신 빼끔거리더니 이내 다물렸다. 여러 가지 가정이 가능했다.

우선 오늘 당직인 인턴 씨가 연락을 받지 않아 난리가 났을 것이다. 여느 인턴처럼 도망을 갔을 거라고 생각해 집에서 쉬고 있던 수한에게까지 연락이 갔을 수도 있었다.

그러다 잠들어 있는 자신을 발견한 거겠지.

뭐든 이번 일로 자신의 인턴 점수는 바닥일 것이다.

'윽.'

도아가 소리 없는 신음을 삼켰다.

무심한 눈으로 도아를 보던 그가 손목시계를 확인한 후 손을 앞으로 내밀었다.

"카드 줘."

"에?"

"현금도 받아."

갈피를 잡을 수 없는 말이었지만 도아는 그 뜻을 물어보기도 전에 주섬주섬 휴대전화를 꺼내더니 케이스에 끼워져 있던 신용카드를 내밀었다.

순순히 카드를 내미는 모습에 오히려 놀란 건 수한이었다.

"……왜, 왜요? 이게 아니에요?"

도아가 당황한 표정을 짓자 표정을 갈무리한 그가 카드를 받아 든 후 자리에서 일어났다.

"잘 쓸게. 덕분에 저녁도 못 먹었거든."

그가 가운을 벗어 옷걸이에 걸어 두자 도아도 훌렁 가운을 벗었다.

그가 뭐 하는 거냐는 듯이 바라보자 도아가 히죽 웃는다.
“그 카드엔 옵션이 필요한데요.”
“옵션?”
“……나라는 옵션?”
도아가 엄지손가락으로 자신을 가리키자 그가 헛웃음을 뱉었다.
그의 웃음에 도아의 시선이 멍하니 머물 때였다.
우웅-
하필 이럴 때 휴대전화가 울린다. 도아가 불안한 시선으로 수한을 보았다. 다행스러운 건 개인 휴대전화가 울렸다는 것이다.
전화를 받은 수한이 힐끗 도아를 곁눈질하며 말했다.
“저녁 먹을 건데.”
– 뭔 새벽 4시에 저녁을 먹냐? 아, 잠시면 돼. 한 5분?
수한의 얼굴이 굳어졌다. 아직 규환을 만나기도 전이었지만 이제 그만 숱한 고민에서 빠져나오라는 말처럼 들렸다.
“알았어.”
짧은 통화를 마친 수한이 도아를 내려다보며 말했다.
“후문에서 기다려.”
“네!”
수한이 힐끗 문을 곁눈질하자 도아가 신이 나 의국을 나섰다.
사뿐사뿐 걸음을 옮기던 도아가 주체할 수 없는 기쁨에 해사하게 웃었다. 누가 봐도 피곤에 찌들어 있는 얼굴이었지만 웃음만큼은 세상에서 가장 행복해 보였다.

"헤, 선배랑 밥 먹는다."

얼마 만에 병원을 탈출하는 것인가!

아니, 얼마 만에 제대로 된 식사를 하는 것인가!

그것도 선배랑 함께!

후문을 나선 도아가 뺨을 발그레 붉히며 히죽 웃었다.

"뭐 먹지?"

거리는 습한 기운으로 가득했다. 땅이 젖어 있는 걸 보니 조금 전까지 비가 내린 모양이다. 세상이 어떻게 변하는지 병원 안에서는 알 수가 없었다.

하지만 도아는 아무래도 좋은 모양이다. 행복한 기운이 가득한 눈동자로 세상을 바라보던 그녀가 히죽 웃었다.

당직실에서 눈을 뜰 때만 하더라도 제발 꿈이었음 했는데, 지금은 아니었다.

이젠 이 상황이 꿈이면 어쩌나 싶었다.

"……."

소리 없는 호흡이 무겁다.

책상에 엉덩이를 걸치고 앉은 수한이 힘없이 머리카락을 쓸어 올렸다. 조금 전 아이처럼 장난을 치던 그의 모습은 사라진 뒤였다.

수한은 미소가 사라진 입가를 쓰다듬었다. 그래, 어쩜 그 시간이 특별했던 걸지도 모른다. 예도아가 나타나기 전까지, 그는 항상 이런 표정으로 살았다.

생각에 잠겨 있던 그는 얼마의 시간이 흘러 문이 열리자 안으로 들어서는 규환을 보았다.

"할 말이 뭐야?"

짧은 물음에 규환이 의자를 끌어다 앉으며 되묻는다.

"왜 승질이야?"

'내가?'

그가 시선으로 묻자 규환이 고개를 끄덕였다.

"무슨 일 있었어?"

"아니. 음. 뭐."

표정 관리에 실패한 수한이 묘한 표정을 지었다. 그러자 규환이 눈을 가늘게 뜨며 수상하다는 듯 말했다.

"있었다는 거야, 없었다는 거야. 뭔 말이 그래?"

혼잣말처럼 읊조린 규환이 이내 고개를 저었다. 상관없다는 듯이.

그러더니 한참을 말없이 수한을 바라보기만 했다. 예규환답지 않은 신중한 표정이었다.

"할 말이 뭔데?"

"뭐…… 그렇게 중요한 건 아니고."

규환의 미간에 깊은 주름이 잡혔다. 왜 자신이 이런 이야기를 해야 하는지 모르겠다는 표정이었지만 곧 말을 잇는다.

"나 때문이라면 상관없다고."

"……."

주어가 빠진 말이었지만 수한은 친구가 지금 무슨 말을 하고 있는 건지 단숨에 눈치챘다.

예도아.

작고 단단한 여자가 떠올랐다.

그를 웃게도, 고지식한 유수한을 실없게 장난치게도 만든 사람이.

"네 마음 가는 대로 해. 내가 뭐라 할 문제가 아닌 것 같아서. 어린애도 아니고."

어디로 튈지 모르는 동생 때문에 규환은 심란한 표정을 지었다. 생각해 보니 두 사람 모두 예도아에게 휘둘리고 있었다.

규환도, 수한도, 어정쩡한 표정은 짓지 않는 사람들이었다. 말을 흐리는 법도, 자신의 생각을 전하는 것에 어려움을 느끼지도 않았다.

삶에 대한 고민도 그리 많지 않았다. 고달픈 적이 한 번도 없었기 때문이다.

남들은 죽자사자 매달리는 의대 공부 역시 그들은 별로 어렵지 않게 해 냈고, 인턴 생활을 시작하면서부터 힘들긴 했지만 목표는 명확했기에 감정이 흔들린 적은 없었다.

문득 깨달은 사실에 수한이 웃음을 삼켰다. 예도아가 참 대단하다는 생각도 들었다. 그 작은 사람이 존재감은 결코 작지 않았다.

"내가 반대하는 것도 웃기다는 생각이 들어서."

조심스럽게 꺼낸 말에 수한은 참다못해 웃음을 뱉었다.

"왜 웃고 지랄이야? 난 심각한데. 내가 이것 때문에 얼마나 잠을 설친 줄 알아?"

"난 네가 생각하는 것만큼 좋은 놈이 아니야."

"좋은 놈이라고 생각한 적도 없거……."

"너 때문이 아니라고. 교수님 때문도 아니고."

"……."

규환은 그제야 수한의 말뜻을 이해했다.

친구의 여동생이어도 마음이 갔다면 그냥 사귀었을 거라는 뜻이다. 그로 인해 친구와의 사이가 틀어지더라도.

우정보단 사랑을 선택하겠다는 생각을 친구 앞에서 당당하게 밝힌 수한은 곧 자신의 본심을 꺼내 놓았다.

"그냥 내가 안 되는 거야."

"우리 화상도 그걸 알고 있고?"

말없이 규환을 바라보던 수한이 이내 고저 없이 답했다.

"곧. 알게 되겠지."

답은 정해져 있었다. 애초에. 예도아가 자신의 인생에 나타나기 전부터 이미 정해진 길이 있었다.

그저 수한도 눈치채지 못한 사이, 자신의 마음에 봄바람이 들었을 뿐이다. 그게 참, 문제였다.

"5분 지났다."

낮은 음성에 규환의 얼굴이 일그러졌다.

"알았어. 간다. 가."

투덜거린 규환이 자리에서 일어났다. 그러더니 주머니를 뒤져 물건을 꺼내 수한의 앞에 내려놓는다.

"내 손에 있다가 터지면 진짜 죽을 거 같아서."

"……."

"나한텐 그거 폭탄이야. 내 베이비들이 전멸당할 수도 있는."

본론이 끝났다는 듯 규환이 몸을 돌렸다.

"나 간다."

짧은 인사와 함께 밖으로 나온 규환은 인기척 하나 없는 복도를 걷다 말고 머리를 벅벅 긁었다.

"……내가 안 된다라."

조금 전 수한이 했던 말을 읊조려 본 그가 기가 막히다는 듯 헛웃음을 뱉었다.

친구는 한번 아니라면 아닌 사람이다. 10년 동안 옆에서 지켜본 바 그랬다.

하지만 왜 지금은 자신이 알던 친구가 아닌 것 같다는 생각이 드는 걸까.

걸음을 멈춘 규환이 고개를 돌려 외상외과 의국을 보았다.

"거짓말 참 못해."

모순되는 감정이 교차했다.

하지만 규환은 자신이 끼어들 문제가 아니라 판단했는지 다시 걸음을 옮겼다.

"알아서 하겠지."

제3자는 빠져야 할 시간이었다.

소기의 목적이었던 폭탄 돌리기는 끝났으니까.

째깍째깍.

흘러가는 초침 소리에 아득히 멀어졌던 정신이 되돌아왔다. 손수건을 흔들리는 눈으로 바라보던 그가 평정심을 찾은 건 꽤 오랜 시간이 흘러서였다.

뒤늦게 시간을 확인한 수한은 도아가 기다리고 있다는 사실을 떠올리고선 서둘러 의국을 나섰다. 하지만 그의 마음과는 달리 걸음은 더디기만 했다.

유리문 너머, 쪼그리고 앉아 있는 뒷모습이 보였다. 오랜 기다림에 지친 것 같은 작은 등을 말없이 바라보던 그가 문을 열고 밖으로 나섰다.

"왔어요, 선배?"

자리에서 벌떡 일어난 도아가 해맑게 웃었다. 그녀는 왜 이렇게 늦었냐고 짜증내지 않았다.

사랑스럽게 웃는 여자를 말없이 내려다보던 수한이 무겁게 닫고 있던 입술을 뗐다.

"미안. 늦어서."

"아주 행복하게 기다렸어요."

그러면서 웃는 도아를 수한은 복잡한 표정으로 내려다보았다. 커다란 무언가가 목구멍을 꽉 막고 있는 듯 답답해졌다.

"왜 그렇게 봐요?"

"그냥. 가자."

그가 먼저 몸을 돌리자 이를 의아하게 바라보던 도아도 곧 그의 뒤를 따랐다.

도아가 한 걸음 뒤처져 쫄랑쫄랑 뒤를 따르자 수한의 보폭이 조금씩 줄어들었다.

두 사람은 어느 순간 어깨를 나란히 하고 있었다.

신호등을 건넌 두 사람은 유일하게 불이 켜져 있는 가게 안으로 들어섰다.

새벽 5시가 넘어 영업 중인 식당은 많지가 않았다. 야식을 판매하는 식당도 슬슬 문을 닫는 시간이었기에 수한과 도아에게 주어진 선택지는 콩나물 해장국 집이 전부였다.

주문을 하기도 전에 김이 모락모락 올라오는 뚝배기가 두 사람 앞에 놓였다.

도아가 수저를 건네자 이를 받아 든 수한이 말했다.

"고마워."

"고마우면 계속 챙기게 해 줘요."

수한의 얼굴이 미묘하게 굳어졌다. 도아는 답을 구하는 표정이 아니었다. 평소처럼 자신의 감정을 전달하는 것에만 집중할 뿐.

동그란 눈동자에 그득 차오른 애정에 수한의 시선이 아래로 떨어졌다.

"이런 사소한 일도 너한테 해 줄 수 있는 남자를 만나는 게 좋지 않을까?"

"꼭 선배는 못 한다는 것처럼 들리네요?"

"맞아."

"뭘 또 그렇게 정색을 해요? 사람 기죽게."

"……."

그가 답 없이 식사를 이어 나가자 도아가 괜스레 밥알을 세기 시작했다.

내가 생각한 건 이런 게 아니었는데.

좋아했기에 작은 변화를 눈치챈 도아가 그의 얼굴을 빤히 바라보았음에도 수한은 묵묵히 식사를 이어 나가기만 했다.

반도 채 비우지 못한 도아는 수한이 숟가락을 내려놓자 조심스럽게 말했다.

"저 화장실 좀 다녀올게요."

가벼운 고갯짓에 자리에서 일어난 도아가 낡은 화장실로 향했다. 이를 말없이 바라보던 수한이 고개를 돌려 창밖을 보았다. 다시 비가 내리고 있었다.

그날도 비가 내렸다.

구급차 창문에 동그랗게 맺히기도 전에 아래로 미끄러져 내리는 물방울을 멍하니 보았던 기억이 떠올랐다.

일자로 죽죽 그은 듯 쉼 없이 쏟아지는 비에 그의 시선이 오랫동안 머물렀다. 그는 어쩜 이 순간까지도 고민하고 있었을지도 모르겠다.

화장실에 갔다가 돌아온 도아가 빈자리를 멍하니 바라보자 그릇을 치우고 있던 주인이 말했다.

"남자 친구가 계산 먼저 하고 나갔어요."

"아. 네. 잘 먹었습니다."

꾸벅 고개를 숙인 도아가 밖으로 나왔다. 하지만 찾는 이는 보이지 않았다.

쏴아아아—

몇 초만 서 있어도 흠뻑 젖을 것 같은 비다.

거리엔 인적 하나 보이지 않았다.

"뭐야…… 버리고 간 거야?"

앞을 가로막는 빗줄기 때문일까.

더 서러워졌다.

도아의 턱이 파르르 떨렸고, 얼굴은 어린아이처럼 일그러졌다.

"우씨."

괜히 발로 땅을 한 번 쾅, 세게 구른 도아가 울컥 치솟는 감정에 신경질을 부리고 있을 때였다.

저 멀리서 걸어오는 남자가 보였다. 그의 손에는 편의점에서 파는 싸구려 비닐우산이 들려 있었다.

"……."

유수한이다.

작은 우산에 어깨가 젖는 것도 모른 채 다가오는 그의 모습에 도아의 눈이 커다랗게 떠졌다.

"……."

그럴 듯한 말은 해 주지 않으면서.

그는 간혹 생각하지 못한 타이밍에 행동으로 도아의 마음을 들쑤셔 놓았다.

지독하게 불행한 기분을 느끼게 만들기도, 지금처럼 한없이 기쁘게 만들기도 한다.

들뜬 마음으로 수한을 보던 도아는 지척까지 다가온 그에게 말했다.

"좋아해요."

"……."

"진짜 좋아해요, 선배."

참지 못한 감정이 터져 나왔다.

좋아해. 이 사람이 너무너무 좋아.

풋내기 시절에나 할 법한 사랑이었다. 앞뒤 재지 않고 그저 달리게만 만드는.

상대가 자신을 어떻게 보고 있는지도 중요하지 않은, 그런 사랑을 도아는 하고 있었다. 자존심 따위, 기꺼이 바닥에 내팽개쳐도 좋을 만큼.

그렇게 유수한을 사랑한다.

수한은 한참이고 도아를 내려다보았다. 그러더니 시간이 지나서야 빗속에 목소리가 파묻힐 만큼 작게 답했다.

"난 아니야."

이번에도 그의 답은 거절이었다. 하지만 도아는 인정할 수 없었다.

"안 좋아하면 왜 이렇게 잘해 줘요? 이런 건 남자 친구가 여자 친구한테 하는 거라고요."

"……."

"밥은 사 달랬으면서 왜 계산한 건데요? 밥 사 주는 건 아주 특별한 일이라고요."

"흥분했어, 너."

"그럼! 흥분 안 하게 생겼어요?"

어장관리라고 생각하기엔 그들은 너무나 바빴다. 어장관리도 한가한 이들이나 하는 법이다.

"마음이 없는 사람한테 이렇게까지 잘해 주는 법이 어디 있어? 말도 안 돼."

도아가 다부진 얼굴로 외치자 그가 미간을 좁히더니 이내 도아의 앞에 접혀 있던 우산을 내밀었다.

"다음에 이야기해."

도아가 물끄러미 이를 바라보자 그가 우산을 바닥에 내려놓은 후 몸을 돌렸다.

거절. 거절이다.

그의 등이 그 어떠한 거절의 말보다도 마음이 아팠다.

그가 점차 멀어져 가자 도아가 뒷모습을 말간 눈으로 보았다.

여기서 놓치면 끝이라는 생각이 들었다.

찰박찰박!

빗물이 튀는 소리와 함께 도아가 그에게 곧장 달려갔다. 온몸이 흠뻑 젖는 것도 상관없었다. 도아의 머릿속엔 오롯이 그를 놓쳐선 안 된다는 생각만이 가득했다.

"죄송해요. 잘못했어요. 안 그럴게요."

울먹이는 목소리로 말한 도아가 끝에 힘없이 말을 이었다.

"제발."

비에 목소리가 묻혔지만 수한의 귀에는 아주 명확히 들렸다.

간절한 음성에 수한의 눈동자가 힘없이 흔들렸다.

쏴아아—

빗줄기가 거세졌다.

쫄딱 젖은 도아가 눈을 질끈 감으며 눈물을 털어 냈다.

수한의 시선이 자신의 팔꿈치를 움켜쥔 손으로 향했다. 그다음엔 슬픔을 꼴깍꼴깍 삼키는 도아의 얼굴이다.

그가 우산을 기울여 이미 흠뻑 젖어 버린 도아를 가려 주었다. 덕분에 수한의 어깨와 등이 흠뻑 젖기 시작했다. 이를 알고 있는지, 모르는지, 우산은 더욱 도아 쪽으로 기울었다.

짙은 다갈색 눈동자에 오롯이 담긴 자신의 모습에 도아의 눈가에 눈물이 차올랐다. 이를 바라보는 수한의 눈동자 역시 힘없이 흔들린다.

그는 한참이 지나서야 무겁게 닫고 있던 입술을 뗐다.

"KOICA(한국 국제 협력단)에 지원할 생각이야."

예상하지 못한 말에 도아의 표정이 멍해졌다.

"코이카……?"

"애초에 그럴 생각이었어."

국제 협력단에 소속된 의사는 총 36개월 동안 활동한다. 이 중 28개월은 해외에서 의료 봉사를 하게 되는데, 모든 것들이 열악한 나라에 파견되었다.

3년은 결코 짧은 시간이 아니었다. 그것도 어쩌면 인생의 전반을 결정하게 될 20대엔 더더욱.

하지만 도아는 전혀 문제 될 게 없다는 표정으로 말했다.

"기다릴게요. 3년? 금방이다, 뭐. 나도 레지던트 시작하면 정신없이……."

"난 널 좋아하지 않아. 그러니까, 기다리지 않아도 돼. 아니, 기다리지 마. 불편해."

이미 알고 있는 사실이었지만 그 말이 비수가 되어 가슴에 꽂혔다. 아픈 건 아픈 거였다.

도아의 눈동자가 힘없이 흔들리자 그가 한숨처럼 말을 이었다.

"동생이야, 넌."

그의 말에 도아의 눈매가 날카로워졌다.

"언제 봤다고 동생이래요?"

고작 3개월이었다. 두 사람이 제대로 된 대화를 나눠 본 건.

같은 대학의 선후배 사이였지만 두 사람은 과거에 접점이 전혀 없었다.

도아의 날카로운 외침에 수한이 차분하게 답했다.

"친구 동생은 내 동생이기도 해."

친구 동생.

이 역시 도아는 예상하지 못한 말이었다.

"……알고 있었어요? 언제부터?"

"처음부터."

"……."

도아의 입술이 파르르 떨렸다.

예규환의 동생이어서 잘해 줬다는 것처럼 들렸다. 아니, 수한은 그렇게 말하고 있었다.

"그런데 왜 알고 있다고 말 안 했어요?"

"네가 숨기고 싶어 하는 것 같아서."

"……."

"이해했어. 네 상황. 나 같아도 말하지 못했을 거야."

이러니 어떻게 안 좋아할 수가 있을까.

도아의 고개가 아래로 떨궈졌다. 이와 함께 심장도.

누군가가 심장을 양쪽으로 붙잡아 힘껏 비트는 것 같았다. 걸레처럼. 도아의 마음도 낡은 천 조각처럼 너덜너덜해졌다.

"26년간 모르고 살았는데, 어떻게 하루아침에 동생이 돼요?"

"……."

"인정할 수 없어요."

흔들림 없이 말한 도아가 몸을 돌렸다. 빗속을 뚫고 걸어가는 모습에 수한이 재빨리 다가와 손에 우산을 들려 주었다.

닿은 손길이 유독 뜨겁게 느껴지는 건 비로 인해 체온을 잃어서일 것이다.

"미안하다."

짧은 말과 함께 이번엔 수한이 빗속을 뚫고 걷기 시작했다.

찰박! 찰박!

젖은 소리가 도아에게서 멀어졌다.

빠른 걸음으로 멀어지는 모습을 말없이 바라보던 도아는 그가 완전히 시야에서 사라지고 나서야 자리에 철퍼덕 주저앉았다.

"진짜 나쁜 놈이야. 거절할 거면…… 이런 배려는 하지 말라고!"

터져 나오려는 비명을 애써 삼킨 도아가 손에 들고 있던 우산을 패대기쳤다. 하늘에서 쏟아지는 비처럼 많은 눈물이 뺨을 적셨다.

상투적인 말처럼, 자신의 첫사랑도 이루어지지 않을 모양이다. 일방통행인 마음은 결코 행복할 수 없다는 걸 도아도 알고 있었다.

한참을 힘없이 앉아 있던 도아가 스르륵 자리에서 일어나더니 걸음을 옮겨 기숙사로 향했다. 지나가던 몇몇 사람이 도아를 이상하다는 듯 바라보았지만 이 시선을 느끼지 못할 만큼 도아의 기분은 바닥까지 내려앉아 있었다.

질척질척.

발바닥 자국을 남기며 욕실로 향한 도아가 따뜻한 물 아래에서 대성통곡을 하기 시작했다.

"……말도 안 돼."

울먹인 도아가 양손을 들어 얼굴을 가렸다.

동생?

처음부터 알고 있었다고?

"……."

까드득 이를 깨문 도아가 음습한 기운을 뿜어냈다.

"예규환 죽여 버릴 거야!"

억눌린 목소리로 외친 도아는 그럼에도 분이 풀리지 않는 것인지 연신 씩씩거렸다.

이 슬픔을 다른 곳으로 돌릴 필요가 있었다. 그러자 가장 먼저 떠오른 건 망할 자신의 오라버니였다.

샤워기 아래에서 한참을 서 있던 도아는 으슬으슬 떨리는 추위가 사라지고 나서야 밖으로 나왔다. 눈시울은 붉힌 채였지만 안으로 들어갔을 때와는 달리 슬픔은 지워진 채였다.

도아가 가장 먼저 한 일은 속옷을 입는 일이 아니었다. 젖은 옷에서 휴대전화를 찾은 그녀가 낯선 번호를 찾은 후 통화 버튼을 눌렀다.

– 뚜루루– 뚜루루–

몇 번의 통화연결음이 흘렀다.

원래라면 자신이 전화를 무시했어야 할 상대는 자신이 진 죄를 잘 알고 있는 모양인지 얼마 지나지 않아 전화를 받았다.

"오빠, 어디야?"

사글사글한 목소리에 통화 너머로 침묵이 흘렀다.

"응? 어딘데?"

재촉하는 말에 규환은 한참이 지나서야 단호하게 말했다.

– 말 안 해 줄 거다.

"좋은 말로 할 때 말해."

– 싫은…….

"죽여 버리기 전에."

천 년의 분노를 품은 표정으로 딱딱거리며 말한 도아가 휴대전화를 움켜쥐었다.

"자수해서 광명 찾자, 오빠."

눈만 웃으며 살인을 예고한 도아가 옷장을 열어 마구잡이로 속옷과 옷을 꺼냈다.

지금 당장 이 인간을 만나 어떻게 된 일인지부터 들어야 했다.

툭툭–

수한이 젖은 머리를 수건으로 털어 냈다. 어느새 6시가 넘었다. rounding(회진) 이전에 할 일이 많았지만 수한의 손길은 더디기만 했다.

"애 얼굴이 완전 불어 터진 만두가 됐더라."

규환의 목소리엔 제법 날이 서 있었다. 시선은 조금씩, 조금씩 느려지는 손으로 향했다.

'이것 봐라?'

규환이 캐비닛에 어깨를 기대며 말을 이었다.

"그렇게까지 할 필요가 있었냐? 좋게 좋게 말해도 됐잖아."

그래도 하나밖에 없는 동생이라는 자각은 있었던 건지 규환은 동생의 눈에서 피눈물을 뽑은 수한을 탓했다.

아니, 동생을 걱정해서가 아니다.

"너도 그걸 봤어야 해. 온 병원을 뒤지면서 나 잡아 죽이겠다고 돌아다니더라니까?"

말로 하지 않았지만 살벌했던 눈빛에서 느낄 수 있었다. 우연히 복도에서 마주친 동생의 모습은 간담이 서늘해질 정도였다.

베이비들 걱정하기 전에 자신의 목숨부터 걱정해야 할 판이다. 그래, 살아만 있다면 베이비들이야 또 사도 됐다.

미간을 좁힌 규환은 자리에서 일어나 로션을 바르는 수한을 보았다. 자신의 말에 대꾸를 하기는커녕 표정에도 변화가 없자 규환의 미간에 깊은 주름이 잡혔다.

"야, 내 말 듣고 있냐?"

지금 난 생사를 오가는 중인데!

날이 서 있는 물음에 캐비닛에 붙어 있는 거울로 수한이 시선을 마주하며 답했다.

"좋게 말하면?"

물음이었다.

이에 규환의 눈빛이 멍해진다.

"엉?"

"기다리라고 해? 3년을?"

"……."

평소 감정 표현이 거의 없는 유수한이 그에게 직접적으로 짜증을 내고 있었다.

"3년? 무슨…… 아."

그제야 떠오른 사실에 규환의 입술이 굳게 다물렸다. 바쁜 병원 생활에 잊고 있던 사실이었다.

"그래. 스물일곱에 군대 간 남친 기다리는 건 좀 가혹하긴 하지."

규환 역시 전문의 시험을 마친 이후 입대해야 했다. 서른이 넘어 군대에 입대하는 건 특별한 일은 아니었다. 다만 수한은 보통과는 조금 다른 선택을 했을 뿐.

예전부터 KOIKA에 지원할 생각이라는 걸 말해 왔기에 규환이 생각에 잠겼다.

'그럼 우리 화상이 서른에 끝나는 건가.'

그렇게 생각하니 수한의 마음이 새삼 이해가 되기도 했다. 하지만 이를 듣고도 포기하지 않을 예도아라는 걸 누구보다 잘 알고 있었다. 친구보다 여동생을 봐 온 날이 더 길었으니까.

"우리 예 선생이 말이야. 뭐든 참 쉽게 하는 애거든? 걔가 인생이 어려운 줄 모르는 애예요."

"네가 말하니까 헛소리로 들린다."

"아니, 걔가 진짜 그래. 나야 뭐, 주위에 적이 늘 많았지만 예 선생은 아니었거든. 우리 엄마, 아빠가 좀 곱게 키웠어야지."

사랑받고 자란 기운이 온몸에서 뿜어져 나오는 아이였다. 아주 어릴 때부터. 예도아는 몇 마디 나누지 않더라도 상대의 호감을 샀고, 곁에 두고 싶은 사람이 되곤 했다.

여느 남매가 그러하듯 예규환과 예도아는 많은 대화를 나누며 일상을 공유하진 않았다. 게다가 나이 차이도 조금 있다 보니 서로의 생활에 대해선 남보다 모른다고 할 수도 있었다.

하지만 몇 가지, 알고 싶지 않아도 알게 된 사실이 있었다. 사랑을 고백하는 날이면 시꺼먼 사내놈들이 사탕을 들고 집 앞으로 찾아온다든가, 양손 가득 선물을 가져온다는 것.

'딱히 만나는 사람이야 없었던 것 같지만.'

게다가 동성 친구들과도 꽤 잘 지냈던 것 같았다.

"걔가 인생에서 처음으로 실패를 맛본 게 우리 유 선생이란 건데."

턱을 긁적이던 규환은 쾅 소리를 내며 캐비닛 문을 닫는 수한의 어깨를 두드렸다.

"명복을 빈다."

남을 걱정할 처지는 아니었지만 문득 친구가 걱정되었다.

하지만 이런 그의 마음을 아는지 모르는지 수한이 무심한 표정을 지으며 말했다.

"헛소리할 시간 있으면 시계나 봐."

"응? 왜…… 헉! 언제 시간이! 야, 나 간다!"

시간을 확인한 규환이 꽁지에 불이 붙은 것처럼 힘껏 내달리기 시작했다.

질질 크록스 끌리는 소리가 멀어지자 수한이 뒤늦게 한숨을 뱉었다. 머리카락을 거칠게 쓸어 올리는 손길에 짜증이 가득 묻어나 있었다.

마치, 자신도 잘 알고 있다는 것처럼.

아이처럼 눈물을 터뜨리던 도아의 모습이 눈앞에 아른거렸다.

창백한 얼굴로 걸음을 옮기던 도아가 긴밀한 시선으로 주위를 둘러보았다.

온 병원을 뒤졌지만 예규환은 보이지 않았다.

병원은 또 왜 이렇게 넓은지.

이젠 자신의 전화를 수신 거부해 놨는지 곧장 까랑까랑한 기계 음성이 들렸다.

'망할 인간.'

속으로 욕지거리를 뱉던 도아가 외상병동으로 향했다.

죽고 싶다니 죽여 주면 됐다. 도아는 이미 한 번의 기회를 줬으니까.

머릿속에서 차근차근 복수 플랜을 세우고 있던 도아는 안에서 환자를 보고 있는 수한의 모습에 걸음을 멈췄다.

멈췄던 눈물이 다시 차오르려고 하자 도아가 이를 악물며 이를 참아냈다.

사탕 사 달라고 조르는 어린애도 아니고.

이제 그만 눈물을 멈춰야 할 때였다.

하지만.

"……훌쩍."

너무너무 좋은 걸 어떡해.

이렇게까지 누군가를 좋아해 본 적은 처음이었던 터라 그의 얼굴을 보는 것만으로도 눈가가 시큰거렸다.

그때 자동문이 열리고 안에서 박 간호사가 나왔다. 그녀는 도아의 얼굴을 보고 멈칫하더니 이내 웃음기 섞인 목소리로 말했다.

"쌤, 오프라고 엄청 마셨나 봐요."

"오프요?"

"응? 아니었어요? 유 선생님이 쌤 오프라고 하시던데요?"

박 간호사의 고개가 옆으로 기울어지자 도아의 시선이 다시 수한에게로 향했다. 소변 주머니를 확인한 그가 차트에 이를 기록하자 도아가 굳은 표정으로 답했다.

"네, 맞아요. 바꿔 주셨어요."

"어쩜. 유 선생님이 진짜 그런 면에서는 엄청 섬세하다니까요."

박 간호사의 말이 귀에 들어오지 않았다.

들켰어. 유수한.

'다 죽었어.'

감정이 지글지글 끓었지만 머릿속은 차갑게 식었다.

무작정 직진만 해선 저 남자를 무너뜨릴 수 없다는 것을 알게 되었다.

적을 공략하려면 철저히 계획을 세울 수밖에.

4. 유수한의 세계

아직은 제법 공기가 선선한 길 위.

하루를 일찍 시작한 사람들이 영혼 없는 표정으로 걸음을 옮기고 있다.

다들 이른 출근길에 오르는 중이었지만 커다란 가방을 어깨에 멘 여자는 달랐다. 남들은 출근할 시간에 겨우 퇴근길에 오를 수 있었던 여잔 당장 쓰러져도 이상하지 않은 상태였다.

끔뻑끔뻑.

천근만근 무거운 눈꺼풀을 애써 들어 올리던 여자가 크게 하품을 했다.

“으…… 죽겠다.”

사는 게 왜 이렇게 고달픈 건지.

여잔 자신만 이렇게 힘든 건가 싶어 괜스레 주위를 두리번거리기까지 했다.

"……후."

피곤에 찌든 여자가 걸리적거리는 긴 머리를 대충 묶는 사이, 가방에 넣어 둔 휴대전화가 울렸다.

웅― 우우웅―

가방 안에 손을 밀어 넣어 휘젓던 그녀가 짜증이 가득한 얼굴로 메시지를 확인했다.

[퇴근?]

상사에게서 온 짧은 메시지였다.

그냥 무시해 버리고 싶었지만 몇 시간 뒤에 다시 봐야 할 얼굴이었다.

답장 버튼을 누른 여자가 빠르게 화면을 두드렸다.

[네, 지금 집]

문자를 쓰는 도중에 그토록 바랐던 대로 신호등이 녹색 불로 바뀌었다. 여자가 시선을 액정에 둔 채 무거운 다리를 힘겹게 옮겼다.

[네, 지금 집 근처입니다. 지시하실 일이라도]

문자를 쓰던 손이 다시 멈췄다. 본능적인 위협에 여자의 고개가 옆으로 돌아갔다.

끼이이익-

날카로운 소음과 함께 여자의 몸이 얼어붙었다.

쾅!

여자의 손에 들려 있던 휴대전화가 옆으로 튕겨져 날아갔다. 둔탁한 소리와 함께 바닥에 떨어진 휴대전화 액정이 산산조각이 났다. 순식간에 벌어진 일이었다.

평범한 일상을 시작하던 이들의 사이로 비명이 터져 나왔다.

"꺅!"

"어머!"

웅성웅성.

사람들이 모여들어 차 주위를 둘러쌌다. 당황한 모습이 역력한 얼굴로 핸들에 이마를 기대고 있던 운전자도 곧 차에서 내려 상황을 파악했다.

분명 사람을 치었지만 여잔 그 어디에도 보이지 않았다. 원형으로 깨진 유리창을 멍하니 보던 운전자의 눈동자가 겁에 질려 흔들렸다.

설마.

운전자가 사람들의 시선을 따라 몸을 한껏 낮춰 차 밑을 보았다. 보이는 것이라곤 여자의 머리뿐이다.

축 늘어져 있는 팔을 타고 흘러내리기 시작한 혈흔에 운전자가 사색이 된 얼굴로 엉덩방아를 찧었다.

"일, 일일……구. 일일구……."

당황한 운전자가 넋을 놓은 표정으로 읊조리는 사이, 사람들

사이를 가르며 나타난 남자가 차 밑을 살폈다. 그 역시 충격으로 몸을 떨었지만 이내 운전자의 어깨를 흔들며 말했다.

"정신 차려요! 어떻게든 해야 할 거 아니에요!"

다급한 음성에 무리 지어 있던 사람들 몇몇이 나서 그들의 곁에 섰다.

"들어 올리죠."

"에?"

"그럼 이렇게 둡니까?"

그 순간 차 밑에서 진득한 피가 밖으로 흘러나왔다. 붉은색 핏물에 시민들이 하나둘 차 주위로 모여들었다. 누가 먼저랄 것도 없었다.

"하나, 둘, 셋!"

차에 다닥다닥 붙은 사람들이 구호에 맞춰 차를 들어 올리려고 했지만 쉽지 않았다.

그러자 뒤에서 방관자처럼 서 있던 사람들도 구조에 합세해 다시 힘을 모으기 시작했다.

시민들은 잘 훈련이 된 사람들처럼 구호에 맞춰 차를 들어 올리기 시작했다.

"하나! 둘! 셋!"

누군가의 외침에 사람들이 젖 먹던 힘까지 내기 시작했다. 그러자 기적처럼 공간이 생겼다. 처음 나섰던 남자가 차 안으로 몸을 밀어 넣어 여자의 어깨를 붙잡았다.

여자가 밖으로 힘없이 끌려 나오는 순간, 여기저기서 안도의 한숨들이 터져 나왔다.

막힌 도로에 무슨 일이 있나 싶어 밖에 나와 사고 현장을 지켜보던 사람들까지 박수를 쳤다.

"수, 숨을 안 쉬는데요?"

여자에게 바짝 귀를 들이댄 남자가 떨리는 목소리로 말했다.

"심폐소생술 할 수 있는 분 안 계십니까!"

남자의 간절한 외침에 사람들이 서로를 돌아보기 시작했다. 안타깝게도 나서는 이가 없었다. 여자에겐 한없이 안타까운 시간이 흐르자 다들 어쩔 줄을 몰라 할 때였다.

위이이잉-!

그 순간 저 멀리서 사이렌 소리가 들려왔다.

구원의 소리였다.

07시 30분.

흰 가운을 입은 의사들이 conference(회의)를 위해 한자리에 모였다. 성형외과와 외상외과 의사들이었다.

외상 환자의 경우 Flap(피판술)을 받는 경우가 많다 보니 성형외과와의 협업이 많았다. 수술이 진행된 경우 현재의 상황에 대해 보고하기도 했으며, 수술받을 체력이 되지 않아 딜레이 되었던 환자들의 상태가 논의되기도 하는 자리였다.

오늘은 새로운 케이스에 대해 치료 계획을 토의하는 자리였다.

"F 31세 마정미입니다."

외상외과 김미영 선생의 말이 끝남과 동시에 커다란 모니터에 환자의 얼굴이 떴다.

5월 9일, 병원 도착 40분 만에 수술대에 오른 환자는 운이 좋게도 큰 리스크 없이 수술을 마칠 수 있었다.

문제가 있다면 환자의 얼굴에 있는 wound(상처)였다. OD(우측 눈)부터 시작된 상처는 lip(입술) 바로 위까지 길게 이어진 상황이었다.

신체는 안정되었지만 정신은 그렇지 못했다. 환자는 깨어난 이후로 자신의 몸에 남은 상처로 인해 NP(정신과) 진료도 함께 받고 있었다.

환자의 울음 소리가 병실 밖으로 새어 나올 정도였다. 어쩜 환자는 자신의 삶이 끝났다고 믿고 있을지도 있었다.

피부 이식 수술이 결정되었지만 이식된 부위 주위로 흉터가 남을 수밖에 없었다.

다들 고심하는 표정으로 화면을 보고 있었지만 단 한 사람만은 달랐다. 규환은 맞은편 제일 끝자리에 앉아 있는 도아를 힐끗 곁눈질하더니 똥 마려운 강아지처럼 불안한 표정을 지었다.

'내가 씹어 잡술 건 아나 보지?'

규환과 눈이 마주치자 도아의 미간에 깊은 주름이 생겼다. 눈빛으로 '너 죽여 버릴 거야'라고 경고하던 순간이었다.

웅-

웅-

웅-

웅-

동시 다발적으로 울리는 진동 소리에 도아가 기계적으로 액정을 확인하는 순간이었다.

드르륵!

세 명이 동시에 자리에서 일어났다. 모두 외상외과였다.

의자가 끌리는 소리에 시선이 모여들자 얼떨결에 일어난 이 선생이 민동규 교수에게 다가가 상황을 알렸다.

그가 고개를 끄덕이자 도아와 수한이 몸을 돌려 빠르게 달려 나갔고, 이 선생이 그 뒤를 따랐다.

"죄송합니다. 계속합시다."

민 교수의 말에 어수선했던 분위기가 다시 고요해졌다.

똑딱똑딱.

시계 초침이 이 공간에서만 느리게 흘러가는 것 같았다.

흰 가운을 입은 의사들이 전속력으로 달리고 있었다.

드르륵!

바퀴 소리에 사람들의 시선이 한곳으로 향했다. 베드 위에 올라 구슬땀을 흘리며 CPR을 하고 있는 수한의 얼굴이 절박함으로 일그러졌다.

심장이 겨우 돌아온 것도 잠시.

민 교수가 도아를 보며 말했다.

"예 선생도 같이 들어가지."

"저도요?"

손이 피로 흠뻑 젖은 도아가 당황한 얼굴로 되물었다. 하지만 곧 다부진 얼굴로 고개를 끄덕였다.

벅벅벅!

덜덜 떨리는 손으로 손톱 밑까지 깨끗하게 씻으면서도 도아의 떨림은 멈추지 않았다.

손을 씻고 서늘한 기운이 가득한 수술실 안으로 들어서자 미리 도착한 마취과 교수가 환자를 살피고 있었다.

환자의 몸에 기계가 부착되었다. vital sign[14)]이 기계에 수치로 표시되는 순간 마취과 교수가 불안한 표정을 지었다.

"왜 이렇게 안 와?"

혈압과 체온, 맥박과 호흡 다 최악이었다. SPO2(산소포화도)도 정상 범위보다 훨씬 낮았다. 마취과 교수가 불안한 표정을 짓는 순간 문이 열렸다.

수한이 수술실 안으로 들어섰고, 간호사들이 빠르게 다가가 가운과 장갑을 착용하는 걸 도와줬다. 마지막으로 민 교수가 안으로 들어서자 수술 준비가 끝이 났다.

"마취 시작하겠습니다."

무영등이 환자를 비췄다. 소독포드랩이 깔리자 본격적으로 수술이 시작되었다.

민 교수가 손을 옆으로 내밀자 날카로운 칼이 그의 손에 쥐였다. 환자의 배는 복강 내 출혈로 부풀어 오른 상태였다.

배를 여는 순간, 환자의 심장이 멈출 수도 있었다. 하지만 열지 않으면 환자는 이대로 죽는다. 외상외과 의사로서는 선택의 여지가 없었다.

"거즈 준비해 주세요."

---

14) vital sign : BP, HR, BT, RR, SpO2(혈압, 맥박, 체온, 호흡수, 산소포화도)

수한의 말에 간호사가 거즈를 잔뜩 준비했다. 칼끝에 복부가 갈라지는 순간 안에 고여 있던 피가 사방으로 튀었다.

하지만 민 교수와 수한은 눈 하나 깜짝하지 않고서 거즈를 복부로 밀어 넣기 시작했다.

"거즈! 거즈! 더!"

다급한 음성과 함께 마취 기록지를 쓰던 교수가 불안한 눈으로 환자를 보았다. 이를 보는 도아의 표정 역시 비슷했다.

도아는 한 달 동안 마취과 인턴으로 있으면서 많은 수술실에 들어가 볼 수 있었다. 그녀가 보았던 대부분의 수술은 긴박하지 않았다.

단언컨대 이런 분위기는 처음이었다. 의료진은 오롯이 환자를 살려야 한다는 일념 하나로 빠르게 움직이고 있었다.

툭! 툭!

피에 흠뻑 젖은 거즈가 바닥으로 떨어졌다. 그리고 간호사가 쉼없이 건네는 거즈를 안으로 밀어 넣길 반복했다.

툭! 툭!

묵직한 소리에 도아의 심장도 아래로 떨어지는 것 같았다. 민 교수와 수한의 몸이 피로 흠뻑 젖었다.

"쥐어짜!"

멍하니 보고 있던 도아가 날벼락 같은 말에 재빨리 몸을 움직였다. 도아와 간호사 한 명이 달라붙어 혈액 팩을 양손으로 붙잡아 쥐어짜기 시작했다.

출혈 부위를 찾기 위한 사투가 시작되었다. 거즈를 모두 빼낸 민 교수가 출혈 부위를 찾고 한숨을 쉬었다.

"spleen rupture(비장 파열)이네."

비단 비장만이 문제가 아니었다. 으레 외상 환자들이 그러하듯이. 소장 장간막도 파열되었다.

그나마 다행이라면 녹갈색의 액이 보이지 않은 것이었다. 십이지장에 손상을 입지 않은 것만으로도 이 환자에겐 천운이었다고 할 수 있었다. 담즙이 분비되는 곳으로 잘못하면 장기가 녹아내릴 수도 있었다.

출혈을 잡기 위해 봉합하는 손길은 예술에 가까웠다. 빠르지만 꼼꼼한 손길을 넋 놓고 보던 도아가 정신을 아득하게 만드는 소리에 고개를 돌렸다.

띠-

날카로운 소리였다.

"arrest!"

순간 민 교수와 수한의 손이 멈췄다. 수한이 몸을 움직여 환자의 심장을 누르기 시작했다.

체중을 실어 환자의 몸을 누르는 수한의 얼굴이 잔뜩 일그러져 있었다. 붉게 젖어 든 장갑이 연신 환자의 심장을 두드렸다.

띠- 띠- 띠- 띠-

다시 심장이 뛰기 시작했다. 하지만 다들 환자를 살렸다는 기쁜 표정이 아니었다.

이 짧은 순간으로 인해 환자가 받을 데미지는 상상할 수도 없었다.

"다시 시작하겠습니다."

이제 겨우 한 고비를 넘겼다.

차분한 분위기 속에서 다시 수술이 시작되었다.

회복실로 가기 위해 이동하는 환자의 모습을 멍하니 보던 도아가 천천히 걸음을 옮겼다. 터덜터덜 옮겨지는 걸음은 무겁기만 했다.

외상외과 인턴을 시작한 이후, 처음으로 수술실에 들어가 본 도아는 넋을 놓은 상태였다.

피로 젖은 수술복을 벗고 샤워기 아래에 선 도아가 뜨거운 물을 틀었다. 물줄기가 머리 위로 쏟아져 내렸고, 한기로 차가웠던 몸에 피가 돌기 시작했다.

개수구 안으로 빙글빙글 빨려 들어가는 핏물을 한참이고 보던 도아가 자리에 주저앉았다. 이제야 다리가 시큰하게 아파왔다. 아니, 긴장으로 굳었던 온몸이 두들겨 맞은 것처럼 아팠다.

"……."

손을 들어 얼굴을 가린 도아가 거친 숨을 몰아쉬었다.

환자는 죽지 않았다.

그래. 죽지 않았다.

그런데도 바보처럼 눈물이 나올 것 같았다.

도아는 처음으로 유수한이 살아가고자 하는 세상을 엿본 느낌이었다.

그곳은 너무나 치열해 감히 자신은 들어설 수 없을 것 같았다.

❈ ❖ ❖

새벽 3시가 넘어가자 라운지에 인턴들이 하나둘 컵라면을 끌어안고 모였다. 겉모습만 보면 딱 살아 있는 송장이었지만 저래 보여도 한 달을 무사히 끝마친 승자들이었다.

마지막 주 금요일.

인턴이 유일하게 한숨을 돌릴 수 있는 날이다. 낮엔 인계를 하느라 바빴던 것과는 별개로 내일은 컨퍼런스도 없고, 회진도 1시간 늦게 시작되어 제법 느긋한 표정들이었다.

내일 지방으로 내려가야 하는 도아도 컵라면에 뜨거운 물을 부어 놓고 제사를 지내고 있었다. 하루 종일 먹은 거라곤 새벽에 먹은 김밥 한 줄이 전부였음에도 허기를 느끼지 않는 표정이었다.

면이 퉁퉁 불어 국물을 죄다 빨아들였지만 도아의 생각은 다른 곳을 향해 있었다.

유수한.

이름 세 자를 떠올리는 것만으로도 가슴이 시큰시큰 아팠다.

누군가를 생각하는 것만으로도 마음이 애달파지는 경험은 처음이었다. 자신도 유수한에 대한 감정이 비이상적이라는 걸 알고 있었다.

하지만.

그럼에도.

도저히 포기가 안 됐다. 그를 알아 가면 알아 갈수록, 그와 보낸 시간이 많아지면 많아질수록 감정은 깊어지기만 할 뿐이다.

'어쩌지.'

도아가 눈을 질끈 감으며 앓는 소리를 냈다. 3년 동안 그가 머나먼 타지로 떠나지 않는 방법은 두 가지뿐이었다.

첫 번짼 기적처럼 자신과 사랑에 빠지는 것이다. 드라마에서나 볼 법한 '너 하나면 돼'를 시전하면서 한국에 남으면 된다.

물론 이 경우에도 자신은 꽃신을 신고 수한을 기다려야 했지만 한국에 있는 것과 해외에 있는 건 천지 차이였다.

하지만.

'말도 안 되지.'

빗물에 젖어 자신을 거절하던 수한의 모습을 떠올리는 순간, 도아는 깊은 좌절감을 다시 한 번 느꼈다.

한숨을 푹 내뱉은 도아가 두 번째 방법을 떠올렸다. 의대를 수석으로 입학, 졸업한 유수한이 전문의 시험에서 떨어지는 방법이다.

둘 중 어느 쪽이든 이루어지지 않을 꿈이었다.

멍한 눈동자를 연신 끔뻑이는 친구를 보다 못한 민성이 라면을 먹다 말고 물었다.

"뭔데? 할 말 있으면 말로 해. 어울리지 않게 세상 심각한 척 굴지 말고."

"……후우. 그래 보여?"

"어. 할 말이 무진장 많아 보이는 얼굴이다."

후루룩!

입안 가득 면을 빨아들인 민성이 라면을 우적우적 씹었다. 제대로 자리를 깔아 줬음에도 도아의 입은 도통 열리질 않았다.

컵라면 하나를 순식간에 먹어 치운 민성이 입맛을 다셨다. 허기만 채우고 잠시 눈을 붙일 생각이었던 터라 하나만 했는데, 영 성에 차지 않았는 모양이다.

그가 도아의 라면에 눈독을 들이더니 손을 뻗었다.

"안 먹을 거면 내가 먹는다?"

끄덕.

힘없는 고갯짓에 민성이 라면을 가져가다 말고 미간을 좁혔다.

"아, 할 말 있으면 하라니까! 입맛 떨어지게 무슨 짓거리야!"

와락 내지르는 소리에 눈 밑에 시꺼먼 그늘이 진 몇몇이 그들을 돌아보았다. 그러자 민성이 소리 없는 사과를 했다.

죄송합니다. 죄송합니다.

연신 고개를 꾸벅거리던 민성이 도아를 한껏 노려보았다. 정작 도아는 이런 분위기를 전혀 파악하지 못하고서 힘겹게 한마디 내뱉었다.

"너 코이카라고 들어 봤어?"

"이건 또 무슨 봉창 두드리는 소리?"

"너도 처음 들어 봤지?"

도아의 물음에 민성이 고개를 저었다.

"해외 봉사 말하는 거 아니야?"

"넌 알고 있었구나. 난 처음 들어 봤는데."

상황과 전혀 맞지 않는 물음에 민성의 눈이 가늘게 떠질 때였다.

"그거 나는 못 가지?"

"대체 복무인데?"

"……."

쿵.

이마를 책상에 찧은 도아가 좌절했다.

"남자로 태어날걸."

그랬다면 더 큰 시련을 겪어야 했을 것이다. 게다가 전문의만 참여할 수 있었기에 남자로 태어나도 따라갈 방법은 없었다.

아주 현실적인 지적들이 떠올랐지만 민성은 이것들을 입에 담지 않았다. 멀쩡하지 않은 인간에게 조언을 하는 건 바보 같은 짓이다. 어차피 귀담아듣지 않을 테니까.

"왜, 수한 선배 지원할 거래?"

그가 퉁퉁 불어 버린 면을 집어 들며 묻자 도아가 눈물을 머금으며 답했다.

"응."

"이야, 멋있다. 나도 전문의 되면……."

"그렇지? 멋있지? 그게 문제라니까!"

고개를 발딱 든 도아가 답은 정해져 있으니 너는 대답만 하면 된다는 표정으로 강요했다.

그러자 민성이 도아를 걱정스럽게 바라보았다.

"……괜찮냐? 너 많이 아파 보여."

정신이.

그가 애써 뒷말을 삼켰다.

평소라면 맥락상 눈치챘을 도아였지만 지금은 수한에 대한 생각밖에 없는지 도아가 울먹이며 답했다.

"아니. 안 괜찮아."

"어. 안 괜찮아 보인다."

상사병이 무섭다더니.

조울증 환자처럼 기분이 널을 뛰는 도아를 보며 그가 퉁퉁 불은 면발을 호로록 먹을 때였다.

도아가 눈을 번뜩이며 물었다.

"너 다음 주부터 GS(일반외과)지?"

입에 잔뜩 면을 머금은 민성이 고개를 끄덕였다. 그러자 우울감이 가득하던 얼굴이 한껏 환해진다.

"잘됐다."

아니, 뭐가?

"너 내 스파이 해라."

"……."

이것 봐. 얜 진짜 약 먹어야 돼.

고개를 절레절레 저은 민성이 라면을 마저 먹기 시작했다.

자신에게 닥칠 일들은 예상하지 못한 채.

❖ ❖ ❖

오전 회진이 시작되었다. 오늘은 도아가 외상외과에서 보내는 마지막 날이었다.

외상 환자는 의식이 없는 경우가 대부분이었기에 본인의 상태를 말할 수가 없었다. 어디가 아프다고 말하지 못하는 환자를 돌보는 일은 생각보다 훨씬 어렵고 고된 일이었다. 의료진의 세심한 손길이 더 필요했고, 수치가 조금이라도 정상을 벗어나면 의료진은 아주 적은 숫자와의 싸움을 벌이곤 했다.

이들에게 의사가 해 줄 수 있는 건 교과서적인 치료뿐이었다. 버티고 깨어나는 건 오롯이 환자의 몫이었다.

『배현아 F/25』

수술을 받는 도중 심정지가 발생한 환자는 저산소성 뇌손상을 입었다.

뇌에 제때 산소가 공급되지 않으면 많은 문제가 생긴다. 지속적 근육수축을 보일 수도 있고, 신체 일부를 사용하지 못하는 경우도 생긴다. 최악의 경우 사망에까지 이를 수도 있었다.

NS(신경외과)에선 Semicoma(반혼수상태)라고 결론 내렸다. 고통에는 어느 정도 자극을 보였지만 자발적인 움직임이 없는 상태였다.

irreversible change(돌아오지 못할 변화)라곤 말할 수 없었지만 소생 가능성은 아주 적다고 했다. 환자가 버텨 주기만을 바랄 수밖에 없었다.

유수한의 세계를 보여 준 환자는 도아보다 한 살 적었다. 살아온 날보다 살아갈 시간이 더 많은 사람이었다. 어느 환자든 간절하지 않은 이는 없었지만 배현아는 더 특별하게 다가왔다.

어쩜, 외상외과 수술실에 처음 들어가 봐 환자가 어떠한 수술을 견뎌 냈는지 두 눈으로 똑똑히 보아 그런 걸지도 모르겠다.

마지막 회진을 마친 도아가 제일 뒤에서 따르고 있는데 민 교수가 걸음을 멈췄다.

"예 선생, 오늘 마지막 근무지?"

"네, 교수님."

"3주간 어땠어?"

외상외과에 배치받은 인턴 중에 끝까지 버틴 이는 몇 없었다. 몇몇은 도망가다가 추노꾼들의 추적을 피하지 못해 붙잡혀 오기도 했고, 어떤 이들은 사표를 쓰고 그만두기도 했다.

적어도 인턴 두 명은 있어야 버틸 수 있는 자리였다. 하지만 그 일을 도아는 홀로 해냈다. 새벽 내내 울리는 콜은 주말엔 200통이 넘을 때도 있었다.

"많이 배웠습니다."

입 바른 소리일 수도 있었다. 이제 교수의 평가를 받아야 하는 시간이었으니까.

인턴 때의 성적으로 원하는 과로 진학할 수 있었기에 인턴 대부분은 좋은 시간이었다고 말했다.

하지만 도아는 달랐다.

눈동자 가득 차오른 진심에 민 교수가 놀란 표정을 짓더니 이내 다정한 미소를 지었다.

"앞으로도 잘할 수 있을 거야. 예 선생 근성 하나는 대단하니까."

툭툭.

어깨를 두드린 민 교수가 말을 이었다.

"우리 인턴 선생, 고생도 많이 했는데 맛있는 거라도 먹이고 보내야지."

"맛있는 거요?"

김 선생과 이 선생의 눈이 동그랗게 떠졌다.

"호, 혹시……?"

"그 혹시 맞아. 병원은 내가 지키고 있을 테니까 오랜만에 진탕 마시고 쉬어. 내일 늦지 말고."

"어떻게 교수님만 두고 저희만."

김 선생이 속눈썹을 팔랑이며 알랑방귀를 뀌자 민 교수가 눈을 가늘게 뜨며 으름장을 놓았다.

"1절만 해라. 더 했다간 없었던 일로 한다?"

"옙, 교수님. 그럼 염치 불고하고 하나만 더 여쭤 봐도 되겠습니까?"

"뭔데?"

"한도 있습니까?"

김 선생의 장난스러운 물음에 민 교수가 웃음을 터뜨렸다.

"있어. 그래도 양껏 먹어. 카드값 어제 내서 한도 빵빵해."

"감사합니다, 교수님. 사랑합니다, 교수님. 내일이 없는 것처럼 달리겠습니다."

김 선생이 양손을 모아 앞으로 척 내밀자 민 교수가 그 위에 카드를 내려놓았다.

"전화는 꺼 놓지 말고."

바람처럼 웃은 민 교수가 연구실로 향하자 김 선생과 이 선생이 소리 없는 환호성을 내질렀다.

오랜만에 주어진 자유는 한도 빵빵한 카드보다 더 달콤했다.

❖ ❖ ❖

『2근2근』

고깃집 이름이 참 감성적이다. 심란한 표정으로 간판을 올려다보던 도아가 결심한 얼굴로 읊조렸다.

"머리를 써, 머리를."

무작정 밀어붙여서 될 일이 아니라는 걸 절실히 깨달았다. 수한은 자신의 혈육까지 들먹이며 '동생과 오빠'라는 포지션으로 만들고 싶은 모양이었지만 절대 안 될 일이었다.

도아가 다부진 표정으로 문을 열고 안으로 들어서자 눈이 딱 마주친 김 선생이 양팔을 흔들며 지각생을 반겼다.

"예 선생! 여기야, 여기!"

도아가 유일하게 비어 있는 자리를 보았다. 수한의 바로 맞은편 자리였다.

자신에겐 눈길도 주지 않은 채 소주잔을 기울이는 수한에게서 시선을 떼지 않은 채 걸음을 옮긴 도아가 김 선생의 옆자리에 앉으며 히죽 웃었다.

작전상 후퇴다.

난공불락의 성을 뚫기 위해선 좀 더 신중할 필요가 있었다.

"죄송해요. 많이 늦었죠?"

"늦긴 뭘. 짐은? 다 쌌어?"

"네."

대각선 자리에 앉아 있던 이 선생이 수한의 잔을 채워 준 후 이번엔 도아를 향해 병 입구를 가져다 댔다. 도아가 재빨리 작은 잔을 양손으로 들어 기울이자 이 선생이 어설프게 웃으며 '고마워'라고 말했다.

"3주 동안 진짜 고생 많았어. 예 선생 아니었으면……."

"그래. 이학찬. 넌 예 선생한테 많이, 아주 많이 고마워해야 해. 생명의 은인이니까."

도아가 아니었다면 이 선생은 과로사로 죽었을 것이다. 도아의 당직이 유독 많았던 것도 이 선생의 몸이 좋지 않아서였다.

"그래, 오늘도 미안하다. 종이 곰이라서."

"아직도 마음에 두고 있냐? 하여튼, 농담을 못 해요."

고개를 절레절레 저은 김 선생이 허공에 잔을 들며 말했다.

"우리 유 선생 온 기념, 열심히 일한 예도아 선생과 이별하는 기념으로 짠 하자."

과거의 경험상, 도아는 자신에게 알코올 분해 능력이 전혀 없다는 걸 알고 있었다. 하지만 이를 말할 분위기가 아니었다. 괜히 빼고 싶지도 않았기에 도아가 전투에 임하는 표정으로 잔을 들었다.

짠-

허공에서 네 개의 잔이 부딪혔다.

눈을 질끈 감고 소주잔을 기울인 도아가 다 넘기기도 전에 눈을 번뜩 떴다.

'어머, 달다!'

소주가 달콤한 날이 얼마나 위험한지 알 리 없는 도아가 다음 잔을 넙죽 받으며 히죽 웃었다.

"오프 한 번 제대로 못 챙겨 줘서 미안하다. 한 번은 쉬게 해 줬어야 했는데."

이 선생은 내심 그 점이 마음에 걸렸나 보다. 당연히 보장받아야 할 휴일도 챙겨 주지 못한 게.

미안함이 잔뜩 묻어난 목소리에 도아의 시선이 수한의 젓가락 끝으로 향했다. 육회 몇 조각이 축 늘어져 있었지만 움직임은 멈춘 상태였다.

도아는 그가 고개를 숙이고 있어 자신을 보지 못한다는 사실을 알고 있으면서도 최대한 밝은 미소로 답했다.

"유 선배님이 하루 푹 잘 수 있게 당직 대신 서 주셨어요."

"……엉? 당직을 대신 서 줘?"

처음 듣는 말이라는 듯 김 선생의 눈이 놀라움으로 커졌다.

역시나.

그날 당직이었던 도아가 4시간 동안 꼬박 잔 사실을 아무도 모르고 있었다.

"뭐야, 두 사람 사랑하는 사이야?"

"사랑이네. 사랑이야."

씻을 틈도 없는 외상외과에서 당직을 서 준다는 건 어마어마한 사랑이 있지 않고선 불가능한 일이었다.

김 선생과 이 선생이 장단을 맞추며 호들갑을 떨자 도아가 어수룩하게 웃었다.

"아니에요, 그런 거. 유 선배님이 예전부터 잘 챙겨 주셨어요."

"오호라, 그래?"

"네."

그래서 난 이 사람을 좋아하게 됐어요.

그 말을 하진 않았다. 그를 불편하게 만들 수야 없으니까.

그러자 김 선생이 의외라는 듯 수한을 보며 답했다.

"소문이 진짜였나 보네? 후배들 잘 챙긴다던데."

"다들 그럽니다."

"에이, 뭘 다들 그래? 지나친 겸손도 보기 안 좋네요."

김 선생이 끌끌 웃었다. 그러면서 한탄 섞인 과거를 꺼내 놓았다.

"그땐 왜 그렇게들 때렸나 몰라. 내가 요즘 머리 잘 안 돌아가는 것도 그때 하도 맞아서 뇌세포가 죽어서일 거야."

"……머리를 때려요?"

도아가 눈을 동그랗게 뜨며 묻자 김 선생이 끌끌 웃었다.

"예 선생, 일 잘했나 보네. 아직 안 맞은 걸 보면."

"……앞으로도 열심히 하겠습니다."

"좋아. 좋은 마음가짐이야. 예 선생의 뇌세포가 지켜지길 바라며 한잔할까?"

김 선생의 말에 도아가 잔을 번뜩 들었다.

짠—

맑은 소리와 함께 잔이 부딪히자 도아가 한 번에 소주잔을 털어 냈다. 그러자 아직 소주잔을 들고 있던 이 선생이 의외라는 듯 물었다.

"예 선생. 술 잘하네?"

"오늘따라 소주가 달아서요."

도아의 입술이 보기 좋게 휘어졌다. 하지만 이 선생과 김 선생은 동시에 행동을 멈췄다. 수한 역시 가늘게 뜬 눈으로 도아를 보았다.

"왜들 그렇게 보세요?"

"……그 잔 내려놔."

"왜요?"

"어허. 잔말 말고 내려놔."

김 선생이 으름장을 놓자, 도아가 우울한 표정으로 잔을 내려놓았다. 입맛을 쩝 다시며 아쉬운 기색이 가득한 표정을 짓자 누가 먼저랄 것 없이 웃음을 터뜨렸다.

"장난이야, 장난."

김 선생이 도아의 등을 툭 두드렸다.

"술 잘 받는 날에 꼭 취한다? 내일 강릉 가야 되잖아. 적당히 마셔. 기차에서 토하지 말고."

"넵. 명심하겠습니다."

냉큼 소주병을 든 도아가 비어 있는 잔을 차례차례 채우기 시작했다.

사랑하니까 한가득.

수한의 잔 끝까지 소주를 따른 도아가 그를 보았다.

"감사했습니다."

이별의 말에 수한은 말없이 고개를 끄덕였다.

"이제 예 선생 가면 어쩌나."

"다음 달에도 인턴은 오잖아요."

"또 도망갈걸?"

이건 뭐, 너무 확신하고 있으니 뭐라 할 말이 없다.

"왜 과 배정을 첫날에 하는 줄 알아?"

김 선생의 물음에 도아의 고개가 옆으로 기울었다. 이 자리에 있는 사람 중 도아만 그 이유를 모르고 있었다.

그러자 김 선생이 한탄 섞인 목소리로 말을 잇는다.

"미리 도망갈까 봐 그런 거야. 한 사람 그만두면 나머지 한 사람도 따라 그만둔다? 내가 여기 있는 3년 4개월 동안 아주 잠시 스쳐 간 인턴은 손가락으로도 다 못 꼽아요. 하지만 일 잘한 인턴은 손에 꼽을 수 있지."

게다가 인턴이 할 수 있는 일은 한정적이었다. 도아 역시 단 한 번 수술실에 들어간 게 전부였고, 다른 과와는 달리 어시스트도 서 보지 못했다.

"내년에는 NS보드 있는 쌤 한 분이라도 들어왔음 좋겠는데."

"NS에서 오겠냐? 척추 파트하고 월급쟁이 하면 더할 나위 없는데. 나 같아도 안 온다."

이 선생의 답에 김 선생이 손바닥을 척 세우며 답했다.

"인정."

"유 선생까지 가 버리면…… 하아. 올해 보릿고개는 또 어떻게 넘기나."

"연말이 오긴 할까."

김 선생과 이 선생의 한숨이 하모니를 이뤘다.

"내년에는 TO 채울 수 있으려나. 유 선생, 군 복무 끝나면 돌아올 거지? 응? 외상외과에 관심 많은 거 아니야? 서울에선 한국대학병원만 한 곳 없다?"

대화에서 한 발자국 떨어져 있던 수한은 갑자기 자신에게 몰리는 시선에 멈칫하더니 이내 답했다.

"상황 봐서요."

"뭐야! 확답을 해, 확답을!"

김 선생이 비명처럼 외쳤다. 그러자 맞은편에 앉아 있었던 이 선생이 진정하라며 손짓한다.

"우리 앞날도 모르잖아. 3년 뒤에 너 계속 이 짓거리 하고 있을 자신 있어?"

"……3년 뒤면 우리 예나가 몇 살이지?"

"애 나이도 모르냐?"

"내가 죽일 년이다."

부모 자격도 없다며 한탄하던 김 선생이 말을 이었다.

"가끔 집에 가면 모르는 애가 자고 있어. 진짜 미안해 죽겠다."

분노에 찬 김 선생이 잔을 들자 도아도 눈치껏 잔을 들어 앞으로 내밀었다.

"어머, 같이 마셔 주는거야?"

"네."

"고마워라. 자, 짠 할까?"

두 사람의 잔이 허공에서 부딪혔다.

대화는 신세한탄에서 어느새 사소한 잡담으로 이어졌다.

"예 선생은 만나는 사람 없어?"
"네. 없어요."
"아니, 왜?"
"어쩌다 보니요. 계속 공부만 했더라고요."
어설픈 미소에 김 선생이 테이블을 가볍게 내려치며 적극 동의하고 나섰다.
"그러니까. 우리들은 그게 문제야. 연애도 잘 못 하는데, 다들 결혼은 또 빨리 해요."
"왜, 그래서 후회해?"
"그럼! 당연히 후회하지! 예 선생은 이 남자, 저 남자 충분히 만나 보고 심사숙고한 뒤에 결혼해. 아, 하늘에 별도 달도 따다 주겠다는 놈이랑은 애초에 만나지도 마."
"남편이 그랬어?"
"어."
"푸하하!"
"입만 살았어. 아, 짜증나."
스스로 잔을 채운 김 선생이 소주를 벌컥벌컥 들이켰다.
"알았지, 예 선생? 결혼은 현실이야. 판타지를 이야기하는 것들은 상종도 하지 마."
도아의 시선이 자신도 모르게 맞은편에 앉아 있는 수한에게로 향했다.
시선이 마주쳤다.
수한은 도아의 시선을 피하지 않는다.
그 판타지를 자신이 주고 싶어지면 어쩌냐고 묻고 싶어졌다.

저 사람에게 하늘의 별도, 달도 따다 주겠다고 말하고 싶다고.
시선을 아래로 내린 도아가 뒤늦게 고개를 끄덕였다.
"네."
짧은 답 끝에 도아가 잔을 기울였다.

여느 회식 자리가 그러하듯 외상외과의 처음이자 마지막 회식 역시 3차까지 이어졌다.
1차는 소고기집에서 배를 두둑하게 채웠고, 2차는 치킨집에서 간단히 치킨과 맥주를 마셨다. 3차는 당연히 노래방이었다. 김 선생과 이 선생은 스트레스가 많이 쌓인 건지 3시간 내내 마이크를 붙잡고 악을 써 댔다.
'말 달리자'로 대미를 장식한 김 선생과 이 선생이 헉헉거리며 마이크를 내려놓았다.
"아, 죽겠다. 노래 부르는 것도 왜 이렇게 힘드냐."
"나이 먹으면 죽어야 돼."
젊고 파릇파릇한 나이도 3시간 연달아 노래를 부르면 힘든 건 매한가지인데, 두 사람은 자신들이 했던 일은 되돌아보지 못하고 신세한탄부터 했다.
벌컥벌컥 물을 들이켜던 김 선생이 뒤늦게 잠든 도아를 발견하고선 난감한 표정을 지었다.
"아이고, 예 선생. 많이 취했네."
이미 1차에서부터 소주를 여덟 병이나 마신 그들이다. 2차에서도 적지 않은 양의 맥주를 마셨기에 다들 취기가 알딸딸하게 오른 상태였다.

곤히 잠든 도아를 보던 김 선생이 짐을 챙기는 수한을 보며 말했다.

“유 선생, 아직 기숙사에서 지낸다고 했지? 예 선생 좀 부탁……하려고 했는데 벌써 짐을 챙기고 있네?”

“업는 것만 도와주세요.”

“알았어.”

이 선생과 김 선생의 도움으로 축 늘어진 도아를 어렵지 않게 업은 수한이 고개를 꾸벅 숙였다.

“조금 이따가 뵙겠습니다.”

“그래, 조심히 들어가고.”

이 선생이 손을 살랑살랑 흔들자 다시 한 번 고개를 숙인 수한이 몸을 돌렸다. 뒤에서는 한잔 더 하자는 말소리가 들려왔다.

수한은 힘든 기색 하나 없이 노래방을 빠져나와 봄과 여름의 경계에 있는 길을 터벅터벅 걷기 시작했다.

택시를 타기엔 애매한 거리였기에 수한은 무작정 길을 걸었다. 도중에 도아가 잠에서 깼다는 걸 눈치챘음에도.

축 늘어져 있던 몸에 힘이 들어갔고, 긴장감에 빳빳하게 굳은 것이 느껴졌다. 호흡 역시 마찬가지다. 평온했던 숨소리가 흐트러졌고, 곧 탁한 목소리가 귓가에서 들려왔다.

“내려 주세요.”

짧은 말이었지만 취기가 전혀 느껴지지 않았다.

“괜찮겠어?”

“지금 이 상황보다는요.”

흔들림 없는 목소리에 수한이 주위를 둘러보더니 이내 턱이 있는 곳에 도아를 조심스레 내려 주었다.

두 사람의 시선이 마주쳤다. 오늘만 해도 몇 번째인지 알 수가 없다.

하지만 그 전과 달라진 건 수한의 눈빛이다. 감정을 느낄 수 없었던 것과는 달리, 도아를 담고 있는 지금의 눈동자엔 알 수 없는 감정이 넘실거리고 있었다.

하지만 취해서일까.

아니면 주위가 어두워서일까.

이를 눈치채지 못한 도아가 힘없이 자리에 앉더니 무릎 사이에 얼굴을 묻었다.

"나 완전 진상이다. 애도 아니고."

"……."

"떼쓰고 싶어져요. 나 좋아해 달라고."

진짜 최악이야.

뒤이어진 흐린 목소리에 그 역시 공감했다.

자신 역시 최악이라고.

이 자리에서 벗어나야 한다는 경고가 귓가에 울렸지만 수한은 무시했다.

도아와 시선을 맞추기 위해 그가 한쪽 무릎을 꿇고 앉는다.

"그냥 무시하고 지나가 주세요. 내가 취해서 막 헛소리 지껄이는……."

도아의 말이 끝나기도 전이다. 섬세한 손가락으로 인해 도아의 고개가 순간 위로 들렸고, 그의 입술이 덮치듯 내리찍혔다.

거친 호흡과 뜨거운 체온에 깜짝 놀란 도아의 몸이 굳어졌다.

딱 다물린 입술을 머금은 그가 손을 뻗어 도아의 뺨을 부드럽게 감쌌다. 살짝 물었다가 다시 입술을 벌려 머금는 행위는 달콤했다.

입술을 핥은 그가 고개를 비스듬히 기울이자 동그랗게 뜨인 눈은 감길 줄 몰랐다.

부릅 뜬 눈에 핏줄이 섰다.

도아의 호흡이 거칠어지고 곧 눈이 질끈 감겼다.

친밀한 행위에 마음이 녹아내렸다. 뺨에 닿은 그의 손길도 델 듯 뜨겁기만 하다.

도아가 축 늘어뜨리고 있던 팔을 뻗어 그의 가슴을 밀어냈다. 그러면서 원망이 가득한 목소리로 외쳤다.

“선배는 여동생이랑 키스해요?”

비스듬히 아래로 내려가 있는 시선에 그가 고개를 살짝 숙여 눈을 맞췄다.

“개소리였어.”

탁한 음성으로 말한 그가 다시 입술을 머금었다.

조금 전보다 더 깊은 입맞춤이었다.

혀가 입을 가르고 안으로 들어왔다. 흥분으로 몸이 자잘하게 떨린다. 이런 감각은 인생에서 처음이었다.

타액이 뒤섞이고 호흡을 나누었다. 조금 전 수한을 밀어냈던 팔은 어느새 그의 허리를 꽉 끌어안은 상태다.

지글지글 감정이 끓었고, 입술을 지분거렸다. 질척이는 소리에 도아의 신경이 바짝 곤두섰다.

"으……!"

신음을 내뱉은 도아가 몸을 꼼지락 움직였다. 자신도 모르게.

혀끝을 핥은 그가 도아의 허리를 휘감아 자신의 쪽으로 바싹 당겨 안는다.

예도아는 작았다.

유수한은 컸다.

그의 품에 쏙 안긴 도아의 얼굴이 일그러졌다.

"……하아, 하아."

도아는 귓가에서 울리는 거친 숨소리에 그저 울고만 싶어졌다.

❖ ❖ ❖

예약 불빛이 들어와 있는 택시가 골목 안으로 들어섰다.

아직은 모두 깊이 잠들었을 시간.

기숙사를 나서던 수한은 자신의 앞에 멈춰 서는 택시를 보았다.

오늘은 인턴들이 분원으로 내려가는 날이긴 했지만 이렇게 이른 시간에 움직이는 이들은 없었다.

그가 의아한 눈으로 택시를 보는 사이, 거친 바퀴 소리와 함께 기숙사 문이 열렸다.

캐리어를 끌고 밖으로 나온 건 도아였다.

"지금 내려가는 길이야?"

그의 물음에 도아는 말없이 고개를 끄덕였다.

회식 자리에서 짓던 그 표정이었다. 조금은 화가 난 듯도, 그리고 자신의 눈치를 보는 듯도 한 그 표정.

여전한 모습을 보니 어제의 일을 도아는 기억하지 못하는 모양이었다.

그가 입술을 달싹이는 사이, 도아가 먼저 입을 열었다.

"아저씨, 트렁크 좀 열어 주세요."

열린 창문으로 말하자 트렁크가 달칵 소리를 내며 열렸다. 그러자 먼저 움직인 건 수한이다. 그는 도아의 옆에 세워져 있던 캐리어를 끌고 가 트렁크에 실어 주었다.

"내가 해도 되는데."

"조심히 다녀와."

"……."

"다녀와서 할 말이 있어."

말간 눈으로 수한을 올려다보던 도아가 꾸벅 고개를 숙인 이후 차에 올랐다.

차가 빠른 속도로 골목을 벗어났음에도 수한은 한참을 그 자리에 서 있었다.

RISK

5. 경계 너머

6월.

또다시 인턴들은 대대적인 이동을 했다. 예도아는 강원도의 작은 병원으로 내려갔고, 지방 근무를 마친 이소리는 다시 본원으로 복귀했다.

그리고 단민성은 예도아의 명령에 의해 팔자에도 없는 무서운 선배의 뒤를 쫓아다녀야 했다. 보통이라면 피해야 할 상황임에도 말이다.

잠잘 시간도 없이 구르고 있는 와중에도 응급실에 내려가 T-bay를 기웃거려야 했고, 그러다가 간혹 수한과 눈이 마주칠 때면 어색하게 웃으며 상황을 모면했다.

말 그대로 몸이 열 개라도 모자랄 지경이었다. 게다가 정신은 말도 못 할 정도로 피폐해지고 있었다.

'망할 동기…….'

왜 하필 예도아와 같은 해에 태어나, 같은 의과대에 입학한 것일까.

아니, 그걸 떠나 왜 처음부터 옆자리에 배정받아 말을 섞었을까.

하늘이 노래지는 기분이 들었지만 민성은 오늘도 수한을 찾아 병원 이곳저곳을 기웃거리고 있었다.

'찾았다!'

휴대전화를 보며 걸음을 옮기고 있는 수한의 모습에 민성의 표정이 한껏 밝아졌다. 누군가의 연락을 기다리는 듯했다.

하지만 뭔 상관이랴.

조금 전까지 도아에게 저주를 퍼붓던 것과는 달리 민성은 자신도 모르게 수한의 뒤를 따랐다.

노예근성이라도 있는 건지, 아니면 부탁을 받은 김에 확실히 하고 싶은 건지는 몰라도 민성은 수한의 뒤를 쫓는 것에 꽤나 열정적이었다.

그가 코너를 돌아 탈의실 안으로 쑥 들어가자 민성의 걸음이 멈췄다.

아니, 자신을 부르는 목소리에 걸음을 멈췄다 말하는 게 정확할지도.

"단 선생. 여기서 뭐 해?"

일반외과 김영광 선생의 말에 민성의 얼굴이 창백해졌다. 자리를 이탈한 걸 들켰기 때문이다.

적당히 변명할 수도 있었지만 당황한 민성은 아무런 말도 할 수가 없었다. 머릿속이 새하얗게 변했고, 조인트라도 까일까 싶어 바싹 긴장하고 있을 때였다.

"단민성 선생."

낮은 음성에 민성이 허리를 반쯤 접으며 답했다.

"네, 잘못……."

잘못했습니다. 다시는 이런 일 없도록 하겠습니다.

라고 말하려고 했다.

속으로 예도아를 갈아 마시는 상상을 하며.

하지만 김 선생은 심란한 눈으로 민성을 보더니 이내 한숨을 섞어 말했다.

"유 선배, 이성애자야."

"에……? 예? 그게 무슨……."

"요 며칠, 유 선배님 뒤만 쫓아다녔잖아. 다 알아. 사실 모른 척할까도 생각해 봤지만 말해 주는 게 좋을 것 같아서."

그러면서 김 선생은 자신은 그런 것에 편견을 가지고 있는 사람이 아니라고 했다. 이를 듣던 민성의 얼굴이 창백해졌다.

"그런 거 아니거든요!"

기겁한 민성이 양손을 저어 가며 말했지만 김 선생의 표정은 심각하기만 했다.

"부끄러워할 일은 아니야. 다른 거지, 틀린 게 아니니까."

"선배님! 진짜 아니라고요!"

"……그래?"

"네!"

민성이 힘껏 고개를 끄덕이자 김 선생이 그의 어깨를 툭 두드렸다.

“다들 그렇게 알고 있어. 열심히 변명하고 다녀야겠는데?”

“……에?”

민성의 눈빛이 멍해졌다.

다들 그렇게 알고 있다고?

“전 여자가 너무 좋은데요. 너무너무 미치게 좋아해서 탈인…….”

– 코드블루 코드블루 SICU ONE. 코드블루 코드블루 SICU ONE.

미처 말을 끝맺지 못한 민성이 입을 굳게 다물었다.

외과계 중환자실이었다.

두 사람은 누가 먼저랄 것도 없이 흰 가운을 휘날리며 달리기 시작했다.

오늘만 벌써 네 번째 심폐소생술 방송이었다.

가장 먼저 도착한 민성이 환자의 위로 뛰어올랐다. 무릎을 세운 그가 체중을 실어 심폐소생술을 시작하는 사이, 김 선생이 에피네프린[15]을 투약했다.

퍽! 퍽! 퍽!

일정한 속도로 겹친 손으로 환자의 가슴 압박을 하던 민성이 모니터를 보았다.

“리듬 체크.”

15) 에피네프린(epinephrine) : 심정지 시 주는 주사약

오, 신이시여. 제발.

이러다가 자신이 여기에 심정지로 누워 있을 것 같았지만 야속하게도 환자의 심장은 돌아오지 않았다.

민성이 다시 심폐소생술을 실시했다.

비틀— 비틀—

다리가 후들거리는 느낌에 민성이 자리에 멈춰서 무릎을 짚었다.

6월이 시작된 지 겨우 일주일이 지난 시점이었지만 벌써부터 체력은 한계에 다다랐다. 병원을 뛰쳐나가 미친놈처럼 동네를 돌며 고함을 지르고 싶을 만큼, 정신 역시 피폐해진 상태다. 곡소리가 절로 나왔다.

"에구구."

한숨을 쉰 그가 다시 휘청거리며 걸어갈 때다.

우웅— 우우웅—

가운 주머니가 진동으로 흔들렸다.

"……제발, 살려 줘."

눈물이 찔끔 나왔다. 하지만 전화를 무시했다간 우리 돌아이 선생께서 무슨 짓거리를 할지 알 수 없었기에 통화 버튼을 눌렀다.

"너어, 진짜아……."

하지만 가장 먼저 꺼낸 말은 울먹임이다. 전화 너머로 '보고해'라는 짧은 답이 들려오자 민성의 눈이 뾰족해졌다.

"내 안부는 안 궁금하냐?"

– 전화 받는 거 보면 살아 있네.

“그럼 너도 선배한테 직접 전화해서 확인해! 살았는지, 죽었는지!”

씩씩거린 민성이 전화를 끊어 버렸다.

하지만 뒤늦게 아차 한다.

“아! 짜증나!”

승질을 낸 것도, 분풀이를 제대로 한 것도 맞았지만 뒷감당이 무서워졌다. 하지만 이 순간 가장 짜증나는 건 쫄아 버린 자신이다.

그때 다시 휴대전화가 울리자 민성은 도아가 뭐라고 하기도 전에 빠르게 말했다.

“선배 살아 계시고, 오늘도 열심히 일하셨고, 내일도 열심히 일하실 거야.”

도아가 원하는 답이 아닐지도 모르지만 딱히 말할 것도 없었다. 실제로 유수한은 바쁘게 일만 했고, 자신이 알아낼 수 있는 것도 극히 적었다.

빠르게 보고를 한 이후에는 한 번만 봐 달라는 사정이 이어졌다.

“참고로 난 당직 끝나고 이제 기숙사 가서 눈 붙일 거야. 너도 GS 당직 서 봐서 알지? 나 콜만 150통 받았다.”

– 난 최고가 210통이었는데. 좋겠다. 편하게 인턴 생활 하는구나?

“……죽을래?”

– 네가 죽으라고 고사 안 지내도 곧 죽을지도 몰라.

“…….”

우울한 음성에 민성이 멈칫했다.

스무 살 때부터 스물여섯인 지금까지 하루도 빠짐없이 붙어 다니며 공부방까지 같이 끊었던 친구였다. 함께한 시간이 적지 않았지만 이런 목소리는 처음 들어 보았기에 그가 머리를 긁적였다.

한편으론 걱정이 되기도 했고, 또 한편으로는 이루어질 수 없는 짝사랑을 하는 친구가 참 안쓰럽기도 했다.

– 친구야. 부탁이야.

"……."

잔뜩 기가 죽은 목소리에 민성이 한숨을 푹 내쉬었다. 그러더니 시큰거리는 눈가를 손가락으로 꾹꾹 누르며 답한다.

"소고기 사 주면."

– 응. 알았어. 원없이 먹게 해 줄게.

"술도 사."

– 알았어. 뒷처리까지 말끔하게 해 줄게.

묻고 더블로 가, 라고 외치는 도아는 아주 상남자였다.

성격은 간혹 어디로 튈지 모르는 이상한 친구였지만 한번 말하는 건 지키는 사람이었기에 그의 입술이 벌어질 때였다.

– 소개팅은 어때?

"……콜!"

거부할 수 없는 제안에 거래를 수락한 민성이 오늘 하루 있었던 일을 미주알고주알 털어놓기 시작했다.

대부분은 평범한 일상이었다.

하지만 단 하나.

"아, 근데 NS(신경외과) 금한주 선생님이랑 친한 것 같더라?"

분위기가 묘한 게 꽤 좋았던 것 같지만 민성은 굳이 그 부분까진 덧붙이지 않았다.

그래, 이런 일에 자신의 생각을 전할 필요는 없다.

민성은 자신이 보았던 장면만 있는 그대로 말했다.

"오늘 구내식당에서 같이 식사하시더라고. 그리고 뭐, 밥 먹은 김에 차도 한잔하고."

– …….

"여보세요? 예도아, 내 말 듣고 있냐?"

– 응. 듣고 있어.

"알아봐 줄까? 어떤 사이인지?"

친한 동기 중에서 NS를 돈 친구가 있었기에 알아봐 줄 수도 있다는 말이 끝나자 전화 너머로 무거운 답이 들려왔다.

– 아니, 괜찮아.

"아, 맞다. 너 담달에 NS지."

– 응.

짧은 답은 의기소침했다.

민성이 괜히 이야기를 전했나, 고민할 때였다.

– 미안. 나 전화 끊어야겠다. 수고해.

끊긴 전화를 멍하니 내려다보던 민성이 콧잔등을 찡긋거렸다.

"얜 또 어울리지 않게 의기소침이래?"

평소의 예도아였다면 더 열의에 불타올랐을 텐데 의외였다.

혹 자신 때문에 상황이 이상하게 꼬이는 건 아닐까, 고민하던 민성이 뒤늦게 걸음을 옮겼다.
수면이 부족해서인지 머리가 제대로 돌아가지 않았다.
뭐가 됐든 일단은 몸부터 누이고 싶었다.

❖ ❖ ❖

'이것 봐라?'
모태진의 눈이 가늘게 떠졌다. 최근 들어 이상하지 않은 적이 없었던 친구지만 오늘은 유달리 상태가 심각해 보였다.
전화가 울리면 100프로 응급인 시간이었다. 하지만 자신의 친구는 어찌 된 일인지 전화가 울리길 기다리는 것 같았다.
옆에 있는 버튼을 눌러 휴대전화 액정을 밝힌 수한은 들어온 메시지가 없다는 사실을 확인하고선 실망하는 표정을 지었다. 그러더니 아주 잠시 방치하고 있던 천 조각을 집어 든다.
특별할 것 없는 행동이었지만 10분 동안 불규칙한 간격으로 계속되고 있다는 걸 생각해 보면 참 이상한 일이다.
'저것 봐.'
수한이 다시 액정을 확인했다가 내려놓는 것을 본 태진이 미간을 좁혔다. 그러더니 의자를 바짝 수한 쪽으로 당겨 앉으며 그의 손에 들려 있는 천을 본다.
여름이면 떠오르는 연녹빛 실이 천을 뚫기 시작했다. 친구는 오늘도 상태가 꽤 나쁜 몰골로 수를 놓고 있었다.
조선시대 양반집 규수의 자태가 이러했을까.
수를 놓는 손끝의 자태가 참 섬세하다. 게다가 번뇌로 가득한 표정으로 예술 세계를 펼치고 있는 친구의 모습을 보고 있자니 그의 마음도 심란해졌다.

수한이 다시 실을 내려놓고 휴대전화 쪽을 힐끗 곁눈질하자 태진의 의문은 점점 확신으로 바뀌고 있었다.

웬만한 일에는 끄떡도 안 하시는 유수한 씨에게 분명 무슨 일이 생긴 것이라고.

'설마, 여자 생겼나? 에이, 그럴 리가.'

잠잘 시간도 없는데, 연애가 가능할 리 만무하다. 수면이 부족하면 성욕도 줄어든다는 걸 직접 경험해 알고 있었다.

그 외에 다른 가정은 떠오르지 않는다.

'도대체 뭐지.'

다시 휴대전화를 확인하는 수한을 보며 태진의 의문이 커져가기만 했다.

태진이 규환 쪽으로 슬쩍 몸을 기울였다.

"쟤 또 왜 저러냐?"

'또.'

최근 들어 이상하지 않은 날이 없었으니 '또'다.

속삭이는 목소리였지만 그렇다고 수한이 듣지 못할 정도는 아니었다.

곧 이어지는 규환의 답 역시 그랬다.

"몰라."

"다 들린다."

수한이 심드렁한 목소리로 말하자 규환 쪽으로 기울어 있던 태진의 몸이 그에게로 향했다.

"들으라고 한 말이거든? 말해 주지? 왜 그러는 건지?"
"내가 뭘."
'진짜 몰라서 이러는 건가?'
태진의 시선이 아이보리 색감의 천으로 향했다. 그래, 어쩜 모르고 있을지도.
태진이 턱을 괴더니 새초롬한 표정으로 말했다.
"우리 유 선생이 왜 갑자기 창의력 대장이 됐는지 말이야."
"……뭐?"
"초록색 꽃잎이라니, 그로테스크하고 좋아. 멋져."
"……."
그제야 자신의 실수를 깨달은 수한이 미간을 좁혔다. 푸릇한 이파리를 표현해야 할 실이 꽃을 피우고 있었다.
현재 유수한의 정신 상태가 고스란히 보였다. 혼란스럽고, 불안하며, 그걸 이제야 알아 당혹스러운.
천을 책상 위에 내려놓은 그가 깊은 한숨을 뱉더니 태진과 규환을 번갈아 보았다.
"너희 한가해? 왜 여기서 죽을 치고 있어."
"공부방 같이 구하자는 이야기 중이었잖아."
"……."
"뭐야, 이 새끼 하나도 안 들었어. 미리미리 구해야 한다고. 경쟁률이 아주! 치열하다고."
10월 말일이 되면 레지던트 4년 차들은 전문의 시험을 위해 병원을 떠난다. 이때를 두고서 '보릿고개'라고 하는데, 3년 차들이 원치 않게 무시무시한 성장을 보이는 시기이기도 했다.

시험이라면 이골이 나 있는 그들에게도 1월에 있을 전문의 고시는 꽤 긴장되는 일이었다. 합격률이 높다 보니 떨어지면 개쪽을 당한다는 생각에 다들 눈에 불을 켜고 생애 마지막 시험을 준비했다.

객관식 120문항, 주관식 20문항으로 구성된 1차 필기시험에 붙는다 해서 완전히 끝나는 것도 아니었다. 사진과 영상을 보여 주고 시험을 치르는 2차 실기시험은 지난 4년을 평가받는 자리였다.

“왜 공부방인데?”

“엉?”

자신의 물음에 태진의 눈빛이 멍해지자 수한이 뒷말을 이었다.

“왜 공부방이라고 부르냐고.”

공부를 하는 방이니 공부방이다. 친구들끼리 모여 같은 곳에 구하는 건 전혀 도움이 되지 않았다.

물음 속에 숨겨진 뜻을 알아차린 태진의 입이 떡 벌어졌다.

“……와, 이 새끼. 너 지금 예규환 같았어!”

“그거 무슨 뜻이야.”

규환의 물음에 태진이 수한을 손가락질하며 외쳤다.

“저거 존나 재수 없지 않냐?”

“너 지금 그 말뜻은 내가 존나 재수 없다는 뜻이냐?”

“그걸 이제 알았냐? 어쩌냐, 서른에 처음 진실을 마주하게 돼서.”

“너 진짜 죽을래?”

흥분해 외치던 태진이 갑자기 책상에 머리를 박더니 우울한 목소리로 읊조렸다.

“시험 떨어지면 쪽팔려 죽을 거야. 시한부 인생, 지금 죽어도 괜찮지.”

“안 떨어져. 걱정 마.”

“왜, 사탄이 알려 주던?”

“이 새끼가 진짜.”

퍽!

등짝을 힘껏 내려친 규환이 노려보자 태진이 앓는 소리를 내는 것으로 상황은 종료됐다.

“아프다. 이건 진짜 아팠다.”

“그러니까. 사람 성격은 왜 긁어?”

힐끗 태진을 노려본 규환은 주섬주섬 라탄 바구니에 실과 천을 정리하는 수한을 보며 물었다.

“진짜 방은 언제 구할 건데? 너 기숙사도 나가야 하잖아.”

“동생한테 부탁해 놨어. 알아봐 줄지는 미지수지만.”

그러니 공부방을 구할 거면 자신은 빼고 구하라는 뜻이다. 집이 서울인 태진과 규환은 작은 골방이나 1인 독서실을 구해도 됐지만 수한은 아니었다.

타이밍 좋게 휴대전화가 울렸다. 가장 먼저 확인한 건 수한이다. 하지만 액정에 뜬 이름이 기다리던 님은 아니었던지 표정이 널을 뛰었다.

“네. 지금 내려가겠습니다.”

전화를 끊은 수한이 자리에서 일어나 의국을 나서자 원하던 답을 듣지 못한 태진이 유일한 가능성을 떠올리며 물었다.

"재 아무리 생각해도 여자 생긴 것 같지 않냐?"

"생겼으면 뭐."

"뭐야, 너 뭐 알고 있는 거 있어?"

"……."

"기다, 아니다, 왜 말을 못 해!"

규환이 묵비권을 행사하자 태진의 눈이 뾰족해질 때였다.

우웅—

또 진동이 울리자 난감하던 차에 잘됐다는 듯 규환이 말했다.

"나 아니다."

"우씨."

태진이 액정을 보여 주며 말했다.

"손잡고 같이 갈 걸 그랬다. 어후!"

인상을 쓴 태진이 콜을 받았다.

"유수한, 진짜 너무하지 않냐? 오늘 외상외과에서 온 콜만 몇 통인지 알아!"

태진은 소리를 지르면서도 걸음은 자연스레 의국을 나서고 있었다.

❖ ❖ ❖

머리가 축축하게 젖은 수한이 탈의실에서 나왔다. 시간을 확인하니 4시가 넘었다. 적어도 7시 30분까지는 회진 준비를 마쳐야 했으니 겨우 2시간 정도만 눈을 붙일 수 있었다.

"후."

하루를 마쳤다는 경계 없이 지내 온 게 몇 년째인지.

무거운 걸음을 옮기는 그의 입에서 깊은 한숨이 흘러나왔다.

당직실로 향하던 그의 걸음이 멈춘 건 얼마 지나지 않아서다. 그의 시선이 빤히 한곳을 주시했다.

복도 코너에 흠집이 별로 없는 크록스가 삐죽 나와 있었다.

무시하고 지나갈까, 고민하던 그는 결국 잠시의 휴식을 포기하고선 그림자로 다가갔다.

움찔.

최근 수한의 뒤를 그림자처럼 쫓던 남자가 깜짝 놀라 몸을 떨었다. 감정을 알 수 없는 눈동자에 남자의 몸이 바싹 얼어붙었다.

"단민성 선생. 나한테 할 말 있나?"

수한은 없어도 있어야 할 거라는 듯한 표정으로 바라보았다.

설마. 내가 모르고 있었을 거라고 생각한 걸까.

"저, 그게……."

말을 더듬는 걸 보니 아마도 그랬나 보다.

피곤으로 찌든 얼굴이 일그러지자 민성의 입술이 굳게 다물렸다. 헛소리를 지껄였다간 큰일 날 분위기에 그가 슬쩍 수한의 눈치를 보았다.

어쩌지?

민성의 머릿속이 복잡해질 때였다.

"잘 지내?"

"예?"

"예 선생."

짧은 말에 민성의 표정이 크게 안도했다. 다 알고 있다는 표정이었으니 시답잖은 변명은 필요치 않았다.

"직접 물어보시는 게 좋지 않을까요?"

"가르치냐?"

"……헉! 아닙니다! 도아는 잘 지냅니다!"

큰 목소리에 복도가 쩌렁쩌렁 울렸다.

수한의 미간이 좁혀지자 민성이 서둘러 고개를 꾸벅 숙였다.

"……죄송합니다."

잔뜩 의기소침해진 민성을 한참이나 바라보던 그가 몸을 돌리더니 당직실로 향했다.

달칵.

문이 닫히는 소리와 함께 민성이 흐물흐물해진 다리에 힘을 빼며 자리에 털썩 주저앉았다.

"아, 심장 떨려."

눈빛에 세게 두들겨 맞은 듯한 느낌이었다.

당직실 안으로 들어선 수한이 컴퓨터 앞에 앉았다. 수술실에서 나설 때만 하더라도 곧장 침대에 누울 생각이었지만 마음이 바뀌었는지 마우스를 흔들어 모니터를 밝혔다.

《원서 접수》

코이카 글로벌 협력의사 홍보 공지를 보던 수한이 곧 가운에서 휴대전화를 꺼냈다.

수한은 매 순간 도아에게 끌려가지 않기 위해 노력했다. 하지만 감정은 이성보다 강했다. 어느 순간 깨닫고 보면 항상 시선도, 생각도, 도아를 향해 있었다.

멈출 수 없다.

그 사실을 깨달은 수한은 이제 그만 인정해야 할 때가 되었다고 생각했다.

그래, 그에게 미래의 목표보다 더 중요한 게 생겼다고.

AM 04:32.

보통의 사람이라면 다들 잠들 시간이었다. 그리고 그가 경험해 본 바, 강원도에서 근무를 하고 있을 도아도 자고 있을 터였다.

고민하던 그는 결국 통화 버튼을 누르지 못했다. 그래, 문자나 전화로 할 말도 아니었다.

하지만 하나는 확실했다.

한국에 남자.

결심을 하고 나니 마음이 홀가분해졌다.

◈ ◈ ◈

서울과는 달리 강릉에서의 일상은 지루하리만치 한가했다. 응급실이 있기는 했지만 도심과는 떨어져 있어 이곳까지 실려 오는 환자는 그리 많지 않았다.

바빴으면 좋았을 텐데.

도아가 양팔을 겹쳐 턱을 괸 후 작은 창을 보았다. 고만고만한 산봉우리가 병풍처럼 펼쳐져 있었다.

깊은 생각에 잠겨 있는 사이, 레지던트 3년 차가 다가와 말을 걸었다.

"선생님. 최말자 환자요."

"아, 네."

도아는 중환자실에 입원해 있는 87세 환자를 떠올렸다.

최말자 환자는 도아가 강릉정세병원으로 출근하고 얼마 지나지 않아, 뇌졸중으로 쓰러져 수술을 받은 환자였다. 하지만 예후는 좋지 못했고, 결국 깨어나지 못했다. 현재 호흡기에 의지한 채 겨우 숨을 쉬고 있었고, 의사는 사실상 보호자에게 사망 선고를 내렸다.

보호자는 마음의 준비도 없이 지독하게 끔찍한 현실을 받아들여야 했다.

"오늘 Hopeless Discharge하기로 했어요. 집까지 모셔다 주고 오세요."

"아…… 네."

hopeless discharge는 가망 없는 퇴원이었다.

의학적으로 소생할 가능성이 없어 사망하기만을 기다리는 환자.

그 환자가 집에서 사망할 수 있게 의사가 동반하여 집에서 임종을 맞이할 수 있도록 도와주는 퇴원이었다.

도아는 심란한 마음으로 중환자실로 향했다. 처음으로 내리는 사망 선고였다.

보호자가 퇴원 수속을 마치자 의료진이 중환자실에 모여들었다. 환자에게 연결되어 있던 인공호흡기를 떼고, 앰부백[16]이 연결되었다.

집까지 향할 시간을 벌기 위해 도아는 속도에 맞춰 천천히 앰부백을 누르며 구급차에 올랐다.

생전 환자가 지내던 집은 작은 마당을 끼고 있는 작은 1층 주택이었다. 아니, 바다를 마당 삼은 집이니 참 큰 집이다.

집에 도착하자 생전 환자와 친하게 지내던 이들이 모여 있었다.

“아이고, 아이고.”

들것에 실려 내리는 환자의 모습에 오랜 벗을 떠나보내야 하는 이들 사이로 곡소리가 흘러나왔다. 벌써부터 울음을 터뜨리는 이도 있었다.

호흡 속도에 맞춰 앰부백을 누르던 도아가 손목시계를 확인했다.

“호흡기 제거하겠습니다.”

앰부백을 제거하고, 고정하고 있던 반창고도 떼어 내는 순간, 모여 있던 사람들 사이로 슬픔이 번져 나갔다. 울음소리가 커졌고, 이에 도아의 감정 역시 슬픔으로 착 가라앉았다.

죽음은 익숙해지지 않았다.

그리고 그 분위기도.

눈물로 얼굴이 흠뻑 젖은 환자의 남편에게서 시선을 뗀 도아

---

16) 앰부백(Ambu Bag) : 휴대용 호흡기

가 손목시계를 노려보며 말했다.

"6월 23일 19시 32분, 최말자 님 사망하셨습니다."

사망 선고를 하는 순간, 울음소리가 커졌다. 하지만 평생 환자와 여생을 보낸 나이 든 남자는 소리를 내지 않았다.

뚝뚝.

눈물을 떨구며 평생 함께한 아내의 얼굴을 다정하게 쓰다듬었다.

"편해 보이우. 그간 참, 고생 많았수."

도아가 할 일은 끝이었다.

앰부백과 Endotracheal tube(기관에 삽입하는 튜브)를 정리한 도아가 자리에서 일어나 망자와 보호자를 향해 꾸벅 고개를 숙였다.

돌아오는 길.

조수석에 앉은 도아가 창에 이마를 기댔다.

바닷가를 보던 도아가 눈을 감았다.

'개소리였어.'

탁한 음성이 귓가에 쟁알거렸다.

곧 본원 복귀였다.

❖ ❖ ❖

6월 27일, 일요일 주말 아침.

기숙사 문을 활짝 연 도아가 트렁크를 끌고 안으로 들어가자 책상 앞에 앉아 있던 소리가 힘없이 고개를 돌렸다.

"왔어?"

"엉."

룸메이트였지만 얼마 만에 보는 건지 기억나지 않을 정도다.

트렁크를 대충 구석에 던져 놓은 도아가 곧장 침대에 누웠다.

"죽겠다."

앓는 소리가 저절로 나왔다. 병원에 오래 있으면 의사나 환자나 별반 차이가 없다더니 그 말이 딱 맞았다.

골골거리던 도아가 곧 돌아오는 답에 몸을 돌렸다.

"나만 하겠냐."

"왜? 무슨 일 있어?"

"교수님이 coronary artery bypass graf(관상동맥 우회술) 레포트 제출하래. 그래야 성적 줄 거라고."

"……아."

"대답 한 번 못 했다가, 하아."

알고 있던 내용도 교수님의 질문 한번이면 머릿속이 백지가 되기 마련이었다.

연신 자학하던 소리가 자신의 이마를 짝 소리 나도록 냅다 쳤다.

"돌대가리. 왜 그때 버벅거려선."

하지만 앓는 소리만 하고 있을 때가 아니었다. 소리가 다시 눈을 부릅뜨며 펜으로 밑줄을 쫙쫙 그어 가며 공부하기 시작했다.

도아의 시선이 축 늘어진 어깨로 향했다. 누구를 걱정할 처지는 아니었지만 안쓰러운 마음에 물었다.

"도와줄까?"

"고맙지만 레포트는 다 썼어. 이걸 머리에 다 때려 넣는 일만 남았지."

순환기내과 최 교수님의 악명이야 도아도 익히 들어 알고 있었다. 질문에 제대로 답하지 못하면 인턴, 레지던트 가릴 것 없이 레포트 숙제를 내줬고, 결과물은 보지도 않은 채 애초에 했던 질문을 반복하며 제대로 공부했는지 확인하는 스타일이었다.

소리의 뒷모습을 말없이 보던 도아가 눈을 감았다. 그 순간 한 남자의 모습이 눈앞에 선연히 그려졌다.

술에 취했지만 그럼에도 잊을 수 없었다. 아니, 평생 잊을 수 있을까.

누군가와 입을 맞춰 본 적은 처음이었다. 애가 탈 정도로 좋아하는 남자와의 첫 키스에 기분이 좋아야 했지만 도아는 심란하기만 했다.

"고백했어."

뜬금없는 말에 사각사각, 펜 소리가 멈췄다.

"괜찮아?"

"뭐야, 당연히 차였을 거라는 그 위로는?"

몸을 돌린 소리가 걱정스러운 눈으로 도아를 보았다. 그러더니 한참의 시간이 지나서야 조심스러운 표정으로 답했다.

"선배 여자 친구 있잖아."

쾅!

"악!"

낮은 침대 천장에 머리를 부딪친 도아가 끙끙 앓는 소리를 내자 소리가 다가와 부딪힌 곳을 보며 콧잔등을 찡긋거렸다.

"너 방금 머리 깨지는 소리 났어."

도아가 이마를 부여잡으며 끅끅 신음을 삼키자 소리가 괜찮냐고 물었다. 하지만 도아의 관심은 자신의 두개골이 아닌 다른 곳으로 향해 있었다.

"언제 봤는데?"

"4월 초였나, 중순이었나."

소리가 정확히 기억은 안 난다는 듯 어정쩡한 표정으로 답했다.

그러자 도아가 손까지 휘저어 가며 답했다.

"에이, 난 또 뭐라고. 그 뒤에 선배한테 물어봤는데 여자 친구 없다고 했어."

"진짜? 그럼 뭐, 내가 착각했나 보다."

소리 역시 금세 도아의 말에 동조해 주었다. 슬쩍 눈치까지 봐 가며. 하지만 그 말에도 도아는 괜스레 찝찝하다는 표정을 지었다.

여자 친구가 있냐고 물었던 게 4월 말이었다. 시기상으로 보면 당시에 자신이 물었을 땐 여자 친구가 없었을 수도 있었다.

하지만 지금은?

'아, 근데 NS 금한주 선생님이랑 친한 것 같더라? 오늘 구내식

당에서 같이 식사하시더라고. 그리고 뭐, 밥 먹은 김에 차도 한잔 하고.'

심어 둔 스파이가 했던 말이 귓가에 쟁알쟁알 울렸다.

'다녀와서 할 말이 있어.'

기숙사 앞에서 수한이 했던 말도.

혹 여자 친구가 생겼다는 말을 하려고 했던 게 아닐까?

도아의 표정이 급격히 어두워졌다.

"혹시 네가 봤다는 사람, 금한주 선생님 아니야?"

"거기서 금 선생님이 왜 나와?"

"너도 알고 있는 사람이야?"

"금 선생님 다음 달에 결혼하잖아. GS 김 선생님이랑."

결혼?

도아의 눈빛이 멍해졌다.

"……김 선생님이라면, 누구?"

"김영광 쌤. 너도 알지 않아?"

"아……."

"연상연하 커플로 병원이 떠들썩했는데, 몰랐어?"

도아의 입이 떡 벌어졌다. 이제 보니 적을 잘못 식별하고 있었다.

'단민성, 이 쓰잘데기 없는 인간!'

괜한 정보로 자신을 심란하게 만든 민성을 속으로 아작아작 씹어 먹고 있을 때였다.

도아가 놓치고 있던 사실을 떠올리며 멈칫 몸을 떨었다.

"그럼 네가 본 여자 친구는 누군데?"

"몰라? 처음 보는 사람이었는데. 기숙사 앞에서 유 선배랑 싸우더라고."

의료진일 수도 있었다.

한국대학병원엔 셀 수 없이 많은 사람들이 근무하고 있었으니까.

게다가 두 사람은 이제 고작 한국대학병원에서 4개월을 일했다. 모든 직원의 얼굴을 알 수 없었기에 장소만 보았을 때 의료진일 가능성이 가장 높았다.

"분위기 봐서는…… 좀, 느낌이 다르더라고. 나 유수한 선배가 그렇게 소리 지르는 거 처음 봤다니까?"

"……아닐 거야, 여자 친구. 싸운다고 다 여자 친군가?"

그럼 나도 여자 친구지.

비에 홀딱 젖어 기숙사를 찾았을 때가 떠올랐다.

도아가 뒷말을 꿀꺽 삼키는 사이, 소리가 도아의 눈치를 보며 조심스럽게 답을 이었다.

"그런가? 그래도."

말을 잇던 소리가 이내 도아의 표정을 살피고선 고개를 끄덕였다.

"그래, 뭐 아는 사람이겠지. 그리고 여자 친구였어도 그날 헤어졌을걸?"

위로하기 위해 하는 말이라는 걸 알아들을 수 있을 만큼 소리의 표정은 조심스러웠다.

하지만 전혀 위로가 되지 않는다.

그렇지 않은가?

'그럼 나한테 키스는 왜 한 건데?'

도아의 눈매가 날카로워졌다.

자신이 좋아하는 사람이 천하의 바람둥이라는 사실은 인정하고 싶지 않았지만 확인은 해 봐야 할 문제였다. 개새끼가 개소리를 한 건지.

전투력을 화르륵 불태우던 도아가 이내 기운이 쭉 빠진 목소리로 물었다.

"예뻐?"

"너도 예뻐."

"……전혀 위로가 안 된다."

한숨을 푹 내뱉은 도아가 다시 침대에 벌러덩 눕더니 가슴께를 손바닥으로 꾹 눌렀다.

"마음이 아프다."

"머리는 괜찮고?"

끄덕.

힘없이 고갯짓을 한 도아가 느린 숨을 뱉었다.

난 어떻게 해야 할까.

책임지라고 악악 소리를 질러야 할까. 아니면 그날 왜 자신에게 키스를 했는지 따져 물어야 할까.

그럼 유수한은 뭐라고 대답할까.

실수였다고?

술김에?

뭐든 상처가 되는 상황이었다. 어느 쪽이든 확인하고 싶지 않았다.

사각사각.

펜이 종이를 긁는 소리였지만 마치 자신의 마음이 갈려 나가는 것 같다. 육신은 피곤에 찌들어 있었지만 정신은 또렷해지기만 할 때였다.

"서희한테 연락해 봤어?"

소리의 물음에 도아가 눈을 감은 채 답했다.

"응. 그냥 GP(일반의)까지만 할 거래."

"그래?"

"응. 남은 짐 보내 달라고 부탁해서 보내 줬어."

소리가 우울한 표정으로 서희의 자리를 보았다.

"아쉽다. 끝까지 같이했으면 좋았을 텐데."

소리의 말에 도아 역시 동의했다. 네 명이서 북적북적하게 지냈었는데 한 명이 떠나자 그 자리가 유독 크게 느껴졌다.

그리고 얼마 후.

서희의 위층 침대도 비었다.

미진 역시 7월이 시작되고 얼마 지나지 않아 병원을 떠났다.

❖ ❖ ❖

7월에 도아가 근무하게 된 곳은 NS(신경외과)였다. 신경외과는 말 그대로 브레인을 관리하는 과였다.

Neuro Surgery이란 뜻에서 NS라 불리었지만, 야간에 응급이 너무 많아 Night Surgery라고 불리기도 했으며, 항상 통화 중이어서 연예인이라고 우스갯소리를 듣기도 했다.

도아는 인턴을 하면서 신경외과와 관련된 모든 말들이 단순히 웃자고 하는 소리가 아니라는 걸 깨달았다. 며칠 안 되어 도아는 자신의 미래에 NS를 쫙쫙 그어 삭제했다. 무슨 일이 있든 이 과만은 피하겠다고 다짐하며.

신경외과는 최소 수술 시간이 5시간이었으며, 복잡한 수술은 하루를 넘어가기도 하다 보니 수술 난이도도 높았고, 응급도 많았다.

게다가 다른 장기보다 예후가 안 좋은 경우가 많다 보니 콜 역시 많았다.

그래.

말 그대로 욕이 나올 정도로 바쁘다는 뜻이다.

일이 이렇게 힘드니 당연히 지원자도 적을 수밖에 없다.

TO가 가득 차는 해가 있기도 했지만 뽑는 인원 자체가 적기도 했고, 시간이 흐를수록 하나둘 이탈을 하다 보니 올해 들어왔던 1년 차는 7월이 되었을 땐 죄다 그만둔 상황이었다. 그렇다고 윗년차의 사정이 나은 것도 아니었다.

이렇다 보니 레지던트 1년 차의 일을 인턴과 레지던트 2년 차가 나눠서 해야 하는 실정이었다.

신경외과 인턴의 경우 배정받은 두 사람이 격일 근무를 서게 되었지만 안타깝게도 도아는 홀로 근무를 서고 있었다.

'왜 자꾸 도망을 가냐고!'

속으로 비명을 내지른 도아가 비틀거리며 비상구 계단에 엉덩이를 붙이고 앉았다. 재수가 없어도 너무 없었다. 함께 근무를 서야 하는 인턴이 도망간 이후, 낙동강 오리알이 된 도아는 모든 업무를 떠안게 되었다.

무릎 사이에 얼굴을 묻은 그녀가 묵직한 신음을 토해 냈다.

오늘로 벌써 사흘째 당직 중이었다. 84시간 근무를 선 상태였고, 3시간 뒤에야 퇴근할 수 있었다. 하지만 기약할 수는 없었다.

이런 일상이야 외상외과에서도 경험해 보았기에 특별한 것은 아니었지만 문제라면 토요일인 지금, 이번 주에 당직을 선 날만 나흘이라는 점이다. 시도 때도 없이 울리는 콜에 저승사자가 눈앞에 아른거리며 자신에게 손짓하고 있었다.

'이리 와. 이리 오면 다 편해져'라고 속살거리며.

"……살려 주세요. 아직 죽고 싶지 않아요."

턱 끝까지 차오른 구조요청을 겨우 한마디 뱉는 순간 거짓말처럼 진동이 울렸다.

도아가 흐느적거리는 손길로 휴대전화를 꺼내 액정을 확인했다.

"……흑."

NCU(신경계중환자실)에서 걸려온 콜이었다. 이러다간 자신의 멘탈이 터져 NCU에 누워 있을 판이었다.

하지만 우는소리를 하고 있을 때가 아니었다.

"내려가겠습니다."

비척거리면서 자리에서 일어난 도아가 무거운 걸음을 옮기다 말고 걸음을 우뚝 멈췄다.

"……데자뷰?"

어쩐지 이런 일이 과거에 또 있었던 것 같은 느낌이 들었다.

❖ ❖ ❖

대기 의자에 힘없이 앉아 있던 수한이 휴대전화 액정을 밝혔다. 통화 버튼을 누르기 전, 그는 마지막까지도 고민했다. 하지만 마음은 변하지 않았다. 그렇다면 더 이상 망설일 이유는 없었다.

– 뚜루루– 뚜루루–

통화연결음이 흐른 지 얼마 지나지 않아 다정한 음성이 들려왔다.

– 아들.

짧은 말에 굳어 있던 입가가 느슨해졌다.

포항에서 작은 꽃집을 운영하는 어머니를 못 뵌 지도 수년이 흘렀다. 명절에도 쉬지 못하는 생활이 계속되다 보니 지방에 계신 어머니와는 통화로만 안부를 주고받는 게 전부였다.

평소와는 달리 그가 부드러운 음성으로 물었다.

"네, 어머니. 건강하시죠?"

– 나야 뭐, 잘 지내지. 넌 어떠니? 밥은 잘 먹고 있고?

"네, 어머니. 죄송해요. 올해도 못 내려가서."

– 이해하실 거야. 네 아버진, 네가 해야 할 일을 내팽개쳐 두고 오는 걸 더 싫어할걸?

추억에 잠긴 눈을 느리게 깜빡이던 수한이 바람처럼 웃었다.

"그렇네요. 아버진 그런 분이셨죠."

평소와 미묘하게 다른 목소리에 김 여사가 걱정스레 물었다.

– 목소리에 힘이 없는데. 무슨 일 있어?

"한국에, 남을까 해서요."

그가 답했다. 확고했던 그 길을 벗어나기로 했다고.

의대에 입학하고, 일반외과를 선택하면서부터 정해 두었던 길을 바꿀 만큼, 예도아는 그에게 지대한 영향을 끼쳤다.

키스했다.

그것도 자신이 먼저.

이젠 부정할 수 없는 마음이었다.

그의 말에 김 여사 역시 놀란 듯 말이 없었다.

유수한은 어려서부터 신중한 아이였다. 방학 숙제로 생활 계획표를 세우면 무슨 일이 있든 지키는 아이였다.

고3, 가족에게 큰 시련이 닥쳤던 시기.

대학 진학을 앞두고, 아들은 자신의 인생 계획을 프레젠테이션 하며 학비 지원을 부탁했다.

의대 학비는 홀로 두 명의 자식을 키워야 하는 김 여사에겐 부담이 되는 금액이었지만 아들의 계획을 적극 응원했고, 실제로 수한은 레지던트 생활 내내 약속했던 대로 착실히 학비를 갚았다. 믿을 수밖에 없는 아들이었다.

한참 조용하지만 무거운 공기가 흐르고, 김 여사가 운을 뗐다.

– 어떠한 결정이든 존중해. 아들의 결정이니까.

"……감사합니다."

– 감사는 무슨. 내가 오히려 감사하지.

짧게 서로의 안부를 주고받았고, 전화를 끊었다. 양손으로 휴대전화를 꽉 쥔 수한이 깊은 한숨을 뱉을 때였다. 이번엔 가운 주머니에 넣어둔 휴대전화가 울렸다.

"네, 지금 내려가겠습니다."

응급 콜이었다.

전화를 끊은 그가 ER로 달리기 시작했다.

숨을 고르며 비상구 문을 활짝 연 그가 걸음을 옮길 때였다.

우뚝.

말간 시선과 눈이 마주친 그가 도아를 보았다.

얼마 만에 보는 거지?

그가 문득 생각에 잠겼을 때다.

빤한 시선에 눈동자가 힘없이 흔들리더니 도아가 몸을 홱 돌려 버렸다.

항상 눈을 마주치면 웃던 여자가 도망치듯 걸음을 옮기자 심장이 아래로 덜컹 내려앉았다.

생각을 마치기도 전, 그가 곧장 도아를 따라가 팔목을 움켜쥐었다.

"왜 피해?"

"……."

날카로운 시선에 도아가 얼이 빠진 얼굴로 그를 올려다본다.

바닥 아래까지 끌어 내려진 그의 기분은 좀처럼 돌아오지 않았다.

"왜……."

도망가.

눈매가 날카로워지고, 반듯하게 잘생긴 얼굴이 일그러질 때였다.

"유 선생님!"

T-bay 안에서 들려오는 거친 외침에 숨 막힐 듯한 분위기가 깨졌다.

"나중에 이야기해."

짧은 말과 함께 수한이 T-bay로 달려갔다. 불투명한 자동문이 열렸고, 수한은 거리낌 없이 환자에게 다가갔다.

간호사와 손을 바꿔 CPR을 이어 나가는 모습을 멍하니 보던 도아가 몸을 돌린다.

우지끈.

작은 얼굴이 일그러졌다.

❖ ❖ ❖

"또 쌤이 내려왔어요?"

"……헤."

도아가 히죽 웃자 응급실 전담 간호사가 안쓰러운 눈으로 그녀를 보더니 이내 어깨를 토닥였다. 손길은 많은 걸 말해 주었다. 힘내라는 응원도, 참 힘들겠다는 위로도 되었다.

"어? 예 선생이 내려왔네?"

"네. 지금 정규 수술 중이셔서요."

"Brain CT 보니까 hemorrhage(출혈)이 있어서."

ICH[17]이었다. 혈압 역시 정상치를 벗어나 있었다.

CT를 확인한 도아가 강 선생에게 물었다.

"환자분 어디 계세요?"

"7번 베드."

닫혀 있는 커튼 사이로 들어간 도아가 침대에 앉아 있는 환자에게 다가갔다.

"어디가 불편하세요?"

"오른쪽 얼굴이 잘 안 움직입니다."

그러면서 환자가 연신 얼굴을 찡긋해 보였다. 안면마비 때문인지 구음장애(발음이 어눌해지는 것)도 있었다.

"언제부터 이러셨어요?"

"한 3시간 됐습니다. 괜찮아질 줄 알았는데…… 팔다리도 저리고요."

환자가 다시 얼굴을 찡긋거렸다. 그러더니 관자놀이를 손바닥으로 꾹꾹 누른다.

"머리도 깨질 듯이 아파요."

상태가 점차 나빠지자 도아는 환자의 history(병력)를 확인한 후 휴대전화를 꺼내 들었다.

"금 선생님. 인턴 예도아입니다."

도아가 빠르게 환자의 상태에 대해 설명했다.

– 알았어. 바로 내려갈게. 응급이니까 보호자한테 연락하고.

"네, 알겠습니다."

---

17) ICH(Intra-cerebral hemorrhage) : 뇌내출혈

전화를 끊은 도아가 보호자 연락처를 받아 현재의 상황에 대해 간단히 설명을 하는 사이, 금 선생이 ER로 내려왔다.

"보호자는 30분 내로 오신답니다."

"알았어. 수술실 섭외하고, 마취과 선생님한테도 연락하고."

"네, 알겠습니다."

응급수술이야 외상외과에 있으면서 인이 박일 정도로 경험했다.

도아가 재빨리 걸음을 옮기자 금 선생이 뒷모습을 빤히 보았다.

"쓸만한데?"

어쩐지 자신의 일을 줄여 줄 수 있을 것 같은 노예를 발견한 것 같았다.

❖ ❖ ❖

걸음을 옮기던 금 선생이 환자를 발견하고선 걸음을 멈췄다.

멈칫.

팬더처럼 눈두덩이 주위가 까만 도아를 본 금 선생이 눈을 커다랗게 떴다.

"예 선생, 퇴근 안 하고 뭐 해요?"

흰 가운을 입고 있지 않았으면 응급실 한쪽에 힘없이 쪼그리고 앉아 있는 도아를 환자로 보았을 것이다.

그녀의 물음에 도아가 힘없이 히죽 웃었다.

"계속 응급이어서……."

게다가 응급을 다 처리하고 보니 오늘은 당직이다.

열흘째 퇴근도 하지 못하고 쪽잠으로 삶을 연명하고 있던 도아가 힘없이 웃자 금 선생이 미간을 좁혔다.

"오늘은 이만 퇴근해요."

"저 당직……."

"내가 서 줄게."

"……."

뭐지, 천사인가?

도아의 눈에 눈물이 차올랐다.

"감사합니다, 선생님. 존경합니다, 선생님."

오해로 인해 강원도에서 내내 금 선생을 욕했던 게 새삼 양심에 찔려 왔다.

허리를 꾸벅 숙인 도아가 씩씩하게 걸음을 옮기자 금 선생이 웃음을 삼켰다.

"감사는 유수한 선생한테 해야 할 텐데."

고개를 절레절레 저은 금 선생이 걸음을 옮길 때였다.

곧장 기숙사로 달려갈 것 같던 도아의 걸음이 우뚝 멈췄다.

"여기 외상외과 유수한 선생님 계시죠?"

젊은 여자가 간호사에게 물었다.

외상외과 유수한 선생님.

그 말이 도아의 발길을 붙들었다.

작고 동그란 얼굴에 커다란 이목구비가 오밀조밀 잘도 모여 있었다. 짧게 자른 단발머리는 세련되었고, 그와 어울리는 재킷과 짧은 치마에 도아의 시선이 오랫동안 머물렀다.

여자를 찬찬히 살피던 도아가 고개를 돌려 유리문에 언뜻 비친 자신을 보았다.

언제 감은지도 모를 떡진 머리카락과 축 늘어진 어깨.

안에는 진한 네이비색의 수술복을 입고 있었고, 이젠 한몸이 된 크록스를 신고 있었다.

하지만 여자는 달랐다.

높은 하이힐이 침대 앞에 삐딱하게 쓰러져 있는 것을 본 도아의 얼굴이 패배감으로 짙게 물들었다.

저 여자인가 보다.

소리가 기숙사 앞에서 봤다던.

'뭐야, 예쁘잖아!'

도아의 눈망울이 힘없이 흔들릴 때였다.

간호사가 무슨 사이냐고 묻는 사이, 수한이 나타났다. 그는 여자를 보고 있지 않았다.

"시간 되면 잠시……."

그의 말이 끝나기도 전, 수한을 발견한 여자가 깁스를 한 팔을 보여 주며 히죽 웃는다.

"오빠, 병원비 좀 계산해 줘. 가방을 통째로 잃어버렸거든."

"……오빠?"

도아와 여자를 번갈아보던 수한이 빠르게 답했다.

"여동생."

짧은 답에도 도아의 표정이 변하지 않자, 그가 재차 말을 덧붙였다.

"친여동생. 핏줄. 남매."

수한이 여자와의 사이를 짤막하지만 명확하게 설명했다.

그가 다급한 표정으로 변명하듯 말하자, 베드에 앉아 있던 여자가 의아한 표정으로 그를 올려다보았다. 그러다 이내 커플티처럼 흰가운을 맞춰 입고 있는 도아에게로 고개를 돌린다.

반짝!

여자의 눈동자가 재미있는 일을 발견한 사람처럼 눈을 빛냈다.

'오호라!'

호기심 어린 눈동자가 도아에게 꽂혔다.

터덜터덜 걸음을 옮기며 기숙사로 향하던 도아는 자신의 앞을 가로막는 그림자에 고개를 들었다.

"어?"

도아의 눈이 커다랗게 떠지자 상대는 다행이라는 듯 안도하는 표정을 지으며 말했다.

"와, 다행이다. 못 만나면 어쩌나 했어요. 기숙사 앞에서 잠복한 보람이 있네."

"어…… 날 기다렸어요?"

"네. 예도아 선생님 기다렸어요."

"……."

"아, 이름은 조금 전에 가운에 적힌 것 보고 알았어요. 어디 가서 차 한잔할래요? 아니면 밥?"

빠르게 이어지는 말에 도아가 멍한 눈으로 그녀를 보았다. 왜 자신을 기다렸는지, 왜 이야기를 나누길 원하는지 알 수 없었지만 도아의 입에선 자연스럽게 '밥'이란 단어가 흘러나왔다. 13시간째 공복 상태인 몸이 살고자 제멋대로 떠들어 댄 것이다.

뒤늦게 도아가 움찔하며 말을 정정하려 했지만 여자가 더 빨랐다.

"오빠한테 돈 뜯어낸 거 있어요. 내가 살게요. 가요."

도저히 따라갈 수 없는 흐름에 도아가 당황하는 사이, 여잔 도아에게 친숙하게 팔짱을 끼고서 이끌기 시작했다.

뭐지?

여자를 바라보는 도아의 얼굴이 혼란스러워졌다.

두 사람이 향한 곳은 기숙사 근처에 위치한 기사식당이었다.

"오빠한테 돈을 많이 못 뜯어냈어요. 그렇게 안 생겨서는, 짠돌이야."

도아는 답 대신에 어수룩하게 웃으며 여자가 자신을 왜 기다렸는지, 무슨 말을 하려 자신을 기다린 건지 알아내기 위해 머리를 바삐 굴렸다.

평소에 사용하던 오른손 대신 왼손을 써야 하는 수진이 밥을 먹기 위해 고군분투하자 도아의 시선이 석고 붕대가 감겨 있는 손에 머물렀다.

"아? 이거? 담 넘다가 자빠졌어요. 날 너무 과대평가한 거지."

에잇!

짜증을 낸 여자가 숟가락을 내려놓은 후 물을 벌컥벌컥 들이켰다. 아무래도 밥 먹길 포기한 모양이다.

도아 역시 슬그머니 젓가락을 내려놓자 여자가 히죽 웃으며 뒤늦게 자신의 소개를 이었다.

“유수진입니다. 아무 담이나 넘는 도둑은 아니고요. 대한일보에서 사회부 기자로 일하고 있어요.”

“예도아예요.”

짧은 소개에 수진은 알고 있다는 듯 고개를 끄덕였다. 그러더니 굳이 잠복까지 해 가며 도아를 끌고 온 이유에 대해 물었다.

“우리 오빠랑 사귀어요?”

호기심 가득한 눈동자에 도아가 잠시 멈칫하더니 이내 답했다.

“왜 그런 걸 물으시죠?”

“그냥. 궁금해서요. 우리 오빠 첫 여자 친구가 어떤 사람인지.”

“…….”

첫 여자 친구라는 말에서 도아의 눈이 커다랗게 떠졌다. 수진은 확신하고 있었다. 두 사람이 연인 사이라고.

하지만 이를 아는지, 모르는지 수진은 취재원을 대하 듯 사근사근한 미소로 말을 이었다.

“주제넘게 들렸다면 죄송해요. 내가 대한민국을 걱정하는 만큼, 우리 오빠 걱정도 많이 하거든요. 오빠가 이 이야기를 들으면 너나 잘하세요, 라고 하겠지만.”

씁쓸한 미소를 지은 수진이 생각이 많아지는 말을 덧붙였다.

“아빠 대신인 사람이니까.”

아빠 대신.

생각해 보면 쉬이 답이 나오는 말이었다. 유수한에게 아버지가 없다는 뜻이겠지.

처음 들은 이야기에 도아가 혼란스러운 표정을 지으며 말했다.

"여자 친구 아니에요."

"……그래요?"

"네. 고백은 했지만. 차였어요."

아닌 것 같은데.

눈을 가늘게 뜬 수진이 어수룩하게 웃는 도아를 보며 목구멍까지 올라온 말을 애써 삼켰다.

조금 전 수한의 반응을 보았을 때 수진은 예감했다.

'아하, 아직 썸 타는 사이?'

속으로 지레짐작한 수진이 도아를 보며 눈을 반짝반짝 빛내며 물었다.

"또 연락해도 돼요?"

계속 관계를 지속하고 싶다고.

이에 도아는 잠시 고민하더니 이내 고개를 끄덕였다.

"좋아요."

❖ ❖ ❖

수술 모자를 힘없이 벗으며 밖으로 나온 금 선생은 앞으로 불쑥 내밀어지는 캔 커피에 피식, 바람처럼 웃었다.

"사과야? 아니면 고맙다고 주는 선물?"

커피를 받아 든 금 선생이 수한을 보았다. 그 역시 조금 전까지 수술실에서 있었던 모양인지 머리가 젖은 채였다.

그의 답은 '둘 다'였다.

"뭐, 응급 두 건 연달아 받았으니 이 정도는 받을게요."

외상외과 덕분에 금 선생은 장장 18시간을 수술실에서 보내야 했다. 캔 커피 하나로는 모자랄 정도였지만 굳이 그 사실에 대해선 덧붙이지 않았다.

의자에 앉은 금 선생이 앓는 소리를 내며 목을 주무르며 물었다.

"예 선생은 전혀 모르던 눈치던데?"

흘리듯 묻는 말에 수한의 미간에 주름이 잡혔다.

"타이밍이 안 맞아서."

"타이밍 타령하고 있다간 놓칠걸?"

경험에서 우러나오는 조언이라며 금 선생이 바람처럼 웃었다. 둘 다 의사면 데이트는 고사하고 얼굴 보는 것도 힘들다. 게다가 응급이 많은 과는 말할 것도 없었다.

굳이 시간을 내어 만나지 않는다면 같은 건물에 있으면서도 몇 주 동안 만나지 못한다.

게다가.

"내가 예 선생, 신경외과 오라고 꼬실 거거든. 앞으론 보기 더 힘들 거야."

도아는 자신에게 주어진 일은 어떻게든 하려는 근성도, 제법 똘똘하게 판단을 내리는 구석도 있었던 터라 탐나는 인재였다.

수련의 과정 중 빡세기로 유명한 신경외과였기에 괜한 엄포는 아니었다.

의외의 말에 수한의 눈이 커다랗게 떠지자 금 선생은 자신의 생각만은 아니라고 덧붙였다.

"최 교수님도 마음에 들어 하시더라고. 알지? 최 교수님. 아마 어떻게 해서든 땡기실 거야. 어쩌나? 얼굴 보기 더 힘들어져서."

놀리듯 하는 말에 수한은 희게 웃을 뿐 답하지 않았다.

캔을 딴 금 선생이 커피를 마시자 수한이 수고하라는 말과 함께 몸을 돌렸다.

긴 복도를 걸어가는 수한을 말없이 바라보던 금 선생이 헛웃음을 뱉었다.

"천하의 유수한도 연애할 땐 쩔쩔매네."

참 오래 살고 볼 일이었다.

금 선생을 뒤로한 채 터벅터벅 옮겨지던 걸음이 점차 빨라졌다. 손은 어느새 도아에게 전화를 걸고 있었다.

'타이밍 타령하고 있다간 놓칠걸?'

수한은 그 타이밍이 자신의 편이라고 믿지 않았다. 긴 통화 연결음 끝에도 도아가 전화를 받지 않자 그가 미간을 좁혔다.

일부러 무시하는 게 틀림없다.

시간을 확인한 그가 어디 있을까, 고민하기 시작했다.

수한은 그때부터 온 병원을 다 뒤지기 시작했다. 가장 먼저 가 본 곳은 NCU(신경계중환자실)였다. 도아의 행방을 물었지만 5분 전에 다녀갔다는 답만 들을 수 있었다.

ER에도 가 봤지만 안 보였다.

고민하던 수한의 걸음이 E구역 비상구로 향했다. 3층과 4층 사이는 도아의 아지트였다.

4층 문을 열고 비상구 안으로 들어선 그가 난간을 붙잡고 아래를 내려다보았다. 그리고 작은 머리통이 보이는 순간, 그가 성큼성큼 계단을 내려가기 시작했다.

"……헉."

고개를 숙이고 꾸벅꾸벅 졸고 있던 도아는 인기척에 눈을 뜨자마자 보이는 그의 모습에 깜짝 놀라 숨을 들이켰다.

손에는 휴대전화가 들려 있었다.

그가 내리깐 시선으로 휴대전화를 보았다.

'왜 무시해?'

굳이 말로 하지 않아도 충분히 생각이 전해지는 표정에 도아가 자리에서 벌떡 일어나더니 곧장 걸음을 옮기려 했다.

하지만 이도 곧 수한에 의해 가로막힌다. 기럭지 차이만 보면 확실히 유수한의 승리였으니 도망도 의미가 없었다.

결국 현실을 받아들인 도아가 입술을 잘근잘근 씹더니 이내 속에 꿍하게 감추고 있던 말을 내뱉었다.

"술김에 그랬다고 할까 봐서요."

무서워서.

"내 첫 키스가 알코올로 인한 사고였다는 걸 알고 싶지 않아서요.”

그럼 너무 비참할 것 같아서.

도아의 이야기를 가만히 듣고 있던 그가 조금은 화가 난 듯 낮은 목소리로 말했다.

“술김, 아니야.”

“…….”

“그렇게 대책 없지도, 쓰레기도 아니고.”

감정이 그득한 목소리에 도아의 눈이 커다랗게 떠졌다. 그제야 그가 화가 많이 났다는 사실을 눈치챈 모양이었다.

도아가 안절부절못하는 얼굴로 자신을 올려다보자 그가 훅 숨을 토해 내며 말을 이었다.

“오해하게 만들었다면 미안하고.”

“…….”

“미안해.”

연이은 사과에 도아의 눈동자가 힘없이 흔들렸다. 입술이 빼끔거리며 무언가 말을 내뱉으려 했지만 결국 아무 말도 하지 못한 채 굳게 다물렸다.

그녀의 모습에 수한이 한 걸음 뒤로 물러섰다. 어정쩡하게 내려져 있던 손을 가운 주머니 안에 넣은 그가 심호흡 끝에 말했다.

“원한다면 한국에 남을게.”

“……무슨?”

“그 말이 하고 싶었어.”

진지한 눈빛에 마음이 서늘해졌다.

"네가 원한다면 한국에 남겠다는 말."

흔들림 없는 시선에 도아의 눈이 커다랗게 떠졌다.

바보처럼 놀라 버렸다.

도아의 얼굴이 혼란스러워졌지만 수한은 그녀가 어떤 생각을 하고 있는지 눈에 잘 보인다는 듯 웃음기 섞인 목소리로 물었다.

"네 생각은 어때?"

❖ ❖ ❖

여느 수술실이든 치열한 건 마찬가지겠지만 NS 역시 만만치 않았다. 다만 차이점이 있다면 외상외과 수술의 경우 와일드하고, 언성이 높아지기 마련이었지만 신경외과는 조용하고 묘한 침묵이 흘렀다.

금 선생의 제안에 처음으로 NS 수술실에 들어와 본 도아는 가까이 다가와 보라는 말에 현미경으로 뇌 한가운데를 들여다보았다.

"어때? 끝내주지?"

금 선생의 말에 도아의 입이 벌어졌다. 그렇다, 답하지 못할 만큼 아름다웠다. 박동에 따라 움직이는 뇌는 자신 역시 살아 있다고 말하는 것 같았다.

뇌는 인간의 의식과 생명을 유지하는 데 필수적인 모든 기능이 모여 있는 집합체였다.

현미경 불빛에 검푸른 빛으로 반짝이는 것을 멍하니 바라보던 도아가 뒤늦게 한 마디를 뱉었다.

"아름다워요."

바보같이 눈물이 날 것 같아 도아가 걸음을 뒤로 물렸다. 붉게 타오른 도아의 눈동자를 바라보던 금 선생은 그럴 줄 알았다는 듯한 표정으로 말했다.

"우리 과에 지원 안 할래?"

"……제가요?"

도아의 눈이 동그랗게 떠졌다. 그러자 금 선생이 고개를 끄덕인다.

"근성도 있고, 손끝도 좋고. 예 선생 잘할 것 같은데."

인턴으로 일하며 NS는 후보에서 좍좍 그어 버렸던 과거는 떠오르지 않았다.

생각을 끝맺기도 전, 도아가 고개를 끄덕였다.

"네, 좋아요."

왜 의사가 되었는지 몰랐다.

자신의 꿈은 어쩌면 익숙한 것을 당연하다 느끼며 결정되었다고 자괴감을 느끼기도 했다.

하지만 지금은 아니었다.

길을 찾았다.

❖ ❖ ❖

터벅터벅.

걸음을 옮기던 수한이 깊이 숨을 들이켰다. 얼마 만에 병원을 벗어나는 건지 계산조차 되지 않을 정도다. 몸 역시 지독하게 피곤했다.

사람이 모든 에너지를 쏟으면 무감각해진다더니 지금이 딱 그랬다.

기숙사 방을 빼야 하지 않았다면 오늘도 병원에서 하루를 마감했을 그였지만 오늘은 조금 여유롭게 걸음을 옮기며 늦여름의 공기를 즐겼다.

한참 걸음을 옮기던 그의 걸음이 멈춘 건 고깃집 앞이었다.

『2근2근』

소고기집 안은 주말을 맞이해 많은 이들이 테이블을 채우고 있었다. 한 잔의 술에 삶의 고달픔을 털어 내는 사람들을 스치듯 보던 수한이 걸음을 멈췄다.

많은 이들 중에서도 수한의 시선이 머무른 건 한 여자의 얼굴에서였다.

해맑게 웃고 있는 도아의 모습에 그의 마음이 복잡해졌다. 최근 들어 도아가 웃는 모습을 보지 못했다. 원한다면 한국에 남겠다고 말했던 순간조차도, 도아는 놀란 표정을 지었을 뿐 웃어 주지 않았다. 이에 대한 답도 아직 듣지 못한 상태였다.

수한의 시선이 도아에게서 맞은편에 앉아 있는 민성에게로 향했다.

"……."

난생처음 느껴 보는 불쾌한 감정이 스멀스멀 그를 덮쳤다.

질투.

그래, 그렇게 불리는 감정이었다.

단민성과 예도아가 아무 사이도 아니라는 걸 알면서도, 불쑥 화가 났다.

"……."

유치하게 굴 것 같았다.

그래, 자신답지 않게.

애착이 가는 물건도, 누군가가 자신만을 바라보았으면 하는 감정도 처음이었다.

"계산되셨어요."

종업원의 말에 도아가 의아한 표정으로 민성을 보았다.

"나 아니야. 오늘 네가 사기로 한 날인데, 내가 왜 계산을 하냐?"

친구 사이에 그런 게 어디 있냐며 그가 답했다. 그러자 도아가 '나도 아닌데'라며 말끝을 흐렸다.

"응? 누가 했지?"

"조금 전에 하셨어요."

"조금 전에요?"

"네, 이 앞에 병원에서 일하는 남자분이요. 자주 오셨는데."

종업원은 기억하고 있는 손님이라는 듯 답했다. 그러자 도아가 재빨리 걸음을 옮겨 가게를 나섰다. 저 멀리, 걸어가는 수한이 보였다.

"헉."

도아를 따라나선 민성 역시 수한을 발견하고선 숨을 들이켰다. 어쩐지 오싹해진 기분에 그가 괜스레 팔을 힘껏 쓸어내리더니 복잡한 표정을 짓고 있는 도아를 내려다보며 물었다.

"안 가 봐?"

"……응."

"왜?"

"내 머릿속에 있는 말을 멋대로 할까 봐."

응?

"조를까 봐."

많은 의미가 담긴 말은 알아듣기 힘들 만큼 모호했다. 하지만 단 하나 확실한 건 수한과 도아 사이에 무슨 일이 있다는 것 정도였다.

"어렵네."

입맛을 쩝 다신 민성이 고개를 돌려 수한을 보았다.

어둠 속을 뚫고 걸어가는 수한의 뒷모습에서 한참 시선을 떼지 못하던 그가 말했다.

"그래도 문자는 해. 잘 먹었습니다, 하고. 그래야 다음에 또 얻어먹지."

민성의 조언에 도아가 휴대전화를 꺼내 문자를 보냈다.

[잘 먹었습니다. 선배님.]

짧은 문자에 대한 답은 '그래', 단 두 글자뿐이었다.

❖ ❖ ❖

아직 컴컴한 세상 밖을 도아가 멍하니 바라보았다. 평범한 이들은 즐거운 여름휴가를 보내고 회사에 복귀할 시기.

도아는 망할 핏줄께서 계시는 PS(성형외과) 턴이 되어 일주일 동안 침대에 등을 붙이고 누운 게 고작 8시간도 안 되는 삶을 지속해 나가고 있었다.

눈알이 뽑혀 나갈 것 같은 괴로움에 몸을 떨던 도아는 자신에게 다가오는 아비규환을 보았다.

"인턴 선생?"

"네?"

"명단 틀렸어."

그가 회진표를 책상 위로 집어 던졌다. 그 순간 도아는 3월, 미진이 예규환을 두고서 왜 '사탄'이라고 했는지 알 수 있었다.

"의대는 어떻게 들어온 거야?"

까드득.

이를 깨문 도아가 애써 입가에 미소 지었다.

"죄송합니다."

규환이 한심하다는 눈으로 혀를 찼다.

오탈자 수정 후에 다시 올리라는 말에 도아가 명단을 수정했다. 다행히 세 번 만에 통과가 되자 이번엔 찍어 둔 사진을 날짜별로 정리하기 시작했다.

이 두 가지는 성형외과에서 가장 먼저 배운 것들이었다.

환부 사진을 찍어 두는 건 아주 중요한 일이었다. 경과 추이를 한 눈에 알 수 있도록 정리하는 게 PS 인턴의 가장 중요한 업무 중 하나였다.

사진 정리가 끝나고 6시가 되자 도아는 전쟁에 참전하기 위해 만반의 준비를 했다. 다른 과의 경우 드레싱은 모두 인턴의 몫이었지만 성형외과는 달랐다. 아침 6시부터 전공의와 인턴들이 모여 정신없이 드레싱을 이어 나갔고, 그중 환부가 잘 보이도록 사진을 찍는 것이 도아의 몫이었다.

2시간 동안 처치실에 환자가 쉼없이 들어왔다가 나가길 반복했다.

죽은 조직을 박박 긁어내는 손길은 거침이 없었지만 한편으론 섬세하기도 했다.

찰칵! 찰칵!

사진을 찍고 확인하길 반복하던 도아는 점심쯤이 되자 초주검 상태가 되어 있었다.

멍한 눈을 연신 깜빡이던 도아는 휴대전화가 울리자 기계적으로 액정을 확인했다.

콜일 거라는 예상과는 달리 반가운 이에게서 온 연락이었다.

사뿐사뿐 가벼운 걸음을 옮겨 의국으로 향한 도아는 마침 홀로 있는 규환에게 말했다.

"잠시 나가서 밥 좀 먹고 올게."

"그래서."

입술을 앙다문 규환이 살벌한 표정으로 말을 이었다.

"지금 인턴이 레지던트 4년 차한테 일을 떠맡기겠다는 뜻?"

"응."

어쭈?

"……당당하다?"

"당당하지 못할 이유는?"

"너……."

이게 가족이라고 봐줄 줄 알고!

달칵.

문이 열리고 흰 가운을 입은 남자가 안으로 들어오자 도아가 서둘러 정강이를 움켜쥐었다. 갑작스러운 헐리우드 액션에 규환의 얼이 빠진 사이, 도아가 허리를 꾸벅 숙이며 떨리는 목소리로 말했다.

"시정하겠습니다. 죄송합니다."

재빨리 말한 도아가 얼굴을 가리며 의국을 뛰쳐나가자 허망한 눈으로 닫힌 문을 보던 규환이 뒤늦게 태진을 발견하고선 눈살을 찌푸렸다.

"뭐. 왜."

"쓰레기."

"아니야, 그런 거!"

"아니긴 뭐가 아니야. 내가 다 봤는데."

"아, 아니라고!"

억울한 목소리로 외쳐 보았지만 태진은 이를 믿어 주지 않았다.

"이젠 발뺌까지?"

태진이 날카롭게 혀를 차자 규환이 제자리에서 방방 뛰기 시작했다.

"아악! 아니라고! 아니야! 아니라니까!"
억울함이 가득한 비명에도 태진은 친구의 결백을 믿어 주지 않았다.

후문을 나선 도아는 자신을 보고 활짝 웃는 수진에게 다가가며 호들갑을 떨었다.
"어머, 아가씨!"
"어머, 언니! 오랜만이에요!"
두 사람이 손을 붙잡으며 반갑게 인사를 건넸다. 깁스를 푼 지 몇 주가 지났기에 딱히 병원에 올 일이 없었던 터라 도아는 병원까진 어쩐 일이냐고 물었다.
"오빠 보러 왔다가요."
"무슨 일 있어요?"
남매는 생존신고를 얼굴을 보며 하지 않는다.
도아가 의아한 표정으로 물었고, 수진은 어수룩한 미소로 답했다.
"아. 아버지 제사였거든요. 음식 가져다주는 김에 언니 보려고 연락했죠."
수한이 아버지 제사에 참석했던 건 8년 전이 마지막이었다고 했다. 도아가 깜짝 놀란 표정을 짓자 수진은 그럴 줄 알았다는 표정으로 희게 웃었다.
"몰랐구나? 뭐, 오빠가 말할 사람은 아니지만. 11년 전에 교통사고로 돌아가셨어요."
그러면서 그때 유수한의 꿈도 바뀌었다고 한다.

“원래는 NGO 단체에서 일하고 싶어 했거든요. 내가 말해줬다는 건 비밀이에요.”

도아는 그제야 유수한이 왜 외상외과에 미치게 되었는지 알게 되었다.

그래.

그는 누군가의 가족을 살리고 싶었는지도 모르겠다. 자신처럼 허망하게 잃지 않기를 바라며.

11년 전이라면 수진은 겨우 열네 살이었을 때다. 한참 사춘기 때에 아버지를 잃었을 수진과 수한을 떠올리자 도아의 목소리가 가라앉았다.

“슬펐겠다.”

“이젠 많이 퇴색된 슬픔이죠.”

씩씩한 답에 도아가 수진에게 팔짱을 끼며 말했다.

“아가씨, 밥 먹으러 가요. 오늘은 내가 살게요.”

“시간 괜찮아요?”

“먹고살자고 하는 일인데. 밥 먹을 시간은 있어요.”

도아는 처음으로 자신의 오빠가 쓸모 있어졌다는 생각을 하며 걸음을 옮겼다.

❖ ❖ ❖

도아가 NCU(신경계중환자실)안으로 들어서자 전담 간호사가 업무를 보다 말고 깜짝 놀라 말했다.

“어머, 선생님. 오늘도 오셨네요?”

"네."

"잠잘 시간도 없으시면서. 깨어나면 제가 연락드린다니까요."

"그래도. 얼굴 좀 보고 가려고요."

수고하라는 말과 함께 도아가 걸음을 옮겼다. 그녀가 멈춰 선 곳은 벌써 세 달째 의식을 찾지 못하고 있는 환자 앞이었다.

『배현아 F/25』

배현아는 도아가 처음으로 외과수술실에 들어갔을 때 수술을 받았던 환자였다.

도아는 늘 그랬던 것처럼 의자를 끌어다 앉았다. 그리고 의식이 없는 환자를 말없이 한동안 바라보고만 있었다.

언제쯤 깨어나 줄까.

무책임하지만 의료진이 할 수 있는 모든 처치는 다 했다. 이 뒤는 환자의 몫이었다.

한참을 앉아 있던 도아가 오늘도 별 소득 없이 자리에서 일어났다. 의자를 원래 있던 자리에 되돌려 놓고 걸음을 옮겼을 때, 등 뒤에서 깜짝 놀란 음성이 들려왔다.

"어! 선생님!"

간호사의 외침에 도아의 몸이 뒤로 돌아갔다.

힘없이 움직이는 손가락을 보는 순간 도아가 재빨리 환자에게로 다가갔다.

"배현아 씨, 배현아 씨?"

조심스러운 부름에 몸을 떨던 환자의 눈이 조금씩 떠졌다.

힘없이 돌아가는 눈동자에 도아의 눈가에 눈물이 차올랐다.

“감사해요.”

살아 줘서 감사해요.

연신 감사 인사를 하던 도아가 간호사를 보았다. 간호사는 어느새 NS 선생님에게 콜을 하고 있었다.

“배현아 환자, 의식 돌아왔습니다.”

❖ ❖ ❖

탁탁탁!

빠르게 계단을 뛰어오른 도아가 열린 옥상 문 안으로 들어선 후 숨을 골랐다.

8월 말.

세상의 공기는 저녁임에도 불구하고 후덥지근했다. 순간 숨이 턱 막혔지만 도아의 걸음은 자연스럽게 난간으로 향했다.

멍하니 세상을 내려다보던 수한의 곁에 선 도아는 뺨에 닿는 시선을 느끼며 흥분에 차 말했다.

“저도 미쳐 보려고요, 선배.”

“뭐?”

깜짝 놀란 음성에 도아가 고개를 돌려 그와 시선을 맞추며 말했다.

“미쳐서 외과의사가 됐다면서요. 나도 미쳐 보려고요.”

“……NS?”

"어떻게 알았어요?"

"그럴 것 같았어."

"완전 똑똑해. 다시 한 번 반하겠어."

가벼운 어조에 수한의 얼굴이 부드러워졌다. 그의 입술 끝에 도아의 시선이 오랫동안 머물렀다.

이렇게 웃을 줄도 아는 사람이구나.

이렇게 마주 보고 웃는 날이 더 많았다면 좋았을 텐데.

멍하니 생각하던 도아가 말간 눈동자로 물었다.

"외과에 왜 미치게 됐어요?"

"살리고 싶어서."

빠른 답이었다.

그리고 확신에 차 있는 답.

누군가를 살리고 싶었는지 구체적이진 않았지만 도아는 이제 알고 있었다.

그가 왜 외상외과를 선택하게 되었는지.

그리고.

"나도 똑같아요. 살리고 싶어요."

자신 역시 그와 같은 마음이었다.

도아는 배현아에게 진심으로 감사했다. 유수한의 세계가 두려운 곳만은 아니라는 걸 알려 줘서.

"다녀와요, 코이카."

"……뭐?"

"도움이 될 거예요. 나 때문에 선배의 계획이 틀어지는 걸 원치도 않고."

지난번, 비상구에서 자신이 한국에 남는 것에 대해 어떻게 생각하냐는 수한의 물음에 대한 도아의 답이었다.

무작정 기뻤고, 무작정 행복했다. 그가 자신의 마음을 받아 준 것에 며칠간 뛸 듯이 기쁘기도 했다. 현실이라는 걸 믿을 수 없을 만큼 말이다.

쓰나미처럼 몰려오는 일에도 도아가 쓰러지지 않은 건 그 때문이었다.

하지만.

이젠 생각이 바뀌었다.

"우리 관계는 3년 뒤로 미뤄요."

유수한을 기쁘게 보내 주기로 했다. 코이카에서의 경험은 그가 앞으로 의사 생활을 하는 데에 큰 도움이 될 것이다.

그 길을 도아는 막고 싶지 않았다.

말없이 도아를 내려다보던 수한이 고저 없이 물었다.

"괜찮겠어?"

"괜찮아져 보려고요."

"……."

괜찮지 않다.

하지만 도아는 노력할 생각이었다. 자신의 자리에서. 그처럼 사람을 살리는 의사가 되기 위해 노력하며.

도아는 자신을 내려다보는 검은 눈동자를 보았다.

유수한은 잘생겼다.

존경할 수 있는 남자였다.

누군가를 마음에 품은 것도, 앞뒤 가리지 않고 좋아한다고 외쳐 본 것도 처음이었다.

"미칠 것 같아요. 좋아서."

"잘 다녀오라며."

웃음기 섞인 답에 도아가 콧잔등을 찡긋거렸다.

"그러니까요. 두고 봐요. 나는 안 변해."

3년 뒤에도 자신의 마음은 변하지 않을 거라는 말이다. 수한이 해사하게 웃었다. 도아는 어쩐지 그 웃음으로 자신의 마음을 충분히 보상받은 것 같은 생각마저 들었다.

한참의 시간이 흐른 후.

도아가 무겁게 닫고 있던 입술을 뗐다.

"여자 친구는 안 돼요."

"……."

"외국인 여자 친구 사귀면 안 된다고요."

"알았어."

"연락할 거예요. 무시하지 마세요. 바쁘더라도 답장 꼬박꼬박 해 주시고요. 나도 바쁜 와중에 시간 쪼개서 사랑을 표현하는 거니까."

그가 헛웃음을 뱉더니 이내 고개를 끄덕였다.

"노력할게."

짧은 답 이후 그가 자신의 본심을 덧붙였다.

"기다리지 않아도 괜찮아."

아니.

그가 잠시 말을 멈추더니 이내 입술을 뗐다.

"기다리지 마."

"거절은 거절할게요."

도아가 처음 고백을 했던 날 그에게 했던 말을 그대로 말했다.

"내 마음이니까."

이에 수한은 어설픈 미소를 지었다.

❖ ❖ ❖

10월, 도아는 응급의학과로 자리를 옮겼다. EM(응급의학과)은 모든 응급 상황을 전문으로 다루는 과였다.

환자가 병원에 도착하는 즉시 다섯 개의 중등도로 나누어 환자를 관리했으며, 워낙 많은 환자들이 들어왔다 나가길 반복하다 보니 차트도 수시로 바뀌어 의료진은 항상 모니터를 노려보고 있었다.

응급의학과는 환자가 적절한 치료를 받을 수 있도록 consult(컨설트)를 내야 하는 과였다. 모든 의학 분야를 알아야 했으며, 방대한 양의 지식을 가지고서 그때그때 판단을 내려야 했다.

그렇다 보니 자연스럽게 싸우는 일도 늘었다. 콜을 받는 과에선 자신의 일이 늘어나는 것이기에 어쩔 수 없는 신경전도 존재했다.

물론 이는 인턴인 도아의 업무는 아니다.

그저 한 발자국 멀리서 본 그들의 삶에 도아는 질린 표정을 지었다.

"왜 이렇게 안 내려와! 콜 넣은 지가 언젠데!"

3년 차 강치열 선생은 자신의 이름대로 참 치열한 삶을 사는 중이었다.

정형외과에 콜을 넣었음에도 내려오지 않자 그가 입에서 불을 뿜었다. 오늘 그의 속을 뒤집은 건 비단 정형외과뿐만은 아니었지만.

그는 1시간 전에 신경외과와 신경전을 벌였다. 어제와 오늘, 300명이 넘는 환자를 보며 그의 멘탈은 이미 와장창 무너진 상태였다. 물론 300명은 보호자를 제외한 순수 환자 숫자였다.

응급의학과 레지던트 생활은 인격 수련을 하는 과정이었으며 부처님만 가는 과라는 말도 있었다. 한 번에 따박따박 내려와 주는 과가 없으니 환자뿐만이 아니라 의료진과도 씨름을 하는 과였다.

아니, 그런 과인 줄로만 알았다. 조금 전까지만 해도.

하지만 지금 막 도아는 EM이 사람하고만 싸우는 과가 아니라는 사실을 깨달았다.

"으악!"

도아가 받아 든 녹색 병을 보고 깜짝 놀라 소리를 질렀다.

취이이익!

병 안에 힘겹게 똬리를 틀고 있던 뱀이 잔뜩 성질이 난 얼굴로 도아를 노려보았다.

"독사죠?"

등산복을 입은 중년 남자의 물음이 채 끝나기도 전이었다. 베드에 누워 있던 환자가 손을 위로 올리며 신음을 뱉는다.

독사에 물렸다는 것치고 다섯 명의 등산객은 119도 부르지 않은 채 스스로 응급실을 찾았다.

도대체 어떻게 잡은 건지 물어보고 싶지도 않았다. 뱀과 사투를 벌이는 코미디가 한 편 떠올랐다.

도아가 기함한 표정으로 걸음을 뒤로 주춤주춤 물렸다. 손에 들린 소주병을 어찌할 바를 몰라 하며.

병을 든 손끝이 파르르 떨릴 때였다. 커다란 손이 나타나 유리병을 낚아챘다.

"혹시 다음에 또 이런 일이 있을 땐 안 잡아오셔도 됩니다."

"아니, 안 잡아오면 어떻게 치료를 합니까? 뭐에 물렸는지도 모르는데."

보호자에게 다시 병을 건넨 건 유수한이었다.

그는 친절하게도 독사의 경우 치료제가 하나라는 설명을 해 주었다. 그러더니 몸을 돌려 도아에게 작은 목소리로 말했다.

"너 열 있어."

짧은 말에 도아가 멍한 표정을 지는 사이, 그가 T-bay 안으로 쑥 들어갔다.

그리고 얼마 후, 자동문이 열리고 바퀴 굴러가는 소리가 들렸다.

"낙상 환자입니다!"

이동식 베드 위에 누워 있는 건 세 살도 안 되어 보이는 어린아이였다.

드르륵!

수한과 이 선생이 아이의 주위를 둘러싸는 사이, T-bay 문이 닫혔다.

"누룩뱀이네."

강 선생이 다가와 보호자의 손에 들려 있는 병을 보며 말했다.

"다행히 독사는 아니네요."

"어, 얼굴이 딱 독사같이 생겼는데……."

보호자의 말에도 강 선생은 누룩뱀은 독사가 아니라는 말을 재차 반복한 후 도아를 보았다.

"dressing(소독)해."

뱀의 이빨엔 수많은 세균이 있기에 물린 부위를 세척하고 멸균 드레싱으로 상처를 덮는 것이 치료의 전부였다.

강 선생의 지시에 도아가 Normal saline(생리식염수)으로 드레싱한 이후에 상처 부위를 덮었다.

치료는 간단했고, 보호자와 환자는 의심하는 표정을 지었지만 도아는 다 끝났다고 친절한 얼굴로 설명했다.

등산복을 입은 사람들이 우르르 응급실을 나서자 도아가 옆에 있는 트레이에 놓인 있는 약통을 보았다.

오늘 새벽, 자살 시도를 한 환자의 보호자가 가지고 온 acetaminophen(진통해열제) 두 알을 골라 걸음을 옮겼다.

정수기 앞에서 물을 뜨던 도아는 바퀴 굴러가는 소리가 점차 가까워지자 몸을 벽 쪽으로 붙였다.

작은 생명을 살리기 위해 베드 위에 올라선 수한이 CPR을 실시하고 있었다.

도아가 자신을 스쳐 지나가는 사람들을 보았다.

아니, 정확히 말해 절박한 수한의 얼굴을.

10월 말.

도아가 다음 인턴에게 인수인계를 하는 날, 유수한은 병원을 떠났다. 4년 차 레지던트 선생님이 떠나고 병원은 보릿고개를 맞이했다.

◈ ❖ ❖

청량한 하늘을 말없이 올려다보던 수한이 고개를 돌려 작은 액자에 담긴 사진을 보았다. 사진 속, 자신은 웃고 있었다. 어머니 역시 웃고 있다. 철없는 동생은 뚱한 표정을 짓고 있었지만.

"……잘 다녀오겠습니다."

아버지에게 꾸벅 고개를 숙인 수한이 납골당을 나섰다. 마지막 인사는 그리 길지 않았다. 하지만 막상 아버지를 뒤로한 채 걸음을 옮기던 그가 얼마 가지 못해 다시 멈춰 섰다.

감상에 빠진 눈으로 하늘을 올려다보던 수한이 눈을 감았다.

"잘 다녀올게."

누군가에게 하는지 알 수 없는 말을 내뱉은 그가 다시 길을 나섰다.

◈ ❖ ❖

– 합격했다더라.

전화 너머로 들려오는 말에 도아의 움직임이 멈췄다. 규환이 수한의 소식을 전하는 건 이번이 두 번째였다.

첫 번째는 12월, 코이카 합격 발표였다. 3월 초, 군사 훈련 이후 6월에 파견 예정이라고 했다.

그리고 이번에 전하는 건 전문의 시험 합격 소식이었다.

도아는 무더웠던 여름날, 수한과 함께 서 있던 옥상 난간을 멍하니 보며 답했다.

"그럼. 선배가 떨어졌을까 봐? 그 당연한 이야길 하려고 피 같은 휴식 시간에 전화하라고 한 건 아니지?"

— ……괜찮냐?

"안 괜찮은 건 지금 내 인생이야. 끊어."

전화를 끊은 도아가 숨을 훅 뱉었다. 100일 당직을 끝낸 이후에도 도아는 좀처럼 병원을 벗어날 수가 없었다. 병동 환자만 70명을 보고 있었고, 정신이 아득해질 때면 구석을 찾아들어 쪽잠을 자는 생활도 벌써 반년째였다.

도아가 휴대전화 액정을 밝혔다. 화면에는 뼈해장국집을 배경삼아 활짝 웃고 있는 자신과 어색함을 감추지 못한 그의 모습이 나란히 담겨 있었다.

각인이 되어 버린 느낌이었다. 세상에 막 태어난 새끼 새가 가장 먼저 본 것을 어미라 여기듯.

그 무엇도 결정해 본 적 없는 삶을 살아왔던 예도아는 처음으로 자신의 미래에 대해 진지하게 고민하였으며, 하고 싶은 일도 생겼다. 타인을 사랑하기로 결정한 마음 역시, 그녀에겐 한없이 특별한 일이었다.

하지만 도아는 특별한 그 일을 잠시 미뤄 두기로 했다.

문득 외상외과에 배정받은 당일 연달아 떠난 환자들 때문에 무작정 도망가고 싶었을 때, 그때의 일이 떠올랐다.

벤치에 앉아 멍하니 하늘을 올려다보던 도아가 어느 날 형광등을 보며 신께 빌었던 기억을 떠올리며 읊조렸다.

"여자만 안 생기게 해 주세요. 전 그거면 돼요."

3년.

3년은 길지 않을 것이다.

힘없이 자리에서 일어난 도아가 때마침 울리는 콜을 받았다.

그리고 며칠 뒤, 도아는 수한에게 걸려온 마지막 전화를 받지 못했다.

수한이 한국을 떠나는 날이라는 사실도 잊었다.

#2. 3329

"죽음은 우리들 모두가 갚아야 하는 빚이다."

_에우리피데스

RISK

1. 789일

쏴아아—

우비 모자를 코끝까지 내려쓴 남자가 빗길을 뚫고 터벅터벅 걷는다. 거센 비가 몸을 따갑게 때렸다. 발목까지 푹푹 빠지는 진흙탕에 장화는 이미 엉망이었고, 손에 들린 삽 역시 흙덩이가 묻어 있었다.

어둠을 밝히는 건 하늘의 분노다.

우르르릉— 콰쾅!

노한 하늘에서 커다란 굉음과 함께 빛이 번뜩인다. 은색 번개가 거목 위로 떨어져 이 땅에 뿌리내리고 산 지 수백 년도 더 된 나무를 힘없이 쓰러뜨렸다.

콰쾅!

천지가 개벽할 만큼 커다란 소리에 여기저기서 비명이 들려왔다. 자연이 주는 시련 앞에 인간은 한없이 나약했고, 두려움에 몸을 떨었다.

단 한 사람.

우비를 입은 남자만이 놀라지 않은 채 들고 있던 삽을 바닥에 힘껏 내리꽂았다.

날카로운 시선이 얼마 떨어지지 않은 곳에서 시작된 연기를 향한다. 조금 전까지만 해도 사람들을 괴롭히던 빗줄기가 순식간에 화재를 진압하고 있었다.

「빨리 옮겨! 빨리!」

다급한 외침에 사람들의 행동이 빨라졌다. 남자 역시 꽂아 놓은 삽을 밟아 땅 속으로 깊숙이 박아 넣어 흙을 퍼냈다.

턱! 턱!

삽 가득 담긴 덩어리진 흙을 연신 옆으로 퍼내며 도랑을 만들던 남자는 한참이 지나서야 허리를 쭉 폈다.

쏴아아아—

야속한 하늘은 쉼 없이 비를 퍼붓는다. 우비를 입고 있는 게 무슨 소용인가 싶을 정도로 온몸이 금세 흠뻑 젖었다.

"……후."

언제쯤 비가 그칠까.

남자가 손가락 끝으로 우비 모자를 들어 올렸다.

유수한이었다.

이 잔인한 땅은 채 3년도 되지 않아 유수한의 많은 것들을 바꿔 놓았다.

혈관이 비칠 것처럼 투명했던 피부는 햇살에 그을렸으며, 나른한 눈동자엔 차가움이 어렸다.

몸집 역시 커졌다. 삽을 들고 있는 팔에 혈관이 돋았다.

변한 건 비단 외모만이 아니다.

서른셋의 유수한은 세상이 꽃밭이 아니라는 걸 안다. 잘못을 저지르지 않아도 신은 인간에게 시련을 주고, 이유 없는 총부림에 죽을 수 있다는 걸 알고 싶지 않아도 알게 되었다.

"후우."

느린 한숨과 함께 짙은 어둠을 머금은 눈동자가 하늘을 올려다보았다.

"지랄맞네."

오늘도 그에게 과한 시련을 주는 신에게 욕지기를 뱉은 그가 다시 삽을 집어 들었다.

턱! 턱!

흙덩이가 쌓였다.

밤새.

밀라는 내전이 끊이지 않는 뭉크와 국경을 맞댄 나라였다. 입헌군주제로, 인자한 왕은 옆 나라가 내전으로 인해 병원 시설이 파괴되어 수많은 사람들이 죽자 환자는 특별히 국경을 넘을 수 있도록 허락했다.

그 덕분에 요닐 지역엔 하루가 멀다 하고 죽음을 각오한 환자들이 국경을 넘어오고 있었다. 그 환자들을 진료하는 건 '코이카'와 '국경없는의사회'를 통해 파견된 의료진이었다.

이곳은 약품도, 의료진도 부족했다. 물론 의사의 판단을 도와줄 고가의 검사 장비도 없었다.

잔인한 나라는 수한의 능력을 매번 시험하고 있었다.

하지만 이도 이제 끝이었다.

코이카는 사망 사고로 인해 2013년부터 잠정 중단되었다. 유수한을 마지막으로 코이카는 요닐에서 철수하게 되었고, 그 빈자리를 국경없는의사회가 채우게 될 것이다.

수한이 담배 한 대를 꺼내 입에 물었다.

질끈.

미간을 좁힌 그가 불만스러운 눈으로 하늘을 노려보았다.

그의 표정과는 달리 비가 그친 하늘은 시리도록 아름다웠다. 지난밤 내린 비로 인해 많은 이들이 삶의 터전을 잃었다는 게 믿기지 않을 정도였다.

홍역 예방접종을 위해 설치해 둔 야외 천막 역시 그 피해를 고스란히 입었다. 사람들의 노력에도 기둥이 무너져 내렸고, 안에 있는 비품 역시 열심히 옮기긴 했으나 대부분 사용할 수 없게 됐다.

허탈한 표정으로 천막을 보던 그의 표정이 변한 건 그 순간이었다. 미간에 깊은 주름이 잡히더니 병원 안으로 허덕거리며 들어오는 일행을 본다.

쓰러진 나무 사이를 요령껏 넘은 사람은 총 네 명이었다. 이제 갓 중학교에 입학했을 것 같은 왜소한 체구의 사내아이는 축 늘어진 성인 여자를 업고 있었으며, 그 옆에는 사내아이보다 훨씬 어린 두 여자아이가 손을 꼭 잡은 채 수한에게 다가오고 있었다.

하얀 가운을 입은 자신을 멍하니 올려다보는 아이들의 모습에 수한이 꽉 다물고 있던 입술을 뗐다.

〈어른은?〉

아이들의 등장에 입술 끝에 아슬하게 걸려 있던 새하얀 막대 역시 갑 안으로 다시 들어갔다.

그는 땀을 뻘뻘 흘리고 있는 사내아이를 보며 물었으나 답을 한 건 예닐곱 살쯤 되어 보이는 여자아이였다.

〈어른이 있어야 해요?〉

〈…….〉

떨리는 표정으로 물은 여자아이가 자신보다 더 어린 여자애 손을 꼭 쥐었다.

남매로 보이는 아이들은 금방이라도 울음을 터뜨릴 것 같았다. 이곳에 오면 무료로 치료를 받을 수 있다는 소리만 듣고 무작정 12km를 걸어왔기 때문이다. 게다가 밤새 내린 비로 인해 도로 여기저기가 끊긴 상황에서 평소 체력이 좋다는 오빠 우스만은 답할 기력도 없다는 표정이었다.

어른이 필요하다고 하면 아이들은 눈물로 호소하겠지.

물론 차가운 표정을 짓고 있는 동양인 남자에게 그 호소가 얼마나 먹혀들지는 미지수였지만.

수한은 여자를 업고 있는 사내아이를 보았다. 이 중에선 그나마 제일 나이가 많아 보였지만 입을 꾹 다물고 있었다.

후.

소리 없는 한숨을 뱉은 그가 아이의 등에 힘없이 업혀 있는 여자에게 다가가더니 손끝으로 머리카락을 조금 들어 보았다.

여자의 얼굴을 향해 있던 시선이 사내아이에게로 향했다.

〈아니. 안쪽으로.〉

짧은 말과 함께 수한이 등을 돌리자 아이들의 얼굴이 밝아졌다. 엄마를 살릴 수 있다는 기쁨으로.

촌스러운 이불이 깔려 있는 침대를 가리킨 수한은 사내아이가 여자를 내려놓는 사이, 옆에 있는 현지 간호사를 보며 말했다.

「아이들에게 물과 먹을 것 좀 내주세요.」

「네?」

「배고프면 더 힘드니까.」

침대에 누인 여자 주위에 옹기종기 모여 있는 아이들을 보는 간호사의 얼굴엔 작은 연민조차 없었다. 인간의 존엄과 가치가 상실되고, 폭력이 일상이 된 이 땅에선 특별한 일이 아니기 때문이다.

하지만 간호사는 수한의 눈치를 보더니 이내 고개를 끄덕였다.

「네, 닥터. 그렇게 할게요.」

아이들에게 다가가는 여잔 수한의 행동을 '외국인의 오지랖'으로 규정지을 것이다. 현지 통역까지 맡고 있는 그녀는 수한 같은 이들을 수도 없이 만났을 것이고, 정해진 기간이 지나면 뒤도 돌아보지 않고 고국으로 떠나는 것 역시 보았을 테니까.

하지만 유수한은 간호사가 어떻게 생각하든 상관없었다. 사실이 그렇기도 하니까.

간호사를 따라 아이들이 병실을 나서자 수한은 뒤늦게 침대에 누워 있는 여자에게로 다가갔다.

뻣뻣하게 굳은 손끝이 하늘을 향해 있다.

어미를 업고 이곳까지 걸어오는 동안 사내아이는 여자의 몸이 차갑게 식어 가는 것을 알았다. 하지만 어린 두 여동생에겐 이를 말하지 못했을 것이다. 침묵의 이유다.

두려움이 가득했던 사내아이의 눈동자를 떠올리던 수한이 이미 사후 강직이 온 여자의 얼굴을 한참이고 바라보았다.

"후."

감정을 잃은 눈동자는 서늘했다. 잔인한 땅은 유수한의 감정 역시 비틀어 놓았다.

❖ ❖ ❖

부우웅—

해안선을 따라 검은색 차량이 구불구불한 도로를 빠르게 달렸다. 내비게이션이 목적지까지 5분 남았다고 알렸지만 마음이 급한 운전자는 속도를 줄이지 않았다.

반듯한 이마에 깊은 주름이 잡혔다.

"아, 진짜 죽었다."

시간을 확인한 남자가 꽉 억눌린 목소리로 말했다. 일부러 늦은 건 아니었지만 자신의 지도 교수는 이를 인정해 줄 만큼 합리적인 사람이 아니었다.

무슨 변명을 대야 앞으로의 삶이 그나마 평온할까.

아니, 평온하게 죽여 주실까.

머리를 달달 굴리면서도 남자의 시선은 오롯이 앞만을 향해 있었다. 그 순간 야속하게도 바로 코앞에서 신호가 바뀌었다. 옆엔 아름다운 남해가 펼쳐졌지만 남자의 시선은 내비게이션에서 떨어질 줄을 몰랐다.

툭! 툭!

불안한 그의 심경을 대변하듯 손가락이 핸들을 두드릴 때였다.

신호가 다시 바뀌자 남자가 힘껏 액셀러레이터를 밟자 성능 좋은 엔진이 커다란 굉음을 냈다.

부아앙-

차가 앞으로 튕겨 나가듯 질주했고, 남자는 주차장에 들어설 때까지도 좀처럼 속도를 늦추지 않았다.

삐딱하게 주차를 마친 남자는 차에서 튀어나오다 말고 뒷좌석 문을 열어 대충 던져둔 재킷을 입었다. 그러더니 차 유리창을 보며 흐트러진 머리카락과 넥타이를 정리한 후에야 호텔 안으로 들어섰다.

『제39회 대한신경외과학회 춘계학술대회』

행사 현수막이 걸려 있는 대강당으로 걸음을 옮기던 남자는 앞을 지키고 있던 여성에게 다가갔다.

"경기대학병원 이주안입니다."

섬세한 손끝이 신분증을 내밀자 남자의 얼굴에서 시선을 떼지 못하던 여자가 얼굴을 붉히며 고개를 아래로 숙였다.

“네, 잠시만요.”

툭. 툭.

남자가 데스크를 두드렸다. 다급한 마음과는 달리 주변을 둘러보는 표정은 여유롭기만 하다.

힐끗.

신분증과 명단을 비교하는 여자를 바라보던 그가 꽉 억눌린 숨을 애써 삼켰다.

이미 행사가 시작된 듯 로비는 고요했다.

남자가 손목시계를 확인하는 사이, 여자가 밝은 미소와 함께 종이가방 하나를 건넸다.

“이주안 선생님, 확인되셨습니다. 행사 시작했으니까 조용히 입장해 주세요.”

“지각생은 당연히 그래야죠.”

신분증과 종이가방을 받아 든 그가 입술을 길게 늘어뜨린 후 행사장 안으로 조심스럽게 발을 디뎠다. 낮고 허스키한 목소리에 몸을 잔뜩 낮춘 그가 주위를 둘러보았다.

“어이, 이주안. 여기.”

자신을 알은체하는 목소리에 주안의 고개가 옆으로 돌아갔다. 동기의 모습에 주안은 처음부터 그곳에 있었던 것처럼 능청스럽게 웃으며 다가갔다.

“너 왜 이렇게 늦었냐?”

속닥이듯 작은 목소리에 주안이 한숨을 내뱉었다.

“늦고 싶어서 늦었겠냐. 교수님은?”

“조금 이따가 보자고 하시더라.”

"……하아."

젠장.

벌써 출석 체크를 마쳤나 보다.

화려한 이목구비가 일그러졌다. 머리를 벅벅 긁은 주안이 짜증스러운 표정을 지었다.

따분한 행사에 잠잘 시간도 모자란 레지던트들을 대동한 교수에게 분노마저 일었지만 까라면 까야 하는 위치였기에 반항할 수도 없는 노릇이었다.

하아. 뭐라고 말씀드리지.

그의 머릿속이 바쁘게 움직일 때였다. 강당의 한가운데에 서서 발표를 이어 나가는 여자의 모습이 눈에 들어왔다. 그가 눈을 가늘게 하며 물었다.

"저 여자 누구냐?"

"뭐? 누구?"

"지금 발표하는 사람."

동기의 시선이 강당의 중심으로 향했다. 그 역시 진지하게 발표를 듣고 있었던 건 아닌지 이어지는 답은 여자의 정체를 알기엔 전혀 도움이 되지 않았다.

"글쎄다. 나도 처음 보는 얼굴인데. 마지막에 이름 나오겠지."

강단의 중심에 서서 차분한 목소리로 발표를 이어 나가는 여자는 딱 보기에도 앳된 얼굴이었다. 작은 몸집 때문인지 강단이 무척 커 보일 정도였지만 무심한 표정으로 또박또박 말을 이어 나가는 모습에 주안의 시선이 머물렀다.

당당해 보였다. 그래서인지 시선을 뗄 수가 없었다.
허스키한 목소리가 신경에 거슬렸다.
아니, 끌린다고 표현해야 할지도.
주안은 관심에도 없던 '외상 중환자 케어'에 대한 치료 제시를 이어 나가는 여자에게 완전히 사로잡혀 있었다.
조금의 시간이 흐르자 박수 소리와 함께 화면이 변했다.

《한국대학병원 레지던트 3년 차 예도아》

화면에 뜬 이름에 주안의 눈이 반짝였다.
"……예도아. 이름도 예쁘네."
"뭐? 너 지금 뭐라고 했냐?"
"예쁘다고."
짧은 답에 동기가 혀를 찼다. 곧 지도 교수에게 죽게 생긴 와중에도 여자가 눈에 들어오다니, 한편으로는 대단하다 싶기도 했다.
"김주리는."
"헤어진 지가 언젠데."
"헤어지자고 말할 시간도 있었냐?"
"그런 말 할 시간도 없을까."
그래, 연애도 하는데.
레지던트 2년 차는 인간이라면 당연히 해야 할 3대 욕구조차 잃어 가는 시간이었다. 하지만 뭐든 잘난 주안은 사랑도 하고, 이별도 하고, 새로운 사랑까지 시작하려는 모양이었다.

동기가 고개를 절레절레 젓는 사이, 주안은 발표하는 여자에게서 시선을 떼지 않으며 말했다.

"사랑과 시간은 별개지."

"어허, 넌 진짜. 참 가볍구나, 동기야."

"매사 무거울 필요 있나."

가벼운 농담 같은 대화를 주고받는 동안에도 주안의 시선이 여자를 따라 움직이자 동기가 미간을 좁히며 물었다.

"뭐야. 너 진심이야?"

"그럼. 농담으로 이런 말을 할까."

가벼운 어조에 동기의 얼굴이 일그러졌다.

그래, 한없이 가벼운 이주안이었으나 이런 말을 아무렇게나 내뱉을 만큼 저질은 아니었다.

그렇다면 진짜라는 말이 된다.

동기는 강단을 내려오는 작은 여자를 보며 물었다.

"왜, 번호라도 받게?"

"그래야 후회가 없을 것 같다."

"미친놈. 언제부터 사랑에 그리 진심이셨다고?"

양심이 있다면 그런 소리 못 지껄일 텐데.

이어지는 뒷말에 주안의 웃음이 진해졌다.

"원래 사랑은 갑작스럽게 시작되는 법이야."

멀어지는 친구의 모습에 동기가 날카롭게 혀를 찼다.

"사랑 같은 소리 하네."

이주안이 내뱉기엔 참 헛헛하게 들리는 말이다.

첫눈에 반했다는 말을 곧이곧대로 믿을 수는 없으나 저돌적으로 걷는 저 모습을 보자니 '금사빠'라는 단어가 뒤늦게 떠올랐다.

"한번 제대로 엿 먹어 봐야 정신 차리지."

뒤에서 한심한 시선이 느껴졌으나 주안의 관심은 온통 발표를 마치고 내려오는 여자를 향해 있었다. 가까이에서 보니 훨씬 작은 사람이었다.

곧장 여자에게 다가갈 것 같은 발걸음은 얼마 가지 않아 멈췄다.

예도아.

이름도 예쁜 여자가 나이 지긋한 교수들에게 둘러싸여 있었다. 고리타분한 이야기를 나누는 사람 중에선 주안의 지도 교수도 있었다.

'아이, 씨. 진짜 도움이 안 되네.'

지금 당장 지도 교수의 눈에 띄었다간 첫눈에 반한 여자와 시작하기도 전에 쪽부터 당할 게 분명했다.

보통의 사람에겐 신경외과 의사라는 것만으로도 지적인 면모를 어필할 수 있었으나 도아는 그보다 1년 먼저 NS에서 전문의 과정을 시작했다.

첫인상부터 체면을 구길 수는 없다. 주안이 작전상 후퇴를 선택해야 할까, 고민하는 사이 도아가 허리를 꾸벅 숙였다.

"그럼 먼저 가 보겠습니다."

"그래요. 수고해요."

깍듯하게 인사를 건넨 여자가 옆문을 통해 강당을 벗어났다. 주안 역시 눈치를 보며 허리를 접더니 곧 위쪽에 있는 문을 통해 밖으로 나왔다.

강당을 벗어난 그가 텅 빈 로비를 보았다. 그에게 관심을 보이는 건 입구를 지키고 있던 여직원뿐이었다.

“어디 간 거야.”

혼잣말을 내뱉은 그가 주위를 두리번거렸다. 얼마나 빠른지 도아의 모습은 어디에도 보이지 않았다.

아쉬움에 걸음을 옮기던 그가 호텔 문을 나설 때였다.

우뚝!

주안의 걸음이 멈췄다.

한곳을 향해 있는 그의 눈동자가 기쁨으로 반짝였다.

“……찾았다.”

보물찾기에 성공한 느낌이다.

그의 시선 끝에 여자가 택시 정류장을 향해 걷고 있었다.

주안은 또 놓칠세라 긴 다리를 움직였다.

“예도아 선생님?”

도아가 뒤를 돌아보는 순간 주안이 서글서글하게 웃었다. 그러자 도아가 고개를 기울이며 물었다.

“네, 그런데요. 누구시죠?”

“남자 친구 있으십니까?”

“…….”

아, 실수.

도아의 눈이 적대적으로 변하자 주안이 뺨을 긁적이더니 이내 웃었다.

“마음에 들어서요. 조금 전에 운명 같은 걸 느꼈달까.”

이는 진심이었다. 그러니까 이주안은 '운명'을 입에 담으며 여자를 유혹하는 남자가 아니었다. 아니, 굳이 말하자면 굳이 이런 말을 할 필요가 없었다고 하는 게 정확할 듯했다. 그가 관심을 표현하기도 전에 상대가 먼저 사랑을 고백해 왔으니까.

하지만 이를 알 리 없는 도아가 새초롬한 얼굴로 주안을 올려다보았다. 이런 질문을 받는 것조차 유쾌하지 않다는 듯이.

뭐가 좋을까.

그래, 일단은 자신의 존재부터 밝히는 것이 좋을 것이다.

그런 이후엔 발표를 잘 들었다는 가벼운 칭찬도 좋겠지.

부드럽게 휘어 있던 입술이 달싹이려던 찰나, 조금 전 그의 신경을 긁던 목소리가 또다시 마음을 어수선하게 만들었다.

"남자 친구는 없지만 사귈 마음 없고요. 운명은 괜찮으니 넣어 두시고요."

"……."

깔끔한 거절에 주안의 눈동자가 멍해졌다.

하지만 도아는 칼처럼 그를 잘라 냈다.

"이만 가 봐도 될까요? 제가 좀 바빠서."

"이주안이라고 합니다."

"그래서요?"

고개를 기울인 도아가 고개를 꾸벅 숙이더니 멀리서 다가오는 택시를 향해 힘껏 팔을 휘저었다. 이를 바라보던 주안이 입을 떡 벌리며 혼잣말을 내뱉었다.

"……와, 강적."

우습게도 한때 인터넷에서 유명하던 '나한테 이렇게 한 여자는 처음이야' 같은 개소리가 떠올랐다.

그러다 곧 뒤늦게 자신에게 문제가 있다는 걸 깨달았는지 한탄하듯 말했다.

"아, 내가 너무 수상했나."

잘 모르는 사람에게 관심을 표현한 것은 이번이 처음이었다. 하지만 이 역시 처음 본 저 여자가 알 리 없었다.

연애가 가장 쉬웠던 주안의 인생에 처음으로 나타난 강적이어서일까.

그가 머리를 긁적이더니 이내 도착한 택시에 오르는 여자의 모습에서 시선을 떼지 못했다.

호텔을 한 바퀴 돈 택시가 시야에서 멀어지자 주안의 걸음이 택시 정류장으로 향했다. 허리를 숙여 바닥에 떨어져 있던 지갑을 주워 든 그가 사이에 끼워져 있던 직원증을 확인했다.

"작업인가?"

세상 해맑게 웃고 있는 여자의 사진을 보며 읊조리던 그가 곧 헛웃음을 뱉었다.

"와, 나 방금 엄청 구렸어."

구리다 뿐일까.

이 모습을 누군가가 봤다면 스스로 관 뚜껑을 열고 안에 눕고 싶을 만큼 부끄럽기도 했다.

한숨을 쉰 그가 몸을 돌릴 때였다.

"……관을 사야 하나."

동기가 입을 가리고 웃는 것을 보며 주안이 한숨을 푹 뱉었다.

❖ ❖ ❖

NCU(신경계중환자실) 안.

머리를 질끈 묶은 여자가 후배를 살벌하게 노려보고 있었다.

『신경외과 의사 예도아』

스물여섯.

존재 자체가 죄송했던 인턴 예도아는 이젠 자신의 몫 정도는 해낼 수 있는 레지던트 3년 차가 되었다. 그녀는 후배보다 머리 하나는 더 작았지만 눈빛으로 사람을 죽일 수 있다면 골백번도 더 죽였을 것 같은 섬뜩한 표정을 짓고 있었다.

숨이 막힐 듯 끔찍한 침묵에 김 선생의 얼굴이 점차 파리해지기 시작했다. 마치 도아가 자신의 목을 힘껏 조르고 있는 것처럼.

도아는 후배가 충분히 두려워할 시간을 준 뒤에야 운을 뗐다.

"변명이라도 해야 할 것 같은데."

두 사람의 곁엔 척추 전이암으로 수술을 받은 환자가 누워 있었다. 올해 58세 남자 환자는 수술 도중 출혈이 발생하여 현재 중환자실에서 치료를 받고 있었다.

헤모글로빈(hemoglobin) 수치와 헤마토크리트[18] 값 모두 저하되

18) 헤마토크리트(hematocrit) : 적혈구 용적

어 있어 현재 수혈 중이었다. 하루에 한 번, 정해진 시간에 체중을 측정해야 했지만 정신 나간 1년 차는 잠을 자느라 이를 잊었고, 결국 회진 전 레지던트 3년 차에게 딱 걸려 요단강을 건너기 직전이었다.

이럴 때 레지던트 1년 차가 해야 할 일은 딱 한 가지뿐이었다.

"죄송합니다."

"연습해?"

"네?"

멍한 눈빛에 도아가 딱딱거렸다.

"환자 죽이고 나서 보호자한테 할 말, 나한테 연습하는 중이냐고."

"……."

"그게 아니라면 이 상황이 설명이 안 되는데."

쯧.

날카롭게 혀를 차며 하는 말에 김 선생의 눈망울이 힘없이 흔들렸다. 하지만 도아는 거기에서 멈추지 않았다.

"체중은 왜 체크해야 하지?"

날카로운 물음에 후배가 기계적으로 답했다.

"I&O[19]를 계산하는 것보다 체중이 더 정확한 경우가 많아 매일 측정합니다."

"매일 체크하지 않으면?"

19) I&O(intake and output) : 투입량과 배출량

"과다 투여할 경우 용적 과부하로…… 심장기능 저하가 발생할 수 있습니다."

"잘 알고 있네?"

"죄송합니다."

잔뜩 움츠러든 어깨를 본 도아가 억눌린 숨을 삼켰다. 더한 말이 튀어 나갈 것 같았지만 그녀는 초인적인 힘으로 이를 참아 냈다.

툭!

힘껏 후배의 어깨를 두드린 도아가 입만 히죽 웃었다.

"잘하자?"

"네. 열심히……."

"아니. 열심히 말고 잘하자고."

"죄송합니다."

김 선생이 허리를 반으로 접자 도아는 아직도 갈무리되지 않는 화를 참으려는 듯 입술을 굳게 다물었다.

지금부터 덧붙이는 말들은 후배 교육이 아니라 괴롭힘이 될 것이다.

그 사실을 잘 알고 있다는 듯 도아는 동그랗게 아래로 말린 어깨를 툭툭 두드리더니 몸을 돌려 NCU를 나섰다. 회진 준비를 해야 했지만 야속하게도 콜이 울렸다.

– 응급의학과 단민성입니다.

"그래서."

심드렁한 물음에 전화 너머로 침묵이 흘렀다. 화를 꾹꾹 억누르고 있는 게 분명했지만, 이틀째 당직을 서고 있는 예도아가 신경 쓸 문제는 아니었다.

"빨리 말해. 나 rounding 준비해야 돼."

– ……47세 여자 환자, 극심한 headache(두통)과 vomiting(구토) 증상을 보여 Brain CT 검사 진행한 결과 SAH(Subarachnoid hemorrhage: 지주막하 출혈)이 관찰되었습니다. 지금 내려오셔서 환자 좀 봐주시죠?

빠르게 이어지는 설명에 도아의 표정이 시시각각 변했다.

"통증은 언제부터 시작되었답니까?"

– 2시간 전부터요.

"……젠장. 그것부터 말해야지, 멍청아!"

전화기에 대고 욕지거리를 뱉은 도아가 비상구를 향해 달리기 시작했다.

연신 욕설을 내뱉으며 달리는 모습에 몇몇 사람들의 시선이 머물렀다가 떨어졌다.

특별할 것 없는 모습이라는 듯이.

❖ ❖ ❖

4층과 9층에 있는 식당은 쉼없이 돌아가는 수술실을 위해 오전 6시부터 오후 12시까지 의료진에게 음식을 제공했다.

덕분에 배달 음식과 인스턴트식품에 질린 전공의들이 당직 도중 이용하거나, 틈날 때마다 든든히 먹어 줘야 한다는 걸 이제 막 깨닫기 시작한 인턴이나 레지던트 1년 차들이 주로 찾는 식당이었다.

널찍한 테이블을 차지하고 있는 한 무리 역시 이제 막 레지던트를 시작한 사람들이었다.

그중에서도 한 사람.

NS 김 선생이 넋 나간 얼굴로 테이블에 널브러져 있었다.

식음을 전폐한 모습에 IM(internal medicine: 내과) 1년 차 이 선생이 음식이 가득 담긴 식판을 내려놓으며 맞은편에 앉은 DER(dermatology: 피부과) 고 선생에게 물었다.

"……얘 얼굴이 왜 이 모양이냐?"

"뻔하지, 뭐. 예 선생님한테 한 소리 들었대."

"이틀 전에도 이 꼴을 봤던 것 같은데."

"……이번에는 진짜 혼날 만했다."

두 사람의 대화를 듣고 있던 김 선생이 처음으로 운을 뗐다. 자신의 멘탈을 파괴시키다 못해 갈아 버리기까지 한 선배를 두둔하는 모습에 고 선생이 헛웃음을 뱉었다.

"얼씨구? 편까지 들어? 스톡홀름 증후군이냐?"

"진짜야. 성격이 좀 이상하기는 한데, 틀린 말은 안 하니까."

어디 그뿐이랴.

타 과에선 NS를 두고 계속 전화를 붙잡고 있다며 '연예인'이라고 하기도 했고, 동에 번쩍, 서에 번쩍 한다고 '홍길동'이라 부르기도 했다.

신경외과는 매 순간 울리는 응급 콜과 병동 콜, 그 외에 정규 수술까지 합치면 말 그대로 엄청난 수의 환자를, 그것도 케이스도 다양한 환자들을 매일같이 만나고 케어 했다.

타 과에서 보기엔 몇 안 되는 전공의로 커버할 수 있는 숫자가 아니었음에도 NS는 어떻게든 해내고 있었다. 그리고 예도아는 엘리트만 모인 이 집단에서도 단연 눈에 띄는 존재였다.

올해 레지던트 3년 차인 예도아는 근성도, 실력도 뛰어나 말 그대로 NS 악바리라 불렸다.

시도 때도 없이 울리는 응급 콜도 싫은 기색 없이 받아 주는 덕에 외상외과나 응급의학과에서도 고마운 존재로 통하고 있었으며, 좀처럼 실수하지 않다 보니 깐깐한 신경외과 최 교수 역시 도아에게만큼은 칭찬을 아끼지 않았다.

다만.

"맞아. 예도아 성격 진짜 이상하지."

갑자기 끼어드는 목소리에 세 사람의 시선이 한곳으로 향했다.

"……."

"……헉."

"큽!"

"어디 이상하기만 해? 걔 아까 ER에서 내 목도 졸랐어. 완전 깡패야, 깡패."

세 사람의 대화에 갑자기 끼어든 건 EM 레지던트 3년 차 단민성 선생이었다. 세 사람의 얼굴이 딱딱하게 굳어졌다.

단민성과 예도아의 관계라면 한국대학병원에서 모르는 사람이 없을 정도로 유명했다. 두 사람이 복도에서 상대의 머리를 쥐어뜯어 가며 살벌하게 싸우다가 갑자기 어깨동무를 하고 사라졌다는, 이상한 소문까지 도는 사이였다.

먼저 정신을 차린 건 예도아를 '이상한 사람'이라고 말한 직속 후배 김 선생이었다.

"죄, 죄송……."

그의 말이 끝나기도 전, 민성이 고개를 기울인다.

"왜 죄송해? 다 사실인데."

"……."

"……."

"……."

"응?"

심상치 않은 표정에도 민성은 왜 그런 반응인지 모르겠다는 표정으로 상큼하게 웃었다.

뭐지?

세 사람이 시선을 주고받는 사이, 민성이 고개를 앞으로 숙이더니 속살거리는 목소리로 말을 잇는다.

"그래도 조심해. 모르고 있는 모양인데, 지금 성격 이상한 예도아가 뒤에 있어. 뒷담화보단 앞담화가 정상참작 될 여지는 있지만 예도아는 뭐, 둘 다 살려 두지 않을 테니까."

툭툭.

민성이 김 선생의 어깨를 두드리더니 '힘내라'라고 말하며 자리를 떴다.

그제야 도아가 한 공간에 있었다는 사실을 알게 된 세 사람이 창백한 얼굴로 고개를 돌렸다.

가장 구석진 곳에 도아가 있었다.

음식 대신 커피 한 잔을 뽑아 노트북을 보고 있는 도아의 모습에 세 사람이 동시에 몸을 덜덜 떨었다.

"못 들었겠지?"

"들었으면 가만히 계셨겠어?"

작은 악마를 목도한 듯 겁에 잔뜩 질린 세 사람이 각자 식판에 코를 파묻었다.

퀭한 눈 밑과 부스스한 머리카락.

신경질적인 손끝이 연신 키보드를 두드리자 민성이 의아한 표정을 지었다.

최근 예도아의 정신을 갉아먹다 못해 아작 내 버린 학술대회도 저번 주에 끝이 났다.

'……뭐지?'

의아한 마음도 잠시.

곧 주위의 시선은 신경 쓰지 않고 내뱉는 혼잣말은 어느 누군가를 향한 것이었다.

"씹어 먹어도 시원찮을."

'아아, 사람 때문이군.'

그렇다면 딱 떠오르는 사람이 하나 있었다.

민성이 도아의 옆에 의자를 끌어다 앉으며 날카롭게 혀를 찼다.

"고백받았다더니. 그것 때문에 그래? 아니, 고백했다고 그렇게까지 살벌하게 욕할 일이야? 가만히 보면 너 진짜 성격 이상해. 사람들이 왜 널 좋아하는지 이해를 하려고 해도 할 수가 없어."

"뭔 고백."

"손 선생이 고백했다며. 너한테."

"어떻게 알았어?"

살벌한 눈빛에 민성이 입술을 안으로 말아 넣었다.

'뭐야. 손 선생 때문이 아니야?'

의아한 것도 잠시. 민성은 곧 소문의 경위에 대해 아주 짧게 설명해 주었다.

"귀가 있으면 모를 수가 없지. 병원에 소문이 파다한데."

"……우라질."

거친 욕설에 민성의 의아한 시선이 모니터로 향했다. 메일 수신확인 창이었다.

《Yu Soohan》

수신인 이름을 본 민성이 알 만하다는 표정을 지었다. 역시나 도아의 기분을 진창으로 만들 수 있는 건 세상에 단 한 사람밖에 없었다.

한 사나이의 순정이 어떤 식으로 짓밟혔을지 안 보아도 뻔했다.

예도아의 지독한 짝사랑은 병원 내에 모르는 사람이 더 많았다. 많은 인원이 한곳에 모여 일하다 보니 하나의 사회를 형성했다고 봐도 무방했다. 하지만 유수한은 전설을 만들고 병원을 떠났으며 예도아는 자신의 마음을 숨길 생각은 없었으나 굳이 떠들고 다니지도 않았다.

하지만 손 선생의 경우는 달랐다.

병원 내에 OS(정형외과) 손 선생이 NS(신경외과) 예 선생을 좋아한다는 소문이 파다하게 난 것도 벌써 2년째였다. 오늘 아침엔 나팔의 기수로 유명한 DER(피부과) 조 선생이 특종이라며 '드디어 고백했대요!'라고 소문을 냈다. 덕분에 피부과와는 거리가 먼 응급의학과까지 이 소식이 전해졌다. 그 이후의 상황에 대해선 알려지지 않았지만.

고백에 대한 답은 굳이 물어보지 않아도 상황만으로 알 수 있었다. 예도아는 여전히 유수한이 아니면 안 되는 모양이다.

대단하다는 생각도, 답답하다는 생각도 들었지만 민성은 애써 생각을 억누르며 답했다.

"선배가 메일 확인 안 해서 표정이 그따위냐? 기다려 봐. 좀 바쁘겠어?"

"아무리 바빠도 짧게 답장 정도는 해 줬다고."

"그러니까. 메일 확인 자체를 안 했잖아."

"……그러니까."

도아의 얼굴이 새빨갛게 달아올랐다.

"일주일째 메일 확인을 안 하고 있다고! 이건 일부러 썡까는 거야!"

목에는 핏줄까지 세운 채 소리를 지르는 도아의 모습에 민성이 반쯤 질린 표정을 짓는다. 영화 미저리에서 보았던 그 광기 어린 모습이었다.

"여자 친구 생겼나?"

도아가 손톱을 아작아작 뜯으며 다리를 덜덜 떨기 시작했다.

의심이 무럭무럭 싹트기 시작했으나 당장 확인할 수 있는 방법이 없다. 예도아는 응급이 일상이었고, 오프 때도 병원 반경

3km 밖으로 벗어날 수 없는 상황이었다.

"대단하다. 어떻게 3년을 얼굴 한 번 안 봤는데 그대로일 수가 있냐?"

"몸이 멀어지면 마음도 멀어진다는 거? 그런 말은 나에겐 통하지 않지."

언제나처럼 씩씩한 답이었다. 예도아는 3년이 넘는 시간을 기다렸다. 그래, 이제 와서 씩씩하지 못할 것도 없었다.

"다섯 달 뒤에 입국인가? 시간 참 빠르네."

"응. 빨라."

짧은 답 뒤에 말이 이어졌다.

"그리고 느려."

손을 허공에 든 도아가 손가락을 움직여 조물조물거리며 말했다.

"만지고 싶어. 끌어안고 싶어. 막막, 막막막! 이것저것 다 하고 싶어!"

"……."

욕구불만인가?

평소에도 걱정이 되는 친구의 정신 상태였으나 오늘은 더 심각했다.

"……너 괜찮냐?"

"어! 괜찮아! 아주 멀쩡해! 비록 73시간째 침대 구경도 못 했지만, 뭐! 나는 괜찮아! 곧 선배가 돌아오니까!"

안 괜찮네. 예도아, 지금 많이 아프네.

혀를 끌끌 찬 민성이 모니터를 턱 끝으로 툭 가리키며 현실을 알려 주었다.

"메일 쌩깠다며."

"그러니까. 죽일까?"

"……꼭 그렇게까지 해야겠냐?"

"다른 여자 생길 바엔 죽는 게 나아."

그리고 왠지 유수한의 목숨을 거두는 건 눈앞에 있는 이 미저리가 될 것 같다.

"너 의사야."

"의사도 사랑에 눈이 돌면 막 나가는 법이야."

"인지는 하고 있으니 다행이다."

"뭘?"

"사랑에 눈이 돌아 제정신이 아니라는 거."

쯧.

민성이 혀를 찼지만 도아는 콧방귀를 한 번 뀌더니 다시 모니터를 노려보았다.

"죽었어."

낮게 읊조리는 말에 민성의 시선이 의아해졌다. 머나먼 타국에 있는 유수한을 어떻게 죽인다는 걸까.

설마.

"육탄전이라도 벌일 것 같다?"

"정확해. 조금 전에 티켓 예매했어."

"……."

도아의 미간에 짙은 주름이 잡히자 민성은 친구의 머릿속을 훤히 들여다본 것처럼 물었다.

"뭐? 너 밀라까지 가게?"

에이, 말도 안 돼.

물으면서도 민성은 자신이 얼마나 어이없는 질문을 한 건지 스스로도 알고 있다는 듯 헛웃음을 뱉었다.

하지만 예도아는 그 설마를 하는 사람이었다.

"어. 갈 거야. 여름휴가 맞춰서."

"……우리가 조금 전에 했던 말은?"

"여자의 촉이 말하고 있어. 다섯 달까지 기다렸다간 닭 쫓던 개 신세가 될 거라고."

"……그래서 직접 가시겠다?"

이번에도 예도아가 예도아 같은 짓거리를 하려고 한다.

그는 도아가 유수한이 있는 곳이 지옥불구덩이라도 기꺼이 몸을 던질 인간이라는 걸 알면서도 새삼 경악했다.

민성이 경악한 얼굴로 언성을 높였다.

"얘 봐라, 진짜 미쳤네? 거기가 어디라고 가? 얼마나 위험한지 알고는 가는 거야?"

"여행 유의 국가야. 조심만 하면 된다고."

"아, 얘가 진짜 답답한 소리 하네."

용기가 대단한 건지 아니면 겁대가리가 없는 건지 알 수가 없다.

심드렁한 얼굴로 또박또박 대꾸하는 친구를 보며 민성이 뒤늦게 의자에 앉아 설득하기 시작했다.

"그래, 밀라는 여행 유의 국가지. 하지만 선배가 있는 곳은 여행 제한 구역과 국경이 붙어 있는 곳이거든?"

"……."

"내전이 장난인 줄 알아? 선배가 왜 거기까지 갔겠어!"

물론 의료진으로서 의료 낙후 지역에 가 활동을 한다는 숭고한 마음도 있었을 것이다. 하지만 그 숭고한 뜻이야 한국에서 펼쳐도 됐다. 한국 역시 의료진이 부족한 지역은 얼마든지 있었다.

유수한이 자신의 계획에 코이카 협력 의사를 넣은 건 다양한 케이스의 환자를 만나고 싶어서였다.

외상 외과는 다양한 케이스를 다뤄야 했고, 그중 하나가 총상이었다. 한국에서는 총상 환자를 접하기 어려웠기에 수한은 이를 위해 위험하고 인간의 존엄이 상실된 그 땅으로 떠난 것이었다.

하지만 민성의 설득에도 도아는 눈 하나 깜짝하지 않았다.

아니.

"안 보면 내가 죽을 것 같단 말이야! 기왕 죽을 거, 보고 죽을래!"

민성이 짧게 혀를 차더니 울상인 얼굴을 보며 고개를 절레절레 저었다.

"미쳐도 단단히 미쳤구만."

"그걸 이제야 알았냐?"

미저리는 자신의 상태를 아주 잘 알고 있었다.

불행히도.

개선의 여지가 전혀 없다는 뜻이기도 했다.

뻔뻔하게 되받아치는 도아를 보며 민성이 진지한 표정으로 물었다.
“네가 지금까지 했던 일. 그리고 앞으로 하려고 하는 일들을 뭐라고 하는지 알아?”
“뭐라고 하는데?”
“스토킹.”
도아의 표정이 샐쭉해졌다. 본인도 알고 있다는 듯이.
그래, 알고서도 저러니 더 문제다.
“너 딱 시사 면에 나오는 스토커야, 지금.”
“…….”
“소오름. 진짜 뉴스에서 보는 거 아니야?”
찰싹!
양팔을 슥슥 문지르던 민성이 갑자기 날아오는 손에 맞은 팔을 문지르며 외쳤다.
“너 지금 나 때렸냐!”
“그래! 때렸다!”
“아오! 이게 진짜!”
민성이 도아의 멱살을 움켜쥐자 그녀 역시 지지 않고 친구의 멱살을 잡았다.
두 사람이 구석에서 언성을 높이며 싸우는 모습을 보던 레지던트 1년 차 무리가 눈을 크게 떴다.
“……소문이 진짜였어.”
격렬하게 다투는 두 사람의 모습을 지켜보던 그들이 재빨리 식당을 벗어났다. 혹여 저들의 눈에 띌까 싶어 아주 조심히.

❖ ❖ ❖

수한은 자신의 허리춤 정도 오는 작은 여자아이를 보았다. 아이는 눈을 반짝이며 품에 꼭 끌어안고 있던 빵을 내밀었다. 버석거리고, 풍미라곤 느낄 수 없는 맛없는 빵이었다. 하지만 삶 자체가 궁핍한 아이에게는 큰 선물이었다.

누우르와의 인연은 반군이 쏜 총에 맞은 중년 여성을 살리면서 시작되었다. 여잔 기적적으로 무사히 국경을 넘어 병원까지 올 수 있었고, 수한은 여자의 몸에 박혀 있던 총알 일곱 개를 제거했다.

그 뒤로 가족은 뭉크가 아닌 밀라에 뿌리내리고 살게 되었다. 아이의 삶이 평탄해진 것도 그때부터였다.

아이는 가끔씩 수한을 찾아와 지금처럼 맛없는 빵을 건네곤 했다. 빵은 사랑하는 어머니를 살려 준 것에 대한 감사 표시였다.

하지만 수한은 오늘도 선뜻 빵을 받아 들지 않았다. 그저 무심하고 차가운 표정으로 짧게 묻는다.

〈학교는?〉

〈오늘 일요일이에요!〉

〈아.〉

수한이 뺨을 긁적이자 아이가 앞으로 내민 빵을 흔들었다.

〈이거 드세요.〉

〈너나 먹어.〉

짧은 말과 함께 수한이 몸을 돌려 기숙사 안으로 들어서려

하자 아이가 재빨리 그의 앞길을 막았다. 그러더니 고집스러운 표정으로 그를 올려다본다. 빵을 받을 때까진 절대 물러서지 않겠다는 표정이다.

그게 더 무섭다.

차라리 고맙다, 엄마를 살려 주셔서 하는 성의 표시다, 말을 했다면 당장 거절했을 것이다. 하지만 누우르는 말없이 수한을 올려다보고만 있었다.

작은 여자애랑 한참 눈싸움하던 수한은 결국 졌다는 듯 낮은 한숨을 뱉었다.

〈알았어. 먹을게. 고마워.〉

빠르게 말을 내뱉음과 동시에 빵을 받아 들었다. 그러자 아이의 얼굴이 한껏 밝아졌다.

〈다음에 또 올게요!〉

〈오지 마.〉

〈올 거예요!〉

아이가 종종걸음을 옮기자 수한의 시선이 그 뒤를 따랐다.

아이는 수한에게 빵 하나를 건네기 위해 또 10km가 넘는 길을 걷게 될 것이다.

수한이 딱딱한 빵을 내려다보더니 이내 미소 띤 얼굴로 건물 안으로 들어섰다.

지친 하루를 끝낸 그가 가장 먼저 한 일은 메일을 확인하는 것이었다.

도아가 보낸 메일이 다섯 통이나 쌓여 있다. 일상적인 내용을 읽는 그의 눈가가 부드럽게 휘어졌다.

"잘하고 있네."

글자였지만 마치 도아가 옆에서 지저귀는 것 같았다.

메일 속 예도아는 여전했다. 자신이 하는 일에 자부심이 넘쳤고, 열정적이었으며, 한계에 부딪힐 땐 자신을 의심하기도 하며, 어떻게든 이를 이겨 내며 앞으로 나아가고 있었다.

애정 역시 그대로다.

《보고 싶어요.》

마지막은 늘 그리움으로 끝났다.

유수한이 낯선 땅으로 온 지 2년 하고도 1개월이 지난 시점이다.

그 역시 한국이, 예도아와 함께하던 그 시절이 그리웠다. 추억은 천하의 유수한도 뒤흔들 만큼 강력했다. 손써 볼 시간도 없이 환자를 잃었을 땐 뜬눈으로 밤을 지새우며 그 시절을 회상하기도 했다.

하지만 그뿐.

곧 한국으로 돌아가야 했지만 수한의 고민은 깊었다.

그가 한국을 떠난 사이, 많은 변화가 있었다.

2012년 5월.

한국은 엄청난 뉴스에 압도당했다. 소말리아 해적에게 한국 배가 납치되면서 특수부대가 출동한 일 때문이었다.

구조 작전 도중 한국인 선장은 총탄을 맞아 사경을 헤맸고, 외상외과 교수가 현지로 급파되는 뉴스가 하루에도 수십 번씩 반복되었다.

이 사건을 계기로 응급의료법을 개정해야 한다는 목소리가 높아졌고, '권역외상센터'가 지정되었다.

유수한에겐 분명 좋은 소식이었다. 불모지에 가까웠던 외상외과가 탄력을 받는 듯도 했으나 애초의 규모보다 훨씬 적은 예산이 투자되며 벌써부터 문제가 야기되고 있었다.

게다가 서울엔 권역외상센터가 지정되지 않았다. 기존에 있는 대형병원으로 충분하다고 봤는지는 몰라도 서울은 여전히 외상 체계의 사각지대였다. 한국으로 돌아간다 하더라도 모교로 돌아갈 순 없었다.

그의 표정이 고민으로 얼룩지는 순간.

쿠쿵!

커다란 소리가 건물을 뒤흔들었다.

깜짝 놀란 수한이 자리에서 벌떡 일어났다. 천장을 노려보던 그의 얼굴이 일그러진다.

"……설마."

지진이라도 난 것 같은 소리였지만 땅이 흔들리진 않았다. 그렇다면 가정은 하나밖에 없었다.

쿵! 쿵! 쿵!

심장 박동이 귀에 울린다 착각이 들 만큼 미친 듯이 뛰기 시작하는 순간이었다.

두두두! 쿵! 쿠쿵!

폭발음이 다시 시작되자 수한이 방문을 향해 달렸다.

그의 발길이 향한 곳은 기숙사 옥상이었다. 난간에 바짝 붙은 그가 한 곳을 주시했다.

저 멀리서 어둠을 뚫고 달리는 구급차가 보였다. 흙먼지를 일으키며 달리는 차 뒤로 지프차가 바짝 따라붙으며 총을 난사하고 있었다.

두두두두! 펑!

빛이 번쩍이고, 구급차가 휘청거렸다. 저대로는 다 죽을지도 몰랐다. 빠르게 옥상을 내려온 수한이 무작정 세워져 있던 차량으로 달릴 때다.

「나서지 마, 유.」

관리자가 수한의 앞을 막아서며 말했다. 하지만 구급차에 있는 사람 모두가 죽을 수도 있는 상황에서 수한은 평정심을 유지할 수가 없었다.

「비켜, 카림.」

「네가 할 일은 이 병원까지 온 환자들을 살리는 거야. 안타깝지만.」

카림은 그의 심정을 충분히 이해하고 있었다. 동양에서 온 의사는 마치 자신의 나라인 것처럼 이곳 사람들을 위해 밤낮없이 수술대에 섰다.

하지만 거기까지다. 어찌 되었든 그는 이방인이었으니까.

카림이 고개를 젓더니 한숨처럼 말을 잇는다.

「개입해서는 안 돼.」

유수한이 국경을 넘는 순간 외교적인 문제로까지 번질 수 있었다. 코이카는 대한민국 외교부 소속이었고, 환자를 구하고자 하는 행동일지라도 이를 밀라에서 허락한 적이 없기 때문이다.

수한이 개입한다 해서 그들을 살릴 수 있을 거라는 보장은 없었다.

하나, 개입하지 않는다면 죽겠지.

예정된 죽음에 수한의 눈시울이 붉어졌다.

「반경 2km 내로 외국인은 다가갈 수 없어.」

「저대로는 다 죽어.」

「그래. 하지만 그들이 슬퍼하진 않겠지. 그조차.」

수한 역시 같은 생각이었다.

일면식도 없는 이들을 위해 위험한 국경을 하루에도 몇 번씩이나 넘는 그들은 자신들이 죽는다고 해서 슬퍼하지 않을 것이다.

「신의 뜻으로 받아들일 거야.」

담담한 어조에 자동차 문손잡이를 잡고 있던 손이 아래로 떨어졌다.

신의 뜻일까.

이조차도.

신께서 유독 이 땅에서 살아가는 자들에게만 잔인하다는 생각이 드는 밤이었다.

두두두! 두두두두!

총성을 들으며 수한은 주머니를 뒤졌다.

휘이잉– 펑!

어둠을 가르는 조명탄에 하늘이 붉게 물든다.

꼬깃하게 접힌 갑을 꺼낸 그가 담배 한 개비를 꺼내 입에 물었다.

치익!

담배 끝이 붉게 타올랐다. 낮은 돌에 앉아 그는 담배를 태웠다. 그리고 총성이 끝나고 한참이 지나서도 힘없이 자리에 앉아 있었다. 다 타들어 간 담배는 유수한 같기도 했다.

병원으로 온 환자는 없었다. 그것이 무엇을 뜻하는지 잘 알고 있었기에 그의 표정은 슬픔으로 일그러져 있었다.

이젠 그에게도 일상이 되어 버린 상황이었다. 실려 오는 환자들은 낯선 자들이었지만 그들을 이곳까지 데리고 오는 이들은 달랐다.

어려운 환경 속에서도 간호사가 된 하얌.

내전으로 온 가족을 잃고 환자 수송 일에 나선 열여덟 이브라힘.

자신의 운전 실력은 아무도 따라오지 못한다며 의기양양하던 나씨르.

올 때마다 담배 한 개비만 달라며 능글맞게 웃던 지브릴.

그들의 이름을 한 자 한 자 마음속에 새기던 수한이 힘없이 자리에서 일어났다.

이제 그만 자신의 자리로 돌아가야 한다는 걸 알면서도, 수한은 소리가 멈춘 곳을 한참이나 바라본 뒤에야 몸을 돌렸다.

달칵!

문을 열고 기숙사 방 안으로 들어온 수한이 힘없이 의자에 앉을 때였다.

똑똑.

노크 소리와 함께 문이 열렸다. 안으로 들어온 건 시카고대학병원 외상센터 가르시아 브라운 교수였다.

국경없는의사회 소속으로 미션을 받고 요닐 지역으로 온 그의 손에는 먼지가 쌓인 와인 병이 하나 들려 있었다. 그 역시 소식을 듣고 수한의 방을 찾은 모양이었다.

「이런 날엔 한잔해야지.」

히죽 웃은 그가 자신의 맞은편에 앉자 수한이 힘없이 웃었다.

「술은 금지인데요.」

「금지니까 몰래 마셔야지.」

「닥터.」

「맨정신이면 잠도 안 와. 유도 그럴 거 아니야? 몸속에 뜨거운 피가 흐를 텐데.」

술병을 자리에 놓은 그가 익숙한 듯 방에 있던 플라스틱 컵을 가져와 와인을 따랐다.

「친구들의 명복도 빌어 줘야지. 우리가 아니면 누가 그들 가는 길에 술 한 잔 마셔 주겠어.」

낮은 음성과 함께 브라운 교수가 수한에게 플라스틱 컵을 내밀었다. 사실은 수한 역시 술이 간절한 밤이었다. 잔을 주고받는 두 사람 사이엔 무거운 침묵이 흘렀다.

브라운 교수와는 열세 살 산모의 제왕절개를 함께하게 된 것이 인연이 되어 그 뒤로도 많은 수술을 함께 집도했다.

국경없는의사회의 경우에도 의료진이 부족한 건 마찬가지였고, 자신의 전공 수술만 할 수 없는 게 이곳의 현실이었다.

브라운 교수는 1년간의 활동을 끝내고 수한보다 일주일 먼저 시카고로 떠나게 되었다. 그 역시, 돌아서는 발길이 무거운 듯 표정이 어두웠다.

「이런 상황은 도통 적응이 안 된단 말이지.」

담담한 목소리에 수한 역시 공감한다는 듯 침묵을 지켰다.

「한 명이라도 더 살릴 수 있다면 좋을 텐데. 내 실력이 부족한 탓이지.」

이어지는 말에 수한의 입가에 미소가 머금어졌다.

「닥터가 그런 이야길 하면 전 뭐가 됩니까.」

「자네야 아직 햇병아리지. 비교 불가한.」

게다가 브라운 교수는 수없이 많은 프로젝트에 참여했다. 처음 수한이 이곳에 도착하고, 열악한 상황 속에서 환자들을 떠나보내야 했을 때 수한을 위로한 것도 브라운 교수였다.

잔을 기울인 나이 많은 의사가 오늘따라 유난히 텁텁한 와인을 마시며 웃었다.

「내 나이가 되면 자네는 더 많은 사람을 살리고 있을 거고.」

「……그럴까요.」

머나먼 미래에 자신은 어떤 의사가 되어 있을까.

고민해 보던 수한이 고개를 저었다.

「닥터보다 훨씬 무능력한 써전이 되어 있을 것 같은데요.」

「자네에겐 기회가 많잖아. 난 이제 은퇴를 생각해야 하는 나이고. 그래서 말인데.」

이어지는 말에 잔에 머물러 있던 시선이 브라운 교수에게로 향했다.

「나와 함께 시카고로 가지 않겠어?」

「무슨……?」

의외의 제안에 수한의 눈이 커다랗게 떠졌다.

브라운 교수 역시 자신의 제안이 놀랍고, 특별하다는 것을 알고 있다는 듯 웃었다.

「제대로 배우고 싶다며.」

「……그건 그렇지만.」

「한국은 이제 시작 단계인데, 자네 뜻대로 되는 건 아무것도 없을 거야. 환경이 제대로 받쳐 주지 않으면 속만 끓이게 되지.」

그 사실을 수한 역시 알고 있었다. 그랬기에 귀국을 앞둔 요즘 많은 고민으로 밤을 지새웠다.

「내 밑에서 수련하면 많은 도움이 될 거야. 짧은 시간이어도 자네의 미래를 바꾸기엔 충분하겠지. 어쩜 앞으로 자네 밑에서 일하게 될 스탭 역시.」

선진 시스템을 경험하는 것과 경험하지 못하고 맨땅에 헤딩하는 것에는 큰 차이가 있을 거라는 충고도 이어졌다.

「처음부터 다시 시작해야 한다는 건 생각보다 훨씬 어렵고, 골치 아픈 일이지만 그래도. 진지하게 고민해 봐.」

브라운 교수의 말에 수한이 뒤늦게 고개를 끄덕였다.

「네. 그러겠습니다.」

답과는 달리 혼란스러운 표정에 브라운 교수가 잔을 들었다.

두 사람은 채 한 잔도 비우지 않고 헤어졌다. 수한은 와인이 거의 그대로 남아 있는 플라스틱 잔을 한참이고 보더니 자리에서 일어났다.

컵을 씻고 제자리에 놓아둔 그가 자리로 돌아가서 메일을 보았다.

《보고 싶어요.》

도아의 메일을 다시 한번 읽던 그는 차마 '답장' 버튼을 누르지 못했다. 여러가지 이유로 잠들지 못한 채 한참을 침묵 속에 있었다.

그리고 이날.

새벽 닭이 울기 전 '긴 인생'이란 이름을 가진 소년이 묵직한 천을 질질 끌고 병원을 찾았다. 천 위엔 신체가 완전히 뜯겨져 나간 중년 여성이 누워 있었다.

수한은 소년에게 다른 가족은 어디에 있냐고 물었다.

〈신의 품에 있어요.〉

소년은 유일하게 남은 가족은 어머니밖에 없다고 했다.

〈아빠도, 삼촌도, 이모도.〉

부모는 위에 형제가 다 일찍 죽자 오래 살라는 뜻에서 소년이 이름을 '우마르'라고 지었다.

그리고 그 이름의 뜻대로 소년은 모든 가족이 떠났는데도 홀로 살아남았다.

마지막 남은 가족을 잃은 그날.

소년은 울지 않았다.

그저 다른 가족이 있을 곳으로 떠난 것이라 믿었다.

2. 상실

“감사합니다.”

새로 발급받은 직원 출입증을 달랑달랑 들고 걸음을 옮기던 도아가 민성을 발견하고선 걸음을 멈췄다.

“이제야 재발급 받았냐?”

“엉.”

“참 빨리도 받는다.”

한달 동안 임시 출입증으로 생활했던 도아가 징하다는 듯 민성이 고개를 저었다.

“바쁜 걸 어떡해.”

“그러게, 잘 간수를 하든가. 신분증이랑 신용카드는?”

“나갈 일도 없는데, 뭐.”

현대를 살아가는 문명인에겐 없어선 안 될 것들이었지만 병원에서 먹고 자는 이들에겐 딱히 필요 없기도 했다.

도아의 말에 적극 동감한 민성이 막 신세한탄을 하려던 찰나, 도아의 휴대전화가 울렸다.

"네, NS 예도아입니다."

– 안녕하세요, 예도아 선생님. 프론트 강하영입니다. 손님이 오셨는데요.

"손님이요?"

– 네. 성함이…… 이주안 님이라고 하세요. 지갑을 들고 왔는데, 예도아 선생님을 만나 뵈었음 하셔서요.

"받아서 보관해 주시겠어요? 제가 지금 내려갈 상황이 안 돼서."

– 직접 주셔야겠다고…….

전화 너머로 두 사람의 대화가 들려왔다. 중성적인 이름이어서 여자인가 싶었는데, 대화를 주고받는 목소리는 제법 젊어 보이는 남성이었다.

뭐지?

언제 잃어버린지도 모르는 지갑과 함께 찾아왔다는 이주안 씨가 누구일까, 도아가 곰곰이 생각에 잠길 때였다.

– 잠시 통화하고 싶다 하시는데, 어떻게 할까요?

"바꿔 주세요."

– 네, 잠시만요.

잡음이 들린 후 곧 전화를 건네받은 이주안이라는 사람이 기분 나쁜 티가 역력한 목소리로 말했다.

– 얼굴 보고 이야기하죠? 먼 길 왔는데.

"……."

예의가 너무 없었나.

민성이 의아한 표정으로 고개를 기울이며 '뭐야?'라고 입을 뻥긋거렸다.

"지갑 가져왔대. 먼 길 왔다는데, 얼굴 보고 이야기하자고."

"야이 쓰레기야. 당연히 얼굴 보고 이야기해야지. 지갑 찾아 준 고맙고 양심 있는 사람한테 그냥 돌아가라는 게 예의냐, 방구냐."

민성의 말을 듣던 도아가 곧 한숨을 푹 내뱉으며 시간을 확인했다.

점심은 포기해야 하나.

끼니를 놓치면 새벽이나 되어서야 겨우 한술 뜰 수 있을 게 분명했다.

하지만 배고픔이야 익숙하다.

"네, 지금 내려갈게요."

도아가 전화를 끊으며 민성에게 말했다.

"쓰레기는 지갑 찾으러 갔다 오마."

"식판 받아 놔 줘?"

"아니. 너 먼저 먹어."

손을 살랑살랑 흔든 도아가 1층 안내 데스크로 향하기 위해 걸음을 옮겼다.

수납을 하려는 환자와 접수를 하려는 환자들로 1층은 도떼기 시장을 방불케했다. 보통 1층 중앙 로비에 나올 일이 없었던 도아가 길을 잃고 방황할 때였다.

툭.

어깨를 두드리는 손길에 도아의 몸이 뒤로 돌아갔다.

"어……."

남자는 분명 기억에 있는 얼굴이었다.

새하얀 얼굴과 또렷한 이목구비는 한번 보면 잊으려야 잊을 수 없는 얼굴이기도 했다.

작은 얼굴에 가득 찬 이목구비를 말없이 올려다보던 도아는 남자의 고개가 옆으로 기울어지자 퍼뜩 정신을 차렸다.

"예도아 선생님?"

"아, 네. 이주안 씨세요?"

도아의 물음에 대한 답으로 작은 카드지갑이 앞으로 내밀어졌다. 잃어버렸던 직원 출입증까지 한꺼번에 돌아왔다.

그 순간 도아는 가장 먼저 '재발급 늦게 받을걸'이란 생각부터 했다.

그다음에 든 생각은 쓰레기가 되지 않기 위해 고개를 숙여야 한다는 것이었다.

"감사합니다. 제가 너무 예의가 없었네요."

"이주안입니다."

감사하다는 인사에 답으로 돌아온 건 이름이었다.

커다란 눈을 연신 깜빡이던 도아가 이내 그 뜻을 알아차리곤 말했다.

"예도아예요."

남잔 통성명을 하고 싶었던 모양인지 그제야 굳어 있던 얼굴을 폈다.

"경기대학병원 NS에서 일하고 있습니다."

"아. 아아……?"

묘한 얼굴로 주안을 보던 도아가 입을 떡 벌렸다.

'마음에 들어서요. 조금 전에 운명 같은 걸 느꼈달까.'

다짜고짜 운명을 들먹이던 그 남자였다.

그제야 도아는 지갑을 여수에서 잃어버렸다는 것을 알게 되었다.

도아가 어떤 반응을 보여야 할지 몰라 커다란 눈만 연신 깜빡일 때였다. 일자로 굳게 다물려 있던 남자의 입술이 나른한 미소를 머금었다.

"이제야 생각났나 보네요. 예도아 선생님?"

안타깝게도.

조금만 더 일찍 알았으면 천하의 쓰레기가 되더라도 지갑을 직접 받으러 내려오진 않았을 텐데.

도아가 일그러지려는 얼굴을 애써 펴며 말했다.

"남자 친구 없고, 운명에도 관심없다고 했었는데."

"했었는데?"

"좋아하는 남자는 있어요."

"그 남자랑 아무 관계는 아니신 듯하고요?"

"……."

눈치는 드럽게 빠른 남자였다.

웬만해선 말문이 막히지 않는 예도아를 말로 이길 수 있는 어마어마한 남자이기도 했고.

도아가 굳은 얼굴로 주안을 올려다보자 그가 만족한 듯 눈웃음을 지으며 말했다.

"사례는 다음에 식사하는 걸로 하시죠."

"싫다면요?"

"레지던트 2년 차에게 오프가 얼마나 소중한 건지 잘 알고 계시죠?"

"……."

경기대에서 이곳까지 오는 데 시간을 계산해 보던 도아가 한숨을 푹 내뱉었다.

"그건 알고 있지만."

"알고만 있지 마시고요."

"……."

젠장.

속으로 욕을 삼킨 도아가 입가를 파르르 떨며 말했다.

"커피로 하죠."

어쩐지 이 빙그레 쌍놈에게 휘말리는 듯한 느낌이 들었지만 이를 깨달았을 땐 이미 늦은 뒤였다.

고개를 꾸벅 숙인 그가 인파 사이에 뒤섞여 병원을 빠져나가자 도아가 팔짱을 끼며 숨을 훅 뱉었다.

"도대체 어떻게 생겨 먹은 인간이야?"

어쩐지 동족의 냄새가 폴폴 풍겼다. 불안하게도.

이주안이란 저 남자가 쉽게 포기할 것 같진 않았다.

❖ ❖ ❖

자정이 되기 28분 전, 67세 남성 환자가 응급실로 실려 왔다. 극심한 두통을 호소하는 환자는 응급실에 도착했을 당시 마약성 진통제가 처방되었지만 듣지 않았다. 환자는 계속 고통을 호소했다.

응급 콜에 도아가 응급실로 내려갔을 때 환자의 멘탈은 이미 반쯤 나간 상태였다. 한쪽 동공에 변화가 있는 것을 확인한 후 정밀검사에 들어갔다.

급성 경막하 혈종(acute subdural hematoma)이었다.

진단이 내려진 이후 도아는 밤늦게 최 교수에게 연락해야 했고, 수술실 문을 열었다. 뇌내혈종을 제거하여 두개강내압을 낮춰야 했다. 곧장 개두술(craniectomy)이 시행되었다.

어시를 서고, 당직실에 들어섰을 땐 회진 전까지 1시간 반의 여유밖에 없었다.

조금이라도 눈을 붙이지 않으면 천당 구경을 하게 되리라는 것을 직감한 도아가 흐느적거리며 침대 안으로 기어 들어갔다.

죽을 것처럼 피곤해.

살려 줘.

배고파.

여러가지 구조 신호가 머리속을 둥둥 떠다녔다. 하지만 이 모든 것을 이긴 존재가 있었다.

무거운 눈꺼풀을 애써 들어 올린 도아가 습관적으로 스마트

폰으로 메일함을 확인했다.

《새로운 메일 1개》

도아가 자리에서 벌떡 일어났다.

수한에게 오랜만에 답장이 도착해 있었다. 한순간에 기분이 좋아진 도아가 메일을 클릭해 읽었다. 처음에는 행복한 웃음으로, 그다음엔 심각한 표정으로, 마지막 줄을 읽었을 땐 분노로 얼굴이 붉어졌다.

《시카고로 가게 될 것 같아.》

"……개자식!"

아무리 사랑하는 남자라 하더라도 이건 해도 해도 너무했다. 갑자기 미국 시카고로 가겠다는 그의 말을 이해하려 해도 그 정도의 넓은 아량을 예도아는 가지고 있지 않았다.

도아의 눈가에 눈물이 맺혔다.

그를 기다렸던 3년의 시간이 다 물거품이 되어 버렸다.

❖ ❖ ❖

드르륵!

도아가 커다란 캐리어를 끌고 집을 나섰다.

턱! 턱! 턱!

잔디밭 위에 촘촘히 놓여 있는 돌다리에 바퀴가 걸리자 도아가 힘껏 캐리어를 들어 옮길 때였다.

"손 더러워진다니까."

옆에서 지켜보고 있던 정 여사가 바퀴를 들자 도아가 도움을 극구 만류했다. 딸의 표정에 슬쩍 바퀴에서 손을 뗀 정 여사가 숄을 여미며 도아의 뒤를 따랐다.

"밥 먹고 가지."

"가기 전에 봐야 할 환자가 있거든요."

밥을 먹기 위해 일이십 분 낼 틈도 없다는 소리다. 남편에게도, 아들에게도 들었던 말을 이젠 딸에게도 듣는다.

자동차 트렁크를 연 도아가 캐리어를 힘겹게 들어 올리자 정 여사가 다시 한 번 바퀴 부분을 잡으며 도와줬다.

그러자 도아가 흙으로 더러워진 정 여사의 손을 보며 외쳤다.

"에이, 참. 피아노 치는 손인데."

"누가 보면 연주회도 열고 그러는 줄 알겠어."

"연주회? 그까짓 것, 열면 되지! 내가 열어 줄게."

"관객은 세 명이고?"

"나 친구 많아. 열 명은 부를 수 있어."

일부러 너스레를 떠는 딸을 보며 정 여사가 웃음을 터뜨렸다. 여전히 걱정을 감추지 못한 채.

하지만 그 마음을 먼저 눈치챈 도아가 일부로 새초롬한 표정을 지으며 물었다.

"학원은 잘 다니고 있죠?"

"당연하지. 딸이 힘들게 일해서 보내 준 건데. 가면 언제 온다고?"

"오래는 못 있어요. 얼굴만 보고 오려고요."

"얼굴 보려고 거기까지 간다고?"

정 여사의 얼굴에 먹구름이 잔뜩 끼자 도아가 정 여사의 몸을 꼭 끌어안았다.

"너무 걱정하지 마세요. 가기 전에 연락드릴게요."

"그건 당연한 거고."

"고마워요, 엄마."

"……."

정 여사가 벌어진 입술을 굳게 다문다.

"사랑해요."

딸의 애교에 정 여사가 힘없이 한숨을 뱉더니 다 커 버린 딸의 등을 힘껏 끌어안았다.

이러면 가지 말라고 말할 수도 없어진다.

"내 딸이지만 참 약았어. 걱정도 마음대로 못 하게 하고."

"걱정을 왜 해요? 딸이 예도아인데."

어깨를 으쓱인 도아가 곧 손목시계를 확인하고선 차에 올랐다.

자식의 뒷모습이 익숙해질 나이가 되었지만 정 여사는 이 시간이 선뜻 받아들여지지 않았다. 애지중지 키웠던 자식이 완연히 성장해 떠나는 것임에도.

정 여사가 자신의 마음을 감추려는 듯 솔로 몸을 여미는 사이, 운전석 창문을 내린 도아가 힘껏 상체를 내민 후 손을 흔들었다.

"엄마, 안녕!"

피식.

그 모습에 바람처럼 웃은 정 여사 역시 손을 흔들었다.

"운전 조심해."

스물아홉의 딸은 정 여사의 눈엔 여전히 아홉 살 어린아이로 보였다.

❖ ❖ ❖

흰 가운을 걸친 도아가 심각한 표정으로 턱을 쓰다듬는다. 이 순간 도아의 온 신경을 사로잡은 건 머나먼 타지에 있는 유수한이 아닌 작은 여자아이였다.

태블릿을 클릭한 도아가 7세 여아 김예진의 차트를 보았다.

외상으로 인해 SAH[20]이 발생한 아이는 사흘 전 클립 결찰술을 받았다. 클립을 이용해 출혈은 막았지만 수원을 전전하다가 서울까지 올라온 아이는 제때 수술을 받지 못했고, 예상대로 예후는 좋지 못했다.

그나마 다행이라고 생각할 수 있는 건 어젠 혈압이 너무 낮아 걱정이 많았는데, 지금은 120mmHg로 적당하다는 점이었다.

하지만 그뿐.

---

20) SAH(Subarachnoid hemorrhage) : 지주막하 출혈

"예진아, 잠은 잘 잤어?"

머릿속은 온통 진흙탕이었지만 아이를 바라보는 눈빛에선 이를 읽을 수 없었다. 다정한 얼굴로 아이에게 인사를 건넨 도아가 동공 반응을 살피고, 손끝을 눌러 보았다. 안타깝게도 아이는 그 어떠한 반응도 보이질 않았다.

"……."

어쩌니, 예진아.

목끝까지 올라온 한숨을 애써 삼킨 도아가 고개를 돌려 밖에서 자신과 아이를 보고 있는 부모를 보았다.

오늘도 안 좋은 소식을 전해야 할 것 같았다.

어쩜, 의미 없는 희망 고문을 끝낼 때가 온 것일지도.

"끊었다며."

무심한 말에 도아가 멍하니 고개를 들어 올렸다.

툭.

다 타들어 간 담뱃재가 바닥으로 떨어졌다.

"한번 시작하니까 끝내기가 힘드네."

씁쓸한 표정으로 다 타들어 간 담배를 보던 도아가 재떨이에 지져 껐다. 그러더니 소리가 내미는 종이컵을 받아 들었다.

"그래서. 두 달 동안 끊었던 담배를 다시 시작한 이유는?"

도아의 옆에 앉은 소리가 담배를 꺼내 입에 물었다.

치익!

담배 끝이 붉게 타올랐다.

"그냥. 지금 내가 뭘 하고 있나, 라는 생각이 들어서."

"늦었네."

"응?"

도아가 의아하게 바라보자 소리가 가운 주머니에 양손을 찔러 넣더니 울적한 표정으로 답했다.

"난 꽤 됐거든."

"진짜?"

"응."

짧은 답과 함께 소리가 입술을 길게 늘어뜨리며 웃는다.

"의대 진학하면서부터 이 길은 내 길이 아니라는 생각이 들더라."

"그런 이야긴 처음 듣네."

"내가 말 안 했으니까."

의대 시절에는 몰라도 인턴을 시작하면서부터는 룸메이트가 되며 친하게 지냈던 두 사람이었다. 하지만 문득 생각해 보니 소리는 자신의 이야기를 하지 않는 사람이었다. 남의 이야기를 잘 들어 준다는 점에서 천상 NP(정신과)라는 생각도 들었다.

"다들 말은 안 해도 다 비슷한 생각을 해. 너 잘하고 있는 거야. 그러니까 너무 걱정하지 마."

"그런가?"

이어지는 위로에 도아가 멍하니 병원을 올려다보았다. 가장 많은 시간을 보내는 병원이었지만 내가 있을 자리는 아닌 것 같다는 생각이 떠나질 않았다.

"그냥 문득 그런 생각이 들더라고. 선배는 멀리 달려 나가는데, 난 여전히 제자리인 것 같다고."

"……."

의사로 일하며 많은 환자를 잃었다. 그러는 사이 어쩜 죽음 앞에 초연해지고 있었는지도 모르겠다.

조금 전, 예진이의 부모님을 만나기 전까지만 해도 죽음에 무뎌지고 있다는 사실을 자각조차 하지 못하고 있었다.

자신에게 운명처럼 찾아온 환자를 살리고 싶어 외상외과에 미쳤다는 남자가 떠올랐다.

"아무리 노력해도 발끝도 못 쫓아가는 것 같아서 말이지."

씁쓸한 표정으로 말한 도아가 입 안이 텁텁할 정도로 단 커피를 마셨다.

사랑하는 남자를 닮고 싶었다. 그의 등이 보이는 자리에라도 서 있고 싶어 죽을힘을 다해 노력한 3년이었다.

하지만 결국 배운 거라곤 몸에 나쁜 담배뿐이다.

지금은 금연구역이 된 옥상 정원에서 담배를 피우던 유수한이 그리워 미칠 것 같을 때 시작된 흡연은, 이젠 끊지도 못하게 되었다.

어쩜.

"내가 꿈꾸는 건 로맨틱 코미디인데, 꼭 미스터리 스릴러가 돼."

장르부터가 잘못된 자신의 짝사랑처럼.

"그래서. 안 쫓게?"

"아니. 얼굴은 봐야지."

말이 어째 묘하게 뒤틀린 느낌이었다. 소리는 그 지점을 놓치지 않고 물었다.

"차이러 가겠다는 것처럼 들린다?"

"좋은 기회니까."

협력의사로 떠나겠다는 그에게 걸림돌이 되기 싫어 이해했다. 그의 목표 역시 나의 목표라며 그리움을 억눌러 온 시간이었다.

무엇 하나 약속되지 않은 상황에서도 도아는 믿었다.

우린 특별하다고. 사랑보다 더 중요한 신념이 있고, 그걸 서로 이해하는 사이라고.

몸은 떨어져 있어도 마음은 언제나 함께라고 생각했다.

생각해 보면 순진한 믿음이었다.

결국은 그 사람의 목표였다. 시카고로 떠나겠다는 결정 역시, 유수한의 목표다.

유수한이 결정한 일을 막을 수는 없었다.

3년이 지난 지금도 그와 자신의 관계는 변하지 않았으니까.

도아 역시 머리로는 그의 결정을 이해했다.

한국에 돌아오더라도 일정상 오래 머무를 수 없다는 건 메일에 잘 설명이 되어 있었다. 급히 결정된 미국행을 위해선 할 준비도 많았다.

그래서 미리 메일로 이 모든 사실을 알렸다는 것도 머리로는 이해할 수 있었다.

하지만 머리로 이해했다 해서 다 괜찮은 건 아니었다.

이젠 이 지질한 기다림을 끝낼 때가 왔구나.

도아는 본능적으로 깨달았다.

"그럼 쫓겠다는 건데, 왜 넋을 놓고 있어?"

"으응?"

"너 오늘 출국이라고 하지 않았어?"

"……어?"

"5시 출국이라며. 지금 1시야. 공항까지 꽤 막힐 텐데."

시계를 확인한 도아가 자리에서 벌떡 일어났다.

"헉! 나 간다!"

재빨리 병원으로 달리는 뒷모습을 보던 소리가 고개를 절레절레 저었다.

"마음에도 없는 소리 하긴."

참 한결같은 친구의 모습에 소리가 입가에 미소를 머금었다.

숨과 함께 담배를 힘껏 빨아들인 소리가 아주 길게 연기를 뿜어냈다.

후우-

연기가 공중에 흩뿌려졌다.

서둘러 짐을 챙겨 의국을 나선 도아의 걸음이 우뚝 멈췄다.

웅- 우웅-

핸드백 안에는 총 두 개의 전화가 들어 있었다. 하나는 그녀가 죽지 않는 이상 절대 무시해선 안 되는 전화였다.

"……."

혼자 시간이 멈춰 버린 사람처럼 서 있던 도아가 눈을 질끈 감았다. 미래를 예감한 듯 일그러진 얼굴은 서글펐다.

- TS(외상외과) 김미영입니다.

예상했던 대로 응급이었다. 하지만 콜을 넣은 사람은 특별했다. 외상외과 부교수가 직접 콜을 넣는 건 일반적이지 않았다.

이 점을 지적하기도 전이다. 다급한 목소리가 이어졌다.

– 51세 여성, TA(교통사고) 응급으로 내원했습니다. Brain CT 결과 head injury(두부외상)으로 인한 cerebral cortical vein(뇌피질정맥) 파열이 보입니다.

CT상 넓은 초생달 모양이 보인다고 했다. 가서 한 번 더 확인해 봐야 할 문제였지만 acute subdural hematoma(급성 경막하 혈종)이었다. 심각한 두부외상으로 인해 뇌손상이 심하다는 설명이 덧붙었다.

도아의 얼굴이 일그러진 사이.

– 예 선생?

자신의 생각을 깨우는 목소리에 손을 들어 이마를 쓸었다.

"LOC(level of consciousness: 의식수준)는요?"

– Semicoma(반혼수 상태). 예 선생 휴가인 거 아는데, 지금 NS들 죄다 수술실에 잡혀 있어서. 한 번만 와서…….

도아가 엘리베이터와 의료진 전용 비상구를 번갈아 보았다.

두 개의 갈림길이었다.

아니, 애초에 하나였는지도.

"내려갈게요."

도아의 손이 비상구 문을 열었다. 그녀는 어느새 응급실을 향해 달리고 있었다.

벌컥!

1층 문을 여는 순간, 엄청난 소음이 한꺼번에 닥쳐 들어왔다. 하지만 도아의 걸음은 곧장 T-bay로 향했다.

아니, 그러려고 했다.

단민성이 구급대와 이동식 침대를 붙잡고 씨름을 하고 있는 장면을 보기 전까진.

구급대원과 대치를 하고 있는 민성은 절대 비켜설 수 없다는 듯 이동식 침대를 꽉 붙들고 외쳤다.

"아, 안 된다니까요! 이렇게 무작정 밀어붙여도……!"

"한국대가 세 번째 병원입니다. 어떡합니까! 그냥 길에서 환자 죽……."

순간 환자의 의식이 있다는 사실을 눈치챈 구급대원이 입술을 굳게 다물었다. 민성 역시 피투성이의 중년 여성을 보며 거친 한숨을 내뱉더니 머리를 쓸어 올린다.

구급대원과 응급의학과 의료진의 싸움은 오늘도 계속되고 있었다. 특별할 것 없는 모습이었다. 하지만 도아의 시선은 두 사람이 아닌 이동식 침대로 향해 있었다.

밖으로 늘어져 있는 손은 물론이고, 새하얘야 할 시트 역시 피로 얼룩져 있었다.

여름휴가를 위해 떠나는 차량으로 인해 경기도까지 이송하는 것도 무리라는 설명이 귓가에 이명처럼 울려 퍼졌다. 여기서 거부하면 그냥 환자를 길에서 죽이라는 것과 다름없었다.

"아, 미치겠네."

이럴 수도, 저럴 수도 없는 상황에 민성의 얼굴이 종잇장처럼 일그러질 때였다. 넋이 나간 도아를 뒤늦게 발견한 그가 놀란 표정을 지었다.

"예도아, 네가 왜 여기 있어? 오늘부터 휴가……."

한 걸음, 한 걸음.

베드를 향해 천천히 옮겨지는 걸음 끝에 눈물이 쏟아졌다.

"아…… 아아."

도아의 잇새로 슬픔이 터져 나왔다. 입을 틀어막아 봤지만 소용없었다.

툭, 투둑!

도아의 얼굴이 순식간에 눈물로 젖어 들었다. 믿을 수 없는 현실에 양손으로 얼굴을 가린 도아가 비명을 내지르자 주위에 있던 사람들이 깜짝 놀라 도아를 보았다. 가장 먼저 반응한 건 민성이었다.

"야, 너 왜 그래?"

민성이 도아의 어깨를 붙잡으며 물었다. 그 순간 도아의 시선은 베드 위의 중년 여성을 향해 있었다.

"엄마, 엄마……."

사지가 부러지고 오른쪽 얼굴이 함몰된 정 여사는 회생이 불가능해 보였다. 무력하게 사랑하는 이를 잃을 것이라는 확신이 드는 순간, 도아는 절망했다.

그때 정 여사가 힘없이 눈을 뜨더니 피가 바싹 말라붙은 입술을 달싹였다.

"따알……."

"엄마, 이게 어떻게 된……."

"아파…… 도아야. 엄마."

"……."

"너무 아파."

도아의 얼굴이 절망으로 일그러졌다.

'아빠는?'

빼끔거리는 입술이 제때 말을 끝맺지 못하고 굳게 닫혔다.

"아, 아빠. 응. 아빠한테 전화해 볼게."

도아가 덜덜 떨리는 손으로 핸드백 안을 뒤졌다. 먼저 손에 집힌 건 개인 휴대전화였다. 예 교수 번호를 찾아 통화 버튼을 누르는 도아의 얼굴은 창백했다.

계속된 통화연결음 끝에 기계음이 들리자 도아가 다시 한 번 통화 버튼을 눌렀다.

- 뚜르르- 뚜르르-

통화연결음이 길어졌다.

도아가 벽에 걸린 시계를 보았다. 대부분 정규 수술이 있을 시간이었다.

이런 순간에도 어머니의 곁에 아버지는 있을 수 없다. 슬픔으로 도아의 턱이 바르르 떨렸다.

그녀가 다시 통화 버튼을 누르는 사이, 민성은 정 여사와 도아를 번갈아 보았다.

설마 예도아, 너희 어머니야?

그 물음이 목구멍에 걸려 밖으로 나오지 않았다.

민성의 머리가 바쁘게 움직였다. 현재로서는 최대한 시간을 버는 방법밖에는 없었다. ER에 환자를 깔아 둘 수는 없으니 중환자실 베드를 확보하는 것부터 해야 할 것 같았다.

"김 간호사님, 일단 Lab(검사)하고, SICU(외과계 중환자실)에 베드 확보 가능한지……."

민성의 오더가 끝나기 전이었다.

탁!

도아의 손에 들려 있던 휴대전화가 미끄러져 떨어졌다.

정 여사를 향해 있던 눈동자에 눈물이 차오르는 순간, 간호사가 외쳤다.

"환자분! 환자분!"

간호사가 정 여사의 어깨를 두드렸다. 힘없이 늘어진 정 여사의 모습에 민성이 달려갔다.

호흡을 확인하던 민성이 외쳤다.

"씹…… arrest요!"

T-bay는 풀이었다.

베드 위로 올라간 민성이 팔을 곧게 세워 흉부압박을 시작했다.

퍽! 퍽! 퍽!

민성이 넋을 놓고 있는 간호사를 보며 외쳤다.

"뭐 해! 베드 밀어요!"

"예, 예!"

간호사가 베드를 붙잡았다.

드르륵!

거친 바퀴 소리에 베드가 T-bay 앞 베드로 옮겨졌다.

그 모습에 서둘러 뒤를 따르던 도아는 커튼 너머 민성과 시선이 마주치자 걸음을 멈췄다.

"들어오지 마. 너 도움 안 돼."

"……."

좌르르륵!

도아의 앞에서 커튼이 쳐졌다.

"DC 제세동기 가져와요! 김 간호사님, E-cart(Emergency cart: 응급카드)!"

오더를 받은 두 간호사가 밖으로 뛰어나왔다. 벌어진 커튼 틈, 민성은 가슴 압박을 멈추지 않았다.

"……."

가위질에 정 여사의 옷이 길게 잘려 나갔다. 그 순간 커튼이 다시 도아의 시야를 가린다.

뒤늦게 들어온 이 간호사가 제세동기를 환자에게 연결했다.

"심장 리듬 확인할게요."

그래프가 널을 뛰었다. V.fib(심실세동)이었다. 민성의 얼굴이 일그러진 사이, 김 간호사가 에피네프린을 투약했다.

준비된 산소.

환자의 끈을 붙잡기 위해 노력하는 사람들.

"Charge! 비키세요!"

단호한 목소리에 간호사들이 정 여사의 몸에서 손을 뗐다. 긴장된 분위기가 작은 공간을 가득 채운다.

2분을 알리는 날카로운 기계음에 민성이 EKG 리듬을 확인했다. 하지만 심장은 돌아오지 않았다.

"4분 간격으로 에피네프린 1mg 투여해 주세요."

"네."

"리듬 체크."

"8분 지났어요!"

간호사의 날카로운 외침이 커튼을 뚫고 밖에까지 전해졌다.

못 박힌 듯 선 도아가 한 걸음 앞으로 다가갔다가 다시 원래의 자리로 돌아간다. 당장 이 커튼을 열고 안으로 들어가고 싶었지만 두려움에 앞으로 나아갈 수 없었다.

그 순간.

웅- 우우웅-

도아의 신경을 본능적으로 잡아끄는 소리에 시선이 바닥에 떨어져 있는 핸드백으로 향했다.

가방 안에는 절대 무시해선 안 될 휴대전화 한 대만이 들어 있었다. 예도아가 지난 4년간 한몸처럼 들고 다닌 전화기가.

하지만 도아는 의사 가운을 입고 처음으로 콜을 받지 않았다. 그러자 곧 T-bay 문이 열리고 미영이 밖으로 나온다.

"예 선생, 여기서 뭐 해? 콜은 왜……."

말을 잇던 미영이 심상치 않은 분위기에 도아의 시선을 따라 고개를 움직였다.

커튼 안, 다급한 음성이 들려왔다.

"15분 지났어요!"

"……."

툭. 투둑.

"예 선생?"

"……."

말없이 눈물을 쏟는 도아의 모습에 미영의 눈이 커다랗게 떠졌다.

"20분 지났습니다!"

사망 선고와 다름없는 말에 도아의 눈이 질끈 감겼다.
신은 잔인하다.
죽음에 무뎌졌다 생각한 순간, 절대 그래선 안 된다는 경고를 하듯 가족을 앗아 간다.
촤르륵!
커튼이 열리고 잔뜩 흐트러진 민성이 밖으로 나온다.
"……미안하다."
눈물을 글썽거리는 민성을 멍하니 보던 도아가 힘겹게 입술을 뗐다.
"이제 들어가도 돼?"
"……."
민성이 힘없이 고개를 끄덕이자 도아가 터덜터덜 걸음을 옮겨 안으로 들어섰다.
털썩!
주저앉은 도아가 아이처럼 울음을 터뜨렸다.
"엄마아……!"
도아는 길을 잃은 어린아이 같았다.

❖ ❖ ❖

부고를 알리기도 전이었지만 검은 옷을 입은 사람들이 엄숙한 표정으로 장례식장에 꼬리에 꼬리를 물고 섰다. 그들의 옆으로는 근조화환이 하나둘 놓이기 시작하더니 이내 길을 이뤘다.

하지만 조문객을 맞이해야 하는 유족은 자리에 없다. 텅 빈 빈소를 보던 사람들이 의아한 표정으로 대화를 주고받았다.

"예 교수님은?"

"아직 수술 중이시래. LT[21]."

14시간이 넘어가는 수술이다 보니, 아직 자리를 지키지 못하는 것도 이해가 됐다.

의사로선 당연한 결정이었다. 하지만 당연한 일이라고 해서 이 상황이 불행해 보이지 않는 건 아니었다.

"교수님도 진짜 대단하시다. 소식 들으셨다는데."

"그럼 어째. 환자 배 갈라 놓고 나와?"

"아니, 그래도."

아내를 잃었다는 소식에도 수술실을 벗어날 수 없는 게 써전의 삶이다, 라는 말은 남이니까 할 수 있다.

사랑하는 아내를 잃은 그의 속이 지금쯤 어떨지 예상조차 되지 않았다.

게다가 한국대학병원 출신인 예규환이야 군 병원에서 복무 중이라는 걸 모르는 사람이 없었다. 이제야 빈 빈소가 이해가 됐다.

"그럼 뭐, 조문객 못 받겠네. 나중에 올까?"

"이럴 때 예 교수님한테 눈도장 찍는 게 중요한데."

"뭐, 눈도장 찍는다고 해서 달라지는 게 있겠어? 예 교수님이 어떤 분인데."

---

21) LT(Liver Transplantation) : 생체 간이식

장례식장을 지키고 있는다 해서 펠로우 자리를 내줄 사람은 아니었다. 오히려 자리를 지키지 않았다고 화낼 분이셨지.

그 말에 남자 역시 공감을 했는지 몸을 돌리며 말했다.

"가자."

텅 빈 장례식장을 보던 사람들이 하나둘 자리를 뜨기 시작하자, 대화를 나누던 이들도 그 속에 섞여 걸음을 옮겼다.

사람들이 떠나고 얼마 뒤.

얼굴에 물기가 가득한 여자가 터벅터벅 걸음을 옮겼다. 유족을 뜻하는 검은색 상복을 입고 있는 도아의 모습에 남아 있던 몇몇은 놀란 표정을 짓기도 했고, 또 몇몇은 응급실에서 있었던 일을 들었는지 표정 관리를 했다.

하지만 도아에겐 그 무엇도 중요하지 않았다. 아니, 그들이 눈에 들어오지 않는다.

도아가 자리에 털썩 주저앉더니 허망한 얼굴로 영정 사진을 올려다보았다.

"예도아가 왜 저기에 있어?"

"뭐야, 너 소식 못 들었어? 그게……."

말을 잇던 남자의 입술이 굳게 다물렸다. 바람처럼 자신의 곁을 스쳐 간 한 사람 때문이다.

검은색 슈트를 입은 남자는 영정 사진을 보고서야 어머니의 죽음을 믿게 된 듯 세상이 무너져 내린 표정을 지었다.

하나 울지 않는다. 그저 정 여사의 영정 사진을 보며 허망한 표정을 짓고 있는 여동생부터 걱정했다.

"예도아."

"……."

"예도아."

연이어 자신을 부르는 목소리에 도아가 천천히 고개를 돌렸다. 상기된 표정을 바라보는 눈동자엔 감정 한 터럭 실려 있지 않다.

"어떻게……."

첫 마디를 뱉은 규환이 이내 입술을 굳게 다물었다.

새빨갛게 달아오른 눈동자는 금방이라도 눈물을 쏟아 낼 것 같았다.

규환이 다시 입을 연 건 한참의 시간이 지나서다.

"아버지는?"

"……OP(수술)."

짧은 말과 함께 도아가 다시 영정 사진을 물끄러미 바라보았다. 동생의 모습에 규환은 한 걸음도 다가가지 못한 채 그 자리에 못 박힌 듯 서 있었다.

무거운 침묵이 흘렀다.

모든 장례 절차를 밟은 건 여동생이었다. 어머니의 죽음을 눈앞에서 목도한 동생은 큰 충격을 받은 듯했고, 아버지는 여전히 부재중이었다.

이런 순간 규환이 할 수 있는 말은 그리 많지 않았다.

"미안하다. 늦어서."

"……."

반응이 없는 도아를 바라보던 그가 슬픔을 토해 내지 않기 위해 힘껏 주먹을 쥐었다.

규환이 성큼 걸음을 옮겨 바닥에 떨어져 있는 완장을 집어 들었다. 그러더니 오른팔에 끼워 핀으로 고정했다.

"……후우."

느린 숨을 뱉은 그가 정면을 주시하자 눈치를 보던 이들이 하나둘 안으로 들어왔다. 고인이 떠나는 길에 인사를 올리기 위해 향을 피웠고, 절을 올렸다.

고인의 명복을 위해 찾은 이들을 맞이한 건 규환이었다. 도아는 절을 올리는 것도, 곡을 하지도 못했다. 낮부터 시작된 조문 행렬은 밤이 되어서도 계속되었고, 병원 사람들은 이미 상황을 알고 있는 건지 도아를 묘한 눈으로 바라보았다.

"……어쩌니. 예 교수님은?"

평소 친분이 있는 응급의학과 김 교수의 물음에 규환이 작게 고개를 저을 때였다.

"……아버지."

사람들을 가르고 예 교수가 나타났다. 수술복 위에 흰 가운을 걸친 그는 허망하게 떠나간 아내의 영정 사진을 말없이 바라보더니 눈물만 떨궜다.

"어떻게……."

예 교수가 미처 말을 끝맺지 못하고 입을 꾹 다물 때였다.

이제껏 그 무엇도 하지 않던 도아가 힘없이 자리에서 일어났다. 그때까지도 예 교수의 시선은 환히 웃고 있는 영정 사진 속 아내에게서 떨어지지 않았다.

"……아빠."

도아의 부름에 예 교수의 고개가 돌아갔다. 두 사람의 시선이 허공에서 부딪혔다.

꿀꺽.

침을 삼킨 도아가 힘없이 말을 이었다.

"수술은."

"……."

"잘 끝났어요?"

끄덕.

작은 고갯짓에 도아가 양손으로 얼굴을 가렸다.

"다행이다."

"……."

"진짜 다행이야."

안도의 한숨을 뱉으며 도아가 눈을 감았다.

"진짜, 진짜 다행이에요."

연신 읊조리는 목소리는 슬픔으로 가득했다.

투둑.

눈가에 맺혀 있던 눈물이 소리 없이 흘렀다.

사흘 내내 많은 사람들이 장례식장을 찾았다. 교통사고로 하루아침에 가족을 잃은 유족을 어떻게 위로할지 몰라 대부분은 그 어떠한 말도 잇지 못했다.

예 교수는 정기 수술을 위해 장례식 기간에도 자리를 비워야 했다. 그럴 때면 규환이 예 교수를 대신해 조문객을 맞이했다.

향을 피운 예 교수가 자리를 떠날 때도 도아는 힘없이 앉아 정 여사의 얼굴만 보았다. 사흘 내내 잠을 자지도, 제대로 먹지도 못한 채 모든 감각을 잃은 사람처럼 슬픔만을 삼켰다.

울지 못하는 동생의 모습에 규환의 시선이 머물 때였다.

"……너."

안으로 들어오는 조문객의 모습에 깜짝 놀란 규환이 자리에서 일어났다. 도아가 처음으로 반응한 것도 그때였다.

"예도아."

낮고 또렷한 목소리에 도아의 고개가 천천히 돌아갔다.

세상에서 가장 큰 시련이 닥친 그 순간에 가장 먼저 떠오른 남자.

유수한이 거짓말처럼 눈앞에 나타났다.

멍하니 자신을 올려다보는 도아의 앞에 무릎을 꿇은 수한이 팔을 뻗어 머리를 감싸 안았다. 그는 이 순간에도 '괜찮아?' 같은 무심한 말은 내뱉지 않았다.

예전부터 위로에는 소질이 없던 그는 일그러진 얼굴로 도아의 몸을 힘껏 안으며 눈을 감았다. 도아 역시 그의 품에 안겨 한동안 말을 삼켰다.

"늦었어."

나지막한 목소리에 도아가 수한의 어깨에 눈을 묻었다. 그러더니 끅끅 소리를 내며 몸을 떨었다.

"내가 생일선물로……."

목이 메인 듯 침을 꿀꺽 삼킨 도아가 힘겹게 말을 이었다.

"내가 피아노 계속 치라고…… 배우고 싶었으니까 이제 하고 싶은 거 하라고, 내가…… 나 때문에."

도아는 자신이 어머니를 죽인 것 같다고 말하며 눈물을 쏟았다.

매정하지만 다정한 그 품에서.

커다란 깡통 안에 담배꽁초와 쓰레기가 뒤엉켜 있다. 마치 진창이 되어 버린 자신의 마음처럼 냄새가 스멀스멀 올라오는 재떨이를 멍하니 보던 규환이 굳게 다물고 있던 입술을 뗐다.

"담배 있냐?"

수한을 보지도 않은 채 물은 규환이 고개를 뒤로 젖혔다.

선선한 바람에 하늘을 향해 있던 눈이 천천히 감겼다. 건조한 눈이 홧홧거렸고, 잇새론 깊은 한숨이 흘러나왔다.

난 여기서 뭘 하고 있는 거지?

규환은 아직도 자신에게 일어난 일을 믿을 수가 없었다. 장례식장에서 조문객을 받는 동안에도, 사실은 현실을 받아들이지 못했다.

어머니가 교통사고로 사망했다.

제대로 된 치료도 받지 못한 채.

구급일지를 통해 규환은 당시 어떤 상황이었는지 대략적으로나마 알 수 있었다.

세 곳의 병원을 전전하며 시간을 허비한 정지연은 뒤늦게 한국대학병원으로 이송되었다. 그러는 동안에도 지연은 가족이 한국대 병원에서 근무하고 있다는 사실을 알리지 않았다. 어떤 마음이었는지는 물을 수 없게 되었다. 왜, 처음부터 가족이 있는 한국대학병원으로 가자고 말하지 않았는지.

교통사고 이후 2시간을 길에서 허비한 어머니는 한국대학병원에 도착했을 땐 이미 손쓸 수 없는 상태였다.

어머니의 사고를 동생은 자신의 탓이라고 여기고 있었다. 하지만 규환은 수한이 연락도 없이 장례식장에 오기 전까진 동생이 어떤 생각으로 어머니의 영정 사진을 보고 있었던 건지 알지 못했다.

뒤늦게 장례식장으로 달려온 아버지에게 수술은 잘 끝났냐 묻던 도아의 모습에 문득 마음이 서글퍼졌다.

"젠장."

이를 까드득 깨문 규환이 거친 숨을 토해 냈다. 답답한 마음에 가슴이 들썩거렸다.

어깨를 축 늘어뜨리고 앉아 있는 규환을 말없이 바라보던 수한이 몸을 돌렸다. 자판기에서 생수를 하나 뽑은 그가 규환에게 이를 말없이 내밀었다.

힐끗.

실눈을 뜬 규환이 생수병을 보며 말했다.

"담배 달라고 했던 거 같은데."

"이게 더 필요해 보여서."

"내 머릿속에 들어와 보기라도 한 것처럼 말한다?"

"비슷할지도."

무뚝뚝한 위로였다.

너무나 유수한다워서 곤죽이 되어 버렸던 마음이 조금은 가벼워졌다.

"미친놈. 여긴 어떻게 왔냐?"

"비행기 타고."

"새끼야, 그럼 내가 설마 너 헤엄쳐서 왔을 거라고 생각했겠냐?"

수한이 병뚜껑을 따 규환에게 내밀었다. 이를 말없이 바라보던 규환이 헛웃음을 뱉더니 '고맙다'라고 읊조렸다.

벌컥벌컥!

물을 마실수록 오히려 갈증이 느껴졌다. 생수를 반쯤 비워 낸 규환이 거친 숨을 토해 냈다.

"이제야 좀 정신이 돌아오네."

웃음기 섞인 목소리에 바들바들 떨리는 손을 향해 있던 수한의 시선이 하늘을 향했다. 뿌연 미세먼지가 끼어 있는 하늘을 물끄러미 바라보던 그는 한참이 지나서야 운을 뗐다.

"나도 경험해 봤거든."

"뭐?"

"너처럼. 고3 때. 아버지가 교통사고로 돌아가셨거든."

"……."

규환의 눈이 커다랗게 떠졌다.

유수한과 예규환은 많은 시간을 함께 보냈다. 의대에 입학했던 스무 살부터 서른셋인 지금까지. 가족보다 더 많은 시간을 동거동락해 왔지만 수한의 아버지가 돌아가셨다는 걸 규환은 지금껏 알지 못했다.

규환의 시선이 느껴졌으나 수한은 눈길조차 주지 않은 채 말을 이었다.

"여동생과 어머니가 우니까 나는 울면 안 될 것 같더라고."

"……."

"계속 꾹꾹 참다가 혼자 있을 때 울었는데, 그게 외로운데 다행이다 싶더라."

그제야 고개를 돌려 규환과 눈을 마주한 수한이 축 아래로 처진 어깨를 툭툭 두드린 후 장례식장으로 먼저 걸음을 옮긴다.

수한의 뒷모습을 멀뚱히 바라보던 규환이 고개를 떨궜다.

"미친놈. 어떻게 왔냐니까."

까드득!

그의 손에 들려 있던 페트병이 우그러져 안에 있던 물이 밖으로 넘쳐흘렀다. 하지만 규환은 한참 동안 이를 알지 못했다.

❖ ❖ ❖

태진은 믿을 수 없다는 듯 두 남녀를 보았다. 자신이 너무 늦게 달려온 건지 도저히 이해할 수 없는 상황에 혼란스러운 표정이었다.

"쟤 유수한 맞냐?"

태진이 남자를 보며 묻자 맞은편에 앉아 있던 규환이 가볍게 고개를 끄덕였다.

고생이 심했던 건지 수한은 못 본 사이 많이 변해 있었다.

'고생은 아닌가.'

예전엔 유약하고 섬세한 이미지였다면 지금은 아주 수컷 냄새가 물씬 풍기는 인간이 되어 돌아왔다. 3년의 시간이 어떠했을지 수한의 모습만 보아도 짐작할 수 있었다.

쉽지 않은 시간이었겠지.

코이카에 들어가고, 활동을 하는 지역이 밀라라는 사실을 들었을 때 규환과 태진 모두 뒤늦게 그를 뜯어말렸다. 이미 돌이키기엔 너무 늦은 때이긴 했지만 그래도 내전으로 인해 피폐해진 나라와 국경을 맞댄 지역에서 2년 반을 보내는 친구가 걱정스러운 건 어쩔 수가 없었다.

태진의 눈이 가늘어졌다.

일회용 숟가락 비닐을 뜯어 도아의 손에 들려 주는 수한의 모습에 태진의 눈이 점차 커졌다.

뭐지? 이게 어떻게 된 상황이지?

참 많이도 변한 수한의 모습은 둘째치고, 저 분위기는 말로 설명하기가 힘들었다.

말문이 막힌 태진이 눈을 끔뻑일 때였다. 맞은편에 앉아 있던 규환이 종이컵에 소주를 따르며 물었다.

"네가 연락했냐?"

"어. 올 줄은 몰랐지만."

"……."

"진짜 저 자식 어떻게 들어온 거냐?"

규환이 묘한 눈길로 수한과 도아를 보았다. 그 역시 두 사람이 왜 지금껏 저런 분위기인지 알지 못했다.

무려 3년의 시간이었다.

유수한이 병원을 떠난 것도.

규환은 10월 말, 병원을 떠난 후 수한의 소식을 도아에게 몇 차례 알려 준 적 있었다. 그러면서 알게 된 사실은 수한이 병원을 떠난 이후로 두 사람이 만나지 않았다는 것이다.

병원을 떠난 유수한은 반년이 더 지난 후 코이카 협력의사로 출국했다. 그 뒤로는 두 사람의 관계에 대해 딱히 물어본 적 없었다. 동생의 사랑은 한때의 풋사랑으로 끝난 줄 알았는데 저 모습을 보니 그것도 아닌 모양이었다.

"이런 상황에서, 이런 말 묻긴 좀 그런데 워낙 충격의 연속이어서 말이야."

조심스러운 음성에 규환이 소주가 든 종이컵을 기울이며 답했다.

"뭘 빙빙 돌려. 그냥 물어봐."

"네 동생이 예도아였어?"

허공에 들린 컵이 멈췄다. 규환이 미간을 찌푸리며 물었다.

"넌 예도아를 어떻게 아는데."

예도아는 OS(정형외과)에서 인턴 생활을 한 적이 없기에 두 사람은 딱히 접점이 없었다. 그러자 태진이 의아한 얼굴로 규환을 본다.

"몰랐어?"

"뭘 몰라?"

"예도아 인기 많았어."

"뭐? 걔가 왜."

"왜긴 왜야. 예쁘고 싹싹하니까 그렇지."

"……."

규환이 황당하다는 듯 눈을 커다랗게 떴다.

예도아가?

"어딜 봐서 재가 예쁘고 싹싹한데?"

"……류 선생이 잠시 마음에 품었었지."

"……류익현?"

"어. 고백도 못 하고 접었으니까 걱정은 하덜 말고."

태진은 최근에 세 살 밑인 손 선생이 도아에게 고백한 사실까진 굳이 덧붙이지 않았다. OS에서 한동안 예도아가 요정님으로 통했다는 사실도.

"그래서, 예도아 선생이 동생 맞아?"

"그럼 재가 왜 상복을 입고 있겠냐."

"그럼 질문 하나만 더."

"또 뭐."

"유수한이랑은 왜 저런 분위기인데?"

수한의 얼굴에 두 사람의 시선이 꽂혔다. 눈동자 가득 묻어나는 걱정을 두 사람이 모를 리 없다.

"그걸 왜 나한테 묻냐? 재네들한테 물어야지."

"뭔가 알고는 있는 모양이네?"

떠보듯 묻는 말에 규환의 얼굴이 팍 일그러졌다.

"뭐?"

"여동생이랑 친구놈이랑 저런 분위기인데도 보고만 있어서."

"……."

규환이 꽉 막힌 한숨을 푹 내뱉더니 다시 컵에 소주를 채웠다.

그 모습만으로도 답은 충분하다는 듯 태진이 놀란 표정을 지었다.

뭐야. 내가 모르는 사이에 무슨 일이 벌어진 거야?

기 싸움을 하듯 마주 보고 있는 도아와 수한을 바라보던 태진이 이번엔 규환에게 시선을 두었다. 묘한 표정을 짓고 있는 친구의 모습에서 한참이고 시선을 떼지 못하던 태진도 컵을 들었다.

참 여러 생각이 드는 묘한 밤이었다.

음식에는 눈길도 주지 않는 도아의 모습에 수한이 미간을 좁혔다. 하고 싶은 말이 목구멍까지 올라온 표정이었지만 그는 애써 말을 아꼈다. 그저 눈빛으로 도아에게 종용했고, 시선을 느낀 그녀가 매마른 목소리로 말했다.

"……배 안 고파요."

"안 고파도 먹어."

단호한 말은 협박에 가까웠다. 억지로라도 먹으라는 눈빛과 함께 그가 국그릇을 손끝으로 밀었다. 그러자 도아의 얼굴이 종잇장처럼 일그러졌다.

"배도 안 고픈데 왜 먹으래요."

배가 안 고플 린 없었다. 도아는 장례 기간 내내 제대로 먹지 못했고, 대부분의 시간을 뜬눈으로 보냈다.

사람이라면 당연히 허기를 느껴야 할 시간이다. 진이 빠져 쓰러져도 이상하지 않을 상황이었다.

그럼에도 고집스럽게 입을 꾹 다무는 도아를 보며 그가 무심한 어조로 말했다.

"배고프면 더 서럽거든."

의아한 시선에 그가 식은 국과 밥을 보며 말을 이었다.

"먹어야 어머니한테 미안하지."

사랑하는 사람을 떠나보낸 이 순간에도 배가 고파 밥을 먹고, 피곤하면 잠을 자는, 그 당연한 행위를 하며 미안해하라고.

그는 그렇게 조언했다.

산 사람은 살아야지, 같은 멍청한 소리 대신에.

흔들리는 눈망울로 수한을 보던 도아가 고개를 아래로 떨궜다. 그러더니 손등이 새하얗게 질릴 정도로 힘껏 주먹을 쥔 그녀가 새하얀 쌀밥을 본다.

울컥!

감정이 북받쳐 오르자 도아의 얼굴이 일그러졌다. 그녀는 울음을 터뜨리는 대신 슬픔이 터져 나올 것 같은 입 안으로 밥을 밀어 넣었다. 입 안 가득 밥을 머금은 도아가 이번엔 식은 육개장을 숟가락으로 푹푹 퍼먹었다. 입안에 더 이상 음식이 들어갈 공간이 없어져서야 우적우적 씹기 시작한 그녀가 다시 국을 떠먹자 수한이 물이 담긴 종이컵을 앞으로 내밀었다.

물컵엔 시선도 주지 않은 채 그릇에 코를 묻을 것처럼 한참이고 국을 퍼먹던 그녀가 움직임을 멈췄다. 그러더니 한참이 지나서야 한숨 같은 말을 내뱉었다.

"맛있다."

뚝.

뚝.

국 위로 눈물이 떨어졌다.

"음식이 너무 맛있어요."

"그것 봐. 먹어야 울 힘이 생기지."

양손을 들어 얼굴을 가린 도아가 헛웃음을 뱉자 수한이 굳게 입을 다물었다.

도아는 한동안 눈물을 멈추지 못했다. 장례 마지막 날 새벽이었다.

❖ ❖ ❖

매미가 따갑게도 울어 대던 날.

많은 사람들의 슬픔 속에 정 여사가 장례식장을 떠난다.

영정 사진을 들고 있는 규환은 비통한 감정을 감추지 못했다. 그건 제일 뒤에서 관을 들고 있는 수한 역시 마찬가지였다.

검은 상복을 입은 사람들은 갑작스러운 이별에 어쩔 줄을 몰라 했고, 멀찍이 뒤에 서 있는 도아 역시 마찬가지였다.

도아의 걸음이 휘청거리자 옆에 서 있던 예 교수가 딸의 어깨를 붙잡아 주었다.

괜찮니?

다정한 시선에 도아가 고개를 끄덕였다. 괜찮지 않아도 괜찮아야 할 때였다.

"아이고, 아이고!"

엄숙한 분위기를 깨뜨린 건 정 여사의 언니였다.

"이렇게 가면 어떻게 해! 이 야속한 것아!"

관을 어루만지는 손길에 애틋함이 묻어났다.

이제 겨우 사흘인데.

벌써부터 고인이 떠난 자리는 크기만 했다.

❖ ❖ ❖

따끔!

갑작스러운 고통에 도아가 시선을 내렸다. 엄지손톱이 움푹 파여 시뻘건 살이 드러나 있었다.

이를 바라보던 눈동자가 힘없이 흔들렸다.

'아파…… 도아야. 엄마.'

너무 아파.

귓가에 장알거리는 목소리에 도아의 입술이 새하얗게 질렸다. 계속되는 침묵은 슬픈 울음소리 같기도 했다.

한참이 지나서야 다시 고개를 든 도아가 거울 속 자신의 모습을 보았다. 움푹 들어가 있는 뺨과 생기 없는 눈동자가 가장 먼저 눈에 들어왔다.

"……."

사랑하는 사람을 잃은 지 닷새가 지났다. 하지만 도아는 여전히 그 사실이 믿기지 않았다.

어떤 정신으로 보냈는지 알 수 없을 만큼, 눈 깜짝할 사이에 시간이 흘렀다. 숨을 들이켜는 소리가 유독 크게 들렸다.

병원에선 도아에게 마음을 다독일 닷새의 시간을 주었다. 오늘은 업무에 복귀해야 하는 날이었고, 어머니를 잃은 것과는 별개로 다시 병원으로 돌아가야 했다.

"엄마…… 나 잘할 수 있을까?"

혼잣말을 내뱉는 도아는 이미 답을 알고 있는 듯했다. 자신이 없었다. 어머니가 죽어 가던 응급실에 발을 디딜 자신이.

하지만 계속해서 묻고 또 물었다.

"나 버틸 수 있을까?"

멍하니 생각하던 도아가 손을 들어 눈두덩이를 꾹 눌렀다. 절망감이 엄습했다.

서서히 세상이 밝아 오는 시각.

정 여사의 손길이 곳곳에 남아 있는 정원을 가로지른 도아가 대문을 열었다.

끼이익-

을씨년스러운 소리와 함께 집을 나서던 도아는 집 앞에 서 있는 남자를 발견하고선 걸음을 멈췄다.

"가자."

수한이었다.

말도 없이 기다리고 있던 그가 고요한 눈동자로 자신을 바라보자 도아가 다물고 있던 입술을 뗐다.

"여긴 어쩐 일이에요?"

"얼굴 보러."

"……나 출근해야 하는데."

"알아."

자신의 출근길을 함께하기 위해 왔다는 말이다.

무심한 눈길로 하는 말은 참 다정했다.

너무나 그리웠던 모습이었다.

아무것도 모르던 그 시기, 자신의 앞길에 빛을 밝혀 준 남자.

그때의 기억이 떠오르자 도아가 습관적으로 히죽 웃었다.

“영광이네.”

특별할 것 없는 미소였지만 수한은 그 속에서 다른 점을 발견한 모양인지 도아의 얼굴을 빤히 보았다. 그러자 도아가 어색한 표정으로 뺨을 쓰다듬더니 이내 병원 방향으로 몸을 돌렸다.

“데려다줄 거면 가요. 나 늦었어요.”

도아가 먼저 걸음을 옮기자 수한은 말없이 그 뒤를 따랐다.

딱 한 뼘.

두 사람의 거리는 그렇게 가까운 듯 멀었고, 먼 듯 가까웠다.

3년 전에 그랬던 것처럼 애매한 거리만을 둔 채 함께 발길을 옮겼다.

돌아간 것만 같았다. 아무것도 모르고, 열정만이 가득했던 그 시절로.

아니, 그 시절로 돌아갈 수만 있다면 얼마나 좋을까, 생각하며 도아는 자신의 감정을 억누르기 위해 노력해야 했다.

말없이 여름의 싱그러움으로 가득한 길을 걷던 도아가 입술을 뗐다.

“한국에는 언제 들어왔어요?”

“토요일에.”

도아의 표정이 굳어졌다.

“장례식장으로 바로 온 거구나.”

"그것 때문에 들어온 거니까."

"……."

물끄러미 수한을 보던 도아의 얼굴이 퍽 서글퍼졌다.

고개를 돌린 그녀가 다시 정면을 주시했다. 그러더니 새삼스럽다는 듯 어색하게 웃는다.

"되게 오랜만이어서 그런가. 어색하네요."

3년 만에 한국으로 돌아온 수한과 많은 대화를 나누지 못했다. 장례식 마지막 날에 도착한 그는 발인까지 함께 지켜보았고, 도아를 집까지 데려다준 후에야 떠났다.

충분히 대화를 나눌 시간이 있었음에도 도아는 곁을 지켜 주는 그의 존재를 잊고 있었다. 정 여사가 사고를 당한 그 이후로. 슬픔에 잠식당해 버렸다는 말이 더 정확할지 모르겠다.

그날 도아는 수한이 있는 머나먼 땅으로 떠나려 했다.

만약 그를 만나러 가기 위해 짐을 가지러 가지 않았다면, 그날 어머니를 만나지 못했을 것이다.

밥 먹고 갈걸.

아쉬움에 자신의 뒤를 따르던 정 여사의 모습이 문득 떠올랐다.

감정이 휘몰아칠 때쯤 도아는 지척에 보이기 시작한 병원에 멍한 시선을 두었다.

익숙해질 대로 익숙해진 멋있고 번쩍이는 건물이 새삼 낯설게 느껴질 때다.

"도망가고 싶어?"

네.

"아니요."

속에 있는 말과는 정반대의 말이 튀어나왔다. 그 순간 도아는 자신의 마음을 알 수 없게 되었다.

그 사실을 수한 역시 눈치챈 것일까.

그는 건조하지만 세심한 눈길로 말했다.

"도망가고 싶으면 말해. 도와줄게."

"……."

참 솔깃한 제안이었다.

그래, 사실은 도망치고 싶었다. 어머니를 잃은 ER에는 발도 들여놓고 싶지 않았다.

자신은 아버지처럼 완벽한 의사가 아니어서 여전히 마음이 아팠다.

도망가 버릴까.

그래. 도망가자.

결심이 섰으나 정작 잇새로 흘러나온 말은 이번에도 마음과 달랐다.

"도망가면요? 먹여 살려 주게?"

"원하면."

"……."

"예도아, 네가 원하면 얼마든지."

지금 너무나도 듣고 싶은 말이었다. 시카고로 떠나겠다고 메일 하나 보냈던 그 남자가 맞나, 싶을 정도로 참 다정했다.

"정신 똑바로 차리라고 잔소리할 줄 알았는데."

"그건 폭력이지. 불가능한 일일 테니까."

작게 이어진 뒷말에 도아의 얼굴이 슬픔으로 일그러졌다.

"선배도 그랬어요?"

"……음."

말을 길게 늘어뜨린 그가 이내 씁쓸하게 웃었다.

"여전히 그래."

아버지를 잃었던 그날에 여전히 멈춰 있다고.

그는 어느 누군가는 자신처럼 허망하게 가족을 잃지 않길 바라며 의사가 되었다. 그리고 그 목표를 위해 많은 것을 감내하고 있었다.

수한의 얼굴을 빤히 올려다보던 도아의 얼굴이 슬픔으로 일그러진 것도 잠시.

천천히 눈을 감았다가 다시 눈을 뜬 도아는 평소의 모습으로 돌아가 있었다.

시간이 해결해 줄 수 없는 절망적인 문제라는 걸 조금 전에 깨달았다. 그렇다면 도아가 현재 할 수 있는 일은 하나밖에 없었다.

"레지던트 3년 차가 어딜 가요. 여기서 그만두면 다시 시작해야 하는데."

도망치지 않고 일상을 살아가는 것.

도아는 감정을 알 수 없는 눈동자와 시선을 맞추며 입가를 길게 늘어뜨리며 웃었다.

"선배."

"……."

"선배는 다시 시작하려는 거죠?"

한국이 아닌 미국에서.

서울이 아닌 시카고에서.

그가 자신의 목표를 위해 출발선상에 다시 선 것처럼 도아 역시 그러기로 마음먹었다.

"여기까지면 돼요."

"……."

"감사해요. 얼굴 보러 와 줘서."

그것만으로 충분하다는 듯 애써 웃는 도아의 모습에 그가 앞으로 내밀어진 손을 거둬들였다.

멈췄던 걸음을 도아가 다시 옮기기 시작했다.

그 뒷모습을 수한은 묵묵히 지켜보기만 했다.

수한을 뒤로한 채 걸음을 옮기던 도아가 물끄러미 한곳을 주시했다.

『Emergency Room』

연중 무휴 24시간 운영되는 곳.

아프고 다친 환자를 치료할 의무가 있는 장소.

응급이 일상인 예도아에겐 떼려야 뗄 수 없는 ER이었지만 선뜻 안으로 발을 들일 수가 없었다.

심장에 커다란 구멍이 생긴 것 같다. 마음이 아픈 것과 별도로 두려움이 도아를 잠식했다.

눈앞에 선연히 그려지는 그날, 죽어 가던 어머니의 모습에 눈시울을 붉혔다.

한참이고 응급실을 올려다보던 도아가 한 걸음 뒤로 물러서더니 이내 후문으로 향했다. 외상으로 인해 철철 쏟아지는 피도, 어느 누군가의 죽음도 익숙해진 레지던트 3년 차이지만 가족의 죽음 앞에선 초연할 수가 없었다.

깊은 숨을 뱉어 낸 도아는 애써 감정을 갈무리했다.

따가운 시선을 느꼈음에도 도아는 걸음을 멈추지 않았다. 아니, 그러려고 했다.

“그게 진짜야?”

“진짜라니까? 나도 상주석에 있는 거 보고 얼마나 놀랐…….”

우뚝.

걸음을 멈춘 도아가 한곳을 주시했다. 손엔 테이크아웃 커피를 든 사람들이 모여 있었다. 대화 주제는 당연히도 자신에 관한 것이었다.

불특정 다수의 입에 자신의 일이 오르내리는 건, 생각보다 끔찍한 일이었다.

흰 가운을 입고 있는 남자와 눈이 마주쳤다. 처음 보는 사람이었다. 그런데도 그는 눈을 피하지 않았다. 아무래도 그들은 도아가 예 교수의 딸이라는 사실에 큰 배신감을 느낀 모양이었다.

“야, 가자.”

참 웃기지.

자신의 등장에 자리를 뜨는 사람들을 보며 도아가 시니컬하게 웃었다.

"대놓고 이야기하든지."

쯧.

날카롭게 혀를 차며 하는 말에 답이 돌아왔다.

"그러게, 내 말이."

심드렁한 목소리에 도아의 고개가 옆으로 돌아갔다. 단민성이었다.

"……."

민성은 장례식 기간 내내 틈틈이 내려와 도아의 곁을 지켰다.

모르는 이들에게 듣는 비난은 상관없었지만 민성에겐 달랐다.

놀랐겠지.

배신감을 느낄지도.

도아가 물끄러미 바라보자 민성은 평소와 같이 심드렁한 표정으로 물었다.

"이제 출근하냐?"

"어."

"너 없을 때 NS가 나한테 무슨 짓거리를 했는지 아냐? 아니지, 나한테 그런 게 아니지. 환자한테 그런 거지."

"무슨 짓을 했는데?"

"콜을 해도 함흥차사야. 나 이번에 백 선생이랑 한 파이트 떴잖아."

"잘했네."

우뚝.

멈춰지는 걸음에 민성 역시 두어 걸음 더 옮기더니 자리에 멈춰 섰다.

고개를 돌린 그가 무어라 규정지을 수 없는 표정으로 말했다.

"너도 잘했어."

애써 웃는 민성의 모습에 도아의 시선이 멈췄다.

"잘 돌아왔어."

무심했던 표정이 점차 일그러졌다. 눈시울을 붉힌 민성이 고개를 돌려 엘리베이터 버튼을 누르자 도아의 고개가 아래로 떨어졌다.

"출근했다고 칭찬해 주는 건가."

땡―

맑은 소리와 함께 엘리베이터 문이 열리자 도아가 걸음을 옮겼다.

그걸로 충분했다.

❖ ❖ ❖

탁.

탁.

턱을 괸 도아가 멍한 표정으로 책상을 두드렸다. 일정한 속도로 책상을 두드리던 손이 멈춘 건 한참이 지나서였다.

"김 선생, 참 이상하지?"

전자차트를 보고 있던 1년 차 김 선생이 의아한 표정으로 도아를 보았다.

"네?"

"이상해. 진짜 이상하단 말이야. 아무리 생각해 봐도 너무 이상해."

지금 이 순간 가장 이상한 건 예도아였다. 하지만 김 선생은 굳이 이를 지적하지 않은 채 말간 눈으로 도아를 보았다.

금방 다음 말이 이어질 줄 알았으나 도아는 한참이 지나서야 운을 뗐다. 시선은 책상 위에 있는 그녀의 휴대전화였다.

"시도 때도 없이 울리던 전환데, 요즘은 잠잠한 것 같아서 말이야."

장례를 마친 도아가 복귀한 지도 사흘이 지났다. 그사이 도아는 한 번의 당직을 섰지만 그때도 병실 콜은 왔지만 응급은 없었다.

가끔 심할 때는 하루에 100번도 넘게 울리는 전화가 잠잠하기만 하자 도아는 그 답을 알고 있냐는 듯 김 선생을 보았다.

"저 그게……."

망설이던 그가 곧 말을 이었다.

"최 교수님이 지시하셨습니다. 한동안 예 선배한테 응급 콜 안 가도록 하라고."

"어쩐지. 그런 것 같더라."

응급은 의료진의 사정 따윈 봐주지 않는다. 이런 우연이 생길 리 없다 생각했는데 김 선생의 희생이 있었다는 사실을 뒤늦게 깨달았다.

두어 번 고개를 끄덕인 도아가 곧 피골이 상접한 김 선생을 보며 물었다.

"당직표 나왔어?"

"담 달 거요?"

"어. 줘 봐."

프린트기가 돌아가는 소리가 멈추고 곧 김 선생이 종이 한 장을 내밀었다. NS는 어마무시한 업무량과는 별개로 TO가 많지 않았다. 게다가 2년 차가 버티지 못하고 그만둬 현재는 고양이 손이라도 빌려야 하는 실정이었다. 예상대로 자신을 대신해서 김 선생이 직장인 괴롭힘 수준으로 당직이 잡혀 있었다.

한 달 중에서 닷새를 제외하고선 병원을 나설 수 없는 일정에 도아가 손을 앞으로 내밀었다.

"펜."

"여기요."

"파란색."

확실한 오더에 김 선생이 가슴팍에 꽂혀 있던 펜을 꺼내 손바닥 위에 올려놓았다.

슥-

슥슥-

당직표 위에 줄이 그였다.

김 선생의 이름이 지워진 자리엔 도아의 이름이 적혔다.

"선배님……?"

"당직 대신 서 주는 건 사랑하는 사람끼리 하는 거야. 1년 차 배려를 받고 싶지도 않고."

"괜찮으십니까?"

"네가 처음이다."

"네?"

"괜찮냐고 물어본 거."

피식.

도아가 바람처럼 웃자 김 선생이 어쩔 줄 몰라 하는 표정으로 읊조렸다.

"당연히 안 괜찮으실 텐데. 죄송합니다."

"죄송할 것까진 없고. 수정해서 올려. 교수님께는 내가 말씀드릴게."

"감사합니다. 선배님."

일정표를 받아 든 김 선생이 살았다는 미소를 짓자 도아가 손을 흔들 때였다.

– 코드블루 코드블루 NCU-Two. 코드블루 코드블루 NCU-Two.

두 사람의 시선이 동시에 스피커로 향했다. 심폐소생술 방송이었다.

"……Two면?"

Two 중환자실에서 심장이 멈출 만한 환자는 현재로선 한 사람밖에 없었다.

동시에 자리에서 일어난 두 사람이 빠르게 신경계 중환자실로 달리기 시작했다.

유리문 너머의 상황에 도아가 빠르게 열림 버튼을 눌렀다. 도아가 가장 먼저 도착한 것인지 수간호사가 CPR을 하고 있었다.

작은 아이의 몸이 힘없이 흔들리는 모습을 멍하니 보던 도아가 재빨리 아이에게 다가갔다.

예상대로 심장이 멈춘 환자는 예진이었다.

속으로 비명을 내지르던 도아가 재빨리 침대 위로 올라갔다.

"얼마나 됐어요?"

"2분 지났습니다."

퍽! 퍽! 퍽!

아이의 심장을 힘껏 누르는 도아의 얼굴이 절박함으로 일그러졌다.

안 돼, 안 돼. 예진아, 제발.

도아가 속으로 비명을 내질렀다.

터덜터덜.

무거운 발이 계단을 하나씩 하나씩 내려갔다. 아직 마음의 아지트에 도착하려면 한참이었으나 그럴 힘이 없다는 듯 도아의 몸이 옆으로 돌아갔다.

벽을 보고 선 도아가 자신의 심장을 손바닥으로 쓸어내렸다.

"괜찮아. 괜찮아."

괜찮아.

……괜찮아.

스스로를 위로하는 말과는 달리 누군가가 심장을 붙잡고 비트는 것 같은 끔찍한 고통이 느껴졌다.

그럼에도 도아는 연신 속살거리듯 작은 목소리로 읊조렸다.

"괜찮아. 예도아. 괜찮……."

지 않아.

천천히 눈을 뜬 도아가 힘없이 무채색 벽을 보았다.

죽음이 무서워졌다.

견디기 힘든 끔찍한 고통에 숨이 막혔다.

천천히 자리에 앉은 도아가 무릎 사이에 얼굴을 묻었다. 무거운 침묵이 작은 몸을 짓눌렀다.

❖ ❖ ❖

의료진만 3000명이 넘는 한국대학병원은 최근 한 가지 이슈로 소란스러웠다.

예익환 교수가 사랑하는 아내를 잃은 날.

수많은 괴담을 생산해 낸 예규환이 사랑하는 어머니를 잃은 날.

신경외과 악바리 예도아가 그토록 숨기고 싶어 했던 가족사가 밝혀졌다.

친어머니가 병원으로 실려 온 당시, 응급실에 있던 예도아는 그 죽음을 고스란히 목격했다. 친구이자 동기인 단민성 선생의 사망 선고에 응급실은 한동안 도아의 울음소리로 가득했고, 이 소식을 들은 이들은 놀람을 감추지 못했다.

상황이 안타까운 건 둘째치고, 한국대학병원 의과대학 출신인 그녀가 예익환 교수의 딸이라는 걸 그 누구도 알지 못했기 때문이다.

물론 도아의 동기 중 몇몇도 부모님이 타 대학 의대 교수로 일하고 있거나 개업의인 경우도 많았다. 하지만 예도아의 배경은 평범하다고 할 수 없었다. 도아의 조부는 의료계에서 가장 큰 존경과 사랑을 받는 어른이었다.

도담병원을 세운, 예재필 선생의 손녀.

그 사실은 도아의 예상대로 사람들에게 아주 특별하게 다가왔다.

어떤 이들은 화를 냈고, 또 어떤 이들은 도아를 거짓말쟁이라며 낙인을 찍기도 했다.

예상했던 분위기였다. 다만 그것들을 신경 쓰기에 도아의 슬픔이 너무 컸다.

딸랑-

맑은 종소리와 함께 도아가 가게 안으로 들어서자 주인이 난처한 표정으로 말했다.

"의사 선생님, 어째요. 오늘은 지정석에 손님이 계신데."

주인의 말대로 수한과 함께 앉아 밥을 먹던 자리에 다른 손님이 앉아 있었다.

"괜찮아요. 여기 앉을게요."

가장 가까이에 있는 자리에 앉은 도아가 말을 이었다.

"소주 한 병 주세요."

"네. 잠시만요."

빈 테이블에 가장 먼저 소주와 잔이 놓였다. 소주잔을 채운 도아가 막 첫 잔을 기울이려고 할 때였다.

드르륵- 드르르륵-

가방 안에 넣어 둔 휴대전화가 울렸다.

휴대전화를 꺼내 액정을 확인한 도아의 표정이 묘하게 굳어졌다.

"사람 설레게."

한숨처럼 웃은 그녀가 통화 버튼을 눌렀다.

"어쩐 일이에요? 선배가 나한테 전화를 다 하고."

어쩜 타이밍이 이럴까.

생각해 보면 수한은 인생에서 중요한 순간 나타났다.

"내가 지금 어디에 있는 줄 알아요? 선배랑 사진 찍었던 거기에 있어요. 물론 지정석은 빼앗……."

– 갈게.

"음?"

– 갈 테니까 기다려.

끊긴 전화를 멍한 눈으로 바라보던 도아가 고개를 절레절레 저었다.

"3년 동안 무슨 일이 있었던 거야."

원래 이런 사람이 아니었던 것 같은데.

그의 변화가 낯설었다. 하지만 우울했던 표정이 조금은 밝아졌다.

전화를 끊고 얼마의 시간이 흘렀을까.

손도 대지 않은 뼈해장국이 차갑게 식고, 테이블 한쪽엔 빈 병 두 개가 나란히 놓였다.

도아가 막 새 병을 따 잔을 채울 때였다.

드르륵–

의자 끌리는 소리와 함께 수한이 그녀의 맞은편에 앉는다.

검은색 슈트를 입고, 말끔한 모습으로 나타났던 때와는 달리 오늘은 흐트러진 모습이었다. 색이 빠진 청바지와 무지색 티셔츠를 입고 나타난 그의 머리카락은 바람에 흩날려 있다. 나이보다 어려 보였다.

하지만 그조차도 멋있다. 콩깍지가 씌인 건 아닌 듯 지정석에 앉아 있던 손님이 힐끔 곁눈질했다.

턱을 괸 도아가 수한을 보며 히죽 웃었다.

"어쩌면 이래요?"

"뭐가."

"매번 나한테는 없어선 안 될 것 같은 사람이 되니까."

수한이 말없이 바라보자 도아는 농담인 듯 가벼운 어조로 말을 이었다.

"그래서 내가 놓을 수 없게 하니까. 참 대단한 것 같아요, 선배는."

웃고 있는 입술에 진득한 시선이 머물렀다.

묘하게 나른한 눈동자에 머무른 시선이 제법 날카롭다. 그가 도아의 앞에 있던 술잔을 빼앗아 자신의 앞에 가져가며 무뚝뚝하게 말했다.

"술 마시지 마. 사고 쳐."

"술 안 마셔도 사고 칠 것 같으면요?"

우지끈.

그가 미간을 좁히자 도아의 웃음이 더욱 진해졌다.

"내가 그걸 원하면요?"

"……."

수한의 눈빛이 어두워졌다. 따가운 시선에 도아의 웃음이 흐려진다.

"장난이에요. 장난……."

수한이 도아의 손을 잡았다. 그러자 도아의 눈이 커다랗게 떠졌다가 이내 반달 모양으로 휘어진다.

"에게?"

겨우 이거냐는 듯한 말과 행동에 그가 머쓱한 표정을 지었다. 책임지지 못할 행동도, 말도 하지 않는 남자였다. 3년 전에도, 그리고 어른의 향기가 물씬 풍기는 지금도.

그래서 좋아했다, 이 남자를.

도아가 말없이 자신을 보고 있자 수한이 소주잔을 비우더니 미간을 좁혔다.

"사이다에요. 그거. 소주 한 병 이상 마시면 짐승이 되더라고요."

장난스러운 웃음에 수한 역시 유쾌한 미소를 지으며 빈 잔을 도아 앞으로 내밀었다.

그가 말없이 사이다로 잔을 채워 주자 도아가 놀란 눈으로 수한을 보더니 이내 웃으며 말을 이었다.

"뭐야. 사고 치자는 거예요? 나 사이다로도 막 취해요, 요즘."

"허락만 한다면."

장난스럽게 말을 잇던 도아의 눈이 커다랗게 떠졌다. 눈시울이 붉어졌고, 웃음기가 맺혀 있던 입술 역시 일자로 굳어졌다.

"……진짜 나쁜 사람이야."

"새삼스럽네."

항상 너에겐 나빴었다고, 수한은 순순히 인정했다.

기포가 맺힌 잔을 멀뚱히 내려다보던 도아가 무겁게 닫고 있던 입술을 달싹였다.

"이번 일 겪으면서……."

잠시 말을 멈췄던 도아가 이내 바람처럼 웃었다. 소주잔을 내려다보는 눈빛은 온통 후회뿐이다.

"내가 처음부터 마음가짐이 잘못됐다는 걸 깨달았어요."

"……."

"나는 선배 등이 보일 정도의 곳에 서 있을 생각이었거든. 그것도 나한테는 힘들다고 생각했어요."

말을 잇던 도아가 숨을 들이켜며 말을 멈췄다. 명확히 설명하기 힘든 감정이 점철된 얼굴로 머리카락을 쓸어 넘기던 도아가 고개를 들어 수한을 본다.

"그래선 안 됐어요."

그의 등을 보는 일 따위 목표로 해서는 안 됐다. 뒤늦은 후회가 몰려왔다.

예도아는 유수한이 미친 이유를 알았다. 사랑하는 남자의 과거를 알고 안쓰러워했을 뿐, 자신의 일이라곤 생각하지 않았다. 명색이 의사가. 외상을 하고 싶다는 사람이.

도아는 서울에 외상센터가 부족하다는 생각을 해 본 적 없었다. 의료진을 제때 만나지 못해 길에서 죽는 환자들이 있다는 현실을 알고 있으면서도 깊이 생각하지 않았다.

사랑하는 어머니를 잃고 나서야 도아는 알게 됐다.

잘못되었다는 것을.

제때 치료만 받았으면 후유증은 남더라도 어머니는 가족의 곁에 있을 수 있었을 것이다.
그 생각으로 도아는 하루에도 몇 번이나 심장이 녹아내렸다. 뒤늦게 후회해 봤자 아무것도 변하지 않는다는 걸 알면서도.
"너무 슬퍼서 어떻게 해야 할지 모르겠어요."
"……."
"날 학대하고 싶어져요. 내가 엄청 괴로웠으면 좋겠어."
도아가 양손으로 얼굴을 가렸다. 하지만 눈물은 메말라 흐르지 않는다.
한참 도아를 바라보던 그가 고개를 떨구더니 낮은 음성으로 운을 뗐다.
"무책임한 말일 수도 있는데."
멍한 시선이 그를 향했다. 그러자 그는 보지도 않고도 이를 알았는지 힘주어 말을 이었다.
"살다 보면 살아져."
특별한 비법 같은 건 없었다.
자신에게 주어진 하루하루를 견뎌 내면 시간은 쌓인다. 모래알처럼 느껴지는 작은 시간 끝에 어느 날, 어느 순간, 편해지는 찰나의 순간이 올 것이다.
죄책감으로 어쩜 이럴 수가 있나, 자신을 탓하며 시간이 좀 더 흐르면 그 찰나의 순간이 조금씩 길어지며, 일상을 살아 내게 되겠지.
뺨을 타고 주르륵 흘러내리는 눈물을 닦아 낸 도아가 훌쩍이며 말을 이었다.

"목표를 바꿨어요. 나 이제 선배 등만 보는 일은 안 할래."

그럼?

"난 내가 할 수 있는 일을 찾을래요, 이곳에서."

도망치지 않고.

"그러니까."

도아가 헛웃음을 뱉으며 말을 이었다.

"우리 다음에 만나면 사고 쳐요."

그다음이 있다면.

도아의 말에 처음으로 수한의 얼굴이 일그러졌다.

감정이 그득한 얼굴로 도아를 바라보던 그가 눈시울을 붉혔다. 이를 바라보는 도아의 눈망울 역시 붉어졌다.

잘 가라는 인사도, 잘 지내라는 인사도 하지 않은 두 사람은 말없이 서로를 바라본 이후에 헤어졌다.

유수한은 예도아의 결정을 존중해 주기로 했다. 위태롭다는 느낌도, 이대론 손을 놓아선 안 된다는 강렬한 충동을 느끼면서도.

예도아는 그가 만들어 준 그늘을 기대하며 지내던 시간에서 벗어나기로 했다.

서로를 이해했다. 말하진 않아도.

그렇게, 각자의 길을 걸었다.

❖ ❖ ❖

링거액을 조절하던 민성의 얼굴이 팍 일그러졌다. 환자의 상태는 병원에 처음 왔을 때보다 의식이 눈에 띄게 좋아지긴 했으나 문제는 지금부터였다.

몸을 돌린 그가 데스크로 다가가 2년 차 조 선생에게 윽박질렀다.

"왜 이렇게 안 내려와!"

"다시 한 번 콜 넣어 볼까요?"

"그래서 내려오겠냐? 요즘 NS 진짜……."

터져 나오려는 욕설을 애써 억누른 민성이 이를 까드득 깨물었다. 그러더니 이곳에서 제일 한가한 인턴 선생을 노려보며 말한다.

"이 선생, 가서 잡아 와."

"예?"

"왜, 환자 깔아 놓고 죽일까?"

이를 까드득 깨무는 모습은 마치 야차 같았다. 분노로 얼굴이 새빨개진 민성을 본 이 선생이 재빨리 답했다.

"네. 지금 가서……."

당장 모셔 오겠다고 말하려던 때였다.

"안 잡으러 가도 돼."

심드렁한 목소리에 사람들의 시선이 한곳으로 모여들었다.

그중에서 가장 놀란 건 민성이었다.

"너 여긴 어떻게……."

"CT 올라와 있어?"

"어? 아, 어."

모니터로 다가간 도아가 마우스를 달칵거렸다.

길을 걷다가 떨어진 간판에 머리를 맞고 쓰러진 52세 환자는 구급차를 통해 내원했다. 병원에 도착 당시 극심한 두통과 메스꺼움을 호소한 환자는 의식이 명료하지 않았다. 머리를 다친 환자에게서 흔히 나타나는 반응이었다.

brain CT를 확인한 도아가 자신을 조심스러운 눈길로 살피는 시선을 느끼고서 말했다.

"frontal bone FCCD(전두골 복합성 분쇄 함몰 골절)이네."

"바이탈 정상 수치고, 골절 부위 세척하고 지혈제, 항생제 우선 투여했어."

"환자는 어디 있어?"

"11번 베드."

커튼을 열고 안으로 들어간 도아가 환자의 외상 부위를 관찰했다. 출혈이 있었던 건지 오른쪽 귀가 솜으로 막혀 있었다.

"환자분, 어디가 가장 불편하세요?"

"어지럽……고 토할 것 같았는데, 지금은 괜찮아요."

말이 어눌했지만 다행히 의식은 있었다.

도아가 곁에 선 민성에게 물었다.

"보호자는?"

"밖에 있어."

고개를 끄덕인 도아가 휴대전화를 꺼냈다.

"최 교수님, 레지던트 3년 차 예도아입니다."

빠르게 환자의 상태를 설명하는 도아는 평소와 다름이 없어 보였다. 아니, 어머니의 사고 전으로 돌아간 것 같다.

전화를 끊은 도아가 NCU(신경계중환자실) 베드를 확보한 후 걸음을 옮겼다.

밖으로 나온 도아가 보호자에게 현재 환자의 상태와 응급수술에 들어가야 한다고 설명했다.

그 모습을 뒤에서 보던 민성이 한숨을 몰아쉬었다. 도아가 어떤 마음가짐으로 이곳에 왔는지 이제야 알 것 같았다.

"요령 없는 인간인 줄은 알았지만."

조금 더 자신에게 시간을 줘도 됐을 텐데, 예도아는 이번에도 정면으로 맞서려는 모양이다.

힘들고 고통스러운 순간을 벗어나는 방법은 한 가지밖에 없었다.

어떻게든 견뎌 내는 것.

언제나 그랬듯 도아는 이번에도 정공법을 선택했다.

RISK

3. 돌아가야 하는 곳

만남과 이별이 쉼 없이 반복되는 인천공항.

24시간 불이 꺼지지 않는 공항은 오늘도 인산인해를 이뤘다.

웅성웅성.

입국장 문이 열리자 작은 소란이 일어났다. 이제 막 한국에 도착한 이들은 긴 여정에 지친 표정들이었지만 그리운 사람을 발견하고선 하나같이 밝게 웃었다. 단 한 남자를 제외하고선.

멀끔한 슈트 차림의 남자가 공항 안으로 들어서자 몇몇 이들의 시선이 그에게 닿았다. 남자는 한번 보면 잊히지 않을 마스크를 하고 있었다. 하지만 시선을 끄는 건 이뿐만이 아니었다. 풍기는 분위기만으로도 남잔 좌중을 집중시켰다.

"지금 도착했는데."

낮은 음성 끝에 남자의 입술이 다정하게 휘어졌다. 오랜 타지 생활을 접고 한국으로 들어온 그였지만 손에는 작은 가방 하나만 들려 있었다.

남자의 입국을 반기는 이 역시 없다.

훌쩍 한국을 떠났던 그때처럼 홀연히 한국으로 돌아온 그는 참 많은 것이 변해 있었다.

완연한 남자가 되어 돌아온 유수한은 사람들의 시선이 익숙한 듯 보였다. 곧장 택시 정류장으로 향하던 그의 걸음이 우뚝 멈췄다.

– 오빠 진짜 인성에 문제 있어. 어떻게 한 번을 안 들어오냐?

전화 너머로 들려오는 날카로운 음성에 수한의 미간에 작은 주름이 잡혔다.

성격에 심히 문제가 있는 동생에게 이런 지적을 받는 건 썩 유쾌하지 않았다. 하지만 틀린 말은 아니었기에 딱히 반박하진 못했다.

"잔소리하려고 전화한 건가?"

– 방 구해 달라며. 그냥 돈 꿀꺽할 걸 그랬나.

"돈 필요해?"

– 말이 그렇단 거지, 말이!

농담도 못 하겠다며 소리를 지른 수진이 연이어 따지듯 말했다.

– 나도 멀쩡한 직장 가지고 있거든? 돈 많이 번다고 지금 유세해?

아니, 그런 적은 없는데.

애써 말을 삼킨 그가 미간을 좁혔다. 말을 덧붙여 봤자 잔소리만 길어질 것 같다는 생각에 애써 말을 삼킬 때였다.

– 도아 언니한테는, 전화했어?

한 여자의 이름에 그의 표정이 묘하게 굳어졌다.

"아직도 연락하고 지내?"

– 왜. 내 손가락으로, 내가 내 시간, 내 돈 써 가며 만나는 건데. 오빠가 무슨 상관이야?

"……."

다 옳은 말이었다.

수한이 할 말을 잃고 침묵을 지키자 수진이 혀를 날카롭게 차며 말을 이었다.

– 벼락 맞아 죽을 거야, 오빠.

"오늘 말투가 상당히 거칠다?"

– 언젠 안 그랬어?

그래, 새삼스럽긴 했다. 여느 남매가 그러하듯 두 사람 역시 대부분의 대화가 신경전의 연속이었다.

짧은 통화에 금세 지쳐 버린 수한이 한숨을 푹 내뱉으며 답했다.

"집 주소 문자로 보내 놔."

– 뭐? 이이……! 유수한! 내가 어! 그 바쁜 와중에 집까지 알아봐……!

수진의 말이 끝나기도 전에 전화를 끊은 그가 고개를 젖혀 하늘을 보았다.

한국.

한국이다.

어느 나라든 하늘은 같을 텐데, 고국의 하늘은 더 특별하게 다가왔다.

한참이고 비행기가 뜨고 착륙하길 반복하는 하늘을 바라보던 그가 줄지어 서 있는 택시로 향했다.

"어디로 갈까요?"

"파주 새빛 납골당이요."

짧은 답과 함께 그가 눈을 감았다. 그제야 진득한 피로가 그의 몸을 휘감았다.

내비게이션을 입력하는 기계음이 들리고 얼마 후 차가 움직이기 시작했다. 차창 밖의 세계가 시시각각 바뀌었다.

신호에 걸려 멈추길 몇 번.

택시는 1시간을 넘게 달려서야 납골당 앞에 도착했다.

"감사합니다."

짧은 인사와 함께 차에서 내린 그가 높은 언덕을 말없이 오르기 시작했다.

그는 뒤늦게 꽃 한 송이 사 오지 않았다는 사실을 깨달았다. 하지만 수한은 말없이 언덕을 올랐다. 숨이 막혔지만 그의 걸음은 아버지 앞에 도착하기 전까지 멈추지 않았다.

숨을 고른 수한의 시선이 액자 속에서 자상하게 웃고 있는 남자의 얼굴에 오랫동안 머물렀다.

"……."

아버지. 아버지. 아버지.

속으로 듣기만 해도 가슴이 아픈 그 이름을 몇 번이고 불러보았다.

들썩이는 가슴은 슬픔 때문인지, 아니면 참 오랜만에 찾아뵙는 것에 대한 죄스러움 때문인지 확신할 수 없었다. 다만 하나 확실한 것은 심장이 미칠 것처럼 아프다는 것이었다.

아버지를 떠나보내던 열아홉 어린 소년이 떠올랐다.

숨이 끊어지는 순간까지 그 소년을 걱정하던 중년의 남성도.

뿌옇게 얼룩이 진 유리창을 옷소매로 닦은 수한이 한 걸음 뒤로 물러섰다. 그러더니 작은 액자 속에서 환히 웃고 있는 아버지를 보며 무겁게 닫고 있던 입술을 달싹였다.

"죄송해요, 아버지."

자주 찾아뵙지 못해서.

"너무 늦었어요."

젖은 눈동자가 슬픔으로 일그러졌다.

수한은 쉼 없이 달려왔다. 존경하던 아버지를 잃은 그날부터 유수한의 목표는 불행한 사고를 당한 어느 누군가를 구하는 것이었다.

이젠 조금은 그 목표에 가까워졌을까.

생각에 잠겨 있던 수한이 헛웃음을 뱉었다.

"아직도 정신을 못 차렸네."

미국에서 수한이 배운 것이 있다면 그 목표는 자신 혼자서는 절대 이룰 수 없다는 거였다.

어린아이처럼 웃은 그가 한참이고 액자를 보았다.

"이젠 자주 올게요, 아버지."

사진 속 가족은 참으로 행복해 보였다. 그리고 수한은 이제, 이때처럼 행복해지고 싶었다.

❖ ❖ ❖

여기저기 작은 박스가 정신없이 놓여 있다. 아주 짧은 시간이었지만 그사이 짐이 참 많이도 늘었다.

하지만 정작 떠나는 이는 이곳에서 자신이 할 소임을 모두 마쳤다는 것에 홀가분한 표정이었다. 이 뒤는 자신의 뜻을 이어받은 이들이 해 줄 것이라 믿으며 예 원장은 자신의 과거를 정리했다.

방을 정리하고 있던 예 원장이 노크 소리에 고개를 들었다.

"들어와요."

허락에 문이 열리자 예 원장의 입가에 미소가 머물렀다.

"오랜만이야, 유 선생."

안으로 들어온 건 예 원장의 뒤를 이을 사람이다.

깍듯하게 허리를 숙이는 남자를 보며 예 원장이 뒷말을 이었다.

"아 참. 이젠 유 교수님이라고 해야 하지."

검은색 코트를 입고 있는 수한의 모습에 예 원장의 눈시울이 조금 붉어졌다.

두 사람이 마지막으로 만났던 건 정지연의 장례식장에서였다. 시간이 참 무색하게도 흘렀다. 오랜만에 만난 제자를 보며, 예 원장은 사랑하는 아내를 무력하게 보냈던 그날을 떠올렸다.

"잘 지내셨습니까."

"나야 똑같지, 뭐. 앉아. 차는 뭐로 줄까?"

"괜찮습니다."

"괜찮아도 마셔. 좋은 차를 선물 받았거든."

답은 이미 정해져 있었던 듯 예 원장이 포트에 물을 끓이기 시작했다.

수한이 소파에 앉자 예 원장은 정성스럽게 찻잔을 데운 후에 차를 내렸다. 향긋한 내음이 좁은 원장실을 가득 채운다.

"어수선하지?"

"벌써 정리하십니까?"

"미련이 없으니 빨리 정리해야겠다는 생각부터 들어서. 앞사람이 빨리 자리를 정리해 줘야 뒷사람도 마음 편히 들어오지."

예 원장이 작은 찻잔을 수한의 앞에 내려놓았다. 달콤한 꽃냄새와 흙냄새가 동시에 느껴지는 차였다.

"기억나나? 자네한테 외상외과 전담이 되라고 했을 때. 그때 마셨던 찬데."

"기억납니다."

수한이 미소 띤 얼굴로 찻잔을 내려놓았다. 후각이란 게 얼마나 대단한지 그 순간 깨달았다.

열정만 있으면 무엇이든 할 수 있을 거라 믿었던 서른.

자신의 능력이 부족해 환자를 잃은 것이라 자책했던 그날.

그날을 견디게 해 준 한 여자가 떠올랐다.

"고마워. 사실 거절할 줄 알았거든."

수한의 입술이 굳게 다물렸다. 그 역시 쉬운 선택은 아니었다.

작년 말, 유수한은 두 스승에게서 동시에 제안을 받았다.

일주일 먼저 제안한 건 브라운 교수였다. 그는 3년 이후에 부

교수 자리를 약속했다. 그 제안을 듣는 순간 수한은 치열했던 시간을 인정받은 기분이 들었다. 대우 역시 한국과는 비교가 되지 않을 정도로 좋았다.

또 하나는 예익환 원장의 제안이었다.

예 원장은 아내가 사망한 이후 정규 수술을 모두 소화한 뒤 모교인 한국대학병원을 떠났다. 그가 새로 자리를 잡은 곳은 도담병원이었다.

도담병원은 서울에 위치한 종합병원 중 유일하게 권역외상센터를 지을 부지가 있었다. 현재까지도 보존되어 있는 예재필 선생의 생가였다.

하지만 병원 내부에서는 경영을 악화시킬 권역외상센터를 반기지 않는 분위기였고, 도담병원의 존재 그 자체인 예재필 선생의 생가를 없애는 것 역시 반기지 않았다.

이를 설득하고 나선 건 예 원장이었다.

도담병원이 아무리 한국대학병원에서 수탁 운영하는 곳이라지만 외부 인사가 원장 자리에 앉는 건 말도 안 되는 일이었다.

하지만 예익환이란 존재는 불가능한 일도 가능케 했다. 예재필 선생의 체취가 가득한 도담병원은 예익환을 원장으로 받아들였고, 아버지의 생가도 서울시에 기증했다.

예 원장이 어릴 적 자랐던 작은 집이 헐리고, 그 자리에 많은 사람들을 살릴 권역외상센터가 들어섰다.

문제는 그곳에서 일할 의료진이었다. 도담병원에는 외상외과가 존재하지 않았고, 예 원장은 이 중차대한 자리를 맡아 달라며 수한에게 부탁했다.

그리고 수한은 예 원장이 그에게 일반외과를 제안했던 그때처럼 이번 일 역시 고민하지 않고 수락했다.

"돌아올 생각이었습니다."

예 원장이 의아한 표정을 짓자 수한이 찻잔을 내려다보며 웃었다.

"그러기로 약속해서."

멋쩍은 미소를 짓는 수한을 보며 예 원장이 묘한 미소를 지었다.

"그 사람에게 감사해야겠네."

웃음기 섞인 목소리로 말한 예 원장이 찻잔을 기울였다.

참 오랜만의 조우였으나 대화는 길지 않았다.

❖ ❖ ❖

여전히 미친 듯이 뛰는 심장을 손바닥으로 꾹 누르던 민성이 심호흡을 했다. 거짓말을 조금 보태 손바닥에 심장 박동이 느껴질 정도였다.

"괜찮아. 안 떨어졌을 거야."

그리고 떨어지면 또 어때?

자신이 갈 병원 하나 없겠냐며 그가 괜히 호기로운 생각을 할 때였다.

술렁-

주변의 분위기가 순간 바뀐 느낌에 민성이 괜히 주위를 두리

번 거릴 때였다.

"……어?"

민성의 눈이 커다랗게 떠졌다. 분명 사람들의 시선을 받는 저 남자를 자신 역시 알고 있었다.

유수한.

그 사람이었다.

하지만 정작 민성의 입에서 흘러나온 음성은 여전히 의문이 가득했다.

"선배……님?"

분명 수한 같으면서도 아닌 것 같았다. 그렇게 느낀 가장 큰 이유는 분위기 때문이었다.

범접할 수 없는 분위기가 흐르는 수한은 예전의 모습을 찾아보기 힘들었다. 외모 역시 많이 바뀌었다. 서른의 유수한은 여자들에겐 사랑을, 남자들에겐 존경심을 불러일으키는 좋은 선배였지만 지금의 그는 남자의 눈에도 참 멋있다 느껴질 만큼 독보적인 아우라를 풍겼다.

민성이 얼빠진 표정으로 수한을 보고 있을 때였다. 시선을 느낀 남자가 고개를 돌리더니 성큼 민성에게 다가왔다.

"단민성 선생?"

아주 예전처럼 수한이 민성을 불렀다.

하지만 민성은 여전히 뒤통수를 세게 얻어맞은 표정으로 수한을 올려다보았다.

"와…… 진짜 선배님이세요?"

……뭐지?

이 사람은 어쩜 더 멋있어졌지?

민성은 주위의 사람들이 그런 것처럼 얼이 빠진 얼굴로 수한의 모습을 한참이나 바라본 뒤에야 고개를 숙였다.

"오랜만입니다. 선배님."

이래서 예도아가 여전히 이 남자를 잊지 못하는 건가.

반가움에 자신의 어깨를 툭 두드리는 손길에 민성의 입가에 어색한 미소가 머물렀다.

❖ ❖ ❖

'참자.'

속으로 참을 인 자를 세기던 도아가 고개를 돌려 푸르른 바다를 보았다. 부산에 내려온 지 오랜 시간이 흘렀으나 이렇게까지 오랫동안 바다를 본 적은 처음이었다.

흰 가운에 양손을 꽂은 도아의 미간에 깊은 주름이 잡혔다. 툭 건들면 주먹부터 나갈 것 같았기 때문이다.

도아가 숨을 깊게 들이마셨다가 내뱉었다.

'예도아. 지켜보는 눈이 많아.'

그래, 주위에 보는 눈이 많았다.

쓸데없는 구설에 올랐다간 결국 피를 보는 건 자신이었다. 눈앞에 있는 남자는 떠나면 그만이었지만 자신은 병원에 남아야 했다.

불특정 다수의 안줏거리에 다시는 오르고 싶지 않았기에 도아는 거친 숨을 토해 내며 분노를 억누르려고 애썼다. 물론, 그 분노의 대상이 눈앞에서 웃고 있다 보니 화가 좀처럼 주체가 되지 않았지만.

머리를 거칠게 쓸어 올린 도아가 외모는 참 멀쩡하다 못해 잘나기까지 한 남자를 보았다.

이주안은 그를 잘 모르는 사람도 한 번쯤 돌아볼 만큼 눈에 띄는 남자였다. 게다가 도아와 같은 신경외과 의사였다. 성격 역시 좋은 축에 속했다. 능글맞은 표정으로 어떠한 일 앞에서도 태연하게 구는 남잔 어디 가서 절대 이런 취급을 받지 않을 남자였다.

하지만 도아 앞에선 절대 약자를 자처하곤 했다. 물론 도아가 원치 않는다는 게 문제였지만.

"이주안 선생."

분노를 억누른 목소리였지만 주안은 이를 알면서도 모르는 척 능글맞게 웃었다.

"응, 그래. 도아야."

'아무도 안 보는 곳에 끌고 가서…… 딱 몇 대만 팰까?'

악마가 귓가에서 속삭였다.

이번 한 번만 딱 두들겨 패라고. 그럼 이 짜증이 조금은 풀릴 거라고.

하지만 도아는 이번에도 없는 인내심을 끌어모으며 주먹을 꽉 쥐었다.

'후배로 만났다면 저 입을 재봉틀로 드르르륵 박아 줄 텐데.'

안타깝게도 이 어린 노무 자식은 자신의 후배가 아니었다. 도아가 인상을 팍 쓰며 어떻게 처리해야 할지 고민할 때였다.

"내가 부산으로 내려올까?"

"뭐?"

"장거리 연애 싫다며."

"……."

도아의 입술이 파르르 떨렸다.

현실적인 이유를 말해 줄 수도 있었다. 이주안은 서울에서 펠로우 생활이 결정되었고, 이를 급작스럽게 바꿀 수는 없다는 현실적인 문제들.

하지만 도아는 잠시 말을 잃고 그를 바라보았다. 그러라고 하면 이주안은 부산으로 내려올 게 분명했다. 현실적인 이유 따윈 상관하지 않은 채. 과거 그가 자신에게 보여 주었던 모습들 때문인지 확신마저 들었다.

"가까이에 있으면 되는 거 아닌가?"

"……후."

아픈 머리를 손으로 꾹 누른 도아가 깊은 숨을 토해 냈다.

도아는 주안에게 수없이 많은 거절을 했다. 처음엔 남자 친구를 만들 마음이 없다는 이유였다.

처음 만났을 때 운명을 들먹이던 남자는 그 뒤로도 끈질기게 도아를 찾아왔다.

어머니의 죽음으로 한동안 자신을 돌볼 수 없을 때, 갑자기 나타난 남자는 도아를 데리고 식당에 갔다.

그러더니 그리운 어느 누군가가 그랬듯 말없이 밥그릇을 앞으로 밀어 놓았다.

'먹으면 안 잡아먹지.'

위로하는 말투는 상당히 불량했지만.

그 만남 이후로 이주안은 1년이 지난 후에야 두 번째 고백을 해 왔다. 도아보다 한 살 어린 그가 군대에 가야 했던 시기였다.

두 번짼 이 나이에 군의관에 입대한 남자 친구를 기다리기 싫다는 이유로 거절했다. 연하는 자신의 취향이 아니라고. 그때 이주안은 상당히 불량한 표정으로 따지듯 말했다.

'한 살이라도 어린 게 좋지, 그게 왜 문제가 되는데?'

그날 이후로 이주안은 단 한 번도 도아에게 존댓말을 하지 않았다. 지금 생각해 보니 나이로 거절한 건 패착이었다.

그리고 이번엔 장거리 연애가 싫다고 거절했다. 조금 전에.

하지만 그 말에 대한 주안의 답은 자신이 부산으로 내려오겠다는 것이었다.

"미쳤구나, 너."

"알고 있던 거 아니었어?"

"……뭐, 뭐?"

"미쳐 있다고 수시로 말했던 것 같은데. 너한테."

도아가 입술을 잘근잘근 깨물었다. 마음이 술렁거렸다. 처음 이주안을 만났던 그날처럼 지금도 그의 얼굴 위로 자신의 모습이 겹쳐졌다.

"좋아해."

좋아해요.

좋아해요, 선배.

거절당하면서도 부딪혔던 그날이 떠올랐다.

그래, 도아의 마음속에 그 시간은 여전히 너무 선명해서 주안이 좋은 사람이라는 걸 알면서도 쉬이 받아들일 수가 없다.

도아가 미소 짓고 있는 주안을 보며 진지한 표정으로 말했다.

"너한테 몇 번은 말했던 것 같은데. 나, 좋아하는 사람이 있어."

"알아."

단호하기까지 한 말에 도아의 얼굴이 서글퍼졌다.

'내 멋대로 좋아하는 거니까. 거절은 거절합니다. 그 거절도 거절할래요.'

자신의 목소리가 귓가에 쟁알거리는 순간 주안이 생각을 방해하듯 말을 이었다.

"알아도 좋아해."

그럼에도 자신의 마음은 바뀌지 않는다고.

낮은 음성엔 진심이 가득했다. 도아의 마음에 다른 남자가 있어도 상관없다고.

도아 역시 그랬었다.

유수한에게 자신은 항상 2순위였음에도 상관없었다.

아니, 상관없다고 애써 믿었었던 과거가 떠올랐다.

괜찮지 않다는 걸 깨닫기까지 아주 오랜 시간이 걸렸다.
햇살을 등진 채 서 있는 주안의 모습에서 시선을 떼지 못하던 도아가 뒤늦게 굳게 다물고 있던 입술을 뗐다.
"이주안."
고개를 기울이며 해사하게 웃는 남자를 보며 도아가 낮은 음성으로 말했다.
"마음에도 없는 소리 하지 마. 안 괜찮잖아, 너."
허를 찔린 사람처럼 입을 굳게 다무는 남자를 보며 도아가 말을 이었다.
"괜찮을 리가 없잖아. 어떻게 괜찮을 수가 있겠어? 너도 사람인데."
어쩌면 이주안 역시 과거의 자신처럼 애써 괜찮다고 주문을 걸고 있는 것일지도 몰랐다. 아니, 그럴 것이다. 분명.
"네 미래를 나 때문에 결정하지 마. 그거 나도 해 봐서 아는데, 상당히 멍청한 짓이야."
처음으로 주안의 얼굴에서 웃음이 사라졌다.
두 사람 사이로 침묵이 흘렀다. 상처로 얼룩진 주안의 표정을 차마 바라보지 못해 도아가 고개를 떨궜다. 공기가 온몸을 짓누르는 것 같았다.
한참이 지나서야 주안이 운을 뗐다.
"이유 생각해 놔."
"……."
"나 거절할 이유."
도아의 얼굴을 빤히 바라보던 그가 몸을 돌렸다.

멀어지는 주안의 뒷모습에서 시선을 떼지 못하던 도아가 몸을 돌려 벤치에 앉았다.

“미치겠네.”

짜증스레 숨을 뱉은 도아가 고개를 젖혀 하늘을 보았다.

참, 어려웠다.

❖ ❖ ❖

쏴아아—

물줄기가 머리 위로 쏟아졌다. 아래로 흘러내리는 머리카락을 양손으로 쓸어 올린 도아가 고개를 들어 올렸다. 따뜻한 물줄기가 차가웠던 몸을 데워 주었다.

샤워를 마친 도아는 가장 먼저 휴대전화를 확인했다. 18시간 동안 수술실에 있어서인지 응급 콜이 들어와 있지 않았다. 신경외과 단톡방을 보았지만 어찌 된 일인지 마지막 메시지가 2시간 전이었다.

“불안하게 왜 이래?”

이렇게까지 조용한 날은 꼭 무슨 문제가 생겼다.

미간을 좁힌 도아는 곧 ‘말이 씨가 된다’라는 신념에 가까운 말을 떠올리고선 고개를 저었다.

그녀가 이번엔 개인 휴대전화를 확인했다.

[부재중 전화 1통]

낯선 번호였다.

고개를 기울인 도아가 통화 버튼을 눌렀다.

– 뚜루루– 뚜루루–

몇 번의 통화연결음이 흐른 이후, 기계 음성이 들려왔다. 대략 전원이 꺼져 있다는 말이었다.

"뭐지?"

대수롭지 않게 무시해 버린 도아가 수건으로 젖은 머리를 툴툴 털며 밖으로 나왔다.

투명한 유리창 너머 진한 빛깔의 바다가 펼쳐져 있다. 하늘을 활공하는 갈매기가 여유롭게 공기를 즐기고 있었다.

전공 서적이 쌓여 있는 책상 한가운데에 상자가 놓여 있었다. 연필꽂이에 곶힌 커터칼을 꺼낸 도아가 단숨에 박스테이프를 잘라 내더니 안에 들어 있던 두꺼운 책자를 꺼냈다.

『Yu Soohan』

표지를 쓰다듬는 손길에 많은 이야기가 담겨 있다.

수한의 이름에서 시선을 떼지 못하던 도아가 헛웃음을 뱉는다.

"이렇게 열심히 살면 내가 뭐가 돼?"

몸은 멀었지만 마음은 가까웠다.

같은 선상을 달리고 있다는 바보 같은 생각도 든다.

유수한은 여전히 그녀의 인생에 지대한 영향을 끼치고 있었다.

여전한 사랑이었다. 다른 사람들은 절대 끼어들 틈이 없을 만큼.

하지만 유수한은 더 이상 예도아의 인생을 지배하지 못했다. 스물여섯 예도아의 인생은 유수한이 전부였다면, 서른넷의 예도아에겐 훨씬 중요한 것들이 많이 생겼다.

예도아는 더 이상 유수한의 꿈을 자신의 꿈으로 여기지 않기로 했다. 자신을 의사로 만나는 모든 사람들이 불행하지 않도록 실력 있는 의사가 되고 싶었다.

다시 휴대전화가 울리자 도아의 시선이 액정으로 향했다. 이곳에도 그리운 이의 이름이 있다.

"얜 나 아니면 놀아 줄 애도 없나 봐."

장난스레 투덜거린 도아가 통화 버튼을 누르자 민성이 인사도 없이 가타부타 말했다.

– 내려와.

"뭐야, 진짜 왔네?"

– 그럼! 가짜로 오냐?

"아니, 뭐. 서울이랑 부산이 옆 동네도 아니고 말이지."

– 그래. 먼 동네에서 내려왔으니까 기다리게 하지 말고 당장 내려와.

"알았어. 회생공원에서 기다려."

– 거기가 어딘데?

의아한 목소리에 도아가 거울을 보며 부스스한 머리카락을 손으로 대충 쓸어내리며 답했다.

"우리 민성이. 군대 가더니 한글 읽는 것도 잊어버린 거야? 표지판이 얼마나 많은데. 주위를 좀 둘러봐."

다정한 목소리로 읊조리던 도아는 잊고 있었던 사실을 깨달았다는 듯 감정없이 '아!'라고 소리치더니 이내 말을 이었다.

"혹시 표지판 못 읽겠으면 주위에 물어보고. 아주 친절하게 설명해 주실 거야."

– 예도아, 너 지금 나 놀리는 거지!

"아니, 그럴 리가요. 그럼 회생공원에서 보자. 지금 내려갈게."

전화를 끊은 도아가 의자에 대충 걸쳐 두었던 가운을 입고서 밖으로 나섰다.

환자와 보호자를 위해 조성된 정원은 아직 봄이 찾아오지 않았다. 제법 쌀쌀한 바람에 몸을 움츠린 도아가 벤치에 앉아 멍하니 하늘을 올려다보고 있는 남자를 발견하고서 외쳤다.

"단민성!"

와락 소리를 지른 도아가 민성의 어깨를 힘껏 내려치자 깜짝 놀란 몸이 위로 튀어 올랐다.

"뭐야! 깜짝 놀랐잖아!"

민성이 발까지 동동 구르며 소리치자 도아가 히죽 웃었다.

"성공이네? 놀라라고 한 건데."

"이게 진짜! 아, 아파!"

그가 가슴께를 쓸어내리더니 앓는 소리를 냈다. 그러면서도 오랜만에 보는 친구를 노려보는 것도 잊지 않았다.

"넌 어떻게 얼굴 한 번을 안 보여 주냐?"

"군인보다 더 갇혀 사는데, 얼굴은 네가 보여 줘야지."

"그래도! 넌 내가 죽었는지, 살았는지 궁금하지도 않았냐?"

"연락 없었잖아."

"그러니까!"

"어, 그러니까. 죽었다면 나한테도 연락이 왔겠지."

"……."

할 말을 잃은 민성이 입맛을 쩝 다셨다.

"그건 그렇네."

"내 말 맞지? 그러니까, 내 말 잘 들어. 난 맞는 말만 해."

"어련하실까."

여전한 도아의 모습을 바라보던 민성이 깊이 숨을 들이마셨다.

참 많은 것이 변한 남자를 떠올리며.

그때 흰 가운을 입은 사람들이 군기가 바짝 든 모습으로 도아에게 꾸벅 고개를 숙였다. 표정들을 보아하니 예도아의 성깔이 부산에서도 여전히 죽지 않은 모양이었다.

레지던트 마지막 1년은 도아의 인생에서 가장 큰 시련이었다. 도아를 은근히 따돌리던 동기들의 모습에 민성 역시 적지 않게 실망했다.

도아를 거짓말쟁이로 몰고 간 사람들은 그녀의 노력 모두를 폄하했다. 사람으로 넘치던 도아의 주변엔 민성과 소리만이 남았다.

사람들은 그녀가 아버지 백으로 한국대 병원에서 펠로우를 할 거라고 확신했으나 도아의 결정은 부산으로 내려가는 것이었다.

그사이 민성은 군의관으로 입대했다. 면회 한 번 오지 않은 사랑스러운 동기를 걱정스럽게 바라보던 민성이 가벼운 어조로 물었다.

"그대로다?"

"그러게. 나 참 안 늙지? 타고났나 봐."

"……."

말려들지 마.

예도아 이런 인간인 거 원래부터 잘 알고 있었잖아.

심호흡을 한 민성이 애써 감정을 갈무리하며 물었다.

"계속 부산에 있을 거야?"

"글쎄. 너는?"

"도담에서 펠로우 하려고."

"왜? 모교에서 하는 게 좋을 텐데. 왕따 당하면 어쩌려고."

말려……들지 마라고.

일일이 화내 봤자 나만 손해야.

애써 감정을 억누른 민성이 무심한 표정으로 말했다.

"난 너와는 달리 사회성이 아주 좋아서 말이지."

"언제부터?"

"일단 너랑 아직까지 연락하고 지내는 것부터가 내 성격이 아주 좋다는 증거 아닐까?"

"……."

처음으로 도아의 말문이 막히자 민성의 입가에 승리의 미소가 내걸렸다.

그래서였을까.

민성은 곧 하지 말아야 할 말까지 덧붙였다.

"게다가 권역외상센터로 지정되기도 했고. 훨씬 체계적일 거 같아서."

아차.

말을 마친 민성이 뒤늦게 도아의 눈치를 보았다. 속으로는 자신을 향한 욕지거리를 뱉으며.

4년 전, 예 원장의 피나는 노력으로 인해 도담병원은 권역외상센터로 지정될 수 있었다.

하지만 이는 의료의 발전을 위해서도, 외상 사각지대에 놓인 서울 시민들을 위한 결정도 아니었다.

도아가 부산으로 내려온 이후, 예 원장은 아내를 교통사고로 잃은 슬픔을 건설적인 방법으로 풀어냈다. 제때 치료를 받지 못한 외상 환자들이 더 이상 죽지 않도록. 자신처럼 가족을 허무하게 보내는 사람들이 더 이상 없도록.

권역외상센터는 정지연의 죽음 위에 세워진 건물이었다.

민성이 도아의 눈치를 보았다.

늘 그랬지만 이번에도 도아의 생각은 읽히지 않는다. 겉으로 보기엔 긍정적인 에너지가 넘치는 그녀였지만 속은 어떤지 알 수가 없었다.

하지만 모든 사정을 알고 있는 민성은 자신의 주둥이를 내려치고 싶은 걸 억지로 참아 내야 했다.

"큼."

그가 헛기침을 뱉자 도아가 가벼운 어조로 말했다.

"왜 내 눈치를 보고 그래?"

"내, 내가? 내가 언제?"

"그러고 싶으면 그런 걸로 하자."

바람처럼 웃은 도아가 어깨를 으쓱였다.

하지만 민성은 겉모습에 속지 않았다. 도아가 한국대 병원에서 마지막으로 보낸 1년을 곁에서 모두 지켜보았기에.

민성이 한참의 시간이 지나서야 물었다.

"넌 생각 없어? 선배도 돌아왔는데."

어머니의 죽음 위에 세워진 도담병원 권역외상센터로 올 마음이 없냐고.

도아의 오랜 짝사랑인 유수한 역시 한국으로 돌아왔다. 그것도 권역외상센터 교수로.

도담병원은 벌써부터 서른여덟의 젊고 잘생긴 교수에 대해 말이 많았다. 그의 존재를 잘 알고 있는 한국대 출신들이 많다 보니 더더욱 유수한이 어떻게 변했을지 기대하는 선생들도 꽤나 존재했다.

하지만 도아는 기뻐 보이지가 않았다. 그의 귀국에도.

속을 알 수 없는 표정에 민성이 조심스럽게 물었다.

"선배한테 연락 왔어?"

"아니. 아직."

잘라 말한 도아가 곧 진지한 표정으로 읊조렸다.

"기다리는 중이야. 이건 일종의 전쟁이지. 이성과 본능의 전쟁."

"……."

"호르몬 전쟁 같기도? 내가 먼저 연락하면 확 덮쳐 버릴 것 같아서 말이지."

의식의 흐름에 따라 말하던 도아가 상큼하게 웃자 참다 못한 민성이 낮게 소리쳤다.

“사람이 진지하게 말하면 좀!”

“뭐. 왜. 나도 아주 진지한데?”

“설마. 농담이겠지. 농담이라고 해 주라.”

“농담을 이렇게 진지하게 하는 사람이 어디 있냐?”

“…….”

왈칵 치솟는 분노를 애써 억누른 민성이 이를 까드득 깨물며 말했다.

“넌 진짜, 입이 문제야, 입이.”

“왜, 뭐가 문젠데? 사람이 성욕이 없는 게 문제지, 있는 건 아-무 문제도 안 되거든?”

진심이다.

예도아, 지금 진심이야.

“소리 병원에 좀 찾아가 봐. 친구니까 더 잘 봐줄 거 아니야.”

“약 먹어야 할 정도는 아니니까 걱정 말고. 자고 갈 거야? 나 너랑 놀아 줄 시간 없는데.”

“너랑 놀 마음도 없거든?”

자리에서 일어난 민성이 도아의 가운을 보았다.

『외상외과 의사 예도아』

도아 역시 예 원장과 마찬가지로 건설적인 방법으로 자신의 슬픔을 풀어낸 것일까.

한참 도아를 보던 민성이 손을 흔들었다.

"서울 오면 연락해라."

민성에게 손을 흔든 도아가 병원 방향으로 몸을 돌렸다.

웅- 웅웅-

주머니 안에서 울리는 휴대전화를 꺼낸 도아가 액정을 보았다. 저장되어 있지 않은 번호였다. 하지만 어딘가 익숙한 번호에 도아는 조금 전 부재중 전화를 떠올렸다.

"여보세요?"

– …….

"여보세요?"

재차 묻는 말에도 전화 너머로 침묵이 흘렀다. 그 순간 도아의 표정이 멍하니 변한다. 우습게도, 도아는 순간 저장도 안 된 번호가 누구 것인지 알게 됐다.

도아의 입술이 어설픈 미소를 머금었다.

"선배가 어쩐 일이야? 먼저 전화를 다 주고?"

– 한국이야.

전화기 너머로 들려오는 목소리에 심장이 왈칵 아래로 떨어졌다.

진짜, 진짜 유수한이다.

기억에 선명하게 남아 있는 목소리에 도아의 눈시울이 붉어질 때였다.

– 시간 내.

"……."

유수한은 하나도 변하지 않았다.

이런 점 역시.

눈시울이 붉어진 것과는 달리 흘러나오는 목소리는 장난스러웠다.

“잘 지냈냐는 인사가 먼저 아닌가.”

– 잘 지낸다는 이야기는 들었어.

“그 이야기 나한테 좀 듣지. 선배는. 어떻게 지냈어요?”

– 어떨 것 같아?

“잘 못 지냈을 것 같아요. 아니, 잘 못 지냈어야 해. 예도아가 없는 유수한은 그래야지.”

유수한이 그녀의 인생에서 사라진 5년.

그 시간 동안 도아는 감정을 감추는 법을 배웠다. 슬프다고 해서 매번 악을 쓸 수 없었다. 내가 힘들다고 소리칠 수 있는 환경도 아니었다.

손을 든 도아가 눈가를 문질렀다.

장난이에요, 장난.

그 말을 할 차례였다.

하지만 도아보다 수한의 답이 훨씬 빨랐다.

– 맞아, 못 지냈어.

“…….”

– 염치없지만. 그랬어.

숨이 턱 막혔다.

감정이 느껴지지 않는 고저 없는 답이었기에 더 깊은 감정이 느껴졌다.

멍한 표정으로 눈을 깜빡이던 도아가 떨리는 목소리로 물었다.

"뭐야. 심장 떨리게 왜 이래?"

– 나도 떨려.

"……."

그 역시 우리의 마음은 여전히 이어져 있다 말하는 것 같았다. 너 혼자의 감정이 아니라고.

– 보자.

짧은 말에 도아가 떨리는 목소리로 답했다.

"네. 봐요, 우리."

전화를 끊은 도아가 액정을 확인했다. 통화기록이 남아 있는 것을 확인한 그녀는 이 상황이 꿈이 아니라는 걸 알게 됐다.

"……하여튼."

유수한은 앞뒤가 없다. 예전에도 지금에도.

도아가 병원 건물을 올려다보았다.

"내 자리로 돌아갈 땐가."

한숨처럼 말한 도아가 다시 걸음을 옮겼다.

❖ ❖ ❖

– 언니, 오빠랑 통화했어요?

통화 중이라는 화면과 함께 도착지까지 357km가 남았다는 메시지가 떴다가 사라지길 반복한다.

도아가 2차선으로 핸들을 돌리며 답했다.

"응, 했어."

– 다행이다. 벼락 맞아 뒈질 인간이 내 오빤 아니어서.

신랄한 비난에 도아가 시니컬하게 웃었다.

"선배가 벼락 맞아 죽으면 난 어쩌라고?"

– 난 그냥. 말이 그렇단 이야기지요.

"그래도 말이 씨가 돼, 아가씨. 나 식 올리기 전에 과부 되긴 싫어."

– 어머어머, 전에 나랑 술 마실 땐 찾아가서 확 죽여 버리고 싶다더니?

움찔.

도아의 입술이 꿈틀거렸다.

"기억 안 나는데?"

– 응응, 그렇게 말할 줄 알았어요.

웃음기 섞인 말에 도아가 한참이 지나서야 답했다.

"……우리 사귈까?"

– 언니도 그 생각 했어요? 나도 가끔 우리가 사귀면 어떨까, 생각했는데.

유수진은 유수한보다 더 많은 시간을 보내온 사람이었다.

죽이 척척 맞아 농담을 주고받는 두 사람 사이로 웃음이 번졌다.

"그래서 지금 서울 올라가는 길이야."

도아가 애써 말을 돌리자 수진은 알면서도 모르는 척해 주는 건지 곧장 높은 음성으로 호들갑을 떨었다.

– 어머어머어머! 오랜만에 언니 볼 수 있는 고야? 언니, 우리 술 한잔할까요? 오빠 지갑 홀라당 털어서 한잔해요. 나한테 돈 잘 번다고 유

세 떠는 거 있죠? 순식간에 개털이 될 수 있다는 걸 우리가 알려 주자고요.

"좋은데? 서울 도착하면 전화할게."

– 알았어요, 언니. 연락 기다릴게요.

"그래."

– 안전운전 해요.

전화를 끊은 도아가 뻥 뚫린 고속도로를 보았다. 수한을 만나기 전까지 2시간이 남았다.

휴게소에서 쉬지도 않은 그녀는 곧장 서울을 향해 달렸다. 어젯밤, 짐 정리로 인해 늦은 새벽이 되어서야 겨우 잠이 들었음에도 아드레날린 때문인지 정신은 더 또렷해진 기분이다.

서울 도심으로 들어서자 차가 막히기 시작했다. 하지만 목적지까진 겨우 20분이 남은 시점이었다.

앞차와 적정거리를 유지하며 앞으로 나아가던 차가 마포대교를 지날 때였다.

콰, 콰쾅!

연쇄음과 함께 도아의 몸이 앞으로 크게 휘청거렸다. 안전벨트에 묶인 몸에 큰 압박이 느껴짐과 동시에 끔찍한 고통이 도아를 덮쳐 왔다.

찌이이잉–

이명에 멍한 눈을 연신 깜빡이던 도아가 고개를 힘껏 저었다.

깨진 차창 너머, 아수라장이 된 다리 위로 사람들이 하나둘 탈출하는 것이 보였다.

달칵!

차 문을 열고 내린 도아가 바로 앞에 있는 하얀색 승용차를 보았다. 검은색 승용차가 옆을 들이박은 상태였다. 안에서 나오는 운전자는 없었다.

『아이가 타고 있어요.

남아 A형』

아이가 있다는 표시에 도아가 곧장 차를 향해 달리기 시작했다.

탕! 탕탕!

차 문을 두드리던 도아가 깨진 차창에 고개를 바싹 들이밀었다. 언뜻 안에서 보이는 사람의 형체에 소리쳤다.

"움직일 수 있으세요!"

그녀의 외침에 차 안에서 울음에 가까운 외침이 들려왔다.

"……아이가 있어요! 남편은 정신을 잃은 것 같아요!"

오른쪽 팔목부터 시작된 고통이 어깨 위까지 번져 나가자 도아의 얼굴이 일그러졌다. 하지만 정작 하는 말은 달랐다.

"걱정하지 마세요! 제가 도와드릴게요!"

도아가 주위를 둘러보더니 서둘러 남자에게 다가갔다.

"잠시만 빌릴게요."

묵직한 소화기를 든 도아가 다시 차를 향해 달렸다.

신께서 한 가족을 불쌍히 여기셨던 그날.

도아는 도로 위에 있었다.

신께 자신의 인생을 바치기로 했던 그 다짐을 실천하려는 듯이, 자신을 필요로 하는 사람들을 지키기 위해.

-다음 권에서 계속